Una leyenda celta

Juilene Osborne-McKnight

Una leyenda celta

Historia de san Patricio de Irlanda

Traducción de
María Beneyto

Prólogo de
Jean-Yves Bériou

CÍRCULO de LECTORES

El ciclo de Fionn: una poesía de la inocencia y de la melancolía

«La poesía requiere algo de enorme, de bárbaro y salvaje.» Así señalaba Diderot, en 1758, en plena época en que se suponía que triunfaba la razón, uno de los componentes espectrales de la nueva sensibilidad que invadiría en breve Europa[1]. Bajo el resplandor de la Ilustración, de un brillo cegador, aparecen visiones de paisajes salvajes como el fondo del corazón humano: la poesía de las ruinas, de las novelas góticas... Bajo el escalpelo de la razón analítica, se abre paso la exploración del sentimiento, en profunda sintonía con lo inhibido por toda la cultura del equilibrio clásico: las novelas de Sade, la invocación de los mundos bárbaros... El Romanticismo no aparece después de la época de las Luces, a la que destronaría, sino que la acompaña desde el principio como un doble, como un negativo. Es hijo del siglo XVIII con el mismo derecho que la Enciclopedia.

En 1765, en Londres, apareció un libro que iba a causar una gran conmoción en la literatura europea, cuyo éxito e influencia se mantendrían hasta finales del siglo XIX, y en el cual «lo enorme, lo salvaje y lo bárbaro» cristalizarían de manera emblemática, iluminados por un sol negro, el de la melancolía, de la cual tanto hablara Gérard de Nerval. Se trata de los *Poemas de Ossian, bardo gaélico, recogidos y publicados por James Macpherson*. Pretendiendo haberlos traducido del gaélico de Escocia *(erse)* a partir de manuscritos sólo conocidos por él, Macpherson se impone como uno de los autores más leídos de Europa. Será tra-

1. Diderot, *Discours sur la poésie dramatique*, capítulo XVIII, 1758.

ducido o adaptado inmediatamente por Turgot, Diderot y Goethe, y después por Chateaubriand, Espronceda y tantos otros. Su obra inspirará a pintores y músicos, como Giraudet, Schubert y Schumann. También dará lugar a una moda indumentaria bajo el Consulado y el Imperio, promovida por el propio Bonaparte.

Sin embargo, se trataba de una superchería, obra de un falsario genial. Los poemas se atribuyen a Ossian, hijo de un bardo del siglo tercero llamado Fingal, nombres inventados por Macpherson para designar respectivamente a Osián y Fionn, los héroes del ciclo épico irlandés de la provincia de Leinster, conjunto de textos escritos en una variante del irlandés que él no conocía en absoluto y que no fueron traducidos al inglés hasta mucho después de su muerte.

De hecho, lo que hizo Macpherson fue utilizar, reescribir, componer y unir entre sí numerosas baladas populares escocesas que derivaban de aquel ciclo heroico irlandés (no olvidemos que el erse es una variante dialectal del gaélico, y que durante siglos existieron contactos regulares entre Escocia e Irlanda). Inspirándose en la tradición oral caledonia que conocía bien y en ciertas compilaciones conocidas por algunos iniciados, dio pruebas de una intuición innegable, y escribió una obra que responde maravillosamente a los postulados de la época, en un estilo no desprovisto de fuerza y de persuasión, según los cánones del momento. La prosa es sincopada, rica en metáforas, surcada de elipsis y llena de ritmo debido a las repeticiones hipnóticas, en una lengua que parece jugar a ser «primitiva», al servicio de intensos sentimientos. La estética de la epopeya clásica acababa de recibir el golpe de gracia. «Pero en esa tela de fondo borrosa e inédita y distinguiéndose de ese fondo, se destacaba una interminable e indefinible melancolía [...] Osián andaba entre las tumbas de los mortales, el hundimiento de las cosas, los lamentos del tiempo pasado[1].»

Una vez sentado esto, ni el contenido ni el estilo tienen gran

1. Roger Martin, *Les préromantiques anglais*, Aubier, 1939.

cosa que ver con los del ciclo irlandés: trasplantadas a las soledades montañosas de las Highlands y las islas del Oeste, las versiones escocesas de las hazañas de Fionn y Osián se habían alejado ya mucho de las tradiciones irlandesas originales, habiendo perdido su carácter mitológico antes incluso de que Macpherson hiciese uso de ellas. En cuanto a la poesía ruda y a la vez salmódica de los textos irlandeses, había desaparecido por completo para dejar paso a una retórica sepulcral.

Basta comparar la poesía de Macpherson con el modelo gaélico para apreciar la evidente superioridad del segundo.

Es de noche, estoy sola en esta colina, y las nubes de tormenta se amontonan. Oigo rugir los vientos en los flancos de la montaña; el torrente hinchado por la lluvia ruge entre las rocas. No veo refugio alguno que me ofrezca un abrigo. Sí, estoy sola, sola y abandonada. (Cantos de Selma)[1]

Todo está frío, frío.
Frío está el vasto Magh Luirg esta noche;
Más alta que una sierra, la nieve se amontona
Y no encuentran los ciervos alimento.

¡Frío hasta el fin del mundo!
Sobre todos se cierne la borrasca:
Un río es cada surco, en el declive;
Los vados son lagunas.
[...]
Ya los peces de Irlanda se apartan, errabundos,
No hay costa sin azote de las aguas;
No hay villas en la Tierra donde suenen
Campanas, ni se oye la charla de las grullas.

En el bosque de Cuán,
Los lobos, escondidos, no tienen paz ni sueño;

1. Traducción de Macpherson por P. Christian, Librairie La Vigne, 1844.

Menudo, el reyezuelo, allá, en la falda
Del Lon, ni en lo más hondo del nido está seguro. (Canción invernal)[1]

Sin embargo, gracias a la proeza de Macpherson, ese «Homero del Norte», como se le ha llamado a veces, el ciclo heroico de Fionn entró en la cultura europea, perdiendo así su carácter casi clandestino y regional. De rebote, siguieron los otros ciclos... Lo que se reveló fue la existencia de una mitología no clásica, no mediterránea. Los estudios célticos iniciaron su desarrollo y se empezaron a publicar los textos auténticos y a apreciarlos en su justo valor. Los celtas empezaron a codearse por fin a los griegos, judíos y demás tradiciones.

No era la primera vez que la tradición celta hacía irrupción en la cultura europea, entre los modelos heredados de la cuenca mediterránea y del Medio Oriente cristiano. En los siglos XII y XIII contribuyó de modo decisivo a la fundación de una literatura en lengua vernácula. Con los ciclos de Arturo, de la Tabla Redonda y de Tristán e Isolda, la navegación de san Brandán y sus numerosas variantes, los relatos que giran en torno a la figura de Melusina y tantas otras obras, lo que estaba en juego era a la vez el origen de la novela europea y la afirmación de una concepción no clásica del mundo, como en el amor cortés de los trovadores. La repercusión de esta «materia de Bretaña»[2], como se la llamaba entonces, fue tal que se introdujo en todas las lenguas europeas, dando lugar a un florecimiento de varian-

1. Marià Manent, *La poesía irlandesa*, José Janés Editor, 1952. Hay que destacar el magnífico trabajo de selección y de traducción realizado por Marià Manent.
2. Uso aquí las palabras «Bretaña» y «bretones» en el sentido que tenían entonces. Bretaña es el país del conjunto de pueblos llamados bretones, es decir, hoy en día, Gran Bretaña, comprendido también el país de Gales. La Bretaña moderna era entonces Armórica, pueblo de galos más o menos romanizados. Fue invadida, en el siglo V, por conquistadores venidos de Bretaña, y de ahí el nombre actual.

tes, adaptaciones y continuaciones de los textos originales. El Renacimiento constituyó el momento agónico, pero autores como Shakespeare, por ejemplo, continuaron bebiendo de sus fuentes abundantemente en pleno siglo XVII, cosa que dice mucho en favor de la vitalidad del fenómeno. El libro de Juilene Osborne-McKnight, *Una leyenda celta*, es una prueba muy actual.

La expresión «materia de Bretaña» indica la procedencia de ese corpus medieval, aunque no sea propiamente de la Bretaña histórica de la que se trata, sino del Oeste celta en general. El éxito de tal literatura descansa en el hecho de que sus modelos eran los mismos que presidían todavía la cultura popular europea, siempre vivos bajo el barniz romano y cristiano.

Estos modelos se encuentran bajo unas formas más arcaicas, menos tributarias de la cristianización y más claramente mitológicas, en los grandes textos galos e irlandeses redactados desde el siglo VI por los monjes a partir de relatos orales. Su antigüedad es difícil de precisar. Sus estructuras míticas, ligadas a la religión de los celtas, el druidismo, pueden datar de antes de la era cristiana, mientras que la sociedad y los acontecimientos a los que aluden pueden corresponder a los tres primeros siglos de nuestra era.

Las sociedades celtas precristianas eran sociedades de jefaturas, caracterizadas por la propiedad colectiva del suelo y la ausencia de instituciones preestatales. En Irlanda, la clase sacerdotal, los druidas, se dividía en tres categorías: los teólogos; los poetas (*filid* o videntes), que podían recitar centenares de poemas mitológicos y épicos, así como las genealogías, sin ninguna duda, y cuyas funciones eran de lo más diversas (arquitectura, justicia, enseñanza, música...); y por fin los adivinos y profetisas. El estatus de algunos druidas era igual al de los reyes, y superior al de los guerreros. Y por último el bardo era un *file* de rango inferior, que no dominaba la escritura Ogham, reservada sobre todo a la inscripción de encantamientos y de maldiciones.

Los textos irlandeses más arcaicos son fragmentos de prosa entrecortada de versos, los versos representando la parte inmutable de la tradición oral; la prosa, la parte flexible que cada recitador o comentarista podía modificar a su gusto.

Según la clasificación medieval, los relatos se dividían en géneros (*razzias*, asedios, amores, raptos, viajes, exilios…). Según la clasificación moderna, la literatura irlandesa medieval comprende, aparte de una miríada de otros escritos, cuatro ciclos que constituyen la osamenta fundamental:

- El ciclo mitológico que trataba de los orígenes míticos del país, de las relaciones con los dioses y el Otro Mundo.
- El ciclo épico del Ulster, cuyo personaje principal era Cúchulainn, arquetipo de héroe. El relato más notable es *La Razzia por el toro de Cooley*, comparable a la *Ilíada* en muchos aspectos[1].
- El ciclo heroico de Fionn.
- El ciclo histórico o ciclo de los reyes, en el cual hay mucho más de mitología que de historia.

El ciclo de Fionn o ciclo de Leinster, impropiamente llamado ciclo osiánico, es el más reciente y el más remodelado de los ciclos irlandeses. Constituido por baladas en verso y relatos en prosa, cuenta las innumerables aventuras, a la vez heroicas y maravillosas, de una banda de guerreros, los *fianna*, cuyo jefe, Fionn (o Finn) Mac Cumhal (en inglés Mac Cool) tiene como hijo a Osián.

Los *fianna* seguramente existieron. Debieron de aparecer hacia finales del siglo II; bajo el reinado del gran Cormac Mac Art. Se habla de una milicia de varios miles de guerreros cuya independencia frente a los reyes de provincias se había convertido en una fuente de problemas políticos graves. Aquellos nómadas se enfrentaban ahora cada vez más a la autoridad, ya más simbólica que real, del monarca de quien dependían en principio, el Gran Rey de Tara. Desde el 1 de noviembre (Samhain) al 1 de mayo (Beltaine), las dos principales fiestas celtas, vivían en casas parti-

1. En español se puede leer la bella adaptación de Lady Gregory aparecida en 1902 (*Cuchulain de Muirthemne*, lady Augusta Gregory, Siruela, 1988).

culares, velando por la aplicación de la justicia, y el resto del año se dirigían hacia los grandes bosques para dedicarse a la caza. Tenían como obligación proteger el país de los invasores y eliminar a los malhechores. Podían también ponerse al servicio de los reyes de las provincias para recaudar impuestos mediante retribución, e incluso servir como mercenarios. Como se puede imaginar, esos samuráis irlandeses tenían una cierta tendencia a intervenir en todas las ocasiones, recaudando impuestos por su cuenta, dedicándose al bandolerismo y obrando más bien al servicio de sus propios intereses que a los de la sociedad.

No ingresaba quien quería en aquella orden de caballería, la primera que se conoce en Occidente. Las condiciones de admisión eran particularmente severas y precisas. Había pruebas guerreras, como defenderse con un escudo y un bastón de avellano (árbol ligado a la magia druídica) contra nueve guerreros que lanzaban sus venablos todos a la vez... Había que seguir los doce años de estudios prescritos para ser *file* (poeta sabio) y haber sido recibido en esta casta druídica, cuyas atribuciones eran muy vastas, desde la recitación de poemas mitológicos a la práctica del sacrificio, pasando por la música y la medicina. Por fin, había que responder a ciertas exigencias éticas, como no casarse jamás con una mujer por su dote, sino por sus cualidades, no violentar jamás a una mujer y respetar la «obligación del don» (no rehusar nunca a cualquiera que se lo pidiera objetos preciosos o alimentos). La desaparición de la compañía de los *fianna*, víctima irremediable de las luchas entre clanes, se habría producido en 284, en la batalla de Gabhra, donde el clan de los Morna combatió junto al Gran Rey (Caribre Lifeachar) contra el clan Bascna, el de Fionn. Después del siglo III desaparecieron todas las trazas históricas de los *fianna*.

A diferencia de los demás ciclos, más antiguos y situados en general en el Ulster y el Connacht, el ciclo de Fionn se considera que se desarrolló en el siglo III, en las provincias de Leinster y Munster. Se compone de relatos en prosa, pero sobre todo de numerosas baladas (varios miles de versos) de métrica similar y decididamente arcaizante a partir del siglo XV. Los problemas de datación son difíciles de resolver, y no solamente a causa de las remodelaciones sucesivas que tenían por objetivo hacer comprensibles la lengua y la ortografía. En primer lugar, si los manuscritos se escalonan entre el siglo VIII y el XVII, no se han conservado más que unos pocos de antes del siglo XV. En segundo lugar, se trata de transcripciones de relatos transmitidos oralmente o conservados en otros manuscritos más antiguos y perdidos para siempre, que trataban de acontecimientos que se podían remontar hasta quince siglos atrás. Y por fin, casi todos los autores son anónimos.

Además de su fijación en los manuscritos conservados, este ciclo de Fionn, más que ningún otro, perduró gracias a los cuentistas populares, y esto hasta los primeros decenios del siglo XX. Entretanto pasó también a Escocia, donde, después de la colonización por parte de los irlandeses hacia el siglo V, fue adaptado y transformado. Después de la conversión de Escocia al protestantismo, la versión caledonia adoptó unas formas todavía más divergentes. Y aquí llegamos, por tanto, a la empresa romántica de James Macpherson, del cual nos podemos preguntar, a la postre, si en realidad fue sólo un falsario... Después de todo, numerosos textos del ciclo de Fionn, ¿no fueron redactados en el siglo XII y hasta incluso el XVIII en una Irlanda cristiana que no comulgaba ya, desde hacía mucho tiempo, con la fe druídica, y no comprendía ya la mitología subyacente a esos relatos y poemas? ¿No constituía ya una pura convención literaria firmar esos textos con el nombre de Osián, guerrero y poeta legendario? Salvando las distancias, Macpherson no hace otra cosa, excepto que el marcado contenido arcaico y mitológico de los textos irlandeses, incluso los más tardíos, se halla casi totalmente ausente de su obra.

El ciclo de Fionn nos enfrenta de modo particularmente intrigante con la problemática compleja de las relaciones entre la religión (druídica), la mitología (céltica), la literatura (irlandesa) y el folclore. Se puede leer desde el punto de vista literario, el cual resulta más fácil, en tanto que es el más reciente de todos los ciclos, el menos «directamente» mitológico (e incluso menos épico propiamente dicho que simplemente heroico) y porque, en fin, encierra conmovedores hallazgos poéticos y personajes que se cuentan entre las más bellas creaciones de la literatura universal. En ciertos aspectos, se recupera la atmósfera de las novelas de la Tabla Redonda: la intrusión de lo maravilloso en lo real, el gusto por los banquetes y las hazañas caballerescas, los castillos encantados y los magos, una concepción refinada del amor, vivido sin embargo como una fatalidad... Sin embargo, admitir la eventualidad de una cierta influencia de la literatura cortés sobre el ciclo de Fionn no debe hacernos olvidar que ésta justamente tiene sus fuentes en el corazón de las tradiciones célticas. De hecho, no habría sido más que un viaje de ida y vuelta.

También es posible entregarse a una lectura desde el punto de vista de la mitología, ligando este ciclo a otros literarios y legendarios.

Fionn, jefe de los *fianna*, es hijo de Cumhal *el Poderoso*, que corresponde al dios Camulo, conocido por sus inscripciones galas y a menudo asimilado a Marte. Fionn sólo se convierte en jefe incontestable de los *fianna* después de someter al clan adverso de los Morna, y sobre todo a su jefe, Goll, que hace pensar en tantos otros personajes divinos o heroicos de culturas indoeuropeas, todos ellos tuertos como él (Odín, por ejemplo).

Los nombres de Fionn y de *fianna* provienen de la raíz indoeuropea *uindo*, que significa «blanco, bello, luminoso», y que se encuentra en su doble galo, Gwynn, en la romana Venus, así como en algunos topónimos (Viena). Igual que Gwynn, Fionn es una encarnación del dios solar Lug, el dios mayor de la mitología celta, que ha dado su nombre a muchas ciudades, como Lugo y Lyon. No se halla limitado a una función particular. Se le llama «Salmidanach», el «politécnico», el que ostenta todos los oficios. Es a la vez equivalente a Apolo y al Mercurio galo del cual habla César. Dios de los saberes, de las técnicas, de la poesía y de la música, enarbola una lanza mágica que hace pensar en las flechas asesinas y curadoras de Apolo. Su encarnación galo-romana es Belenos *el Brillante*, y revive bajo los rasgos de Lancelot en el ciclo artúrico.

El verdadero nombre de Fionn, el que llevaba de nacimiento antes de su iniciación, es Demné, el gamo. Su hijo es Osián, el cervatillo. La madre de este último era una mujer transformada en cierva por un mago. Su hijo pequeño es Óscar, «el que ama a los ciervos». Todo esto puede tener significado totémico, referirse a un culto prehistórico a los ciervos propio de las sociedades de cazadores y guerreros, o alentar algún otro simbolismo del cual hemos perdido el significado. También se puede establecer el nexo con los mitos de Artemis, de la Diana escita, de Cibeles y de Atis, de Astarté y de Adonis, todos organizados en torno a una cazadora divina y una cierva, haciendo referencia a una antigua diosa-madre de naturaleza solar. El sol era femenino en las formas más antiguas de las lenguas indoeuropeas y semíticas; eso fue antes de que Artemis se viera destronada por Apolo.

Como se puede leer en el capítulo 8 de *Una leyenda celta*, Fionn aparece igualmente como una especie de mago que ha obtenido su poder comiendo el «salmón del conocimiento», pescado por el poeta y druida Fionneces. Después del día en que, al cocer el salmón, se quema el pulgar, le bastará con llevárselo a la boca y cantar «la iluminación del canto» para que todo le sea revelado. Posee desde entonces el conocimiento y el don de la profecía, así como la poesía en sus tres manifestaciones esenciales: «la iluminación del canto», «el conocimiento que ilumina» y «la improvisación del canto», tres rituales de tipo chamánico. Se encuentra una historia similar en el relato galo «Hanes Taliesin». Esta vez, llevándose el dedo a la boca para lamer tres gotas que se han derramado de la caldera de la inspiración y las ciencias que está a punto de hervir, Taliesin, el gran bardo mítico, adquiere el don de la videncia. En los dos casos, el elegido no es aquel a quien está destinado el manjar. La presencia del salmón denota una influencia del chamanismo del norte de Europa, con el cual celtas y germanos han estado en contacto: el salmón vive en el mar, remonta los ríos, llegando así a la fuente, y representa por tanto el conocimiento.

En fin, igual que los *fianna* y los caballeros de la Tabla Redonda, la semejanza entre Fionn y Arturo resulta impresionante. Fionn combate a una cerda infernal que devasta la provincia de Munster. Según Nennius *(Historia Britonnum)*, Arturo se lanza a la persecución del cerdo *Troynt*. En una de las Tríadas galesas, se trata de la cerda *Iskithyrwynn Pennbeid*. En *Kullwch y Olwen*, uno de los textos más importantes de la tradición galesa, es el jabalí *Twurch Trwyth* quien hace de las suyas. De la misma forma Hércules, Teseo, san Miguel y tantos otros héroes solares purificadores libran a la tierra de sus monstruos, restableciendo así el equilibrio entre los poderes del día y los de la noche.

Tanto Fionn como Arturo mueren de forma trágica, víctimas del contubernio de ciertas fuerzas humanas y divinas. Ciertas tradiciones dicen incluso que Fionn no está muerto, sino dormido en un lugar secreto, como Arturo y como el emperador Barbarroja, y volverá al final de los tiempos para restablecer el reino de los *fianna*.

El tema del jabalí reaparece en el texto más conocido del ciclo de Fionn, «La persecución de Dhiarmuid y Grainne», que forma la esencia de la tercera parte de la novela de Juilene Osborne-McKnight. Una versión de este texto debía de existir desde el siglo X, según una referencia de la época, pero la que nosotros poseemos data de un manuscrito del siglo XVII. Esta historia es una variante de la de Deirdre, que data del siglo VIII y se halla inserta en el ciclo del Ulster. La joven Deirdre, prometida al viejo rey Conchobar, se enamora de Noisé, y por medio de un ritual, le obliga a fugarse con ella. La historia termina de forma trágica: a consecuencia de una traición de Conchobar matan a Noisé, y Deirdre, entregada al rey, se suicida por despecho amoroso. Esta historia inspirará a numerosos escritores irlandeses de principios del siglo XX (Lady Gregory, Yeats y Synge entre otros). El ritual de seducción de Deirdre es el *geis*, encantamiento mágico que responde a las dos funciones de prohibición y de obligación. Puede tomar las formas más diversas, como no comer la carne de tal o cual animal o no recibir invitado alguno después de la puesta de sol. Puede consistir en una orden a la cual es imposible no plegarse, bajo pena de muerte o deshonor. Nadie se puede librar, los hombres y los dioses son testigos y garantes. Los héroes de los ciclos irlandeses están cubiertos de *geissa*, como los jefes de las tribus «primitivas» están cubiertos de tabúes y de obligaciones. La mayor parte de ellos mueren por haber transgredido su *geis* principal. La historia de Grainne responde a este mismo modelo: joven esposa (o novia) del viejo Fionn, al cual ella profesa un odio muy arraigado, intenta persuadir a Osián, y después a Dhiarmuid, de huir con ella, mientras casi todos los *fianna* duermen después de haber bebido un brebaje que ella les ha hecho servir por su criada. Entonces, Grainne lanza a Dhiarmuid esas palabras terribles: «¡Te coloco bajo un *geis* de peligro y destrucción, oh Dhiarmuid, si no me llevas contigo lejos de esta casa, esta noche, antes de que se despierten Fionn y los jefes de Irlanda!». Todo se desencadena entonces con la lógica de la fatalidad más sombría. Perseguidos por Fionn y sus guerreros, Dhiarmuid y Grainne huyen. Mediante una añagaza, Fionn obliga a Dhiarmuid a combatir a una bestia de ultratumba, el jabalí salvaje de Ben Gulbain, mientras que el *geis* principal de Dhiarmuid es justamente no matar jamás a un jabalí. Las cerdas envenenadas hieren mortalmente a Dhiarmuid, a quien Fionn deja morir aunque hubiese podido salvarle la vida.

Se reconocerá fácilmente en estas historias el origen de la leyenda de Tristán e Isolda, cuyas primeras versiones redactadas en franco-normando, es decir, la lengua hablada y escrita en la corte de los Plantagenet, datan del siglo XII. Isolda, la de las blancas manos, corresponde a Grainne, cuyo nombre proviene de la palabra *grian*, es decir, sol. Tristán, encarnación lunar, es el sobrino del rey Mark; Dhiarmuid es pariente de Fionn. Lo que cambia es que el *geis* se ha transformado en un «filtro amoroso» que Isolda hace beber a Tristán con engaños o bien por descuido, según las versiones, obligándole así a enamorarse de ella. Y también se produce el «flechazo» gracias a la doncella: Brangwain es, ciertamente, un afrancesamiento de la heroína galesa Branwen, aspecto literario de una antigua divinidad del amor.

Como podemos ver, estos textos literarios se inspiran en leyendas cuyo fondo mitológico es evidente, y abren horizontes a un tipo de sociedad con tendencias «ginecocráticas». En las sociedades celtas antiguas, en las que la filiación era a menudo matrilineal, las mujeres podían ser jefas de la familia, divorciarse fácilmente, ir a la guerra y ser admitidas en una de las castas druídicas. Podían, en fin, ser reinas poderosas. Se encuentran ejemplos mucho más tarde, incluso en el siglo XVII. Con toda justeza, pues, Juilene Osborne-McKnight orienta a los lectores de su novela en esa pista, inventando el personaje de la druidesa Ainfean.

El ciclo de Fionn culmina con gran belleza, en el siglo XVIII, mediante el *Lai de Osián en la tierra de la Juventud*, obra de Micheál Coimín (1688-1760), el único autor del cual poseemos algún informe. El poema fue compuesto en 1750, pero no se dio a la imprenta hasta 1859. Durante un siglo entero fue transmitido oralmente o mediante copias personales, cosa que alteró de manera decisiva el texto original. Escrito en 150 cuartetas, se presenta como un diálogo entre Osián y san Patricio, encuentro evidentemente imposible, porque el apóstol llegó a Irlanda en el año 462, o sea, casi dos siglos después de la supuesta muerte del personaje legendario Osián.

El tema es un episodio imaginado por Micheál Coimín, a partir de un conocimientro profundo de todo el ciclo anterior. El tema central se había tratado ya en numerosos textos, en particular en *Las aventuras de Connla* (siglo VIII). En los dos casos, el héroe, aguijoneado por el deseo, se ve arrastrado por una mujer, un hada o una diosa de exquisita belleza hacia un país maravilloso, más allá del mar, donde, como se explica en el texto más antiguo, no existe «ni muerte ni pecado». Con la muerte y el pecado desaparece también el tiempo, y cuando Osián, vencido por la nostalgia del mundo humano, vuelve a los suyos, persuadido de no haber permanecido en el país de la Juventud (Tir Nan Og) más que un tiempo muy breve, descubre para su desgracia que han pasado tres siglos, que ya no es más que un viejo decrépito y que su mundo pagano y maravilloso, el de los *fianna*, ha desaparecido para siempre. Es la misma historia de la que se sirve Washington Irving para escribir *Rip Van Winckle*, y que Vincente Minnelli utilizó, muy edulcorada, en su comedia musical *Brigadoon*.

Esta magnífica leyenda, que no parece a primera vista más que un cuento de hadas, extrae sus raíces de la concepción céltica del Otro Mundo, el *síd*. Es un mundo paralelo al nuestro, que lo roza y lo irradia, y en el cual ciertos humanos pueden penetrar en cualquier momento. Por definición, sus habitantes son dioses, o héroes divinizados, o sencillamente humanos después de su muerte. Se localiza de diversas formas: más allá del mar, al oeste, en unas lejanas islas afortunadas, bajo el mar o en el fondo de los lagos, en unos palacios bellísimos, en unas colinas surcadas de galerías subterráneas... En el *Libro de las Invasiones*, después de la invasión victoriosa de Irlanda por los humanos, es decir, los Gaëls, sus predecesores, que son los dioses, los Tuatha de Danaan, se ven obligados a refugiarse bajo tierra, viviendo en el interior de las colinas que la tradición folclórica ha bautizado como «cerros de las hadas», mientras que los hombres ocupan la superficie. La concepción del «Otro Mundo» céltico no tiene nada en común con el paraíso cristiano, y sus ocupantes llevan una vida de placeres y delicias: manjares selectos, bebida abundante, música, juegos, amoríos, ausencia de toda división de clases y, en algunos casos, reino de las mujeres. Claro está que, en los relatos épicos, el *síd* es frecuente escenario de batallas, porque la ausencia de guerra sería un aburrimiento mortal para unos guerreros natos como los celtas. Pero si están abolidas las constricciones del tiempo y las contingencias del espacio, quedarse allí durante un momento impide volver a la condición humana, cosa que revela una concepción metafísica muy singular de la naturaleza del tiempo y la eternidad. En algunos textos, el Otro Mundo, el mundo de los muertos, se llama «Mundo de los vivos» (Tir na mBéo).

Si entre los griegos los dioses bajan a la Tierra para mezclarse con los humanos, crear disturbios y entregarse a amores furtivos, entre los irlandeses son los humanos los que acuden a la casa de los dioses para combatir y amar allí. Existe, por otra parte, una fecha en la que todos pueden entrar en el *síd*, el Samhain o 1 de noviembre, convertido desde entonces en la fiesta de los muertos.

Esta concepción celta del Otro Mundo ha dado lugar además a numerosas Aventuras y Viajes cuyo ejemplo más conocido es *La aventura de Bran, hijo de Febal* (siglo VII), fuente inmediata del famoso *Navigatio Brandani*, relato de la gesta marítima de san Brandán, posible descubridor de América, y de la cual se encuentran huellas incluso en Rabelais, en pleno siglo XVI, en la navegación de Pantagruel, hijo de Gargantúa, y éste a su vez de Grangousier y Gargamelle, creados por la magia de Merlín. Como se ve, una coherencia subterránea anima el «dominio celta» desde los mitos hasta el folclore, desde la historia hasta los textos literarios, de una manera que deja poco lugar a las influencias del mundo grecorromano y el cristianismo.

Sin embargo, ha existido lo que los historiadores llaman un cristianismo celta. El diálogo entre Osián y san Patricio evocado antes constituye una clara huella. Para esta obra, M. Coimín se inspiró en un texto compuesto hacia 1200, el relato más largo del ciclo de Fionn, el *Coloquio de los ancianos*, que constituye también el modelo elegido por Juilene Osborne-McKnight para organizar su novela. La trama es el encuentro de san Patricio con Osián y Caoilte, los últimos *fianna* supervivientes después de la muerte de Fionn y la dispersión de la compañía. Caoilte recorre Irlanda con san Patricio y le cuenta las leyendas irlandesas a medida que van viajando, hasta que se reencuentran con Osián. Aunque el relato esté fuertemente cristianizado, en particular por la repetida afirmación de que Fionn había predicho la llegada de san Patricio, la narración de las leyendas sigue fiel a los modelos precristianos.

Es justo calificar el cristianismo, tal como se desarrolló en Irlanda hasta el siglo XII, de «cristianismo celta», en vista de que sus singularidades lo distinguían radicalmente del «cristianismo romano» que tendía a dominar Europa. Pero nos podemos preguntar si se trata en realidad de una auténtica cristianización de Irlanda, y no más bien de una «celtización» del cristianismo.

Una segunda cuestión nos viene también a la mente: ¿por qué los irlandeses se convirtieron tan rápidamente al cristianismo? Oficialmente, en menos de un siglo, la mayor parte de los druidas, poetas, jefes de clan y reyezuelos locales abrazaron la nueva fe. Todo pacíficamente, por lo cual Irlanda es el único país desprovisto de mártires. No es fácil responder a esta pregunta, pero seguramente hubo dos elementos que jugaron a favor de la conversión. En primer lugar, la religión de los celtas, el druidismo, tenía un fuerte componente monoteísta, y los diversos dioses no eran más que hipóstasis de la divinidad. Además, frente a las amenazas encubiertas de invasión bajo pretexto de evangelizar Irlanda, una cierta prudencia debió de incitar a las castas dirigentes a no hacer frente a una eventualidad semejante. No olvidemos que los irlandeses, único pueblo occidental que no conoció la conquista romana y conservó intactas sus libertades como sociedad de clanes, preestatal, y con propiedad colectiva del suelo, había tenido tiempo, después de las siniestras hazañas de Julio César, de observar hasta qué punto la romanidad había significado el fin casi total para sus primos bretones y galos, un genocidio cultural casi perfecto.

El cristianismo triunfa en Irlanda sin la menor traza de persecución, que no se sabe de dónde habría podido proceder, vista la ausencia de Estado o incluso de cualquier poder central: los «reyes» irlandeses sólo estaban investidos de una autoridad simbólica, cuando no eran elegidos por asambleas de hombres libres. En cuanto a la casta sacerdotal cristiana, se impuso por simple persuasión «moral». Y sin duda también hay que tener en cuenta la existencia de la casta druídica, caracterizada por su «poder moral», que le permitió convertirse masivamente, formar los mandos de la nueva iglesia e imprimirle su marca profunda.

La Iglesia irlandesa estaba estructurada de forma distinta a la Iglesia romana, calcada sobre las diócesis propias del Imperio. En el siglo IV, la organización del Estado y de la Iglesia se hicieron paralelas, y las diócesis eran las mismas circunscripciones para el prefecto y el obispo que residían en las ciudades. Este último se encontraba a la cabeza de una jerarquía que descendía hasta el cura y por último al fiel. En Irlanda no existían ni ciudades ni parroquias, y el poder pertenecía a los monasterios, cuyos abades, con una función a menudo «hereditaria», ostentaban por lo general el papel de obispo sin sufrir sus restricciones jerárquicas. No existía, por tanto, ninguna estructura central que reuniese bajo su mando a todos los monasterios irlandeses, y cada uno de ellos era independiente en cuanto a sus finanzas, su regla y su disciplina ascética. Los monasterios se encontraban instalados en antiguos lugares de culto o antiguos centros de los clanes, habitados por monjes rodeados de mujeres y niños, que se consagraban a las labores agrícolas, a la caza, al estudio y, bastante a menudo, a la guerra. Si se añade a todo esto los ritos, una tonsura y un calendario particulares, así como la presencia decisiva de las mujeres en la liturgia, se obtiene un cuadro de lo más extraño, que incluye hasta a los eremitas irlandeses, un fenómeno curioso que procedía quizás de una cierta «heroización» característica de la época anterior, como un desafío que se lanza a Dios. Si se tiene en cuenta, por fin, el hecho de que Irlanda no tuvo que sufrir invasiones ni su cortejo de desgracias, es fácil comprender que se convirtiera, junto con Escocia, en el centro cultural de la Europa cristiana occidental. La alianza entre san Patricio y los *Filid* jugó un papel importante, y se vio confirmada en varias ocasiones. El ejemplo más llamativo es el de san Columbkille, que era un *file* él mismo y en 574 consiguió obtener del rey la confirmación solemne de sus antiguos privilegios.

De esta constatación se pueden sacar varias conclusiones de una importancia capital para la historia de Irlanda y de Europa. En sus óptimas y serenas condiciones, Irlanda podía permitirse preservar la herencia cultural occidental. Gracias a un notable esfuerzo de traducción y de copia, se transformó en editora de toda Europa, en el momento en que ésta se veía hundida en el analfabetismo y habían ardido las pocas bibliotecas que quedaban, en Roma o en Calabria. El ardor erudito de los monjes irlandeses se hizo célebre en toda Europa desde el siglo VIII, y el propio Beda insistió en el amor de los monasterios irlandeses por el saber, así como en su generosidad hacia todos los estudiantes, «nobles y otros», que llamaban a su puerta a fin de consultar manuscritos[1]. Los monasterios de Clonmacnoise, de Bangor y de Armagh se transformaron en destinos intelectuales y espirituales para muchos franceses y alemanes.

Además, los monjes irlandeses y escoceses se desperdigaron por toda Europa, no solamente con el propósito de evangelizarla, sino sobre todo de fundar a su paso monasterios y bibliotecas, como una marea. Monasterios como el de Luxeuil, Saint Gall o Bobbio, conocidos rápidamente como centros de erudición y de prestigiosas bibliotecas, instituciones escolares bajo Carlomagno, círculos de eruditos irlandeses en Laón y Lieja... Para ellos, viajar se convirtió en una segunda naturaleza, cosa que observó un testigo de la época, Walafrid Strabo.

Si el griego, cuyo conocimiento era entonces un monopolio irlandés, apasionaba cada vez a más sabios, en los centros de estudio al oeste del Rhin se consagraron a la transmisión de una gran parte de la literatura latina. Sin ellos se habría perdido, a diferencia de la griega, cuyos manuscritos se habrían podido recuperar más tarde en Bizancio.

Sin embargo, en el seno de la Iglesia continuó una encarnizada lucha entre las corrientes romana e irlandesa. La influencia de la

1. Beda, *Hist. Eccl. (Historia eclesiástica de los anglos)*, III-27.

segunda aumentaba gracias a la vitalidad y la superioridad intelectual de la que daba muestras, hasta el punto de amenazar a la supremacía romana. Siempre ferozmente particular y rebelde a las órdenes despóticas de Roma, la Iglesia irlandesa se vio atravesada por corrientes influidas por la cultura celta. En ciertos casos, como el del pelagianismo, se adentró en la herejía. Pelagio, monje bretón de Lincoln o de York, nacido en 360, vivió en Roma, donde disputó con san Agustín, después en Sicilia y en África, antes de morir en Egipto hacia 422. Su mensaje esencial es que el pecado original no existe. La naturaleza humana no ha sufrido mancha alguna y la voluntad del hombre de hacer el bien no depende más que de sí mismo. La gracia no designa más que a los bienes naturales ofrecidos por Dios, es decir, las enseñanzas de Cristo y la libertad humana, que es absoluta. Evidentemente, esta doctrina acentúa la soledad humana, a diferencia de la noción de la gracia heredada del mundo grecorromano, para el cual el hombre, incapaz de obrar por sí mismo, tiene necesidad de la intervención de un dios. Tras muchas peripecias que duraron varios siglos (controversia con san Agustín, condenas conciliares, compromisos diversos, nuevas condenas...) y cuando el asunto parecía definitivamente enterrado, la influencia del pelagianismo resurgió en el siglo IX en la obra del gran filósofo irlandés Juan Escoto Erigena, el padre de la escolástica.

Pero todo llega a su fin, y Roma asestó un gran golpe en 1111 al imponer a Irlanda la división en obispados. El segundo golpe de la normalización siguió cuarenta años después, con la reforma franciscana de san Malaquías, que permitió sobre todo liquidar los particularismos, o sea, la organización eclesiástica en torno a los monasterios y la vieja legislación irlandesa. A Enrique II Plantagenet, entonces, no le quedó sino invadir Irlanda en 1171, invocando la bula «Laudabiliter» por la cual el Papa, en 1155, le había encargado reformar la iglesia de Irlanda y recuperar el dinero de san Pedro. La suerte quedó echada y la última sociedad celta desapareció inexorablemente. El golpe de gracia se lo dio Cromwell en el siglo XVI. Desde entonces no subsistió sino una cultura oral que conservaba, en las costumbres, los ritos, las creencias populares y las leyendas, vestigios del mundo antiguo. Felizmente nos queda la literatura irlandesa, que consiste esencialmente en los relatos orales puestos por escrito. Empieza en el siglo VI y, debido a su volumen y su variedad, no tiene igual en toda Europa hasta el siglo XI. Fue posible gracias a la pacífica colaboración entre los *filid* que se pasaron a la práctica de la escritura sin abandonar, no obstante, el saber oral que les caracterizaba hasta entonces, y los monjes, surgidos muchos de ellos de la casta de los *filid*. Y esto a costa de algunas adulteraciones, pese a todo, menos graves de lo que se habría podido temer. Estas adulteraciones se debían, más que a la voluntad de cristianización de algunos detalles por parte de los copistas, a la pérdida de comprensión del sentido mítico de los relatos transcritos, y por lo tanto de la arquitectura general de su ensamblaje. Paradójicamente, gracias a los monjes irlandeses, la tradición céltica fue transmitida hasta nuestros días, al haber rehusado la religión druídica la escritura como medio de transmisión de los mitos.

Debemos agradecerles que nos hayan legado una de las literaturas fundadoras de la Europa poética, con una temática de una riqueza inagotable, de la cual *Una leyenda celta* es un ejemplo más; obras de una belleza turbadora, que anuncian, en muchos aspectos, la concepción moderna de la poesía[1]. Acabemos con unos versos atribuidos al druida mágico Amergin y considerados como los primeros de toda la literatura irlandesa[2]:

> Soy el viento que alienta sobre el mar;
> soy ola del océano;
> soy rumor del rompiente;

1. Señalemos la importancia de estos textos fundadores en la literatura irlandesa, aun la más actual. Por ejemplo, dos de los mayores poetas irlandeses contemporáneos, Thomas Kinsella y el premio Nobel Seamus Heaney, han bebido directamente de estas fuentes para escribir, el uno, una soberbia versión de *La incursión de las vacas de Cooley*, y el otro una versión moderna de los *Vagabundeos de Sweeney*, leyenda utilizada igualmente por Flann O'Brien en su novela *En Nadar-dos-pájaros* (Barcelona, Edhasa, 1989).
2. Marià Manent *(op. cit.)*.

soy el buey de los siete combates
y el buitre de las rocas;
soy un rayo de sol
y la planta más bella;
soy jabalí bravío;
soy salmón en el agua
y lago en la llanura;
soy palabra de ciencia;
soy punta de lanza en el combate;
soy el dios que creó la llama en la cabeza.
¿Quién, sino yo, ilumina la asamblea del monte?
¿Quién, sino yo, diría los años de la Luna
y donde el Sol se acuesta?

JEAN-YVES BÉRIOU
Agosto 2001

Una leyenda celta

Antecedentes históricos

He jugado con Patricio y Osián, o han jugado conmigo.

La verdad, lo que podríamos llamar la historia objetiva de estos hombres, resulta imposible de conocer.

Según la leyenda, Osián era hijo de Fionn Mac Cumhail y Sabh, una mujer que una vez fue transformada en ciervo a causa de un sortilegio. Osián fue criado por su madre en los bosques hasta que el druida que la había hechizado la obligó a alejarse del niño. Más tarde Fionn lo encontró durante una cacería. Le condujo a la civilización, donde aprendió a hablar y al final se convirtió en el poeta y bardo de los *fenians.*

La ortografía de su nombre varía según los autores. A veces aparece como Oisián, Oisin, Ossián u Osián; en todo caso siempre se pronuncia «O-sheen». He elegido la forma Osián porque creo que es la más cercana a la fonética actual de los angloparlantes.

¿Existió Osián?

Lo ignoro.

Si Fionn existió, seguramente también existió Osián. El padre de Osián, Fionn Mac Cumhail (pronunciado «Finn Mac Cool»), fue el caudillo de los guerreros *fenians* de Irlanda, que proliferaron en este país durante el siglo III después de Cristo. Los *fenians* formaban el ejército permanente del rey Cormac Mac Art. No hay coincidencia respecto al número de sus miembros, que oscila, según los estudiosos del tema, entre nueve mil y veinte mil hombres como máximo. En invierno esos guerreros se acantonaban en los pueblos de Irlanda y, en verano, moraban en los bosques, donde vivían de la caza y la pesca, y dormían en unos refugios de tres lados llamados *bothies.*

La unidad básica de los *fenians* era el *fian,* que consistía en seis o doce miembros. Según la mayoría de los estudios, los *fenians* se agrupaban en «batallones» de tres mil hombres, cada uno con su propio capitán, aunque más tarde Fionn llegó a ser el caudillo de todos los *fianna.*

Los eruditos discrepan respecto a Fionn. Para algunos es un personaje mítico, el «hijo de la luz», equiparable al dios celta Lugh, el hijo del Sol. Lugh, como Fionn, era un radiante joven para el que todo era posible y transitaba continuamente entre este mundo y el de los espíritus.

Otros opinan que Fionn fue un personaje histórico y caudillo del ejército *fenian*, cuya figura se ha magnificado. Sus gestas no sólo le sobrevivieron, sino que después de su muerte adquirieron unas proporciones legendarias, casi míticas.

Abundo en esta segunda opinión.

En cuanto a Patricio, por supuesto que existió.

La cuestión es que no existió en la forma épica y refinada que sus primitivos biógrafos pretendían legar a las futuras generaciones.

En primer lugar, los estudiosos de Patricio ni siquiera consiguen ponerse de acuerdo en la fecha de su llegada a Irlanda ni en la de su muerte. Algunos aseguran que desembarcó en las costas irlandesas en el 432 y que murió en 461, mientras que otros afirman que llegó en el 461 y falleció en el año 491.

Es cierto que Patricio pasó su juventud, de los dieciséis a los veintidós años, como esclavo en Irlanda. Y de nuevo los estudiosos no saben si situar el lugar de su cautividad al nordeste, cerca de Armagh, o en el oeste, en Mayo. La mayoría de los eruditos lo sitúan en Mayo y, francamente, lo prefiero, porque de ahí procede mi familia.

Los hechos básicos de la vida de Patricio son los siguientes: era hijo de Calpornius, probablemente un bretón de ascendencia romana, decurión dentro de la burocracia de Roma. El abuelo de Patricio, Potitus, había sido sacerdote de la Iglesia cristiana, que no obligaba al celibato y de la que su padre había sido diácono. La familia de Patricio poseía una villa y, seguramente, pertenecía a lo que hoy en día daríamos en llamar «clase media alta».

El mismo Patricio nos cuenta que, antes de ser esclavo, no era un joven especialmente religioso. La soledad de su esclavitud, pastoreando ovejas, rodeado de perros, le indujo a rezar con fervor y, al final, a oír las voces que le hablarían dentro de su cabeza durante el resto de su vida.

Es cierto que la Voz le indicó cuándo debía huir de Irlanda, que regresó a su casa y que, a pesar de lo que le aconsejaban las visiones y los mensajes, durante dieciocho años se resistió a volver a la isla, hasta que la jerarquía de la Iglesia británica se lo ordenó.

En sus *Confesiones* Patricio habla de sus hermanos de la Galia, aunque no queda claro si estudió en el continente o incluso si llegó a visitarles. Es cierto que su latín es tosco, con incorrecciones gramaticales, lo que confirma que era un hombre inculto.

En los acontecimientos que se describen en este libro me he tomado la libertad de utilizar hechos históricos y otros que son fruto de la leyenda. Probablemente no es un hecho histórico que Patricio encendiera una hoguera en la colina de Slane. La leyenda cuenta que prendió el fuego durante la fiesta de Pascua, que a buen seguro coincidiría con el Beltaine del calendario celta (1 de mayo).

Sin embargo, en el antiguo calendario celta la gran fiesta del año era el *Samhain,* lo que actualmente llamamos día de Difuntos o Halloween. Era durante esa noche cuando se extinguía el fuego del año viejo y se encendía el del nuevo. *Samhain* se consideraba una fecha muy peligrosa, ya que se liberaban las fuerzas de las tinieblas, lo que resultó conveniente para los propósitos de Patricio.

Seguramente no es un hecho histórico que Patricio intentara convertir a su antiguo amo o que predicara a lo largo y ancho de Irlanda. En realidad, muchas de las leyendas que rodean a Patricio no son más que eso: leyendas. Con toda probabilidad no expulsó a las serpientes de Irlanda ni destruyó ídolos como Crom Cruach ni obró grandes maravillas. Estudios recientes revelan que pasó la mayor parte de su misión en Armagh, al servicio de los reyes Ulaid de esa región. Cuando cayeron en desgracia, Patricio corrió su misma suerte. Es probable que viviera sus últimos años cerca del mar, en la zona que en la actualidad recibe el nombre de DownPatrick.

Sin embargo debía de haber algo en él, algo que la gente sentía o con lo que se podía identificar. Tal vez la luz que irradiaba era más hermosa que el hombre en sí, ya que sus *Confesiones* y su *Epístola a Caroticus*, los únicos documentos que conservamos de su propia mano, nos descubren a un hombre inculto, humilde respecto a su condición, aunque orgulloso de su relación con Dios, falto de autoestima, lleno de dudas sobre sí mismo y con una actitud defensiva en su trato con los irlandeses, el uso que hacía del dinero de la Iglesia y el éxito de su misión.

Es precisamente esa fragilidad tan humana que se observa en sus *Confesiones* y en su *Epístola* lo que más me conmueve de Patricio.

Patricio mantenía relaciones problemáticas con las mujeres. Según sus *Confesiones*, las mujeres le regalaban a menudo joyas, la más preciada posesión de los celtas, además de objetos de otra naturaleza que, según explica, rechazaba. A pesar de que sus *Confesiones* y su *Epístola* son muy breves, en ambas menciona varias veces a las mujeres. En las *Confesiones* afirma que muchas de sus conversas eran hijas de grandes jefes que desafiaban a sus padres para acercarse a él. En la *Epístola a Caroticus,* escrita al final de su vida, resulta casi incoherente a causa del dolor que le produce el secuestro de mujeres y niños de su rebaño para ser vendidos como esclavos. Pero ésta es una historia para otra ocasión, como diría Osián.

Patricio confiesa haber cometido un terrible pecado en su juventud, probablemente de carácter sexual, dado el tono con que lo describe. Según sus *Confesiones*, el pecado ocurrió a una edad más temprana de la que le doy en este libro, con toda seguridad cuando sólo tenía quince años. Para bien del drama, y tal vez también para el de su alma, le presto una relación a una edad algo más avanzada con la ahijada de su amo. Es cierto que confesó su falta a un amigo que más tarde le traicionó ante las autoridades eclesiásticas, traición que convirtió a Patricio en un hombre herido y amargado.

En sus *Confesiones* ensalza a las mujeres que eligen la castidad al servicio de Dios. En particular describe a una de sus conversas como «una santa mujer irlandesa de noble cuna, hermosa, adulta». Nos cuenta que acudió a él, después de seis días de contemplación, «por una razón especial». No especifica de qué razón se trataba, pero sí explica que la mujer había decidido unirse a su comunidad y escogió la castidad como medio para servir al Señor. Patricio expresa cuánto se regocijó su corazón con tal decisión.

A partir de ese escueto pasaje de las *Confesiones* he creado a Ainfean, la druida. No sólo pretendía crear una mujer que inquietara a Patricio en todos los aspectos (como es natural), sino que deseaba una voz que hablara de la antigua religión.

Ya fuere entre irlandeses o indios americanos, en cualquier lugar donde los misioneros cristianos emprendieran la tarea de cristianizar a los pueblos, sus tradiciones, aterradoras y hermosas a la vez, eran denigradas y destruidas. No creo que Jesucristo, que se acercaba a los demás con gentileza y respeto, se sintiera complacido con la aniquilación de otras culturas. Por ello he considerado que las voces de los antiguos debían estar representadas en este libro.

Como mi nombre de pila no es de santo, Patricio es mi patrón. Espero haberlo descrito tal como era y que se muestre comprensivo cuando no me ha sido posible hacerlo.

En cuanto a si Osián estuvo con Patricio y le contó las historias *fenians*, no puedo afirmarlo con seguridad.

En lo que a mí respecta, la línea que separa este mundo del Otro se difumina a medida que envejezco.

Como diría Patricio, todo es posible con la Palabra. Todo. Y le creo.

Bail O Dhia ar an bair.

Bendice, ¡oh Dios!, el trabajo.

Icham of Irlaunde
Ant of the holy londe of irlande
Gode sir pray ich ye
for of saynte charite
come ant daunce wyt me
in irlande.

Soy de Irlanda,
del santo país de Irlanda.
Por caridad te ruego,
buen caballero,
ven y baila conmigo
en Irlanda.

Anónimo, siglo XIV

Prólogo

Patricio el bretón

–¡Padraig!

Levanté la mirada. Breogan, mi escriba, corría hacia mí a través del campo, su hábito y su melena flotaban al viento. Agitó los brazos. No le hice caso, y seguí cavando en el huerto del monasterio.

–¡Padraig! –exclamó de nuevo.

Dijo mi nombre de esa condenada forma en que acostumbran pronunciarlo los irlandeses: «Par rig». Me incorporé, me froté las manos para sacudir la tierra y esperé a que llegara a mi lado.

–Hermano –le dije con mi tono más paciente y aleccionador–, ¿cómo crees que los demás aprenderán a decir correctamente mi nombre si ni tan siquiera tú lo pronuncias bien? No me llamo Parrig, sino Magonus Succatus Patricius. Puedes llamarme abad, hermano o incluso Patricius. Eres mi escriba, Breogan, y deberías saberlo mejor que nadie.

Meneó la cabeza.

–Ahora no, Padraig –protestó–, ahora no, por el amor de Dios. ¡Mira! –añadió mientras señalaba con un dedo la línea de árboles donde empezaba el bosque.

Al final del campo un hombre, inmóvil como una piedra, estaba sentado a horcajadas sobre un caballo blanco. Los bordes de su capa, de cuadros azules y verdes, ondeaban al viento como si tuviera alas. Nos miraba sin mover ni un solo músculo, como un centinela. Aparentaba ser tan joven, tenía el rostro tan terso, el pelo de un rubio tan dorado que incluso hoy, después de tantos años, me asombra lo joven que me pareció desde la distancia. ¿Es Dios quien nos envía a aquellos que cambian nuestra vida?

¿Son un milagro? Y si somos tan necios, si estamos tan ciegos y faltos de fe que no abrimos nuestros corazones, ¿qué pasa con nosotros, en qué nos convertimos?

Ahora pienso en todas estas cosas, pero ese día sólo podía pensar en lo enfurecido que estaba con Breogan: furioso por la forma en que pronunciaba mi nombre, furioso porque había interrumpido mi siembra por la aparición de un simple forastero, furioso al ver cómo se apiñaban alrededor de mí los demás hermanos, que murmuraban en su tosco idioma. Suspiré en mi desesperación.

–De acuerdo, Breogan. Cederé por un momento a esa estúpida necesidad irlandesa de conocer la vida de todos y cada uno de los forasteros que aparecen. ¿Qué ocurre con ese jinete?

Los hermanos intercambiaron miradas mientras cuchicheaban extrañados.

–¿No lo conoces, Padraig? –me preguntó Breogan.

Observé a los presentes con asombro.

–¿A quién?

Breogan miró a los demás sin decir nada.

–¡Habla de una vez o que te lleve el diablo!

De inmediato me arrepentí de haber perdido los estribos y me santigüé. A continuación puse las manos sobre los hombros de Breogan y le hablé con la sencillez con que uno debe dirigirse a los irlandeses.

–Dime, hermano.

Breogan volvió a mirar al forastero, que seguía observándonos desde la linde del bosque, inmóvil sobre su caballo. Sólo el ligero ondular de su capa nos recordaba que se trataba de un ser vivo en lugar de una estatua. Breogan levantó el brazo despacio y cerró con fuerza el puño. Los demás hermanos le imitaron. El extranjero devolvió el saludo, con su largo y nervudo brazo extendido por encima de su montura dorada.

–¡Es un *fenian*, Padraig! Ese jinete es un *fenian*.

Me apresuré a darle un golpe en el brazo para que lo bajara.

–Hermanos, no seáis necios. Pensad, no como irlandeses, sino como hijos de Dios. Los *fenians* ya no existen, si es que alguna vez existieron. ¡Han llegado los tiempos de Nuestro Señor! Somos sus servidores aquí, en Ard Macha, ¡y no vamos a creer ninguna de esas estupideces sobre los *fenians*! Esos días de Irlanda ya han pasado.

Sin embargo los hermanos mantenían su saludo, con la mirada fija en el forastero. Breogan volvió a levantar el brazo lentamente. Comprendí que una vez más tendría que hacer regresar a esos soñadores irlandeses al mundo real, al mundo de Dios.

Enfurecido, eché a andar a través del campo. Los hermanos me siguieron.

El extranjero pasó una pierna por encima del caballo. Percibí la fuerza juvenil que revelaba ese gesto, vi que era más alto que el lomo de su cabalgadura, incluso cuando sus pies ya pisaban el suelo. No obstante, apenas rozó la tierra, cayó desplomado.

Fue entonces cuando oí la voz. La misma voz persistente que me obligó a regresar junto a los irlandeses.

–¡Corre, Parrig!

Recogí los molestos faldones de mi hábito y eché a correr mientras mi corazón martilleaba contra mis costillas. Cuando llegué al lado del forastero, observé que la distancia o tal vez el reflejo del sol nos había engañado. El hombre que yacía en el suelo era el más viejo que había visto en mi vida. Su larga cabellera era blanca, no dorada, y su cara estaba cubierta de arrugas. Se miraba fijamente las manos, nudosas y retorcidas por el paso de los años, como si a él también le sorprendiera su aspecto de madera reseca y envejecida. Me arrodillé a su lado y le cogí entre mis brazos.

–No te muevas, anciano –le advertí en el gutural idioma de los irlandeses–. Has estado demasiado tiempo cabalgando al sol. Los hermanos te traerán agua.

Mis palabras parecían confundirle, y meneó la cabeza.

–Anciano –repetía–, anciano...

Me volví hacia Breogan.

–Dile que vamos a llevarle al monasterio. Parece que no entiende mi irlandés.

Sin embargo, mi escriba no me obedeció. Se arrodilló al lado del hombre y al cabo de un largo rato habló por fin.

–Has estado con los Otros, ¿no es cierto?

El anciano asintió.

–Sí, pero ahora he sido enviado hacia un tal Padraig.

Breogan me señaló.

–Él es Padraig.

El anciano me miró fijamente con sus fríos ojos azules.

–¿Dónde está Fionn Mac Cumhail? ¿Dónde está Óscar? ¿Dónde están los *fianna* de Irlanda?

–¿Otra vez con esas necedades sobre los *fenians*? –exclamé con indignación–. ¿Acaso el sol os ha enloquecido a todos? Ya no hay *fianna* en Irlanda. ¿Quién eres, anciano?

Miré el rostro del hombre, que se deslizaba entre mis brazos. Las lágrimas rodaban por sus mejillas.

–¿Muertos? ¿Están todos muertos? ¿Cuánto tiempo he estado con los Otros? Demasiado... demasiado tiempo. –Alzó la vista hacia el azul del cielo mientras exclamaba con voz ronca–: Cuando os haya contado mi historia, ¿dejaréis que me vaya con ellos?

Noté que los hermanos se apartaban en silencio. Sólo Breogan seguía de rodillas a mi lado, santiguándose fervorosamente.

–¿Quién eres, anciano? –volví a preguntarle.

–Soy Osián, poeta de los *fianna*, hijo de Fionn Mac Cumhail, padre de Óscar, guardián de la historia de los *fenians* –respondió mientras me miraba de hito en hito–. Y tú eres Padraig, aquel a quien me han enviado.

Mi estómago se contrajo. Le solté. Tan sólo la agilidad de Breogan evitó que la cabeza del anciano diera contra el suelo. Tras ponerme en pie, me dirigí a los hermanos y al forastero, a quien Breogan mecía en sus brazos.

–No soy Padraig. Soy el abad, el hermano Magonus Succatus Patricius. He venido a Irlanda para traer la palabra del verdadero Dios a estos paganos. Cuando haya terminado mi tarea, volveré a mi país. ¡Quiera Dios que sea pronto! –Respiré hondo para tranquilizarme mientras hacía un gesto a los hermanos–. Llevad a este anciano al monasterio. Dadle de comer y beber como hacen los buenos cristianos. No perdamos más tiempo con estas necedades sobre los *fenians*. Debemos acabar de sembrar.

Sin embargo, ahora que el viejo había recuperado sus fuerzas, no querían dejarle. Remoloneaban, se portaban como colegiales rogándole que les contara historias de los héroes del pasado. Yo había aprendido a conocer muy bien a esos irlandeses. En su país había sido esclavo y amo. Eran como niños al amor del fuego, perdidos en sus poemas, sus cuentos, sus melancólicas canciones.

Así pues, era yo el que debía tomar una decisión. Llamé a mi escriba.

–Breogan, coge tus herramientas, tu tinta y tus útiles de escritura. Transcribe la historia del forastero. La leeremos esta noche después de la cena, hermanos. Esto debería contentaros. Ahora debemos ocuparnos de las tareas que nos ha encomendado Dios.

No querían irse, ni tan siquiera cuando observaron que el escriba regresaba y se acomodaba al lado del anciano.

–Hermanos, ¿acaso debo imponer penitencia por holgazanería? –amenacé.

Por fin se fueron y volvieron al campo. Estaba a punto de seguirles cuando oí que el anciano me llamaba.

–Quédate, Padraig.

Parecía haber leído mis pensamientos, porque los estaba expresando.

–Lo que explicaré es algo más que una historia para contar al amor del fuego. Con mi relato incluso tú llegarás a comprender.

–¿Qué debería comprender que mi Dios no me haya dicho?

–¿Qué sabes de los *fianna*?

–Que eran unos guerreros del pasado. Al menos, eso cuentan los hermanos. Y tú, anciano, no eres uno de ellos. ¡Desaparecieron hace casi doscientos años!

–Te equivocas, Padraig. Nunca desapareceremos, porque nos

mantiene lo mismo que a ti: la fe que anidaba en nuestros corazones, la fuerza de nuestros brazos y la verdad que expresaban nuestros labios. Somos Eire, Padraig. La luz en el corazón de Irlanda.

Breogan acercó un segundo taburete. Meneé la cabeza, furioso con él por suponer que quería sentarme, furioso contra mí mismo por haberme quedado a escuchar.

–Dispongo de poco tiempo, anciano –dije.

–Soy Osián –pronunció su nombre como «O sheen». Esperó a que yo hablara.

Negué con la cabeza ante lo imposible de su afirmación.

–Cuenta tu historia a mi escriba, Osián.

No fue Osián el que hizo que me sentara, y tampoco Breogan con su impaciente pluma, sino la voz; la misma voz que me había impulsado a correr por el campo hacia el anciano, la que hacía tiempo me había susurrado zalamerías al oído, la que me había engatusado para que volviera a Irlanda cuando yo ya no quería saber nada más de ese lugar.

–Siéntate, Padraig –ordenó.

Atónito, me senté.

Primera parte

«Te lo suplicamos, hijo, ven a pasear
de nuevo con nosotros.»

Patricio, *Confesiones*

I

Qué sabes de mi padre, Parrig? ¿Qué sabes de Fionn Mac Cumhail?

–Era el caudillo de los guerreros de Irlanda, y no pudo ser tu padre. ¡Utiliza la cabeza, anciano! Fionn Mac Cumhail lleva muerto doscientos años.

–Era el caudillo de los *fianna*, sí, pero no lo fue siempre. Sus comienzos no fueron tan gloriosos. Nació al caer el invierno, Padraig. Nació en medio de la nieve, cuando su madre huía de los clanes de Goll Mac Morna. ¿Quieres que te cuente lo que pasó?

Cerré los ojos y los apreté con los dedos. Detrás de mis párpados estallaron luces rojas y púrpura. Sentí cómo un gran suspiro brotaba desde lo más profundo de mi ser. Osián rió.

–Suspiras como un irlandés, Padraig.

–Seguramente es lo único que hago como un irlandés. Cuéntame tu historia. Parece que estoy obligado a escucharla, pero no la prolongues demasiado.

–Prolongarla demasiado…

Osián hizo una pausa y de nuevo miró con asombro sus nudosas manos. Esbozó una sonrisa torcida, y noté que se me encogía el corazón. Meneé la cabeza para desterrar esas muestras de debilidad.

Osián empezó su relato.

–Mi abuela se llamaba Muirne, Padraig. Era joven y hermosa. Su pelo era cobrizo como las hojas de los árboles en otoño. Era hija de un druida, esposa del gran jefe Cumhail Mac Trenmor. Sin embargo nada pudo ayudarla durante las guerras que tuvieron lugar en el ocaso del clan…

Desde su escondite entre las ramas de los pinos, Muirne observaba en silencio cómo los últimos de su pueblo se internaban en el bosque. Se dispersaban en todas direcciones, incluso hacia el ejército que se acercaba, para crear multitud de huellas destinadas a confundir a los guerreros de Mac Morna, a alejarles el niño que acababa de nacer. Entretanto el bebé mamaba, arrebujado entre los pliegues de la capa de Muirne. La mujer separó la tela que lo cubría y miró la diminuta mano que se curvaba como una hoja contra su seno y los dulces labios que se fruncían chupando de su pezón.

Alrededor de ella la nieve todavía estaba manchada de sangre. Demasiada sangre. Muirne tendió las manos para comprobar si los copos que atravesaban el denso follaje conseguirían tapar, antes de que llegaran los hombres de Goll Mac Morna, las señales que delataban el nacimiento de su hijo.

El capitán de la guardia de su marido reparó en su gesto. Se acercó con una rama de pino y empezó a borrar los rastros de sangre. Muirne le indicó que se detuviera, y él se arrodilló a su lado y le cogió la mano. El rostro del hombre reflejaba la pesadumbre de Muirne.

–Permite que me quede –pidió–. Cumhail así lo hubiera querido. O deja que te lleve en brazos.

–No –murmuró ella sin apartar la vista del recién nacido–. Cumhail hubiera querido que su hijo viviera, que su hermano viviera. Olvidas, Crimnall Mac Trenmor, que también te buscarán a ti. –Le dio unas palmaditas en la mano con expresión ausente y añadió–: Mi marido hubiera querido que el clan na Bascna se levantara de nuevo.

–¡Mac Morna te matará, Muirne!

–Mientras Mac Morna se pregunte si mi hijo vive, mientras crea que alguien me traerá noticias de mi hijo, no me hará ningún daño. Me dejará en libertad con la esperanza de que le conduzca hasta el niño. Ahora háblame de mi otro hijo, de Tulcha. ¿Ha conseguido escapar a Alba?

–Sí, Muirne.

La mujer asintió y, con gesto cansado, apoyó la cabeza contra el tronco del árbol.

–Di a Bodhmall que venga.

La anciana druida se acercó. Su pelo gris flotaba al viento. Se arrodilló al lado de Muirne y clavó en ella la mirada de sus ojos verdes como el agua.

–Entrégamelo ahora, señora. Goll Mac Morna se acerca –dijo mientras tendía los brazos.

Muirne apartó con delicadeza al niño de su pecho. Con los ojos secos observó cómo Bodhmall lo envolvía en la manta con los colores del clan y lo entregaba al ama de cría para que lo amamantara. Por un momento Muirne volvió la cabeza, y su cobriza melena se desparramó sobre sus hombros. Luego cogió la mano de la anciana y la apretó entre las suyas. No emitió ni un sollozo.

–Llevarás contigo a Liath, la mujer guerrera. Mi hijo debe aprender el arte de la guerra y de los druidas.

–Es una sabia decisión.

La vieja se levantó.

–Bodhmall, deja que le vea una vez más.

–Sólo aumentará tu dolor, Muirne.

–Es mi dolor. Lo soportaré igual que el dolor por la muerte de mi marido a manos de Goll Mac Morna; igual que el dolor por el exilio de mi primogénito en Alba.

–El dolor por la pérdida de tu hijo recién nacido será aún mayor –repuso Bodhmall.

No obstante, cogió al niño de los brazos del ama de cría y se lo entregó a Muirne. Ésta parecía embeberse de él. Acariciaba los rizos de su cabello, rubio como el oro incluso a la luz de la luna. Por un instante el recién nacido abrió los párpados y miró fijamente a su madre. Sus ojos eran grandes, luminosos, entre azules y verdes, una combinación del color del agua, la luz y el bosque que Muirne no había visto en su otro hijo. Le sorprendió la intensidad de su mirada. El niño la observaba sin llorar. Parecía darse cuenta de todo lo que ocurría.

–Demna –dijo la mujer levantando la vista hacia Bodhmall–. Se llamará Demna.

Bodhmall asintió y tendió las manos hacia el niño. Al instante Muirne lo estrechó contra sí. Apretó la nariz contra su cuello para impregnarse del dulce olor de su cuerpo. Rozó con un beso la aterciopelada mejilla, la diminuta oreja, posó los labios en los dorados rizos de su pelo.

–Nunca pensaré en ti como Demna –susurró al pequeño–. Dentro de mi corazón serás Fionn. Fionn, el hijo de la luz.

Bodhmall se irguió y husmeó el aire como un perro de presa.

–No tenemos tiempo, Muirne. Goll Mac Morna y sus hombres están muy cerca.

Cogió al niño mientras hacía un gesto a Liath, la mujer guerrera, y al ama de cría para que la siguieran. El pequeño grupo se desvaneció rápida y silenciosamente en el bosque.

Muirne no lloró. Se reclinó sobre la pinaza y observó cómo los copos de nieve que atravesaban las ramas cubrían las últimas huellas del nacimiento.

Hasta que Goll Mac Morna y sus hombres entraron en el claro y vio sus rostros aterrorizados y cómo sus manos hacían signos contra el maligno, no se dio cuenta de que los agudos lamentos que oía no eran los de un lobo solitario. Aun al saberlo no pudo contenerlos, y gritó a las estrellas de aquel cielo de invierno que sería una madre sin hijo.

–¿Siguió viviendo o la mataron?

El anciano había dejado de hablar. Me miró con una sonrisa aviesa.

–Creí que no querías escuchar mis estúpidas historias.

Sentí cómo enrojecían de vergüenza mis mejillas y, para ocultar mi turbación, me levanté y arreglé los pliegues de mi hábito. Breogan todavía estaba garabateando. No levantó la vista de su papel.

–Es cierto, no quiero escucharlas –afirmé–. Y no puedo decir que las crea.

Osián permaneció en silencio. Me dolía decirle la verdad.

–Cuentas muy bien tu historia –añadí.

–Yo era el bardo, Padraig, el poeta. Me dedicaba a contar historias, y mi padre las adoraba.

–Quienquiera que fuera tu padre debía de estar encantado con tus historias, anciano, pero tu padre no fue Fionn. –Me dirigí hacia la puerta–. Termina con tus garabatos, Breogan, y trae esos cuentos al refectorio.

Breogan asintió con la cabeza y, mientras me encaminaba hacia la puerta, Osián pronunció la última palabra.

–¡Padraig! –exclamó–. Vivió.

2

Durante toda la semana siguiente no fui a la celda del anciano. Enviaba al hermano Lonan con un desayuno caliente y un buen pan negro. Cuando sus ojos se iluminaron al saber cuál sería su tarea, le impuse voto de silencio para que no pudiera suplicar al anciano que le contara historias. Al verle regresar con la cara radiante, le relevé de su tarea y dispuse que, a partir de entonces, los hermanos se turnaran de forma que ninguno se quedara con él más de unos minutos. A pesar de ello, cuando celebraba la misa de la mañana, me daba cuenta de que volvían la cabeza hacia su celda, y fue esta razón, más que cualquier otra, la que me convenció de que el anciano debía irse.

El primer día de la segunda semana me dirigí, plenamente decidido, a la habitación del anciano. No estaba acostado. Se hallaba de pie junto a la ventana, vestido, envuelto en la capa de cuadros que llevaba puesta el primer día que le vi. Era más alto y corpulento que cualquiera de los hermanos. Su cabeza y sus hombros tapaban el hueco de la ventana. Contemplaba el campo y la verde hilera de árboles que lo separaban del bosque. Creí que no había reparado en mi presencia, pero habló sin darse la vuelta.

–¿Estás seguro de que se han ido todos?

–¿Todos los *fenians*? Sí, estoy seguro.

Entonces se volvió. Vi que el azul de sus ojos brillaba como un remanso.

–No puedes imaginar cuánto les añoro, Padraig. Mi padre era distinto de todos. Y mi hijo. No debería haberles dejado.

Quería decir algo mordaz, como que no podía haberles abandonado doscientos años antes y seguir todavía aquí. Sin embargo, la tristeza que reflejaba su rostro era tan manifiesta y parecía tan desvalido que mi corazón recordó su propia pesadumbre.

–Sé lo que es añorar a la familia y no poder acudir a su lado.

Clavó en mí la mirada de sus ojos intensamente azules.

–¿Por eso les odias tanto, Padraig?

–¿A quién? No hay lugar para el odio en la doctrina de mi Dios.

–Pero sí lo hay en su druida –hablaba en voz baja, con tono amenazador–. Esos chicos que has reunido... Todos, excepto Breogan, son jóvenes guerreros sin *fenians* a los que seguir, pero tú los castigas y reduces al silencio, les haces cavar los campos como si fueran *cumhals.* Te temen, Padraig. ¿Es eso lo que pretendes?

Cogí una silla y me senté pesadamente. Elegí la única frase que había pronunciado que podía justificar mi ira.

–No soy druida.

Agitó los brazos ante mí.

–Te asusta contestar a mi pregunta, sacerdote. Es así como te llaman, ¿verdad? Sacerdote, abad, hermano... hermano, pues ¿por qué les odias tanto?

–¿Qué sabes tú de mí, anciano?

–Sé lo que me ha contado Breogan, y Lonan, y todos los demás. Sé que llevas aquí menos de un año, que te llaman el predicador y el Adze-Head, por la tonsura. Dicen que hablas de alguien llamado Cristo. Breogan me explicó que los druidas predijeron tu llegada hace muchos años.

Con los ojos cerrados, recitó:

> Llegará de una isla de oriente,
> el Adze-Head, el predicador,
> el que viste de marrón.
> Con el báculo inclinado
> y la mesa encarada hacia el este,
> dispondrá un nuevo banquete

destinado a un dios desconocido
en nuestros tiempos.
Derribará a nuestros dioses,
destruirá nuestros altares.
Desde su altar cantará.
El pueblo le contestará:
así sea para siempre.

–No es más que un desatino druídico.

–Por ese desatino muchos están aquí, contigo. Te esperaban.

–Les impuse voto de silencio –susurré.

–¡Bah! –El anciano agitó las manos–. ¿De veras crees que hacen caso de esas necedades cuando pueden escuchar las historias de los *fenians*? Son como son, Padraig. Son irlandeses. Ya te advertí que los *fenians* son la luz en el corazón de Eire. Tu estúpido voto no podrá silenciarlo.

Palidecí de ira.

–¿Corazón de Eire? Yo he estado en el corazón de Eire. No existe luz. No existe nada. Sólo desolación y frío.

–Ya nos estamos acercando.

–¿A qué? Hablas en clave y te crees sabio.

–Sé que fuiste esclavo en Eire.

–En efecto. –Me levanté, avancé hacia el anciano y exclamé–: Esclavo. Sin embargo no pudieron retenerme. Ni a mi cuerpo ni a mi alma. Ambos huyeron de este despreciable lugar.

–No obstante regresaste.

–Sí, regresé porque debía hacerlo, porque no tenía elección.

–Ahora les esclavizas para vengar tu esclavitud y la rabia que sientes por tu regreso.

–¡Eso no es cierto!

–Sí lo es.

–¡Lo que tú digas no tiene importancia! ¡Por la mañana ya te habrás ido!

Salí de la habitación y anduve deprisa por el pasillo. En el zaguán me encontré a Breogan, que sujetaba sus cajas y papeles contra su pecho.

–Déjale con sus cuentos. Ya no queremos más insensateces sobre los *fenians.* Te prohíbo acercarte a esa habitación.

Breogan no dijo ni una palabra. Permaneció quieto como una piedra. Advertí que se volvía para ver si me alejaba, pero no me quedé para comprobar si desobedecía mis órdenes. En lugar de ello salí apresuradamente a la luz del sol, corrí hasta el viejo granero que usábamos como capilla y me hinqué de rodillas sobre las heladas piedras ante el altar. Me incliné con los puños apretados. Incapaz de contener mi ira, exclamé a Aquel que me había obligado a regresar:

–¿Por qué?

Mi voz rebotó contra las paredes y retumbó en toda la capilla. Luego se hizo el silencio. Esperé, porque sabía que mi pregunta obtendría respuesta.

La mañana dio paso a la tarde. La luz que entraba por las ventanas atravesaba las partículas de polvo. Cuando llegó la oscuridad, apareció Breogan para encender las velas del altar. Observé su espalda, su cabello rojo. Vestía una túnica blanca con unas cenefas bordadas en hilo de oro. Era una túnica de druida y sentí cómo la ira me invadía de nuevo. Cuando se dio la vuelta vi que no era Breogan, sino un hermano cuya cara no reconocía.

–¿Quién eres? –pregunté.

–He sido enviado –respondió.

Quedé perplejo y meneé la cabeza.

–¿El anciano ha enviado a un druida para que hable conmigo? ¿Qué locura es ésta?

El hombre se rió. Sus carcajadas resonaron en toda la capilla, y al oírle mi corazón se sintió aliviado.

–Padraig, estás en guerra con todo cuanto te rodea y, sobre todo, contigo mismo.

Entonces comprendí que era un mensajero.

–¿Por qué el Único no habla conmigo por sí mismo? Siempre me habla aquí –dije mientras ponía los dedos en mi frente.

–Tu mente no está lo bastante sosegada para oír la Voz. Por eso me han enviado.

Se burlaba de mí, pero en su risa no había malicia.

Se aflojó el nudo que tenía en el estómago y sentí cómo se relajaban mis hombros. Luego me enderecé.

–Siéntate, Padraig –indicó–, has estado arrodillado demasiadas horas.

Se sentó con naturalidad frente a mí. Cruzó las piernas y apoyó las manos sobre sus rodillas. Le imité, aunque sentía que había algo extraño en ese momento.

El mensajero empezó a hablar.

–El anciano te ha sido enviado.

Meneé la cabeza.

–No es posible. Le encanta discutir y siempre miente. Habla sobre druidas y me desafía ante mis propios hermanos. Ha dado al traste con la disciplina que conseguí imponer durante el año pasado.

–Sin embargo ha traído historias, Padraig –repuso.

–Historias de infieles, guerreros del pasado y ceremonias paganas. Los hermanos se empapan de esas fantasías como si bebieran agua. Estoy seguro de que mi Dios no quiere que esto ocurra.

–¿Pones en duda la voluntad de Dios? –preguntó el mensajero con tono severo.

–No, en absoluto –respondí, todavía irritado–. Estoy aquí, ¿no es cierto? En el lugar donde menos deseaba estar.

El mensajero esbozó una sonrisa burlona. Había algo en ella que me recordó al anciano.

–Estás aquí –afirmó–, pero tardaste más de dieciocho años en regresar, Padraig.

No supe qué decir. Tendí las manos y me encogí de hombros.

–Escucha al anciano, Padraig. Cada día se siente más débil en ese cuerpo. Si tú no las recopilas, sus historias se perderán para siempre. El bien más preciado de un bardo son sus relatos, y en los cuentos de ese anciano existe un ingenuo amor por este lugar que tanto aborreces.

–¡Tonterías! Te repito que conseguirá que los hermanos se olviden de todo lo bueno que hemos hecho. Esta gente no es como la mía. Se deja seducir con facilidad por los cuentos y las canciones.

El mensajero rió al tiempo que se echaba hacia atrás y levantaba las manos.

–Eliges a los más difíciles –exclamó dirigiéndose al techo.

Aunque no me dijo nada, sabía que se refería a mí, por lo que continué exponiendo mis argumentos.

–¿Sabes que afirma ser Osián, hijo de Fionn Mac Cumhail, un *fenian*? ¿Pretendes que transcriba los relatos de un embustero?

El mensajero no respondió. Me miró fijamente a los ojos y esperó.

–¿No me dirás que es Osián? ¿Esperas que me crea eso? ¡No es posible!

–Tú, mejor que nadie, sabes que todo es posible para la Palabra.

Cuando pronunció este nombre, lo supe. Mi corazón lo supo.

–Es Osián.

–En efecto –confirmó el mensajero.

–Entonces se quedará.

–Por supuesto –afirmó él.

Esa noche, durante la cena, levanté el voto de silencio. A pesar de que lo habían infringido una y otra vez, los hermanos no parecían sentir ningún remordimiento. En realidad me dedicaron una ovación.

Nunca comprenderé a los irlandeses.

3

A la mañana siguiente me levanté temprano y llamé a la puerta de la celda de Breogan. Ya se había despertado y sus útiles de escritura estaban dispuestos delante de él. Apenas me vio, empezó a recogerlos.

–¿Lo sabías?

Su cara se iluminó con una sonrisa.

–Mucho antes de que regresaras a Irlanda, Padraig, ya era tu hermano y tu escriba. Durante cinco años he viajado contigo por tu país y por el continente, incluso a Auxerre. He aprendido a conocerte. ¿Nunca te ha extrañado que el obispo te asignara un escriba irlandés que supiera escribir en el idioma de Roma?

–Nunca me lo planteé o, si lo pensé, supuse que era lo adecuado, ya que entre los dos conocemos los tres idiomas que se hablan en los lugares a los que viajábamos.

–Solicité este puesto, abad.

–¿Por qué?

–Porque en un sueño se me ordenó que lo hiciera.

Eso parecía aclararlo todo, y nos encaminamos hacia la habitación del anciano. Esa mañana estaba muy contento. Cuando entramos, se frotó las manos como si fueran hojas secas y dijo con voz atronadora:

–¿Qué voy a contarte esta mañana?

–¿Todos conocéis el futuro menos yo? –pregunté con desánimo mientras me instalaba en la silla romana de patas cruzadas.

Osián se echó a reír.

–He desayunado. Has levantado el voto de silencio. Los hermanos hablan.

Respiré hondo.

–Muy bien. Por lo que recuerdo, ya nos has contado el nacimiento de tu padre. Sería mejor que empezaras desde el principio. Háblanos de su infancia, pero no te extiendas demasiado, anciano. Tengo asuntos que atender en el monasterio.

Osián me miró con cara de sorpresa.

–Mi padre. Has dicho mi padre. Así pues, ya lo sabes. No me equivocaba cuando te llamé druida.

–Si no puedes verme de otra forma, considérame un druida de Cristo.

–Bien –exclamó Osián–. Si es ese Cristo el que te ha hablado de mi padre, me gustaría conocerlo.

Vislumbré un resquicio de esperanza y sonreí.

–De acuerdo –convine–. Cambiaremos historias por historias, pero esta mañana empezarás tú.

Osián asintió.

–Mi padre creció en las montañas de Slieve Bloom. Se llamaba Demna, como quiso su madre. Bodhmall y Liath fueron las únicas madres que conoció. Aparte de vagabundos y algunos vendedores ambulantes, fueron los únicos seres humanos con que trató, al menos hasta que cumplió los quince años...

Demna se agazapó detrás de las rocas y observó con asombro. ¡Chicos! ¡Chicos de su edad! Nunca había visto a nadie que tuviera sus mismos años.

Miraba a los muchachos que corrían por el campo, riendo, con su largo pelo ondeando alrededor de la cara, sus cuerpos brillantes por el sudor. Sin duda Liath y Bodhmall le despellejarían si se enteraban, pues le habían prohibido que se relacionara con otras personas, le habían advertido que se escondiera si veía desconocidos. Sin embargo, apenas podía soportar el entusiasmo que sentía.

Había pasado los quince años de su vida en las recónditas llanuras y valles de las montañas Slieve Bloom. Sus únicas compañeras habían sido la vieja druida Bodhmall, que le había enseñado los ritos mágicos y las historias de la antigua Eire, y Liath, la mujer guerrera, de la que había aprendido el arte de la caza y la pesca, a pelear y arrojar una lanza.

Aparte de unos pocos vagabundos y vendedores ambulantes, Demna no había conocido nunca a otros seres humanos. Observaba con melancolía a los muchachos que jugaban. Perseguían una pelota con un bastón curvo. Parecía bastante fácil. Demna se puso en pie y entró en el campo de juego.

–¡Tú, chico! –le interpeló un mozalbete muy alto, cuya larga cabellera negra flotaba alrededor de su cabeza–. ¡No te quedes en medio del campo!

–Quisiera unirme a vosotros.

Los chicos de ambos equipos rodearon al jugador de pelo negro y miraron al intruso con curiosidad. A sus quince años, Demna ya medía un metro ochenta y dos. Su cuerpo era musculoso y ágil, entrenado durante años de caza en los silenciosos bosques de Slieve Bloom. Bajo la luz del sol su pelo, de un rubio dorado, parecía envolverle en un aura luminosa, y sus ojos, de un azul verdoso como las aguas de un lago, lucían con un brillo extraño.

–¿Te conocemos? –preguntó el chico moreno.

–Me llamo Demna. Soy de estas montañas y es la primera vez que os veo.

El muchacho moreno señaló hacia el campamento que estaba al final del campo.

–Viajamos con el ejército fianna del rey Cormac.

Demna sintió que algo se revolvía en su interior. Intentó no prestarle atención, pero le resultó imposible. ¿Qué era lo que siempre le decía Bodhmall? «Sabrás cuál es tu destino en cuanto llegue, hijo.» Demna prorrumpió en carcajadas. Tonterías. Los muchachos le miraban con curiosidad.

–Quiero jugar con vosotros –repitió.

–¿Eres un buen lanzador? –preguntó el chico de pelo negro.

–¿Cómo?

Los chicos se echaron a reír y se dieron palmadas en la espalda unos a otros. El muchacho moreno sonrió.

–Puedes unirte a mi equipo. Te enseñaré todo lo que pueda. Me llamo Caoilte. Caoilte Mac Ronan.

Le arrojó su bastón, y Demna lo cogió al vuelo.

El equipo contrario empezó a quejarse de los siete tantos que había conseguido Demna.

–Juega demasiado bien. Debemos rehacer los equipos. El suyo juega con ventaja.

–Pues llévate a tres de los nuestros –exclamó Mac Ronan, que estaba asombrado por la agilidad y la fuerza del chico rubio–. Jugaremos con menos jugadores y conservaremos a Demna.

Incluso con tres jugadores más en sus filas, el equipo contrario no consiguió la victoria. Demna estaba en todas partes a la vez, corriendo silenciosamente como un animal salvaje, acercándose y alejándose como un lobo. El equipo perdedor estaba furioso.

–Tú ya le conocías, Mac Ronan. ¡Nos has engañado!

–¡Por Dagda! Juro que no le conocía. Pregunta a ese Fionn si me ha visto antes.

Demna, que estaba a punto de lanzar, se detuvo en seco. Se dio la vuelta y miró a Mac Ronan de hito en hito.

–¿Cómo me has llamado?

–Te he llamado Fionn, el luminoso. Pareces muy luminoso con tu pelo tan claro. ¿Por qué me miras así?

Demna palideció. Sintió que un aire gélido le recorría el pecho hasta cortarle la respiración. Soltó su bastón y se dirigió hacia la línea de árboles, fuera del campo de juego.

–Debo irme.

–Nada de eso; acabamos de empezar.

–Todavía no has jugado con nuestro equipo –exclamó un chaval pelirrojo–. Mac Ronan, ¡has sido tú quien le ha provocado para que se vaya! Tu equipo va a ganar, y no tendremos la oportunidad de igualar el marcador.

Demna vio cómo la rabia se dibujaba en sus caras, notó que se revolvían contra él, pero se sabía impotente para remediarlo. Fue esa palabra. Fionn. Fionn. *Le recordaba la nieve y algo más, algo muy cálido. Cerró los ojos y vio un carruaje dorado, a una mujer de blanco que estrechaba entre sollozos su cuerpo de seis años.*

No se defendió de los chicos que le atacaban con sus bastones. No peleó hasta que pensó en Bodhmall.

–¡Ella lo sabe! –exclamó, sepultado bajo un revoltijo de cuerpos–. ¡Siempre lo ha sabido! ¡Y ahora, por todos los dioses, va a decírmelo!

Con un rápido movimiento se zafó apartando a los chicos como si fueran los espantapájaros que Liath fabricaba cuando era niño para que aprendiera a pelear. La sangre le manaba de la nariz y los ojos mientras esquivaba a los más empecinados. Luchaba con calma, propinando un codazo a uno, golpeando a otro en la cara o derribando al de más allá.

Cuando por fin se libró de ellos echó a correr. Caoilte Mac Ronan se plantó delante de él, y Demna se echó a reír.

–Una interesante mañana, Mac Ronan, pero no te cruces en mi camino.

Mac Ronan retrocedió.

–Volveremos a encontrarnos, Fionn –afirmó.

Fionn se alejó a grandes zancadas entre los árboles del frondoso bosque sin que el resto de los muchachos se percatara siquiera de que había abandonado la pelea.

–¡Debes contármelo!

Bodhmall deslizó muy despacio una arrugada mano a lo largo del hilo mientras hacía girar el huso con la otra para devanar la lana. Su trenza gris se balanceaba sobre su túnica.

–Te lo contaré una vez que hayas dejado que Liath cure tus heridas.

Liath sujetó la cara del muchacho con firmeza para limpiar la sangre que tenía en los ojos con un paño empapado en la gélida agua del río.

–Ha sido una locura, Demna. ¿Acaso no te hemos enseñado nada para que te metas en líos como un niño?

–Me has enseñado a pelear, Liath, y como puedes ver lo he hecho bastante bien. Y Bodhmall me ha enseñado a esperar mi destino. Y sé que ya ha llegado. Además, no tienes por qué seguir llamándome Demna. Creo que mi auténtico nombre es Fionn.

Liath respiró hondo mientras miraba a Bodhmall.

–No, hijo. Tu nombre es Demna –corrigió con dulzura–. Sólo en el corazón de tu madre eres Fionn.

–¿La mujer del carruaje?

Bodhmall asintió sonriendo.

–Incluso excitado y confuso razonas bien, hijo. Vino cuando tenías seis años. No soportaba estar lejos de ti. Le mandé recado de que estabas bien y consiguió encontrarnos. Le dije que no volviera nunca más.

–¿Por qué? ¿Por qué fuiste tan cruel? ¿Tan celosa estabas que no podías dejar que conociera a mi propia madre?

Liath le propinó un coscorrón. Bodhmall, en cambio, le observó con calma.

–¿Eso piensas de mí, hijo, después de todos los años que hemos pasado juntos?

Fionn bajó la cabeza avergonzado.

—No, abuela. Sé que siempre me has querido, pero sigo sin comprender.

—Tu madre os puso en peligro a los dos viniendo hasta aquí. Ella lo sabía, hijo. Tu madre es Muirne, esposa de Cumhail Mac Trenmor.

Fionn la miró sorprendido.

—Mac Trenmor... Me has hablado muchas veces de él.

—¿Qué recuerdas? —preguntó Bodhmall con fingida calma—. Explícame lo que te he enseñado.

—Mac Trenmor fue asesinado por Goll Mac Morna y sus secuaces. Lia de Luachar, partidario de Goll, robó del cuerpo sin vida de Mac Trenmor la bolsa de piel de grulla que contenía los símbolos del poder de los fianna: *la liviana lanza del* sidhe *y las sagradas piedras de Eire, pero los* fianna *recuperarán el poder que les fue arrebatado cuando Fionn, hijo de Cumhail Mac Trenmor... ¡Por todos los dioses! —exclamó mientras se hincaba de rodillas delante de Bodhmall—. Anciana, ¿soy yo ese Fionn?*

Desde la puerta de la choza las dos mujeres observaban a Fionn, que estaba de espaldas a ellas, sentado a la orilla del río.

—Debemos conservarlo a nuestro lado —afirmó Liath.

—¡No podemos! Ha llamado a su destino. ¿Cómo vamos a conservarlo cuando el viento repite su nombre?

—¡No conseguirá sobrevivir si se aleja de Slieve Bloom! No conoce más mundo que el de estos valles. ¿Qué sabe de reyes, de guerreros, de mujeres?

La anciana posó la mano en su brazo.

—Sabe pelear porque tú le has enseñado. Conoce los senderos del bosque tan bien como las bestias. A veces creo que los animales le hablan y él les responde. Sabe pescar, cazar. Ha aprendido todo cuanto le he enseñado: la historia de Eire, la poesía, las leyendas. Sabe del Otro. Ahora conoce cuál es su lugar en el destino de Eire. No puedo enseñarle nada más.

—Hay algo más. Puedo enseñarle algo más, Bodhmall, que hará que siga a salvo a nuestro lado.

Liath se soltó su melena castaña.

Bodhmall sonreía con tristeza.

–Sé lo que piensas enseñarle, mi pequeña guerrera. Piensas abrirle tus suaves muslos, amamantarle con tus pechos. Crees que dándole placer conseguirás retenerle. Pero te digo que no será así. Eres una mujer de cuarenta años y no podrás retener a un muchacho de quince que es reclamado por el mundo.

Liath sacudió su larga cabellera con determinación.

–¿No me das tu permiso para que le enseñe?

Bodhmall suspiró.

–No; no es eso. Al contrario, creo que es mejor que conozca ese poder de alguien que le quiera, de alguien a quien respeta.

–Sé que así conseguiré que se quede con nosotras –afirmó Liath, que acto seguido se alejó de la puerta con resolución y se acercó a Fionn.

Bodhmall contempló cómo se quitaba la túnica, se arrodillaba ante el muchacho, que la observaba con el entrecejo fruncido, y desataba el cordón de sus calzas. Luego la anciana suspiró y regresó al lado del fuego. Recogió el copo de lana con la intención de hilar de nuevo, pero se detuvo, pensativa, mientras se tocaba los doloridos dedos.

–Me hago vieja –susurró–. Vieja en las montañas de Slieve Bloom, pero no tanto como para haber olvidado que nuestros frágiles cuerpos no pueden evitar que el destino llame a nuestra puerta.

–Ya hemos tenido bastante por hoy.

Osián prorrumpió en carcajadas.

–Después de esto el cuerpo ansía el calor de una mujer.

–Aquí no tenemos esa clase de calor –repliqué–. Somos célibes.

–¿Célibes?

Breogan carraspeó y se concentró en lo que estaba escribiendo.

–No nos apareamos con mujeres.

–¡Por todos los dioses! ¿Por qué no?

–Dedicamos el cuerpo al servicio de nuestro Dios.

–¿Vuestro Dios os lo exige?

–No.

–Me alegro, porque de lo contrario no querría saber nada más de él.

Meneé la cabeza sin saber qué decir. En realidad me dolían las ingles y los recuerdos se agolpaban en mi cabeza. Salí de la habitación y durante todo el día no dejé de pensar en Fionn y en la mujer guerrera, hasta que me enfadé conmigo mismo, con Osián, con sus historias y, sobre todo, con Aquel que había hecho que me las contaran.

4

Cuántas veces se puede copular al día?

Liath reprimió un suspiro mientras miraba sonriendo las abultadas calzas de Fionn.

–Por lo que veo, al menos tres veces al día. Estás aprendiendo rápido, como siempre.

Fionn le deslizó la túnica por un hombro, le besó el pezón y notó cómo se endurecía bajo sus labios.

–Es maravilloso –susurró.

Liath desnudó su otro pecho, con una sonrisa de indulgencia. Mientras acariciaba el pelo de Fionn, inclinado sobre ella, dijo:

–Eres joven y fuerte, Fionn, y puedes copular tantas veces al día como desees. Únicamente debes estar seguro de que la mujer elegida también lo desea. Nunca debes tomar a una mujer que esté demasiado cansada o preñada o cuando te diga que no quiere acostarse contigo.

Fionn se echó hacia atrás con expresión preocupada.

–¿Te estoy fatigando mucho, Liath?

–¡Vamos, no te preocupes! –Le propinó un cariñoso coscorrón–. ¿Has visto alguna vez que me haya cansado mientras cazaba o lanzaba la jabalina? Soy un guerrero.

Lo que decía no se ajustaba del todo a la verdad. Durante los quince años que había pasado entrenando a Fionn, salvo por un par de breves encuentros con viajeros que pasaban por Slieve Bloom, Liath había permanecido casta. Después de haberse sometido durante tres semanas a las exploraciones de Fionn, le dolía el cuerpo en lugares cuya existencia había olvidado. Sin embargo se negaba a demostrarle que estaba agotada.

–De todas las formas que te he enseñado, ¿cuál te gustaría practicar ahora?

Fionn se encogió de hombros antes de desnudarse y se estiró en el suelo del bosque.

Liath sonrió y se tendió encima de él. Movió sus caderas suavemente hasta que se sintió húmeda. Fionn la rodeó con un brazo y, con delicadeza, tomó en su boca primero un pecho, luego el otro. Liath gemía quedamente. Fionn sonreía con placer.

–Te gusta.

Liath acarició su pelo con la mano.

–Siempre has sido un excelente alumno.

Se movió con más rapidez, y Fionn apretó las caderas contra las suyas y gimió.

Liath le había cogido por los hombros mientras la penetraba cuando, de pronto, en el claro del bosque apareció un jinete a lomos de un caballo.

–¡Te burlas de nosotros explicando todos esos detalles!

Me levanté de la silla y me acerqué a la ventana para mirar hacia el jardín.

Al ver interrumpido su relato Osián pareció sorprenderse.

–No, Padraig; no es cierto. Me limito a contar las historias tal como mi padre me las contó.

–¿Tu padre te contó esta historia?

–Mi padre apreciaba muchísimo a las mujeres guerreras desde que Liath se ocupó de su educación. Copuló con muchas antes de casarse con mi madre. Aseguraba que eran fuertes y divertidas.

Puse las manos en el marco de la ventana y apoyé la cabeza contra la piedra helada. Dejé que el frío invadiera mi cuerpo. Fuera, la lluvia salpicaba la delicada y envolvente niebla que sólo se levanta en Irlanda. A mis espaldas sonó un crujido. Me di la vuelta y vi que Breogan había salido de la habitación.

–Le he dicho que se fuera –explicó Osián con calma.

–Bien. A ti te obedecen al instante.

–Breogan percibe tu desasosiego. Cuando hablo de cópulas, siempre te enfadas. ¿Es porque has renunciado a las mujeres? ¿O acaso alguna perturba tus recuerdos?

Me senté en el alféizar y junté las manos sobre mi regazo.

–Fui esclavo en Irlanda, Osián. Seis años de esclavitud. ¿Lo sabías?

–Sí.

–Era la hija adoptiva de mi amo. Se llamaba Miliuc –dije, escupiendo su nombre–. Era sólo un niño cuando me hicieron esclavo, y ella era aún más joven. Crecimos juntos, pero estábamos tan distantes el uno del otro como suelen estarlo los amos de los esclavos. A pesar de todo algunas veces me sonreía, susurraba mi nombre… muy bajito, cuando su padre no la oía. Era muy hermosa. Su pelo era del color del cobre, largo y espeso, tenía pecas aquí –añadí señalando mi nariz– y una piel tan blanca y luminosa como las alas de una paloma. La miraba. Sabía lo que yo estaba pensando, las mujeres siempre lo saben.

–Sí, siempre lo saben –convino Osián. Sonreía.

Volví la cabeza para contemplar la lluvia. Sin mirarle, empecé a contarle mi historia.

–Fue durante el tercer año de mi cautiverio. Estaba destrozado… destrozado. Creía que nunca regresaría a mi casa. Apenas dormía, comía aún menos de lo que correspondía a un esclavo. Todavía no sabía rezar. Estaba muy solo. Pasaba todo el día con las ovejas en los pastos y por la noche dormía con los perros. Una noche, en medio de la oscuridad, entró en mi choza. Yo estaba despierto, con la mirada fija en las tinieblas, y la olí… adiviné su presencia antes de que llegara a mi lado. Me sentí muy feliz, como si hubiera estado esperándola.

»No dijo nada. Dejó que la túnica resbalara por sus hombros y se acostó a mi lado. Me ofreció sus pechos rodeándolos con las manos, sosteniéndolos ante mis labios como si fueran unos apetitosos pájaros.

Cerré las manos y las miré con asombro.

–Cuando la penetré no emitió ni un gemido. Me acariciaba el pelo y musitaba: «Será mejor ahora, Padraig. Ahora será soportable».

Noté que me ardía la cara al recordarla y bajé la cabeza.

–No volviste a verla –dijo Osián a mi espalda.

Negué con la cabeza.

–Seguramente su padre adoptivo nos descubrió. Por la mañana ya se había ido, la habían mandado de regreso con su verdadera familia. El caso es que reavivó el fuego que dormía dentro de mí. Volví a soñar con huir, a pensar en mi hogar. Ayunaba y rezaba, y en mis oraciones ya no estaba solo. Empecé a hablar de mi Dios con la gente que vivía en los alrededores del bosque de Foclut, y me escuchaban. Luego, después de seis años de esclavitud, la Voz me indicó cómo encontrar mi barco para regresar a casa.

»Crucé Irlanda. Durante todo mi viaje no dejé de buscarla, pedía a Dios volver a verla, pero nunca la encontré. Al fin conseguí llegar a la costa, donde estaban los barcos. Embarqué hacia casa con un cargamento de perros.

–¿Por qué ese recuerdo te avergüenza y enfurece?

Suspiré. ¿Cómo explicárselo a ese pagano? Meneé la cabeza.

–Cuando me convirtieron en esclavo, yo era un salvaje. Sabía tanto de Dios y sus designios como... como tú, anciano. Sin embargo, aprendí a conocerlo en la soledad de mis días de esclavitud, en los años de silencio. Ese conocimiento tendría que haberme bastado; no debería haber sucumbido a los deseos de la carne.

Chasqueó la lengua, y levanté la mano para pedirle silencio.

–Hay algo más. El honor. Debería haberla encontrado, debería haberle explicado lo que su regalo representó para mí. Un día daré con ella y entonces le ofreceré el regalo de Cristo a cambio del que me entregó.

–Ese Cristo del que hablas, ¿es un dios?

–Es el Hijo del Creador, la Luz, la Palabra hecha carne.

–¿Era un dios con cuerpo?

–Sí.

–¿Se acostaba con mujeres? Muchos dioses lo hacen.

–No. Se encarnó y murió en un cuerpo.

–Si no disfrutaba con su cuerpo, ¿por qué eligió vivir dentro de él?

–Claro que disfrutaba con su cuerpo. Le gustaba pasear por las colinas, celebrar fiestas con sus amigos, comer, beber vino, pescar, navegar por el mar y contar historias. Adoraba contar historias.

–¡Ah! –exclamó Osián.

Entonces reparé en la trampa y, aunque me enfurecí, intenté reírme del astuto anciano.

–¡Argumentas como un sofista! –espeté.

–No conozco esa palabra. En todo caso ese dios es taimado, además de sutil.

–¿Taimado?

–Sin duda deseaba que regresaras aquí. Por eso te proporcionó tan dulces recuerdos de Irlanda y una voz que susurraba a tu cuerpo, a tu placer, al recuerdo de esa mujer, para que no olvidaras que también eres un hombre.

–Estoy avergonzado de lo que hice. No fue un don de Dios, sino mi propia debilidad.

–¿Estás seguro? –preguntó–. No estás tan avergonzado como para olvidar. –Lo dijo muy serio, pero sus ojos brillaban de malicia.

Hubiera debido explicarle que vivimos sólo temporalmente en nuestro cuerpo, que los deseos de la carne han de someterse a las necesidades del espíritu, pero no pude. En lugar de ello clavé la vista en mis manos, encallecidas por el duro trabajo, de dedos largos y finos, y palma delicada, casi femenina.

–Una vez confesé mi pecado a una persona que creí era amiga. Me traicionó ante los obispos de Francia.

–Es una historia hermosa, Padraig, pero no la contaré si no quieres que lo haga.

–Lo sé –afirmé para mi propia sorpresa.

De pronto me sentía animado. Durante doce años había soportado el peso de mi falta y nunca me había sentido liberado hasta que se la conté a un viejo pagano, que sin duda era un grandísimo embustero. Meneé la cabeza.

—Tu Dios me gusta más de lo que creía, Padraig —reconoció Osián.

—No me llamo Parrig —repliqué automáticamente—, y estoy seguro de que mi Dios se sentirá satisfecho con tu aprobación.

No pude evitar dirigirle una sonrisa mientras pronunciaba estas palabras.

Después de la cena dejé que el anciano contara sus historias a los hermanos tras obligarle a prometer que no trataría de apareamientos. A juzgar por el entusiasmo de los monjes, hubiera podido creerse que les había permitido asistir al Sermón de la Montaña. Entre risas y murmullos se juntaron alrededor del viejo mientras se empujaban para sentarse lo más cerca posible de él. Osián ocupaba una silla romana de campo con reposabrazos, recubierta con piel de lobo, y Breogan le llevó una jarra de la mejor cerveza de la abadía. Al verle sonreír a los hermanos que le rodeaban, bromear con uno, amonestar a otro, no pude evitar pensar que era como contemplar a un viejo rey, tan seguro de su poder que ni siquiera sus muchos años habían conseguido disminuirlo. Además, nadie contaba las historias como él… las pausas bien elegidas, los gestos histriónicos, la voz que parecía encerrar el sonido de muchas lenguas. Me alegraba de que el mensajero me hubiera aconsejado escucharle, ya que de lo contrario me habría avergonzado sentir tanto placer al oír los relatos de un pagano.

—¿Dónde me quedé? —preguntó.

—Cuando Fionn debe abandonar el bosque —respondí— y alejarse del cuidado de Liath y Bodhmall.

—¡Ah, sí! El día en que Fionn se vio obligado a abandonar a su querida druida… y a la mujer guerrera, Liath.

Me miró riendo y empezó su relato.

El jinete avanzó hacia el claro del bosque donde estaba Fionn... con Liath, la mujer guerrera. Descabalgó ágilmente y se echó la capa sobre los hombros.

–¡Caoilte Mac Ronan! –exclamó con júbilo Fionn. Se puso los calzones, los ató y dio unas palmadas en la espalda de Mac Ronan–. Te recuerdo muy bien, pero dime ¿cómo me has encontrado?

Liath se acercó a Fionn. Estaba desnuda, con la piel brillante de sudor, la respiración entrecortada. Tenía una lanza en la mano derecha. Fionn le sujetó el brazo.

–No he sido yo quien te ha encontrado –respondió Mac Ronan–, sino los guerreros de Goll Mac Morna. Después de jugar el otro día, todos los chicos hablaban de ti, del fionn *que había surgido del bosque, del que jugaba al* hurley *como si él sólo fuera todo un equipo, del que saltaba como un animal salvaje, del que se escurría como un lobo. Goll Mac Morna oyó hablar de ti. Se preguntaba por qué un chico guerrero tan capaz vivía solo en el bosque. Durante muchos días hizo que sus* fenians *te buscaran. Anoche regresaron para comunicarle que había un chico que vivía en el bosque con dos ancianas. –Por un instante su mirada se dirigió a Liath–. Sus informes no eran del todo exactos.*

Liath hizo un gesto.

–¿Por qué has venido, muchacho? –preguntó con tono desabrido.

–Mac Morna comprendió de inmediato que se trataba del hijo de Cumhail Mac Trenmor. No puede permitir que sigas viviendo, porque tienes algo que reclamar a los fianna. *Ordenó que me vigilaran y al enterarme de sus planes me fui antes de que se reunieran. Viene con todo un* fian... *con doce hombres dispuestos a matarte.*

En ese momento Bodhmall apareció en el claro con un hatillo en sus manos. Sin apresurarse, tendió una túnica limpia a Liath y sujetó el hatillo a la silla del caballo de Mac Ronan.

–Así pues, ya llega –se limitó a decir–. En el hatillo hay comida para varios días y ropa limpia. –Miró a Liath con expresión irónica–. También la hierba evanescente. Debes ir hacia el norte, hacia el río Boinne, que está a un día de viaje. Allí vive un mago llamado Finegas. Con él estarás a salvo, hijo.

–Abuela, no puedo dejaros solas a ti y a Liath. ¿Cómo os defenderéis?

Liath prorrumpió en carcajadas.

–A los que yo no pueda matar, Bodhmall los sumirá en una niebla druídica. –Su voz parecía saborear todas las posibilidades–. Estaremos bien y, cuando se hayan marchado, partiremos hacia el sur, hacia...

–¡Liath! –interrumpió Bodhmall–. El muchacho debe irse ahora. ¿No oyes los cascos de los caballos?

El cuerpo de Liath quedó inmóvil, alerta. Asintió. Mac Ronan subió a su caballo y alargó el brazo.

–¡Vamos, Fionn! –exclamó, eufórico–. ¡Nuestra primera aventura!

Fionn saltó sobre el negro alazán y se alejaron al galope del claro. La última visión que Liath y Bodhmall tuvieron de Fionn fue su torso desnudo inclinado bajo las ramas de los árboles; el último sonido, su voz, que exclamaba;

–¡Mac Ronan! ¡Debemos encontrar una montura para mí!

Al atardecer el caballo estaba agotado, su lomo se arqueaba, su boca estaba cubierta de espuma. Mac Ronan lo condujo hasta un arroyo, le quitó la silla y le dejó beber hasta saciarse. Frotó sus flancos con una manta y levantó sus cascos para comprobar si tenía piedras.

Se oían los aullidos de los perros en la distancia, hacia el sur.

–Están bastante lejos –observó Fionn–, pero sus perros han olido nuestro rastro.

Mac Ronan asintió.

–Pero pesamos demasiado para la pobre bestia.

–Tendrás que soltarla.

–Deberemos escondernos hasta que anochezca, luego buscaremos monturas de refresco.

–Primero tendrás que enseñarme cómo he de hablarles.

Mac Ronan le miró con asombro.

–¿No sabes montar?

–¿Para qué necesitaba un caballo? He vivido siempre en los bosques de Slieve Bloom. Ahora comprendo que debo aprender su lengua para cabalgar.

Mac Ronan meneó la cabeza.

–No se habla con ellos, se les tranquiliza y guía con las riendas. Debes aprender cómo controlar sus movimientos.

–Enséñame.

Mac Ronan cogió las riendas con una mano, montó sobre el caballo y tiró de ellas. Le hizo andar hacia atrás, girar a un lado y a otro, andar al paso. Fionn observaba con atención. En cuanto Mac Ronan descabalgó y le tendió las riendas, se acercó, apoyó su frente contra la testuz de la bestia y se quedó quieto. Al fin el caballo alzó la cabeza, y Fionn le puso la mano alrededor del hocico. Sopló suavemente en los ollares y la montura resopló varias veces. Luego lo montó, soltó las riendas y cabalgó sin sujetarse por el pequeño prado.

–Exactamente igual que en el hurley. *Seguro que ya sabías hacerlo.*

–No, hermano, no sabía, pero la vida en el bosque me ha enseñado que todos los animales tienen su propio lenguaje. En cuanto lo aprendo, nos hacemos amigos.

–Dirán que te conviertes en bestia.

Fionn se echó a reír.

–Me estás viendo tal como soy. De todos modos mi abuela me enseñó que las transformaciones ocurren en la mente. ¡Ahora, vamos a escondernos!

Volvió a apoyar la frente contra la testuz del caballo, que enseguida se alejó al galope. Fionn y Mac Ronan ocultaron la silla de montar, luego bajaron por el lecho del riachuelo hasta el lugar en que describía una curva antes de adentrarse en el bosque. Fionn sacó de la bolsa que le había entregado Bodhmall una jarra redonda de piedra.

–Tiende las manos –ordenó a Mac Ronan, y vertió en sus palmas un líquido espeso y oscuro.

–¡Por todos los diablos! ¡Huele a muerto!

–Es la hierba evanescente. Debes untarla por todo tu cuerpo y tu ropa. Confundirá a los perros y les excitará tanto que no podrán seguir nuestro rastro.

–¿De qué está elaborada?

–Del olor de muchos animales. De sus despojos, del almizcle de sus celos y del jugo de muchas plantas.

–Ahora todos dirán que desapareces en el bosque, pero les diré que se equivocan, Fionn. Les diré que es cierto que desapareces, ¡pero porque apestas!

Al anochecer salieron de una cueva que hendía la colina. Los ladridos de los perros se oían cada vez más lejos, hacia el oeste. Mac Ronan emprendió la marcha hacia el nordeste, hasta que llegaron a un pequeño rath situado en el límite del bosque.

Mac Ronan murmuró al oído de Fionn:

–No es más que un pueblucho. Sólo el jefe tendrá caballos.

–¿Vamos a robarlos?

Mac Ronan asintió.

–¿Al estilo de Mac Morna?

–Así es.

–Yo no apruebo esos métodos. Cuando sea jefe de los fenian, no empobreceremos más a los pobres.

A continuación avanzó a grandes zancadas hacia la puerta del rath. Un centinela, con una capa de un solo color, signo de pobreza, les impidió el paso.

–¿Quiénes sois?

–Soy Fionn Mac Cumhail.

El centinela se echó a reír.

–Y yo Dagda. Di tu nombre. Estamos de duelo y no nos sentimos con ánimo para oír tonterías.

Fionn miró a Mac Ronan.

–¿Qué clase de enfermedad padece este individuo, que se niega a creer a un hombre que dice cómo se llama?

–¿No lo sabes?

–¿Saber, qué?

–Leyendas... historias. Durante muchos años las han contado desde el sur de Kerry hasta la sala de banquetes del rey Cormac. Rumores que aseguran que Cumhail Mac Trenmor tuvo un hijo, que ese hijo pronto aparecerá para recuperar el lugar que robaron a su padre. Mac Morna no es un caudillo.

–¿Por eso fuiste a buscarme?

–Sí. Lo comprendí durante el partido de hurley. *Posees el don de que los hombres te sigan de buen grado. –Acto seguido se dirigió al centinela para añadir–: Alumbra a este hombre y míralo.*

–¡Traed una antorcha! –exclamó el centinela.

Dentro del rath *los hombres empezaron a moverse.*

Llevaron una antorcha de pino y Fionn quedó inmóvil en el círculo de luz parpadeante, que nimbaba su pelo. Al cabo de unos instantes llegó el jefe del rath. *Era un hombre maduro, con el rostro hinchado y surcado de arrugas, la capa mal puesta, torcida.*

Observó al muchacho en silencio.

–Soy Mac Earc. Dicen que afirmas ser Fionn Mac Cumhail.

–En efecto, padre, lo soy.

El jefe contempló largo rato a los jóvenes. Luego les condujo a su alojamiento. A la luz del hogar, una mujer lloraba inclinada sobre un ataúd en el que reposaba un niño de unos trece años.

–Era Glonda, nuestro único hijo –explicó el jefe–. El hijo de nuestra madurez. Lo asesinaron esta mañana.

Los sollozos de la mujer se hicieron más fuertes. Fionn se puso a su espalda, colocó la mano izquierda sobre el hombro izquierdo de la mujer y la mano derecha sobre su frente. Permaneció quieto, en silencio. El llanto de la pobre madre se apaciguó hasta transformarse en un débil jadeo, que después desapareció. Enseguida se quedó dormida, con los brazos sobre el cuerpo del niño.

–¿Cómo lo has conseguido? –preguntó el jefe.

–He sosegado su mente y disminuido los latidos de su corazón. Dormirá un rato. Sin embargo, no puedo quitarle el dolor. ¿Quién lo hizo y por qué?

–Lia de Luachar.

–Uno de los hombres de Mac Morna –dijo Mac Ronan.

–Lo mató por el caballo que mi hijo montaba y la comida que llevaba –explicó Mac Earc–. O tal vez lo hizo para divertirse, ya que el animal era viejo y la comida se reducía a una hogaza de pan de cebada y un poco de queso.

El jefe se dio la vuelta y clavó la vista en la oscuridad.

–El honor exige que pague esta muerte con su vida. ¿Ya ha pagado, Mac Earc?

El jefe volvió la cabeza para mirar a Fionn.

–Es un fenian, *muchacho. ¿Crees que alguien como yo puede exigir el precio del honor a un guerrero del rey Cormac? Se alejó al galope hacia el oeste, hacia Connaught. No creo que volvamos a verle.*

–Le verás –afirmó Fionn–, porque te traeré su cabeza. Se exigirá a su espíritu que proteja tu hogar para siempre, Mac Earc. Te digo que llegará un día en que los fenians *de Irlanda valorarán el honor por encima de todo lo demás.*

Una vez que los campesinos hubieron ensillado los caballos y les suministraron provisiones, los muchachos salieron del rath *y se adentraron en la oscuridad.*

–La venganza del niño deberá esperar, Fionn. ¿Te has olvidado de Goll Mac Morna y de que oímos ladrar a sus perros hacia el oeste?

–No lo he olvidado, pero he hecho una promesa. Debo cumplir mi palabra, Mac Ronan. No tienes por qué seguirme.

Su compañero se acercó a él y exclamó:

–¡Por los fenians*!*

–¡Por Eire! –vociferó Fionn.

El anciano se reclinó en la silla y tomó un largo trago de cerveza. Percibí el ligero temblor de sus manos, la gota que quedaba en la comisura de su boca. De pronto sentí la necesidad de protegerlo, de impedir que los hermanos notaran su cansancio. Me levanté y, por encima de sus cabezas, exclamé:

–Osián, ¡qué poderosa es tu voz! ¡Bendita sea el alma de Fionn!

Me asombró haber pronunciado estas palabras. No obstante obtuvieron el resultado apetecido: se rompió el hechizo que había creado el relato. Los hermanos empezaron a cuchichear, se pusieron en pie y desfilaron hacia sus celdas tras dar ligeras palmadas en el hombro de Osián o tocarle las manos en señal de gratitud. Alguno le bendijo haciendo el signo de la cruz en el aire. Pasaron a mi lado con la cabeza gacha. Uno de los más jóvenes esbozó una sonrisa, y Longan también me bendijo.

–Bendito seas, Padraig –susurró.

–No me llamo Padraig –repliqué.

Longan asintió con una sonrisa.

Sólo Breogan y yo supimos lo que pesaba el anciano cuando se apoyó en nosotros mientras le llevábamos a su celda.

5

Nos sentamos en un banco del pequeño jardín. Osián tenía la cabeza reclinada contra la pared del monasterio, y las manos abiertas al sol. Durante el tiempo que llevaba con nosotros la primavera había cedido paso al verano. Habíamos terminado con la siembra. Bajo la fría luz de la mañana, algunos hermanos escardaban la tierra, mientras otros se disponían a preparar el desayuno.

Rompí el silencio movido por la curiosidad.

–¿Consiguió tu padre matar al asesino del niño?

–Sí, lo consiguió…

Fionn y Caoilte tardaron dos días en encontrar el rastro de Lia de Luachair. Era el rastro de un caballo cojitranco y un hombre tan seguro de sí mismo que no tomaba precauciones. No destruía las cabañas que construía en el bosque, no apagaba las hogueras ni arrojaba las cenizas en los arroyos. Dejaba sus desperdicios a la vista de todos. Era evidente que no esperaba que le siguieran.

Le dieron alcance la tarde del cuarto día. Estaba sentado ante una choza, comiendo una pata de conejo. No se levantó cuando se acercaron, y ni siquiera al ver que eran sólo unos muchachos y que uno vestía la capa de los fenians *les invitó a compartir la comida que había preparado.*

–¿Qué trae a dos jóvenes a Connaught? –refunfuñó.

–Buscamos a Lia de Luachair –respondió Fionn.

–Soy yo. ¿Quién me busca?

–Yo te busco. Has quitado la vida a un niño y debes pagar por ello.

La respuesta despertó la curiosidad de Luachair, que alzó la mirada.

–¡Amenazas de un chico imberbe! ¿Acaso era tu hermano? Al menos deja que sea tu compañero el que me desafíe, ya que parece tener dos o tres años más que tú y por su capa sé que es un guerrero.

Mac Ronan se echó a reír.

–No le subestimes, Luachair. Sería la última vez que te equivocaras.

Lanzó su espada a Fionn, que la atrapó en el aire.

–Soy Fionn Mac Cumhail, hijo de Cumhail Mac Trenmor. No me servirá ningún fianna *que carezca de honor.*

Apenas oyó su nombre, Luachair se puso en pie.

–Conque tú eres el joven al que Mac Morna esperaba. ¡Poco tiene que temer de un jovenzuelo como tú!

Empuñó su espada y la blandió contra Fionn. Sin embargo, en el momento en que arremetió contra él, ya no le vio en el lugar donde estaba.

–Pues debería temerme. Y tú también, Luachair, porque mi furia acabará con tu deshonor.

La espada de Fionn cortó el aire con un silbido, y la cabeza de Luachair rodó por el suelo del bosque hasta que la detuvo el tronco de un gran árbol.

Fionn soltó las maniotas del caballo de Glonda, le dio de beber, le almohazó y miró sus patas. Recogió la cabeza de Lia de Luachair y la ató, sangrante y con una expresión de asombro en el rostro, al cuello del animal. Después lo hizo andar en dirección al rath *de Glonda.*

–Llevaré la cabeza al padre del chico. Tal vez le sirva de consuelo…

–Lo de la cabeza es terrible. ¿Cómo podría consolarle? Sólo le recordaría su pena.

–La cabeza es la sede del alma, Padraig. Deberías saberlo mejor que nadie. Mi padre creía que de ese modo el alma de Luachair se vería obligada a proteger a los padres de Glonda hasta que murieran.

–¿A qué te refieres cuando hablas del alma?

–A esa parte de nosotros que continúa, que pasa a otra vida para regresar de nuevo.

–¿De verdad lo crees? ¿Crees que el alma perdura?

–Nuestros druidas así nos lo han enseñado, sacerdote. ¿Me permites que reanude mi relato?

Una vez que el caballo se hubo alejado, Fionn y Caoilte se ocuparon del campamento. Apagaron el fuego y arrojaron los troncos de la hoguera en el arroyo cercano. Esparcieron las cenizas y procedieron a desmantelar la choza. Fue allí, escondida en la parte de atrás, donde Fionn encontró la bolsa.

Era más larga que el brazo de Fionn, de forma curva, y ligera como el ala de un pájaro. El joven la acarició y notó que era de piel de grulla, el ave de Aengus Og, dios del pueblo de los pájaros; estaba teñida en cuadros rojos y azules, con volutas y espirales dibujadas en toda su superficie. La sacó de la choza y se la enseñó a Mac Ronan.

–Mira qué cosa tan extraña he encontrado.

Mac Ronan empalideció.

–Si no creyera en la profecía, ahora me sería imposible negarla.

–¿Qué pasa?

–Esta bolsa pertenecía a tu padre. Hace años oí decir que Luachair se la había arrebatado después de su muerte, pero nunca lo creí. Hasta ahora.

Fionn temblaba mientras la observaba.

–Sé qué contiene, Mac Ronan. Bodhmall me lo contaba desde que era un crío. –Se sumió en sus recuerdos y empezó a recitar–: Había una bolsa que pertenecía a Cumhail Mac Trenmor, en cuyo interior estaba depositada la soberanía de Irlanda: las sagradas piedras y la espada forjada en la fragua del sidhe.

Mac Ronan se quitó su capa azul y verde, la extendió en el suelo, y Fionn desparramó los tesoros sobre ella. Ahí estaban las tres gemas: un rubí que refulgía como el fuego, una esmeralda que parecía contener toda la luz, y una piedra verde y plana que destellaba como un pez. Fionn las cogió y repitió lo que Bodhmall le había enseñado:

—Este rubí es la sangre de Irlanda; quienes vivimos y morimos por ella estamos siempre en su corazón. La esmeralda representa los verdes campos y bosques de Eire, para que nos deleitemos con su belleza y la preservemos de todo mal. La última piedra es el mar que la rodea, preñado de criaturas, que nos alimenta y protege.

A continuación desenvainaron la espada, cuya empuñadura llevaba también engastadas tres piedras de menor tamaño, circundadas de dibujos de espirales y cordones trenzados. A lo largo de la hoja, bruñida y resplandeciente, aparecían talladas unas letras en ogham, *el antiguo idioma de los druidas.*

—¿Qué dice?

—No lo sé. Bodhmall no me enseñó esa lengua. Esta espada fue forjada por los Otros, por los que moran en las colinas y en el mar.

—Sé de alguien que debe conocerlo. —Mac Ronan acarició la empuñadura—. Sin embargo, desconozco si aún vive. Tu padre tenía un hermano...

—¡He oído hablar de ese hermano! Era Crimnall Mac Trenmor, Bodhmall me lo explicó. Quería sacrificarse para salvar a Muirne, madre de... mi madre, pero ella no le dejó. Le suplicó que mantuviera vivo el espíritu de los fenians. *¿Vive todavía?*

*—Desde hace muchos años circulan rumores sobre un grupo de fe*nians *que moran en la espesura de los bosques de piedra. Nunca les presté crédito... hasta ahora. ¿Por qué otra razón los perros de Mac Morna se habrían dirigido hacia el oeste al ver que no podían alcanzarte? ¿Por qué encontramos a Luachair aquí, en los límites de Connaught, con la bolsa de piel de grulla? ¡Sin duda creen que tu tío vive!*

—¡Entonces debemos encontrarlo!

Fionn guardó los tesoros y se colgó al hombro la bolsa, que, cuando montó en su caballo, se adaptó a su espalda y al flanco del animal, dejándole cabalgar con entera libertad. Los muchachos se dirigieron al oeste, adentrándose en un paisaje inhóspito, en busca de los supervivientes de los fianna.

—Es una bonita historia, pero tu padre deambuló demasiado antes de ir en busca de Finegas, el mago, tal como le había indicado Bodhmall.

–Durante su vida mi padre recorrió toda Eire. Conocía cada uno de sus bosques y arroyos, cada uno de los *raths* y de los jefes. Todos le conocían y respetaban. –Osián miró alrededor–. ¿Por qué estás aquí, sacerdote?

–Quiero predicar la palabra de mi Dios.

–¿Piensas hacerlo en este humilde *rath*?

Contemplé lo que me rodeaba. El monasterio era pequeño; una casa rectangular de barro, paja y piedras, como las de los jefes de los pueblos. Sólo que yo había enseñado a los hermanos a construir mamparas de madera y habitaciones con puertas en el interior. Disponíamos de doce celdas y un refectorio, porque era lo que necesitábamos. Nuestra rudimentaria capilla estaba en un granero situado al otro lado del jardín.

–Resultó muy difícil conseguir este humilde *rath*.

–¿Con quién tuviste que pelear?

Prorrumpí en carcajadas.

–Con los perros de Dichu, el jefe del pueblo. Vine para predicar la palabra de Cristo, y no quería escucharla. Me echó los perros. Eran más de doce, y muy grandes. Cuando se acercaron a mí gruñendo, me arrodillé y repetí los gestos y sonidos que había aprendido cuando era pastor. En aquel tiempo vivía entre perros, eran mi única compañía. Supongo que tu padre hubiera dicho que había aprendido a hablar su lengua. En cualquier caso me derribaron, pero no tardé en incorporarme, y enseguida retozaron alrededor de mí como cachorros y comenzaron a lamerme la cara y las manos. –Al recordarlo me eché a reír–. Pensé que lo mejor sería bendecirles, de modo que les hice la señal de la cruz en la cabeza. Deberías haber visto la cara de Dichu, creía que iban a despedazarme. En ese mismo momento se convirtió, se postró de hinojos ante mí para que le bendijera. Luego me mandó a estos muchachos para que construyeran el monasterio y nos cedió el granero que utilizamos como capilla. También pretendía enviarnos mujeres para que cosieran y cocinaran, pero me negué.

Esta vez fue Osián el que se echó a reír.

–Es una bonita historia, me gustaría poder contarla.

–Puedes juntarla con las demás en tu saco de cuentos, anciano, pero no digas que fue magia lo que me salvó, sino la sabiduría de un niño esclavo.

–Eso también es magia, sacerdote. Piensa en lo que hubiera ocurrido si tu Dios no te hubiera mandado aquí. Huiste a tu hogar en un barco cargado con perros y reuniste a tus primeros seguidores con la ayuda de una jauría. Tal vez tu Dios te favoreció al hacerte esclavo.

Le miré con acritud.

–Eres demasiado listo, anciano.

Osián prorrumpió en carcajadas.

–Vuelve a explicarme qué deseas hacer aquí.

–Exactamente lo que he hecho. Quiero que esta gente conozca a mi Dios para que siga el camino de la verdad. Cuando lo haya conseguido, dejaré que alguien como Breogan continúe con mi labor y volveré a casa.

–Creo que no volverás a casa. Te quedarás aquí, con los irlandeses.

–¡Nunca! Son unos bárbaros. Esclavizan a las personas y cortan la cabeza de sus enemigos. Creen que sus chozas mugrientas son palacios, que su verde tierra vive y respira, que tiene alma. Creen en esas criaturas que llaman los Otros. Viven sus leyendas, canciones y poemas como si esas frivolidades fueran la vida real. Son unos necios soñadores. La gente del lugar del que procedo sabía organizarse. Mi padre se llamaba Calpornius. Era cristiano y decurión, un funcionario del gobierno de Roma. Ocupaba un alto cargo. Mi madre se llamaba Conchessa. Era una mujer bella y tranquila, que obedecía en todo a mi padre. En mi casa nunca se hablaba de mujeres guerreras ni de druidas.

»Vivíamos en una hermosa villa, Osián, blanca con tejas rojas. Era cuadrada y en el centro había jardines y fuentes. La recuerdo todos los días. El suelo era de mosaico, debajo había tuberías que daban calor y disfrutábamos de baños calientes todos los días. En cada habitación se esparcían braseros para iluminarnos, mullidos divanes y estatuas de alabastro. Éramos personas civilizadas.

»Todo me fue arrebatado cuando me hicieron esclavo. Todo. Sólo tenía dieciséis años. Durante seis largos años no volví a ver a mis padres ni mi casa. Cuando me fui era un joven rebosante de vida, animoso, lleno de esperanzas y sueños. Regresó un hombre abatido, privado de casi todo, cuya única compañía había sido la de los animales, un hombre que ni siquiera recordaba cómo expresarse.

»¡Esos irlandeses! Me gusta estar con ellos tanto como con el diablo.

–Sin embargo, volviste.

–Volví, por más que hice todo lo posible para evitarlo. Estudié para convertirme en sacerdote. Vivía en el monasterio de mi tío en Auxerre. ¡Aquél sí era un monasterio! Construido de piedra, todo de piedra…

–¿Por qué regresaste?

–Porque debía hacerlo. Él me envió visiones y sueños, me hizo oír voces. Durante dieciocho años nunca me dejó tranquilo. Por eso volví. Y haré lo que me ordenó. Tal vez entonces me permita regresar con mi pueblo.

–Creo que no te dejará, Padraig. Sospecho que ahora perteneces a este pueblo y te quedarás aquí para siempre.

–He intentado hacerte comprender que te equivocas. No soy Padraig, nunca lo seré. Me llamo Magonus Succatus Patricius, de Bannavem, cerca de Tiburnae. Nunca seré Padraig.

–Ya eres Padraig para ellos –repuso el viejo señalando a los muchachos que escardaban el jardín–. Tu Dios te canta una canción, pero no quieres oírla.

No existían palabras para expresar la furia que sentí contra él en ese momento.

–¡Maldito seas, anciano! –exclamé, y le dejé solo en el jardín.

6

Al atardecer estaba avergonzado de mí mismo por haber sido tan grosero con el anciano y todavía más por haberle maldecido. Fui a su habitación y encontré a Breogan, que escribía la misma historia que Osián me había contado por la mañana. Le ordené que saliera, y en su mirada advertí que sabía, como los demás hermanos, que había maldecido al anciano y le había dejado solo en el jardín.

Contrito, me arrodillé al lado de su cama.

–Lo siento, anciano.

–¿Lo sientes? ¿Qué debemos sentir?

–No debería haberte maldecido, y tampoco irme como lo hice. Estaba furioso y te pido perdón.

Osián se rió.

–Los hombres fuertes deben expresarse con fuerza.

–No debería haberte maldecido.

–No sé qué significa eso.

–Significa que he deseado que tu espíritu se hundiera para siempre en las tinieblas del infierno.

–No creo en las tinieblas del infierno. Cuando este cuerpo muera, mi espíritu irá al Tir Nan Og. Espero ansioso ese día.

–Ruego para que así sea, pero te pido permiso para que me dejes bendecirte con la señal de la cruz con el fin de que no surtan efecto las palabras que pronuncié.

–Como no creo ni en tus señales ni en tus maldiciones, no es necesario que me bendigas.

Sentí cómo crecía de nuevo la ira dentro de mí y me levanté.

–¡Deja que te bendiga! No necesitas tener fe para que haga la señal de la cruz.

–Si eso te tranquiliza, puedes hacer la señal que quieras, Padraig.

Expulsé mi frustración respirando con fuerza y luego le santigüé en la frente musitando en latín los nombres de la Santísima Trinidad, pidiendo a Dios que derramara sus bendiciones sobre su bardo. Mientras mis dedos trazaban la señal de la cruz en su frente, noté algo muy suave, como si fuera de piel, debajo de su pelo. Sin embargo me concentré en Dios y terminé rogando también el perdón para mi alma pecadora. Cuando hube acabado, me sonrió.

–¿Te ha tranquilizado, Padraig?

–Me ha ayudado.

–Me alegro por ti. Ahora dime, ¿qué historia puedo contarte?

Yo no estaba de humor para historias.

–Me preguntaste qué quería hacer aquí y te respondí. Afirmaste que mi Dios me cantaba una canción que no quería escuchar. ¿Qué querías decir con eso?

Osián me miró con expresión burlona.

–Sólo te lo diré si prometes no condenarme de nuevo a las tinieblas.

–Te doy mi palabra –dije con mi más sombrío tono de voz.

Prorrumpí en carcajadas y tras apoyarme contra la pared me sequé las lágrimas.

–Mi padre poseía una luz en su interior –explicó Osián–. Todos podían verla. En su larga vida, sólo le vi traicionar una vez esa luz y pagó muy caro esa traición. También en ti existe esa luz. Yo la veo. Breogan y los hermanos la ven. Dichu la vio, no por aquellos perros babeantes, sino a pesar de ellos. En cambio tú te niegas a verla. Has construido este pequeño monasterio en un lugar perdido de Eire y esperas que, si reúnes a unos pocos de tus hermanos y te escondes, tu Dios considerará que has hecho lo suficiente y te permitirá partir. Sin embargo serás tú mismo el que considerará que no has hecho lo suficiente.

–Entonces, ¿qué sugieres que haga?

–Predica a tu Dios como lo haría un *fenian*. Reúne a tu gente y ve de pueblo en pueblo. Viaja como viajaban los *fenians*, con caballos y perros, mujeres y niños. Viaja con alegría y canciones. Haz regalos a los jefes. Deja que la gente te vea y se te acerque. Si lo haces así, cuando hables de tu Dios, verán tu luz, escucharán tus palabras con júbilo y se acercarán a ti, pero no desde el miedo.

Os digo que existen momentos en la vida en que descubrimos una verdad que siempre hemos sabido en el fondo de nuestro corazón. En esos momentos se produce un profundo silencio y se oye un sonido que resuena desde el centro del mundo. Sabía que era cierto. La Voz me lo había dicho, pero yo no había querido entenderla. Me quedé sin palabras ante el anciano. Salí de la habitación y del monasterio. Fui a la capilla y me arrodillé ante el altar, pero ese lugar era demasiado pequeño para contener todo lo que sentía.

Al fin me encaminé hacia el estuario que conducía hasta el mar y me quedé allí toda la tarde y toda la noche. La luna rielaba en el agua y a lo lejos se atisbaba la blanca y ligera espuma de las olas. De vez en cuando brillantes criaturas iluminaban la oscuridad rozando la superficie del mar. Sabía que oiría la Voz.

A medida que transcurrían las horas, acallaba y sosegaba mi corazón. Por fin conseguí pronunciar las palabras.

–Si es esto lo que esperas de mí, esto será lo que voy a ofrecerte.

Entonces llegó la Voz, de la misma manera que cuando era un esclavo y me condujo a casa; igual que la había oído en mis visiones, cuando me invitaba a que regresara; igual que cuando me había perseguido en el continente, murmurando en sueños palabras en irlandés, cantándome canciones que hablaban de verdes colinas y del azul del mar. Llegó... esta vez, riendo.

Reuní a los hermanos en el comedor y senté a Osián a la cabecera de la mesa. En cuanto le expliqué lo que me proponía, se vistió con sus mejores galas y se trenzó el pelo. Cuando salía de su habitación, me dio unas palmadas en los hombros y dijo con voz de trueno:

–¡Magnífico, Padraig! Conozco una historia que va como un guante con tus intenciones. No te arrepentirás.

No dije nada, pero también me sentía exultante. Cuando los

hermanos se apiñaron alrededor del anciano, me quedé de pie a su lado.

–Hermanos –anuncié–, esta noche nuestro bardo nos contará una historia muy especial sobre el renacimiento de los *fianna.*

Empezaron a murmurar entre sí, preguntándose por qué les había presentado la historia, pero tan pronto como Osián empezó a contarla se callaron y se sumergieron en ella…

Fionn y Caoilte Mac Ronan vagaron durante muchos días por el país del oeste. El paisaje era desolado, escabroso y herido por espacios de vacío junto a espesos bosques en los que se alzaban, como antiguos centinelas, enormes piedras entre los árboles. Pasados algunos días, Fionn y Caoilte, que se habían mantenido alerta a los aullidos de los perros de Mac Morna, decidieron empezar a disfrutar de la vida al aire libre.

Por la noche levantaban bothies, *unas chozas de tres lados construidas con ramas de pino. En terreno rocoso, dormían en las grietas de las rocas o en las cuevas que se abrían como habitaciones con paredes y techos de piedra. Cazaban conejos y pájaros, pescaban en los arroyos que rebosaban de peces. Fionn enseñó a Caoilte a cavar un hoyo y a cubrirlo con piedras para cocer el pescado envuelto en hierbas. Cuando la fresca y blanca carne se separaba de las espinas, Mac Ronan juraba que nunca comería pescado cocinado de otra manera.*

A la luz de las estrellas, Fionn explicaba a Caoilte sus experiencias en el bosque con Bodhmall y Liath, y Mac Ronan le hablaba de su vida en la corte de Cormac Mac Art, las fiestas que se celebraban en la colina de Tara, poetas, carreras de carros y mujeres tan hermosas y rubias que su piel era como nieve recién caída.

–Un día volveré a la colina de Tara. Me proclamaré jefe de los fianna *y les devolveré la gloria que tuvieron en tiempos de mi padre.*

Mac Ronan asentía con la cabeza.

–Mac Morna no es un hombre malvado, sino más bien terco y estúpido. No ha sabido ocuparse de los fianna. *Bajo su mando su número ha descendido. Cormac Mac Art ha tenido que engrosar sus filas*

con mercenarios de los países del norte que sólo pelean por dinero y que se revolverán contra nosotros cuando se les presente la menor ocasión. En un tiempo un hombre consideraba un honor llegar a ser un fenian *y existían tantos jóvenes de Irlanda dispuestos a prestar juramento de fidelidad que tu padre tuvo que establecer unas pruebas de habilidad e inteligencia para elegir a los mejores.*

–¿Por qué te alistaste?

–Nací para ser guerrero. Esta vida –explicó Mac Ronan señalando alrededor–, la vida al aire libre, repleta de emociones, es lo que más me satisface. Me asfixiaría si fuera ganadero y jamás sería un buen jefe, capaz de velar por el bienestar de mi pueblo. Creo que nunca me casaré ni tendré descendencia. Pero háblame de ti.

Fionn sonrió.

–Me gusta mucho fornicar.

–Ya me di cuenta, hermano.

Ambos se echaron a reír.

–Una mujer fuerte, inteligente, mágica. Creo que por una mujer así podría dejar de pelear.

–¿Acaso existe?

–Lo sabré en cuanto la encuentre.

Mac Ronan reía.

–Conque eres un soñador.

–Tal vez, pero en este viaje sueño un sueño distinto.

Después de tres semanas de vagabundear por las tierras de Irlanda, los muchachos acamparon en la espesura del bosque un anochecer. Mientras Mac Ronan construía el bothy, *Fionn se alejó corriendo con su lanza en la mano. Apenas había transcurrido una hora cuando regresó con un ciervo sobre los hombros.*

–¡Bien hecho, muchacho! –exclamó Mac Ronan alborozado–. Tendremos un festín durante muchos días.

Ambos prepararon un espetón y, mientras la pata y algunos deliciosos pedazos empezaban a asarse, Fionn cortaba finas tajadas de venado para ponerlas a secar. De pronto su cuchillo se quedó quieto en el aire, y con un rápido movimiento el joven se acuclilló.

–¿Qué pasa? –murmuró Mac Ronan.

–¿No notas nada?

Mac Ronan permaneció inmóvil, olisqueó el aire y aguzó el oído.

–Sí. Nos están rodeando por tres lados, pero no consigo adivinar qué clase de animales son.

–De los de dos patas. Lo sé por la forma en que se mueven.

Fionn se levantó y se estiró con actitud despreocupada.

–Espera un momento, hermano –dijo en voz alta–. Voy a mear.

Se adentró con rapidez en el bosque. Mac Ronan ocupó el lugar de Fionn, apoyó la espalda contra el bothy *y siguió arrancando la carne del ciervo.*

Pasaron los minutos.

De pronto Fionn surgió del bosque empujando a dos viejos delgados y mugrientos.

Mac Ronan se puso en pie y sacó un segundo cuchillo, de mòdo que empuñaba uno en cada mano. El metal refulgía a la luz del fuego.

–¡Salid todos de una vez! –exclamó Fionn–. De lo contrario mataré a vuestros compañeros y me llevaré sus cabezas para que me protejan en mi viaje.

Las hojas de los arbustos cercanos empezaron a susurrar, y quince viejos encorvados avanzaron con dificultad hasta el claro. Tenían el pelo largo y enredado, y algunos lucían barbas que les llegaban hasta más abajo del corazón. Todos estaban escuálidos, tenían las piernas delgadas como sogas y los brazos tan frágiles que ni siquiera podían sujetar un arma. Se cubrían con pieles de diversa procedencia (de ciervo, lobo y foca) y calzaban unas toscas botas de cuero.

Mientras se arracimaban en silencio en el claro, algunos de ellos no apartaban la vista de la jugosa pata de ciervo que se asaba en la hoguera.

Mac Ronan fue el primero en hablar.

–Somos fenians, *ancianos. Compartimos lo que tenemos. ¿Queréis sentaros y cenar con nosotros?*

A su espalda Fionn sonrió ante la formalidad de su invitación.

–Mi hermano Caoilte ha dicho bien, abuelos. Acercaos y celebremos un banquete.

Sin pronunciar palabra se sentaron en círculo y dieron cuenta de sus porciones del cuarto trasero del ciervo. La mayoría comía como los perros, desgarrando la carne, manchándose la cara de grasa, mordiendo el hueso hasta llegar al tuétano, pero uno saboreaba el alimento despacio. A pesar de estar tan delgado y harapiento como los demás, llevaba la barba recortada y estaba sentado con cierto aire de dignidad. Cuando hubieron saciado su hambre, Fionn se dirigió a él.

–Hemos venido a este bosque en busca de Crimnall Mac Trenmor. ¿Has oído hablar de él?

Alrededor del fuego se percibió cierta tensión.

El anciano contestó.

–Ya soy viejo y recuerdo los antiguos días de Eire. Una vez alguien se llamó así. Era hermano de Cumhail Mac Trenmor, pero murió junto a su hermano a manos de Goll Mac Morna.

Fionn se puso en pie. Las llamas prestaban sombras a su cara e iluminaban el blanco pelo que la rodeaba.

–No murió, aunque ofreció su vida para salvar a mi madre.

–¿Tu madre?

El anciano se levantó con torpeza. Encorvado y renqueante, se acercó al muchacho. Tuvo que ladearse y echar la cabeza hacia atrás para observar el rostro del joven. Mientras tanto sus andrajosos compañeros se agolparon alrededor entre murmullos.

–Demna… –dijo con un suspiro–, aunque tu madre te puso por nombre…

–Fionn. Yo soy Fionn, hijo de Cumhail. Y tú eres mi tío, hermano de mi padre.

Fionn entró en el bothy *y salió con la bolsa de piel de grulla entre las manos. Se arrodilló delante de su tío y se la tendió.*

–La bolsa del poder de los fenians *de Irlanda. Para el hermano de mi padre.*

El hombre prorrumpió en sollozos quebrados y secos, propios de los muy ancianos. Tenía la cabeza inclinada y sus hombros se estremecían por el llanto. Colocó su mano sobre la cabeza del muchacho.

–Fionn –musitó–, hijo de la luz, has venido para llevarnos a casa.

Fionn sacó de la bolsa de piel de grulla la espada, cuya empuñadu-

ra refulgió a la luz de las llamas, y acarició con el pulgar las antiguas palabras en ogham.

—¿Qué significan, tío?

—No lo sé, hijo. No creo que ni tu padre lo supiera. Sin embargo estoy seguro de que tú llegarás a descifrarlas.

Por la mañana el extraño y decrépito grupo de ancianos se había transformado. Se habían rasurado las barbas y trenzado el pelo como en los antiguos tiempos. Se habían bañado en el arroyo. Luego enseñaron a Fionn las cuevas y los toscos aposentos de barro donde habían vivido durante quince años. Crimnall le contó:

—Al principio el ejército de Goll nos perseguía día y noche. Nos dispersamos con la promesa de que los que sobreviviéramos nos encontraríamos en el país del oeste. De la batalla contra Mac Morna sólo salvaron la vida cuatro de los fians de tu padre; cuarenta y ocho hombres. Tienes delante a los que quedan después de estos largos años.

»Cuando llegamos aquí, vivíamos como los lobos y los zorros, nos escondíamos bajo tierra y comíamos lo que encontrábamos. Más tarde construimos este lugar y esperamos a que llegara el momento de nuestro regreso. Manteníamos nuestras armas bruñidas y afiladas, nos entrenábamos en los bosques. Durante años nos aventurábamos en grupos de dos o tres hasta el mundo de los humanos para conseguir noticias sobre Goll Mac Morna y buscar apoyo. Pero cada vez que Goll Mac Morna sabía de nosotros, nos perseguía y masacraba a los que atrapaba. Al final perdimos la esperanza. —Alzó en el aire su oxidada espada—. Hemos vivido de esta forma durante más tiempo del que puedo recordar. Casi habíamos olvidado que Cumhail tenía un hijo. Dejamos de nombrarlo ante el temor de que Mac Morna lo persiguiera y acabara también con él.

Fionn asintió con un gesto.

—Ya me persigue.

Mac Ronan se unió a la conversación.

—Pero no tiene ninguna posibilidad contra Fionn. Puede desvanecerse en el bosque y dejar tras de sí tan sólo un rastro de muerte.

Ambos se echaron a reír, y algunos de los viejos los imitaron.

–Haces que nos sintamos jóvenes de nuevo –dijo Crimnall.

–¡Te seguiremos, Fionn! –exclamó un anciano.

Crimnall levantó la mano.

–No. Lo que hemos aprendido durante estos años nos servirá para ayudar mejor a nuestro sobrino. Nos mezclaremos entre los hombres, en grupos de dos o tres. Con cuentos y canciones extenderemos el rumor de que Fionn Mac Cumhail regresa para recuperar el lugar que le corresponde entre los fianna. *Cuando estés preparado, hijo, Eire estará preparada para ti. –Alzó su puño en el saludo* fenian, *y todos los ancianos le imitaron.*

Fionn y Caoilte hicieron lo propio. Luego Fionn se acercó al hombre para abrazarle con fuerza.

–Es bueno saber que ha sobrevivido alguien de mi sangre, tío.

–No te olvides de la señora, de tu madre, hijo.

Fionn se separó y le miró fijamente, enmudecido de pronto. Mac Ronan habló por él.

–¿Vive todavía?

–Es una mujer casada, está bien protegida. Vive al sur, en Kerry. ¿No lo sabías, muchacho?

Fionn negó con la cabeza y miró a Mac Ronan.

–¡Liath! El día que nos marchamos, ¿lo recuerdas? Dijo que partirían hacia el sur, pero Bodhmall la interrumpió. Fueron a ver a mi madre para decírselo.

Mac Ronan ya estaba ensillando los caballos.

Fionn sujetó a su tío por los brazos.

–¿Me guardarás la bolsa de piel de grulla?

–Estará a salvo hasta tu regreso.

Saludó a los fenians.

–Volveremos a vernos, hermanos –exclamó.

Montaron en sus cabalgaduras y se dirigieron al sur, hacia las costas de Kerry.

Cuando terminó su relato, me quedé de pie a su lado mientras los hermanos seguían prendidos en el hechizo de la historia. Levanté la mano para bendecirles, y miraron con expectación.

–Hermanos, ha llegado el momento de abandonar la seguridad de nuestro monasterio –anuncié–. También nosotros debemos aventurarnos por los caminos de Eire para predicar la palabra de Cristo. Primero hablaremos con Dichu. Aceptaremos su oferta y dejaremos que vengan mujeres para cocinar y coser. Seremos el pueblo de Cristo, su cuerpo. Cuando hayamos construido aquí nuestra ciudad, quienes quieran se aventurarán a salir conmigo para predicar la buena nueva.

»Hermanos, ¿deseáis acompañarme en ese viaje? Será difícil y peligroso. Dormiremos al raso durante las frías noches de invierno y andaremos desde el amanecer. Nos toparemos con personas que no quieren creer y convertirse, y con otras que desearán nuestra muerte y nos crearán toda clase de apuros, pero avanzaremos en la alegría de Cristo, seguros de la dulzura de su canción.

»¿Qué me respondéis, hermanos?

Breogan fue el primero. Alzó el brazo para hacer el saludo *fenian*. Lo mantuvo en alto. Los hermanos, todos casi niños, le imitaron. Les bendije de la misma forma, sólo de esa forma. Y lo hice con mis lágrimas.

7

Dichu y su gente aceptaron nuestra invitación. Trajo a sus mejores albañiles y en un mes levantaron un *rath* completo. A instancias de los hermanos se conservó el jardín y el edificio principal del monasterio, al que se añadieron una estancia rectangular para reuniones, varias dependencias pequeñas destinadas a familias, un horno de pan, una herrería y silos situados sobre enormes plataformas techadas para guardar el grano fuera del alcance de los animales.

Verles trabajar causaba admiración. A principios de la segunda semana ya había aprendido lo suficiente para recoger los faldones de mi hábito y ayudarles. Hincamos los montantes de las casas en círculo en el suelo, luego levantamos las paredes tejiendo juncos y ramas de árboles jóvenes, y por último enlucimos este armazón con una mezcla de barro, estiércol y cal. Encima colocamos una cubierta de paja en forma de cono con un agujero en el centro para que saliera el humo del hogar. El trabajo era duro, pero hacía que me sintiera mejor y la camaradería y los gritos de los trabajadores me llenaban de alegría, a mí, que tan bien había conocido la soledad.

Cuando acabaron de construirse los principales edificios de nuestro pequeño pueblo, Dichu convocó a toda su gente. Se reunieron casi doscientos aldeanos, y Dichu les habló para darles su autorización.

–Algunos de vosotros deseáis quedaros aquí con Padraig y nuestros jóvenes, como hermanos y hermanas del nuevo Cristo. Hemos construido un pueblo que puede albergar a unas treinta personas. Seremos el *rath* hermano de esta nueva población. Se llamará Sabhal Padraig.

Me levanté para protestar por el nombre, pero Osián me detuvo.

–¿Cómo quieres que le llamen, sacerdote? ¿Sabhal Succatus?

El nombre sonaba algo raro, sin embargo le susurré al oído:

–¿Por qué tienen que darle mi nombre?

El anciano dejó escapar un gruñido de exasperación, de manera que decidí callarme y me puse en pie para hacer la señal de la cruz.

Dichu continuó:

–¿Quién quiere vivir en Sabhal Padraig?

Varios jóvenes se levantaron, dispuestos a unirse a los hermanos. Después la hija de Dichu se acercó a mí y me miró a los ojos.

–¿El Cristo de Padraig aceptaría a una mujer entre sus guerreros?

Pronunció estas palabras en voz alta, y oí que las demás mujeres murmuraban entre sí.

Recordé a Marta y María, las amigas de Nuestro Señor, y respondí:

–Las acepta y las ama como a hermanas.

–Entonces nos uniremos a este *rath*.

Dos mujeres se adelantaron y se situaron a su lado.

Luego se aproximaron un herrero y un pastor con un gran rebaño de ovejas. Un apicultor ofreció sus abejas, y un cervecero dio un paso adelante.

–Nuestro Señor apreciaba los frutos de la vid –le recordé–. Tu cerveza será bienvenida entre nosotros.

Después se sumaron dos familias, y por último se acercó un niño de unos diez años.

–Soy Benin –dijo con sencillez.

–¿Dónde están tus padres, Benin?

Los busqué con la mirada porque creía que sería triste separar a un niño de sus progenitores. El pequeño meneó la cabeza.

–Están muertos, Padraig. Si me aceptas, tengo un regalo para Cristo.

Sonreí.

–A Nuestro Señor le gustan los regalos de los niños más que los de ningún otro.

Apenas me oyó, el muchacho empezó a cantar con voz aguda y dulce. Al oírle se me inflamaba el corazón y, cuando terminó su canción, tracé en su frente la señal de la cruz.

–En verdad, Dios nos ha hecho hoy muchos regalos –afirmé–. Los que quieran ser bautizados que den un paso adelante.

Se acercaron todos los que habían elegido quedarse en Sabhal Padraig y les bauticé con agua al tiempo que pronunciaba los nombres de la Santísima Trinidad. Cuando acabé, Dichu dijo:

–Hay algo más, Padraig. Muchos querrán asistir a la misa de Cristo, y tu granero no bastará para acogerles. Levantaremos un lugar de culto aquí, en Sabhal Padraig. Lo construiremos de piedra para que nos sobreviva.

Me sentía tan conmovido que me di la vuelta para mirar a Osián con las manos levantadas, incapaz de reaccionar ante tanta generosidad.

–Un banquete –me susurró–. Anuncia tres días de fiesta a partir de este momento.

Ya había asistido antes a fiestas. Mis padres ofrecieron un banquete para celebrar mi regreso, y en nuestro monasterio de Auxerre festejábamos a los dignatarios que nos visitaban. Sin embargo debería haber supuesto que con los irlandeses una fiesta sería eso y mucho más. Muchísimo más.

¡Ah!, empezamos con una gran comilona. Había carne de venado recién cazado, jabalí asado y cuatro clases de pescado, cada una cocinada de distinta forma. Se sirvieron más de trescientas hogazas de pan y jarras de una miel dorada como el oro. Había una mesa repleta de grandes quesos redondos y recipientes llenos de espumosa leche.

Había barriles de cerveza y aguamiel, que se bebían de una misma copa que pasaba de mano en mano. Confieso que la tuve muchas veces entre las mías. Cuando terminó el banquete, tuve que sujetarme en el respaldo de la silla. Alguien había empezado a tocar un *bodhran* y los graves sonidos del tambor atrajeron a los bailarines, que se movían hacia delante y hacia atrás, mientras sus capas giraban en un remolino de color, de tal modo que por un momento creí estar viendo un atardecer o un arco iris en movimiento. Las mujeres me invitaron a bailar con ellas, a lo que me negué, pero las mujeres de Eire no aceptan un no como respuesta. Me arrastraron con ellas y, a pesar de que al principio daba traspiés como un tonto, enseguida aprendí los pasos del baile. Me moví al ritmo de la música y cada vez me sentía más ligero.

–Par-rig, Par-rig –exclamaban, y el apodo ya no me enfurecía, sólo sentía una asombrosa ligereza.

Bailé y bailé hasta que no pude mantener erguida mi cabeza, repleta de aguamiel, caí pesadamente de espaldas contra el suelo.

Todos prorrumpieron en sonoras carcajadas y me levantaron pero, en lugar de sentirse avergonzados por mi insensatez, me sacudieron el polvo y me dieron palmadas en los hombros.

–¡Eres un buen tipo! –me decían los hombres en tanto que las mujeres competían por ser mi pareja de baile.

–Padraig bailará conmigo la próxima pieza.

–No, conmigo.

Entonces descubrí que en el corazón de los irlandeses existía más generosidad de lo que suponía. Mi alma empezó a reír como se reía cuando era un niño de seis años.

Cuando conseguí desprenderme de los bailarines, me dejé caer delante de la silla donde estaba sentado Osián. Puse la mano en su rodilla y sonreí.

–Eres tú quien ha conseguido todo esto –comenté.

El anciano sonreía.

–No lo creo, Padraig –repuso–. No ha sido ninguno de nosotros el que ha conseguido todo esto.

El baile continuó hasta bien entrada la noche, cuando dejó paso a las canciones. Oh, las canciones; tristes y melancólicas canciones de amor; las enardecedoras canciones de guerra, y por último las que me hacían enrojecer, las de apareamiento. Los matrimonios se miraban a los ojos y algunas veces la esposa apremiaba al marido dándole unos ligeros golpes en el brazo. Observé cómo muchachos y chicas se escabullían con las manos entrelazadas y no tuve valor para hacerles regresar.

Amanecía cuando la gente empezó a reclamar que les contaran una historia. Osián dormitaba en su silla, pero se despabiló apenas oyó su nombre.

Reinaba el silencio. Los niños dormían en el regazo de sus madres, y los ancianos se arrebujaban cabizbajos en sus vestiduras para protegerse de la ligera brisa de la noche de verano.

Osián se levantó y se echó la capa por encima de los hombros.

–Os contaré cómo Fionn se reunió con su madre –anunció, y se oyó un murmullo de aprobación.

Desde la torre de madera, la mujer miraba hacia el sur, como hacía cada día desde la llegada de Bodhmall y Liath.

–¿Por qué no hemos recibido noticias?

Bodhmall le contestó con dulzura:

–No lo sé, Muirne. Le indiqué que buscara a Finegas cuando partió con el joven Mac Ronan. Finegas ya debería haberme hecho saber algo.

–Estará herido o algo peor.

–No lo creo, Muirne. Es un chico muy testarudo, habrá hecho lo que ha querido, no lo que le ordené. Cuando era niño nunca me obedecía. Recuerdo una vez…

Muirne agitó la mano.

–No me lo cuentes. Me rompe el corazón que me hablen de cuando era un niño y no podía estar con él. Ojalá pudiera verle una vez más… y decirle lo mucho que siempre le he amado.

–Su corazón lo sabe. Recuerda la vez que fuiste a verle en tu carruaje.

–Recuerda a una mujer. No sabía quién era.

–Lo sabe.

–Se lo dijiste.

–Sí.

–¿Y cómo reaccionó?

–Me reprochó que le hubiera mantenido alejado de ti.

Muirne se dio la vuelta, y su rostro expresó la pena que le habían causado las palabras de la anciana.

–Yo no quería que esto ocurriera.

–No te preocupes –repuso Bodhmall–. Su corazón también sabe el amor que siento por él.

Muirne miró hacia el norte.

–Vendrá –añadió Bodhmall–, ya lo verás. El muchacho es como el viento o como las criaturas rápidas y silenciosas que se mueven bajo las aguas.

Fionn y Caoilte cabalgaron hasta las puertas de la enorme fortaleza.

–Gleor debe de ser muy poderoso.

–No exageraron cuando nos hablaron de él –convino Mac Ronan.

Mientras se acercaban a la costa, se habían preguntado con frecuencia quién era el jefe más poderoso de la región. Ahora el gran rath *de Gleor daba testimonio de ese poder.*

Lo rodeaban tres profundas zanjas bordeadas de afilados postes y piedras, y dos viaductos conducían a las enormes puertas, una de las cuales se abría hacia el mar, la otra, hacia el norte. Ambas estaban custodiadas por soldados armados hasta los dientes. En las torres, situadas a intervalos a lo largo de la muralla interior, se apostaban centinelas.

–¿Qué les diremos para que nos franqueen la entrada? –preguntó Fionn.

–Diremos que somos fenians *que desean servir a Gleor –respondió Caoilte.*

Una vez dentro, llevaron sus caballos a un establo y los condujeron a una gran sala. Gleor estaba sentado sobre un estrado. Era un hombre de unos cincuenta años, bajo y corpulento, de cabello cano, e irradiaba poder.

–Me han dicho que sois fenians *que buscan a quien servir –comentó levantando la vista del juego de* fidchell.

–Así es –dijo Caoilte.

Se les quedó mirando.

–¿Qué problema os ha traído al sur?

–Hemos caído en desgracia ante Goll Mac Morna.

–¡Ah!, eso les ha pasado a muchos.

Gleor observaba a Fionn con detenimiento.

–Tú, el fionn, *¿juegas al* fidchell*? –preguntó con una sonrisa.*

Fionn asintió.

–Sí, sé jugar, señor.

Gleor despidió a su contrincante.

–Acércate. Tal vez resultes mejor rival.

Fionn le ganó en siete partidas, moviendo sus fichas con astucia y habilidad. Al final Gleor arrojó las fichas al suelo y prorrumpió en carcajadas.

–Eres todavía mejor de lo que tu madre me había comentado. Me pregunto cuándo piensas decirme que quieres verla.

–¿Lo sabías? –inquirió Fionn mientras se encaminaban hacia el grianan, *el solario de las mujeres.*

–He protegido a tu madre durante doce de tus quince años de vida, de manera que conozco todos sus secretos, muchacho.

–Entonces he contraído una gran deuda contigo –repuso Fionn.

–Muirne es el pago de todo lo que se me ha debido en la vida –afirmó Gleor, cuya voz se dulcificó al pronunciar el nombre de la mujer. Señaló un banco situado en el centro.

El corazón de Fionn empezó a latir como un pájaro atrapado.

La mujer sentada en el jardín tenía casi cincuenta años, pero era la misma que Fionn recordaba haber visto en el carruaje. Su pelo cobrizo, surcado por algunas hebras grises, y su túnica blanca irradiaban luz. Fionn la observó, inmóvil como un ciervo, y ella abrió los ojos como si hubiera notado su presencia. No emitió sonido alguno, se llevó la mano a la boca, y sus pupilas se dilataron. El joven corrió hacia donde estaba sentada y cayó de rodillas ante ella.

–Fionn –musitó–, ¡mi hijo adorado!

Le estrechó entre sus brazos y posó los labios en su cabeza.

Por primera vez en su vida Fionn Mac Cumhail lloró.

Cuando terminó su historia, me rodeó con un brazo, y comprendí que no se trataba tan sólo de un gesto de amistad. Noté que apoyaba su peso sobre mí y le acompañé hasta su silla lo más rápidamente que pude para que nadie advirtiera su debilidad.

–¡Cuéntanos otra! –pidió alguien.

–Sí, Osián, otra –rogó una mujer.

–Mi hermano Padraig os la contará –dijo el anciano.

Me volví hacia él y murmuré:

–¿Has perdido el juicio, anciano? No soy un bardo.

–No puedo contar más historias, hermano. Me siento demasiado débil.

Me volví hacia los reunidos y sonreí.

Recordé los cuentos de mi infancia y los relatos que me había contado a mí mismo para entretenerme durante mi largo cautiverio. No me servía ninguno. El silencio se prolongaba.

–Vamos, Padraig –suplicó alguien.

Oí la voz de Osián a mi espalda.

–Dijiste que a tu Cristo le gustaba explicar historias, Padraig.

Entonces supe qué historia iba a narrar.

Había una vez un hombre que tenía dos hijos a los que amaba muchísimo. Uno era todo lo que un padre puede desear. Cuidaba el ganado de su padre y sus campos, se casó con la mujer adecuada y engendró muchos hijos. En cambio el otro era un joven rebelde.

Al llegar aquí hice una pausa y reflexioné un momento.

Se hizo fenian, *pero no sirvió con honor. No, nada de eso; robaba caballos a los pobres y deshonraba el nombre de su padre juntándose con mercenarios.*

Detrás de mí Osián carraspeó, pero los demás asentían en señal de comprensión.

Al final los fenians *expulsaron al muchacho, que se juntó con ladrones que vivían miserablemente en los bosques de Eire y robaban para comer. Así siguió durante más de un año, hasta que no pudo soportar más su vergüenza.*

Era el hijo preferido de mi padre, se dijo un día. Volveré a casa y veré si me acoge de nuevo.

Cuando el muchacho se acercaba al rath, *los centinelas apostados a la puerta le observaron. La noticia llegó enseguida a su padre, que se apresuró a recoger ropa para su hijo. Eligió una capa de varios colores, muy amplia y bordada con pájaros en pleno vuelo, una túnica de la más hermosa seda y una torques de oro para adornar su garganta.*

Convocó a todos sus criados y a su familia.

–Mi hijo regresa a casa. Preparad un banquete con venado y jabalí. Hornead pan y traed la mejor cerveza.

Cuando el hijo vio a su padre, que le aguardaba en el camino con las hermosas vestiduras en las manos, cayó de rodillas y lloró su arrepentimiento.

El padre le puso en pie y, mientras le estrechaba entre sus brazos, afirmó:

–Has regresado. Todo te ha sido perdonado.

–¿Y qué pasó con el otro hijo? –inquirió un hombre.

–Sabia pregunta –respondí.

Cuando el segundo hijo regresó de arrear el ganado y vio lo que ocurría, se enfureció y abordó a su padre.

–Toda mi vida he honrado tu nombre. He cuidado el ganado y trabajado tus tierras. He engendrado hermosos hijos para que te alegren en tu vejez. Nunca me he alejado de ti.

El padre le abrazó y, con la frente apoyada contra la suya murmuró:

–Tú eres mi hijo amado, el que nunca me ha dejado, el que mora en el centro de mi corazón. Debes alegrarte conmigo, porque tu hermano estaba perdido y le hemos encontrado, porque estaba muerto y ha resucitado.

–¿De qué padre de Eire estás hablando, Padraig? –preguntaron.

–Ese padre es nuestro Dios –respondí–. Os recibirá como me habéis recibido. Ocurra cuando ocurra, vuestra llegada llenará de alegría su casa.

–Bien contado, Padraig –oí que decía una voz a mis espaldas.

–He tenido un buen maestro –repuse.

8

Por la mañana casi perdimos al anciano. Después de los maitines me quedé dormido y no desperté hasta que quedaba poco para los laudes. Tras asistir a la oración de la mañana me dirigí a su habitación. La cabeza me retumbaba como el *bodhran* a cuyo son habíamos bailado la noche anterior. Notaba las piernas flojas, como recordaba haberlas sentido al navegar, pero me invadía una vertiginosa alegría que deseaba compartir con el anciano. Apenas entré en su habitación supe que estaba agonizando.

Su cara tenía el color y el aspecto de la cera, y estaba fría. Dormía arropado con su capa *fenian*, que sujetaba sobre el pecho con sus blancas y nudosas manos. Me acerqué a sus labios y nariz en busca de la cálida humedad de su respiración. No noté nada. Posé las manos en su garganta para percibir los latidos de su corazón, pero me temblaban tanto que me fue imposible mantenerlas quietas. Un zumbido en los oídos me impedía oír cualquier sonido. Recorrí su cuello con los dedos hasta que sentí un ligero aleteo, vacilante, como herido.

Corrí hasta la puerta y llamé a Breogan a voz en grito. Debió de percibir mi pánico, porque acudió al instante, cubierto sólo con su taparrabos, de modo que dejaba ver su pálida piel irlandesa y sus costillas y brazos, tan delgados.

Se quedó mirando a Osián.

–Ve al pueblo de Dichu –exclamé–, a ver si hay un curandero. Búscalo donde sea, ¡coge un caballo! Debe atenderle un curandero.

En ese preciso instante apareció en el umbral de la puerta Benin, el pequeño niño cantor, con un ramillete de flores silvestres en la mano. Recorrió con la mirada al desnudo Breogan, luego al pálido y silencioso Osián. Me tendió el ramo.

–Las he traído para ti, Padraig –dijo, y antes de que yo pudiera replicar que no era el momento se dio media vuelta y se alejó corriendo después de anunciar–: Sé quién debe venir a ver al bardo.

Regresó con una mujer que tenía unos años más que yo. Su capa rozaba el suelo cuando entró en la habitación, y despedía un aroma a pinos. Me miró de arriba abajo con arrogancia, luego echó un vistazo a Breogan, que ya se había puesto el hábito, y por último se acercó a la cama de Osián. Se inclinó sobre él, le cogió las manos y le levantó los brazos con suavidad.

–Regresa, viajero –dijo.

Dejó caer sus brazos.

De la boca de Osián salió un sonido extraño y restallante, como el que se hace con los labios cuando están secos y necesitan agua. A continuación exhaló un largo suspiro de agotamiento. Por fin abrió los ojos y miró en silencio a la mujer durante un buen rato. Las lágrimas empezaron a manar de las comisuras de sus ojos y rodaron hacia su pelo.

Ella me miró y la observé con detenimiento.

Tendría unos cinco años más que yo, que acababa de cumplir cuatro décadas. Su pelo era de un rojo oscuro, del color del vino derramado, y sus ojos del gris más claro que había visto en mi vida. En realidad parecían grises a simple vista, ya que cuando se acercó a mí advertí que eran verdes. Vestía una capa marrón que se había echado sobre los hombros a toda prisa y no había sujetado con un broche. Debajo lucía una túnica blanca, recamada en oro. Ya conocía esos bordados.

Era el atuendo de un druida.

Habló antes de que pudiera poner en orden mis pensamientos.

–El niño me dijo que había muerto.

Guardé silencio. Meneó la cabeza con expresión irritada.

–¡Tonterías! Había oído hablar de tu comunidad. Ahora sé lo que tú no sabes. Después de tres años el más simple de los aprendices se hubiera dado cuenta de que estaba viajando. –Miró a Osián–. ¿Dónde has estado que has vuelto tan triste?

–Mi mujer… –Se le quebró la voz.

En medio de mi asombro y confusión, intenté comprender qué sucedía. Le había creído muerto. Ignoraba que tenía esposa. Enmudecí como un idiota, con el ramillete de Benin entre las manos.

Ella debió de pensar lo mismo, ya que formuló la siguiente pregunta como si me abofeteara.

–¿Sabes hablar?

Recuperé la voz.

–Por supuesto. Soy el abad Magonus Succatus Patricius, de Sabhal Padraig. –Parecía un idiota pretencioso.

–Bien, Succatus –dijo, y me dio la impresión de que me llamaba por mi nombre de pila con toda intención–, tu amigo no estaba muerto, sólo viajaba y, como podrás observar, ya ha regresado.

Meneé la cabeza al tiempo que me arrepentía de haber bebido tanta aguamiel la noche anterior. Sus palabras me llegaban desde muy lejos, y yo intentaba traducirlas al bretón o al latín para ver si encontraba algún nuevo significado a la palabra «viajar». Al final desistí. Juro que ella esperaba que lo hiciera.

–No comprendo el sentido de ese «viajar» –admití.

–El espíritu de tu amigo abandonó su cuerpo y emprendió un viaje. El cuerpo permaneció aquí mientras el espíritu estaba en otra parte. Cuando el espíritu viaja, el cuerpo no necesita alimentarse ni respirar profundamente. Se mantiene a la espera.

Solté una carcajada de alivio y miré a Benin.

–¿Dónde la has encontrado, muchacho?

Benin estaba atónito y un tanto asustado. Le puse la mano en la cabeza.

–No te preocupes, has hecho lo que debías. Fíjate, Osián comienza a recuperar el color.

Me abstuve de decirle que no se debía precisamente a los cuidados de esa loca.

–Es Ainfean, la curandera –dijo con perplejidad.

–Te agradezco que la hayas traído –repuse–. Ahora debes irte; necesito hablar con ella.

Después de que el muchacho se marchara observé a la mujer.

–Locuras y desatinos. ¿Acaso pretendes asustar al niño con esas majaderías de espíritus que dejan el cuerpo y vagan por ahí? Eres druida, y harás bien en no negarlo, aunque por lo que veo no has puesto especial cuidado en tu indumentaria –dije señalando sus vestidos–. Sal de aquí ahora mismo y no vuelvas con ninguna de tus estupideces druídicas. –Hice un gesto de disgusto.

Osián habló con suavidad desde su cama.

–Dice la verdad, Padraig. Estaba con mi mujer, con Niamh, la del pelo dorado. Si Ainfean no me hubiera hecho regresar, habría permanecido con ella hasta que este cuerpo hubiera dejado de respirar. Deberías haber permitido que me quedara, mujer sabia.

Ella se acercó a la cama.

–No había llegado tu momento, anciano. Lo oí en tu sueño. Tienes que hacer algo por él –explicó señalándome.

Me sorprendió observar que ahora sus ojos eran de un intenso color azul.

–No obstante debo admitir –prosiguió– que me sentía tentada de dejarte ir. –Meneó la cabeza–. Pero todo tiene su tiempo. –A continuación se dirigió a Breogan–. Trae agua –ordenó.

Breogan regresó con una copa llena de agua fría. La mujer la acercó a los labios de Osián, que bebió unos sorbos. Luego dejó la copa al lado de la cama, alargó el brazo para coger las mustias flores que yo tenía en la mano y las arrojó al agua que había quedado.

Entonces di rienda suelta a mi rabia.

–¿Quién te crees que eres para venir aquí con todos esos embustes y ordenar que te traigan agua como si fuéramos unos niños idiotas? El alma no abandona el cuerpo hasta su muerte, e incluso en ese momento no se sabe si se dirigirá hacia la luz o hacia la oscuridad.

–Estoy de acuerdo contigo en una cosa, Succatus –repuso calcando mi nombre–. Evidentemente existen la luz y la oscuridad. Tu error consiste en creer que yo soy la oscuridad. –Se dirigió a la puerta y, una vez en el umbral, se dio la vuelta–. Volveremos a encontrarnos, sacerdote –añadió con voz tranquila.

No albergaba ninguna duda al respecto, y sólo de pensarlo me eché a temblar.

Miré a Breogan.

–Sé que ese nombre, Ainfean, significa algo –dije–, pero no tengo la cabeza lo bastante despejada para comprender su significado.

–Significa tormenta de furia –susurró Osián desde la cama.

Hubiera jurado que se estaba riendo.

Hice que los hermanos se turnaran para cuidarle aquel día, porque temía que volviera a sumirse en un trance de muerte. Le visité al anochecer, después de vísperas. Dejé la antorcha que llevaba en el candelabro que tenía en la pared de su habitación y me senté al lado de la cama.

Lo que vi me asustó. Estaba muy pálido, con los hombros hundidos y delgados, y sus manos reposaban sin fuerzas sobre el cubrecama. Sin pensar, describí lo que veía.

–Estás viejo y macilento.

–Soy más viejo que cuando llegué –repuso con dulzura al tiempo que asentía con la cabeza, como si la idea le gustara.

–Sólo han pasado tres meses –recordé–. No puedes haber envejecido tanto en tan poco tiempo.

–No sé cuánto tiempo querrán que me quede –comentó.

–¿A qué te refieres? ¿Y adónde piensas ir?

–Deseo volver con ella, con Niamh.

–Tu mujer. Siento no haberte preguntado nunca por ella. ¿Cuándo murió, Osián?

–No está muerta.

Asentí.

–Está muy bien que pienses así. Nuestro Dios nos ha concedido este don. El espíritu no muere, continúa en el reino de…

Me interrumpió.

–¿Tu Dios te ha hablado de Tir Nan Og?

–¿Qué es eso?

–El país de la eterna juventud, las risas y los banquetes.

Le contemplé en silencio.

–Nosotros lo llamamos cielo. ¿Es donde mora tu mujer?

–Así es. –Parecía alegrarle que yo lo conociera–. Me suplicó que no la dejara. Decía que mi cuerpo se marchitaría y moriría, como está ocurriendo. Sin embargo tenía que regresar. Aquí estaban mi padre y mi hermano y tú, Padraig.

Yo estaba desconcertado.

–¿Dices que estuviste con ella? ¿Que estuviste en el cielo?

–Estábamos en Tir Nan Og.

–¿Acaso eres un ángel?

–¿Qué es un ángel?

–Son los mensajeros celestiales, los seres de luz que nos traen la palabra del Creador.

Osián rió a carcajadas.

–No soy un ángel, Padraig. Sólo un hombre igual que tú. Un guerrero y un esposo.

–Me he sentido demasiado confuso todo el día, Osián. No volveré a beber nunca más.

–Deberías dejar que la mujer te enseñara.

–¿Qué mujer?

–Ainfean, la druida.

–¿Enseñarme? ¿Que me enseñe una druida? Conozco a los druidas. En mi país su especie casi ha desaparecido. Son misteriosos y malévolos. Sus costumbres son como las de los paganos. Acabaré con los druidas de Irlanda. Les echaré y traeré en su lugar la luz de Dios.

Osián suspiró.

–Padraig, tu Dios es el Esperado. Lo sé. Lo veo aquí, en Sabhal Padraig. Sin embargo, antes de que intentes destruir algo, compréndelo. Debes saber qué es lo que destruyes y si hay algo que puedas salvar. ¡Piensa, Padraig! Esta gente ha vivido así desde antes de que tú nacieras. Desde antes de que yo naciera. Si les avasallas con tu Cristo, ¿le amarán o le odiarán? ¿Acaso no te temerán y desearán tu mal? ¿Es ésta la forma en que tu Cristo te enseñó que debías darle a conocer?

Permanecí en silencio largo rato. Pensé en la dulzura y amabilidad de mi Dios. Consideré que mis afanes me alejaban de Él, pero no se lo comenté a Osián. En lugar de ello hablé de su enfermedad.

–Debes prometerme que todavía no abandonarás tu cuerpo.

–Crees que no podrás conseguirlo sin mí, pero te equivocas, Padraig. Eres un druida de tu Cristo, tú mismo me lo dijiste. ¿Acaso no crees que su voz te dirá todo lo que necesitas saber?

–Prométemelo.

–Me quedaré un poco más –convino.

Apoyé la cabeza contra la pared y dormité un rato. Soñé con un río. Soñé que nadaba desnudo contra la corriente pero, por fuertes que fueran mis brazadas, no conseguía moverme debido al ímpetu de las aguas. A mi lado los salmones y las truchas brincaban por las cascadas y desaparecían, aparentemente sin esfuerzo, en la neblina. Mientras intentaba seguirles, mi agotamiento aumentaba y me dolían los brazos. Desistí de mi empeño y me dejé arrastrar por la corriente. Río abajo, un enorme salmón de brillantes escamas dio un salto en el aire y nadó a mi lado.

–¿Por qué lo has hecho? –le pregunté.

Se me quedó mirando. La expresión de sus ojos era serena. Su voz era la misma que me hablaba en sueños.

–Por el placer del salto –respondió–. El placer del salto te ayudará.

Desperté sobresaltado.

Osián estaba todavía despierto, con la vista fija en las tinieblas.

–¿Quieres que te cuente lo que Fionn aprendió del druida Finegas?

Asentí con la cabeza en medio de la oscuridad.

–Bien –dijo, a pesar de que no podía verme–. Vamos a hablar del salmón del conocimiento.

La mujer corría por la colina de Dun Gleor. No se cubría con ninguna capa. Había desbocado el escote de su vestido hasta que asomaron sus pechos untados con aceite para mostrar sus enhiestos pezones…

–¿Vas a contarme otra historia lasciva? Creía que estábamos hablando de salmones.

–Empieza con un apareamiento.

Solté un gruñido.

–¿No quieres que te la cuente?

–No, cuéntala, anciano. Me bañaré en el lago antes de que anochezca.

–¿Bastará?

–No.

Rió en la oscuridad.

–Tampoco para mí, Padraig.

Suspiré. Osián reanudó el relato.

Se detuvo un momento delante del aposento donde dormía Fionn Mac Cumhail y posó la mano en el cuchillo que había sujetado en un muslo. Sería una tarea difícil. Le habían explicado que era un guerrero fuera de lo común. Sin embargo, no era más que un mozalbete, y ella conocía su propio poder. Lo había utilizado muy a menudo al servicio de Mac Morna. Sabía que podía hacerlo.

Entró en la estancia cónica. El fuego casi se había apagado, pero sus rescoldos alumbraban lo suficiente para poder ver que el muchacho ya se había incorporado en la cama, con la mirada clavada en la puerta.

Una parte de ella sintió ganas de reír. Le habían comentado que era un chico de quince años, de modo que esperaba encontrar a un jovenzuelo delgado, alguien a quien podría abrumar con facilidad. Este muchacho era corpulento, sus hombros medían más que una espada desde la empuñadura hasta la punta, sus ojos eran serenos y tranquilos, de un extraño azul verdoso. La miraba en silencio.

La mujer maldijo a Mac Morna por lo mal que le había informado, pero no era la primera vez que la ponía en peligro. Durante los últimos tres años de los dieciocho que contaba se había dedicado a reunir información, a veces sólo escuchando, otras utilizando las artimañas propias de su sexo. Había descubierto que, sólo con algunos besos y caricias suaves, la mayoría de los hombres se derretían y le explicaban todo cuanto quería saber. Además, el pequeño puñal ceñido en su muslo impedía que tuviera que fornicar si no le apetecía. Algo le dijo que sus ardides no le servirían con ese chico.

Con las manos sobre el regazo, el joven la evaluó apenas la vio entrar por la puerta. Observó detenidamente su pelo negro, cómo se adhería la túnica a sus pechos, y cuando terminó de examinar esbozó una sonrisa, amable, dulce.

A la mujer le dio un vuelco el corazón. Avanzó un paso hacia él. Fionn pronunció una sola palabra.

–Caoilte.

De las sombras del fondo de la choza surgió otra persona que sacudió su larga melena negra como un perro que intenta desperezarse. Miró al fionn *y siguió con la vista la dirección de su mirada. Cuando la vio abrió los ojos como platos.*

–¡Por todos los dioses!

La mujer sintió cómo se le humedecían las manos. Maldijo a Mac Morna. Maldijo al estúpido Mac Morna. Le había dicho que el chico estaría solo. No tenía intención de ocuparse de los dos. Ya había estado una vez en una situación similar y se había prometido no volver a caer en la misma trampa. Con dos hombres, existían demasiados peligros que no podía controlar.

Se aclaró la garganta y juntó las palmas de las manos.

El chico moreno fue el primero en hablar.

–¿Debo molestarme en preguntarte qué quieres?

–Soy una fenian *–respondió.*

Era cierto. Había sido su recompensa por facilitar información a Mac Morna. Era lo único que deseaba, ser miembro de los fianna*, por todo lo bueno que habían hecho por ella. Permaneció en silencio, meditando. Había aprendido que lo mejor era acercarse lo más posible a la verdad. Así la víctima tenía menos posibilidades de adivinar la imperceptible telaraña que tejían las mentiras y quedaba atrapada en ella.*

–Me llamo Aindir.

También era cierto.

Los dos hombres se quedaron en silencio, esperando.

–Quiero cabalgar con vosotros cuando os vayáis.

Se preguntaba si la aceptarían después de haberse presentado con su fina túnica y sus pechos aceitados al descubierto. Se sentía estúpida y desesperada.

–Los espías de Mac Morna pululan en Dun Gleor. Vigilan al fionn y a su madre.

Se preguntaba por qué Mac Morna no le había mencionado al muchacho de pelo negro. Parecía ser el portavoz, de modo que se dirigió a él.

–Sé cómo actúa Mac Morna. Cuando reúna la información suficiente, enviará a sus asesinos. No se detendrá con el fionn. Asesinará a todos sus allegados, incluso a su madre. Os prevengo porque Muirne ha sido buena y amable conmigo. No quisiera que le hicieran daño. He venido a toda prisa en la oscuridad, como un ladrón, para que nadie me viera. Ya ves que estoy medio desnuda –añadió señalando su túnica.

El muchacho moreno sonrió.

Aindir quedó en silencio. Observaba la expresión de sus caras. Todas las palabras que había pronunciado eran ciertas, excepto las que hacían referencia al motivo de su desnudez. Además había omitido que era uno de los mejores espías de Mac Morna. Deseaba que su explicación les hubiera convencido. Aguardó.

El fionn habló por fin.

–Te doy las gracias.

Ni una palabra sobre si la aceptarían o no. Una parte de ella se sintió aliviada. No conseguiría información para Mac Morna, pero tampoco tenía intención de cabalgar con ellos.

El fionn recogió su oscura capa del suelo y se la arrojó a la muchacha, que la atrapó en el aire.

Fionn no sonreía.

Aindir se envolvió en la capa, que le quedaba demasiado larga. Se encaminó hacia la puerta y casi tropezó con el dobladillo en su premura para salir de la estancia. Una vez fuera, echó a correr hacia el grianan al tiempo que maldecía a Mac Morna. Cuando el sonido de sus ligeras pisadas se hubo apagado, Caoilte miró a Fionn.

–¿Qué te ha parecido?

–Lo que ha dicho sobre Mac Morna es cierto. Llevamos aquí casi cuatro lunas. Ha dispuesto de mucho tiempo para localizarnos. No se ha atrevido a actuar porque Dun Gleor es muy poderoso. –Guardó silencio para reflexionar. Caoilte advirtió que una antigua tristeza se reflejaba en su cara–. No puedo poner a mi madre en peligro –añadió–. Debo irme de aquí.

—Es extraño cómo cambia la suerte, Fionn —susurró Caoilte.

—Muy extraño, hermano —convino su compañero con la voz quebrada.

Se produjo un silencio. Al cabo de un rato Caoilte volvió a hablar.

—Si es una fenian, debería suponer que nosotros ya sabíamos todo eso. De lo contrario seríamos unos estúpidos.

—Entonces está con Mac Morna.

—Nos ha preguntado si podía cabalgar con nosotros. Creo que deberíamos aceptar su oferta.

Fionn rió con amargura.

—Esto se está convirtiendo en un juego de escondite. Nadie sabe a quién busca ni a quién encuentra.

—La buscaré por la mañana, mientras te despides de tu madre.

Su madre estaba en la torre, mirando hacia el norte.

—Ya quieres dejarnos —se limitó a decir.

—¿Cómo lo sabes?

—Fui la mujer de un fenian. Aprendí a leer en el viento tan bien como él. —Sonrió y puso la mano en el brazo de Fionn—. Nos han hecho un regalo que nunca creí que recibiría. Estos días que hemos pasado juntos han sido más de lo que esperaba desde que vi cómo desaparecías con Liath y Bodhmall, aquel invierno de hace tantos años.

—Cuando sea jefe de los fenian te llevaré a la colina de Tara. Construiré para ti un hermoso alojamiento y nunca volverás a sentir miedo.

—Mi lugar está aquí, con Gleor.

—¡Gleor será bienvenido! Es un buen hombre y me gusta.

Muirne meneó la cabeza.

—He estado en el corazón de Eire. He gozado de la confianza de guerreros y reyes. Pero entonces era una mujer joven. Ahora me conformo con cabalgar por la orilla del mar, jugar una partida de fidchell con mi marido. Tu destino te llama y debes irte. Yo estaré siempre aquí. Puedes volver siempre que te sientas cansado o tengas miedo.

Fionn le cogió las manos e inclinó la cabeza.

Muirne volvió a hablar.

—Sé que te alejas de mí para protegerme. También sé cuán difícil te resulta hacerlo.

Al oírla Fionn la estrechó entre sus brazos.

–Viniste cuando tenía seis años –dijo–, y me abrazaste exactamente de esta manera. Ahora sé cómo se te partió el corazón al tener que dejarme.

Cuando Fionn bajó de la plataforma, Muirne observó desde lo alto cómo avanzaba entre guerreros y caballos.

–Adiós, mi pequeño fionn –musitó.

–¡Qué triste! –susurré.

Al otro lado de la ventana la luz del atardecer empezaba a dibujar sombras.

–Se vieron muchas veces en el transcurso de su larga vida, Padraig. Recuerdo muy bien a mi abuela. Se mantuvo fuerte y vigorosa durante treinta años más.

–Mis padres han muerto. Mi madre falleció hace mucho tiempo, y mi padre, dos años antes de mi regreso a Eire.

–Eso explica muchas cosas.

–¿Sabes lo que tuve que hacer para volver aquí? –pregunté. A pesar de los remordimientos seguí hablando–. Vendí las tierras de mi padre, su villa, su título, su posición. Lo vendí todo, absolutamente todo, para poder volver a Eire.

–Fue una decisión muy sabia.

–¿Sabia? Vendí mi herencia, mi derecho a ser ciudadano en mi propio país.

–Un hombre capaz de vender todo cuanto posee en busca de algo más grande es sabio, Padraig. No puede volver atrás. No puede regresar a su hogar. Sólo puede ir hacia delante.

–No puedo regresar a casa –murmuré. De pronto me vino a la mente el pez de mi sueño–. La alegría del salto –dije tímidamente.

–¿A qué te refieres? –preguntó Osián.

–Dijiste que hablaríamos de salmones... de los salmones del conocimiento.

Llegó tan de repente que no la oí entrar.

—¿Salmones?

Se quedó de pie en el umbral, con las manos en las caderas.

—¡Dios bendito, ha regresado! —susurré a Osián.

—¿No le has dejado dormir? ¿Estás sordo, sacerdote? Un viajero debe descansar cuando regresa. Ahora sal de aquí, ¡vete! Debo ocuparme de Osián.

Detrás de ella, Benin asomaba la cabeza por la puerta. Su carita delataba temor.

—Lo siento, abad —balbuceó—. Me despertó con las primeras luces del alba y me dijo que debíamos volver. Le advertí que no creía que te agradara demasiado, pero no me hizo caso. ¿He hecho mal?

—Déjame, Padraig —pidió Osián entre risas—. Estaré a salvo con esta sabia mujer.

Cogí a Benin del brazo y salí precipitadamente de la habitación. No me avergüenza admitir que me alegraba de poder marcharme.

9

Durante la cena el anciano tenía mejor aspecto. Estaba menos pálido y pisaba con más firmeza el suelo. Entró en el comedor apoyándose en el brazo de la mujer y se sentó en su sitio, junto a mí. La invitó a tomar asiento a su derecha, pero me levanté antes de que se acomodara. Habíamos adoptado la costumbre de cenar tres veces a la semana con los habitantes de Sabhal Padraig. Por lo general los bancos del comedor los ocupaban padres e hijos, además de las hermanas, nombre con que solía llamar a las mujeres de la tribu de Dichu que se habían unido a nosotros.

No quería sentar a una druida a la mesa que presidía el largo refectorio. Me acerqué a un banco y le señalé un lugar vacío.

–Eres bienvenida a compartir nuestra comida –dije–. Puedes sentarte aquí.

Advertí que Osián se tapaba la boca con la mano para ocultar su sonrisa, pero ella no se rió.

Se llevó las manos a las caderas y habló con voz demasiado alta.

–¡Ah, comprendo! De modo que el gran Succatus no quiere compartir su mesa con una druida.

Deseé abofetear la estúpida cara de esa mujer, pero mantuve la compostura.

–Me sentaré aquí contigo si lo prefieres –repuse con calma, aunque entre dientes–. Reservo la mesa para mis hermanos y nuestro bardo.

En el comedor se había hecho el silencio, y todos, por supuesto, estaban atentos a nuestra conversación. Incluso los que servían la cena se detuvieron, con sus tableros de madera repletos de pan y jarras de leche. Observé que las cuatro hermanas del pueblo de Dichu me miraban de hito en hito.

Quería echarla. Quería decirle que se fuera y no volviera nunca más, pero recordé lo que me había dicho Osián acerca de no destruir las antiguas costumbres. También recordé a nuestro Dios, que había compartido la mesa con recaudadores de impuestos y rameras, con toda clase de pecadores.

Benin acudió en mi auxilio. Se acercó a mí con sigilo y me cogió de la mano.

–Gracias por acordarte, abad –dijo dulcemente.

Le sonreí. No tenía ni idea de lo que debía recordar. Miró a Ainfean con dulzura.

–Padraig me prometió que podría sentarme a su lado durante la cena. Sólo pretendía guardar mi lugar, para que tuviera sitio en la mesa.

Por encima de su cabeza la mujer y yo nos miramos con los ojos centelleantes. Entonces decidí aprovechar mi ventaja.

–Vamos a sentarnos los tres a una de estas mesas –propuse con gentileza–. De esta forma nadie se quedará sin sitio.

Todos los presentes sonrieron y asintieron complacidos ante

mi magnanimidad, y algunas personas alabaron en voz alta mi decisión.

La mujer echaba chispas.

Benin se sentó entre nosotros.

–Has tenido suerte, sacerdote –masculló ella por encima de la cabeza del niño.

–Eres muy maleducada, druida –repliqué–. Te metes donde no te llaman. –Rodeé a Benin con el brazo–. Bendito seas, hijo.

–¿Quieres pan, abad? –preguntó tendiéndome una hogaza.

La cena prosiguió con dos asientos vacíos en la mesa de los hermanos, uno a cada lado de Osián, al que no parecía haber afectado el alboroto, pues saboreaba su comida al tiempo que nos sonreía.

La mujer comió como si estuviera hambrienta. Engulló una hogaza de pan, dos platos de pescado, tres pasteles de bayas y bebió cantidades ingentes de leche.

–Comes como un lobo –comenté inclinándome sobre mi plato.

–Y tú como un pajarito famélico. La comida es un regalo que debe disfrutarse.

Osián carraspeó.

–He empezado a contar a Padraig la historia de cómo Fionn partió de viaje para estudiar con Finegas, el mago, en compañía de Caoilte y Aindir. ¿Queréis que siga?

En ese momento agradecí a Dios que nos hubiera mandado al bardo.

Aindir se había visto obligada a cabalgar con Fionn y Caoilte durante tres días. Su pelo era una maraña de ramas y escaramujos, su sucia túnica se había desgarrado por el dobladillo. Sólo su capa fenian *de cuadros azules se mantenía igual que cuando había partido de Dun Gleor en compañía de Caoilte maldiciendo a Mac Morna.*

Le dolían las caderas, las piernas y las nalgas. Algo le levantaba am-

pollas, pero no se atrevía a averiguar qué era. No quería que descubrieran que era una pésima amazona. Un fenian *debía saber montar, pero un espía viajaba solo, no a lomos de un caballo.*

Cuando se detuvieron se movió con rigidez mientras trababa las patas de las monturas en tanto que Caoilte construía el bothy *y preparaba el fuego. Fionn, como hacía todas las noches cuando dejaban de cabalgar, estaba cazando.*

Durante dos noches había compartido su comida al lado del fuego y había dormido entre ellos en el bothy, *pero rara vez hablaban entre sí y nunca con ella.*

Por ese motivo se sobresaltó cuando Caoilte le dirigió la palabra.

–Hemos cabalgado demasiado, hermana fenian. *Estoy seguro de que los miembros te duelen y los tienes entumecidos. Acércate y los frotaré con un linimento para que mañana no estén tan rígidos.*

A la joven se le erizó el pelo y buscó con la mirada a Fionn donde empezaba el bosque.

–Volverá pronto –dijo Caoilte–. ¿Me tienes miedo? Eres una fenian. *Conoces nuestro código. Ninguno de nuestros hombres te haría daño.*

Quiso decir que Mac Morna no respetaba ese código, pero se mordió la lengua.

Por fin se decidió y avanzó un paso hacia él. Caoilte sonrió. En la mano sostenía una pequeña bolsa, que acercó a su nariz, y Aindir inhaló su aroma. Olía a menta y a frutas del bosque.

–Es un buen linimento. Acostumbro usarlo cuando mi cuerpo está agotado.

Ella asintió.

–Vamos, siéntate cerca del fuego y quítate la túnica. Empezaré por la espalda.

Se sintió acorralada. El fionn *tardaba más que de costumbre. Por lo general regresaba en un abrir y cerrar de ojos con el producto de la caza en su mano. Miró directamente a los ojos de Caoilte. Le pasó por la cabeza que tal vez los dos muchachos estaban confabulados. Alzó los brazos y desató su túnica, que se deslizó hasta el suelo del bosque. Quedó desnuda, excepto por la daga que llevaba ceñida en el muslo.*

Caoilte la observó con los ojos como platos y disimuló una sonrisa de triunfo con un bostezo. No le pidió que se quitara la daga.

—Tienes razón al decir que estoy agotada. En Dun Gleor sólo montaba para hacer ejercicio. Acércate, hermano fenian. *Cuando hayas terminado te devolveré el favor.*

Se sentó ante el fuego, sobre la túnica. El olor a menta y las fuertes manos de Caoilte hicieron que se sintiera a gusto. Durante los tres años que había pasado con los fian *de Mac Morna nadie la había llamado hermana ni se había ocupado de su bienestar como solían hacer entre ellos. Era el blanco de sus bromas y sus torpes insinuaciones, pero no era su camarada. Y eso era lo único que deseaba desde que era niña: ser un guerrero de los* fenians.

Suspiró.

—¿Te alivia? —preguntó Caoilte con voz pastosa, entrecortada por la emoción.

La joven se puso alerta. Se levantó como una exhalación y se pasó la túnica por la cabeza.

—Ha sido vivificante, hermano. Ahora aliviaré tu espalda.

—No es necesario, todavía no hemos montado lo suficiente para que esté dolorido. Cuando lo esté, te lo diré.

Caoilte esbozó una tímida sonrisa que dejó al descubierto la blancura de sus dientes, cogió la manta de su montura y la extendió delante del fuego.

—Échate y te frotaré las piernas.

Aindir se tendió de bruces y notó que el corazón se le aceleraba.

Caoilte empezó a darle un masaje en los músculos, presionando los puntos que le dolían. Ella suspiraba mientras yacía inmóvil. El muchacho le subió la túnica un poco más y de repente exclamó:

—¡Hay sangre en tu túnica! —Se la subió del todo—. Tienes una ampolla —observó.

Algo había cambiado en su voz.

—Ya te he dicho que no acostumbraba montar en Dun Gleor. Tal vez sólo una vez a la semana y nunca para cazar, únicamente para hacer ejercicio —balbuceó la joven presa del pánico.

Intentó incorporarse, pero él la sujetó.

—Tranquila, no te muevas. Debemos limpiar y vendar la herida para que no se infecte.

Aindir estaba asombrada. Ya no jugaba con ella. Permaneció inmóvil mientras él limpiaba la herida y le ponía un apósito.

Fionn regresó con un ciervo sobre los hombros.

–¿Qué pasa?

Dejó su presa al lado del fuego, se arrodilló junto a Aindir y dejó escapar un silbido.

Caoilte se quitó la túnica y rasgó una larga tira del dobladillo, la enrolló alrededor de la pierna de la muchacha y la ató.

–Nos hemos portado mal contigo, hermana. No ha sido justo.

–¿Por qué?

–Te hemos hecho cabalgar demasiado. Somos culpables de lo que te ha ocurrido. Mañana no montaremos. Ahora descansa mientras nosotros preparamos el venado. Si quieres, puedes dormir. Te despertaremos cuando esté listo.

Aindir apretó la cara contra la manta. Sentía cómo le ardía de vergüenza. ¿Cómo podría contar a Mac Morna lo que sabía de ellos? Hacerlo sería traicionar su amabilidad. Permaneció inmóvil hasta que el calor del fuego empezó a relajarla y se dejó llevar por el sueño.

Cerca de la hoguera, Fionn miró a Caoilte con dureza.

–¿Querías seducirla? –susurró.

–Hasta que vi la herida. Entonces me sentí avergonzado. No; no estaba avergonzado. –Meneó la cabeza–. Me sentí furioso conmigo, con Mac Morna. –Dirigió la mirada hacia la joven dormida.

–Ten cuidado, hermano –repuso Fionn entre risas–. Recuerda que decías que no te casarías nunca. No olvides que es una espía de Mac Morna.

–Creo que no ha tenido elección.

Fionn sonrió.

–Supongo que estás en lo cierto.

Le dieron de comer con ternura, como si alimentaran a un niño pequeño, mientras ella yacía de costado al lado del fuego. Cuando llegó el momento de acostarse, la colocaron cuidadosamente entre los dos, la arroparon con una tela y se aseguraron de que no se apoyara sobre la zona herida. Ella trataba de contener el miedo. Se sentía dividida entre la ne-

cesidad de llorar y la de contárselo todo, pero en este último caso dejarían de cuidarla. Seguramente la matarían por espía. Dejó escapar un profundo suspiro.

En la oscuridad, Fionn habló a su espalda.

–Mac Morna no te ha tratado bien, hermana fenian.

Aindir se puso tensa.

–Lo sabíais.

–Lo sospechábamos –corrigió Caoilte, que yacía delante de ella.

La joven empezó a hablar de forma atropellada. Contó toda la información que había recabado para Mac Morna, los lugares en que había vivido, sola y sin amigos.

–Durante todo ese tiempo –explicó–, nadie me pidió que cabalgara con los fenian, *que cazara con ellos, que compartiera sus banquetes en Tara. En tiempos de Cumhail Mac Trenmor había mujeres entre los* fenian. *Eran mensajeras y vigías. Moraban en las colinas y en las cumbres de las montañas. Cabalgaban cuando llegaban los invasores, algunas lucharon incluso con sus hermanos.*

–Cumhail era mi padre.

–Sí –dijo Aindir.

–Ahora cabalgas con nosotros.

–Sí.

¿En realidad era tan sencillo? Los ojos se le llenaron de lágrimas. Fionn le palmeó la espalda con torpeza. Aindir apoyó la mano sobre el hombro de Caoilte, que la cogió y le besó la palma.

Durante los tres días siguientes, mientras cabalgaban, les contó todo cuanto sabía sobre Mac Morna, la fuerza de sus fians *y su tensa relación con el rey Cormac.*

–No es un buen caudillo y Cormac lo sabe, pero nadie se atreve a enfrentarse a él y se aprovecha de ello. Mac Morna es como un oso; come, duerme y puede resultar peligroso cuando se enfurece.

Por la noche Caoilte le cubría la herida y le frotaba la espalda. Ella le trenzaba el pelo. Durante el día Aindir posaba la mano en su brazo una y otra vez, como si fuera a desvanecerse si dejaba de tocarle. Fionn les observaba en silencio.

La mañana del séptimo día llegaron al río Boinne. Fionn anduvo río arriba. Se bañó en las frías aguas otoñales y pescó algunos peces para el almuerzo. Regresaba al campamento cuando les vio. Aindir tenía la espalda apoyada contra un árbol, las manos sobre los hombros de Caoilte, y ambos se besaban con avidez, sus cuerpos se confundían en un abrazo. Mientras los observaba, Fionn sintió una mezcla de alegría y tristeza. Colgó los peces de un árbol al final del campamento y se alejó río arriba. Caminó largo rato y, cuando el sol estuvo casi en medio del cielo, vio a un viejo en el agua, con un arpón en la mano.

El hombre se dio la vuelta y se protegió los ojos con la mano para mirarle.

–Acércate, muchacho –exclamó–. ¿Pescas?

A Fionn le sorprendió que un desconocido le hablara de esa forma, pero respondió con educación:

–Sí, pesco. ¿Puedo ayudarte en algo?

–Tiemblo demasiado para arponearle. Torpeza de un viejo. ¡Tonterías! Sin embargo hay un pez que debo pescar. Lo he visto hoy. Un salmón. ¡Grande!

Separó las manos sin soltar el arpón.

–Entonces te ayudaré.

El hombre le entregó el arpón.

–Bien. Adelante, muchacho.

Fionn le miró.

–No lo toques cuando le arponees. Tráemelo inmediatamente.

Fionn permaneció varias horas mirando el agua. Pensó en Caoilte y Aindir besándose en el campamento. Pensó en su padre y en los fianna. *Pensó en su madre. Recordó las severas palabras de Bodhmall cuando abandonó Dun Gleor. «¡Esta vez irás a donde te he dicho, muchacho!», le había ordenado antes de propinarle un cachete.*

Fionn se echó a reír.

Recordó cómo había estrechado a Liath y sentido sus senos contra su pecho. Ella le había mirado sonriendo. «Vete y encuentra a una chica de tu misma edad que quiera aparearse con un niño», le había aconsejado.

En su vida se había sentido tan solo como aquella tarde a la orilla del río.

La tarde devoraba poco a poco el día. La luz empezaba a hundirse en el oeste y se reflejaba con un rojo intenso en la superficie del agua. De repente Fionn reparó en un rápido movimiento en el arroyo. ¡Un destello! ¡Otro!

Se inclinó procurando que su sombra no se proyectara en la superficie. A sus pies el salmón más grande que había visto en su vida trazaba grandes círculos. El viejo no le había mentido.

Fionn cerró los dedos alrededor del arpón, se echó hacia atrás y lo lanzó con todas sus fuerzas.

El pez emergió del agua retorciéndose y salpicando gotas como si fuera lluvia. Sin tocarlo, Fionn se lo llevó al hombre.

El anciano estaba encantado. Cogió el pescado y lo ensartó con delicadeza en un espetón que luego colocó encima de dos palos que había clavado al lado del fuego. Dio unas palmadas a Fionn en el hombro.

–¡Buen trabajo, chico! Durante diez años he intentado atraparlo. Has llegado en el momento preciso. –El viejo se interrumpió y meneó la cabeza con expresión preocupada–. ¡Demasiado preciso! ¿No habrás tocado el pescado?

–No –respondió Fionn.

–Bien, bien. Siéntate allí.

Señaló un banco apoyado contra la pared de su choza. Fionn tomó asiento y observó al anciano. Era más viejo que Bodhmall, más viejo que cualquier hombre que hubiera visto. Tenía el pelo completamente blanco, no quedaba ninguna hebra gris. Su cara era como una manzana seca, con arrugados pliegues y repliegues. Su barba cana le caía hasta el pecho. Vestía una túnica blanca bordada en oro.

–¿Eres druida?

El anciano alzó la mirada.

–¿Por qué?

–Mi tutor era druida.

El hombre le miró con sorpresa.

–¿Lo era? ¿Qué te enseñó?

–Era una mujer. Me enseñó las leyendas de Eire y algunas formas de poesía. Conozco las hierbas y las plantas que sirven de alimento, para curar o para esconderse. Conozco la rotación de la luna y la de los años. Conozco los días de fiesta. Me han hablado de la gente del Otro.

El viejo refunfuñó.

–Conocimientos de aprendiz.

De pronto Fionn receló del viejo. Le preguntó cómo se llamaba, y el druida se quedó mirándolo.

–Muchacho, necesito que des la vuelta al pescado. Esto exige unas verduras y una buena aguamiel.

Fionn se acercó al viejo, que le agarró por la muñeca con fuerza. El muchacho observó con asombro la mano que le apretaba como las garras de un ave rapaz. El viejo se rió a carcajadas pero no soltó su presa.

–Atiende, muchacho, este pescado no debe quemarse. No puede haber ni quemaduras ni ampollas. ¿Lo has entendido?

Fionn asintió. Pensaba que el hombre no estaba en sus cabales.

–Si consigues asarlo sin que se queme –prosiguió el viejo–, dejaré que compartas el banquete conmigo. Sí, sí… soy un hombre justo y prudente, nada avaricioso. Compartiré este pescado contigo, aunque no la primera ración. –Agitó un dedo en el aire–. La primera ración es mía.

Fionn suspiró con exasperación.

–He asado muchos peces y pescado otros tantos. Puedo hacerlo sin problema.

El viejo asintió antes de salir de la choza.

Fionn dio la vuelta al salmón con sumo cuidado. Observó la piel, oyó cómo el fuego crepitaba cuando las gotas de grasa caían sobre las llamas, olió el rico aroma.

–Un pescado es un pescado –dijo–. Aunque éste sea muy grande y vaya a convertirse en una sabrosa comida, no deja de ser sólo un pescado.

Meneó la cabeza al pensar en la estupidez del viejo.

Una ampolla empezaba a formarse en la piel del salmón, y Fionn suspiró al verla. El viejo había dejado bien claro que no debía haber ampollas ni quemaduras, de modo que se humedeció el pulgar y la apretó con fuerza. La ampolla desapareció, pero su dedo enrojeció y empezó a palpitar por la quemadura.

–Espero que le satisfaga que me haya quemado el pulgar por culpa de su pescado –murmuró.

Oyó que el viejo entraba en la choza.

–Ocúpate de tu pescado un momento. Me he quemado el pulgar.

–¡No! –exclamó el anciano, que se acercó a él al tiempo que agitaba los brazos.

Fionn meneó la cabeza, sorprendido por su comportamiento, se llevó el pulgar quemado a la boca y lo lamió.

Lo que sintió le llenó de asombro.

El aire respiraba. La luz respiraba. Se sintió mareado, ligero, raro.

Salió tambaleándose y se sumergió hasta las rodillas en el agua.

El río respiraba. Los árboles. El viento. El mundo giraba al revés; lo veía como si fuera la superficie de un lago, el fondo de un cáliz dorado. Vio a su madre amamantar a un bebé. Era él. La nieve caía alrededor de ellos. Vio el rostro de su padre, la expresión de su padre. La conocía como si fuera la suya, aunque nunca le había visto. Sintió cómo le mecía Bodhmall, sintió la mano de Liath guiándole cuando arrojaba su lanza por primera vez. Vio a Caoilte y a Aindir entrelazados en el bosque, preocupados por su ausencia. El amor que se profesaban le hizo prorrumpir en sollozos. Oyó al ciervo musitar a sus cervatos en el bosque. Fionn. Nuestro hermano Fionn. Uno de ellos se transformó en la mujer más bella. Mi amor, suspiró. Oyó a las ballenas cantar en el mar de las costas de Eire. Las conocía. Hermanas ballenas, pensó. Cantemos. Un águila le apresó con sus garras y se lo llevó. Era el águila. Dejó atrás Eire y continuó volando sobre el océano. Vio un gran continente verde al otro lado del mar, más grande que todas las tierras que había conocido. Subió hasta las estrellas y flotó entre ellas. Hasta él llegaban voces en lenguas cuyo nombre ni siquiera conocía. Oyó el inmenso corazón que latía en el centro de todas las cosas. Le rodeó la luz. Toda calidez. Toda bondad. Toda risas. Toda alegría.

Recuperó el sentido. Estaba arrodillado en la orilla del río Boinne, y su cuerpo se sacudía por las risas y los sollozos.

Levantó la mirada y vio que el anciano golpeaba un puño contra la palma de la otra mano en un gesto de frustración.

–Padre Finegas, soy Fionn. Enséñame el conocimiento que tienes reservado para mí.

10

Los pocos que se habían reunido antes del amanecer para asistir a la misa me miraban expectantes. Había decidido que Benin sería mi monaguillo, y se movía de un lugar a otro sin parar, rozando con su capa las piedras del suelo, mientras encendía las velas y preparaba la mesa del Señor.

Me arrodillé de espaldas a la gente para rezar. Por fin sabía qué se esperaba de mí. Dios me había mandado a Osián para que me transformara en un bardo y que pudiera atraer hacia Él a esos soñadores irlandeses con sus propios cuentos.

Sin embargo, no encontraba las palabras.

Mi pueblo no contaba cuentos. Eran funcionarios, organizados y civilizados, no bardos. Por otro lado mi cautiverio había sido tan largo y había estado tan plagado de silencio que sólo me sentía a gusto así, recogido en el silencioso nido de mis oraciones. Por primera vez en mi vida envidiaba a los irlandeses, que consideraban que la vida era como un collar cuyas cuentas eran las leyendas.

Sabía que la historia que Osián había narrado se ajustaba a la verdad. Sabía lo que Fionn había visto cuando probó el salmón; ese conocimiento era el mismo que estaba encerrado en mi corazón. Cada vez que comía y bebía en la mesa de mi Cristo, conocía de nuevo el mundo tal como Fionn lo había conocido, en su totalidad, demasiado bello, demasiado doloroso para que mi miserable corazón de hombre pudiera soportarlo.

Sin embargo, no tenía palabras para describirlo.

Debieron de pensar que mi oración continuaría para siempre.

Por fin me levanté y les miré. Les conté la verdad.

–Pueblo de Sabhal Padraig, sé que creéis que soy un hombre que obra milagros, un hombre culto que viene de más allá del mar, que trae nuevas señales, nuevas maravillas. Creéis que gracias a mí se calmaron los perros de Dichu, que gracias a mí el gran Osián ha regresado como bardo.

»Pero os digo que soy un hombre rústico e ignorante, que casi desconoce la lengua de la Iglesia a la que sirve, tan ignorante de las letras que mi escriba debe escribir en mi lugar. –Señalé a Breogan, que tenía la mirada fija en el suelo.

»Tan sólo sé que mi Dios me ha enviado aquí. No quería venir, pero Él deseaba que estuviera entre vosotros. Estaba equivocado. He descubierto que sois un pueblo deseoso de la luz, que contáis las historias de mi Señor. Él es Uno, Uno en Tres Personas. Es Padre, Hijo y Espíritu. Es la luz en el corazón de todas las cosas, la Palabra que inspira a todos los seres. Es el salmón del conocimiento, que nos alimenta cuando estamos hambrientos, que nos alimenta incluso cuando parece que ya no queda comida. –Apreté mi mano contra mis labios y pensé–. Os explicaré una historia, aunque carezca de gracia para contarla.

El Señor cruzó el mar con sus discípulos y se dirigió a las colinas para descansar y disfrutar del silencio.

No había ningún lugar donde pudiera estar solo. Curaba a los enfermos, devolvía la vista a los ciegos y hacía andar a los inválidos, la gente le seguía a todas partes, alrededor de él se agolpaba una muchedumbre que crecía más y más.

Ese día, a pesar de que se había alejado de la ciudad, la multitud le había seguido hasta las colinas. Nuestro Señor estaba cansado y polvoriento. Tenía la espalda cubierta de llagas y la sed hacía que le doliera la garganta. Aun así, cuando vio las caras que se alzaban hacia él, como niños expectantes, su corazón se conmovió y comprendió que necesitaban historias, pues de lo contrario morirían.

Se las contó hasta que la luz empezó a declinar hacia occidente. La muchedumbre le escuchaba y los relatos alimentaban sus almas.

Se acercaba la hora de cenar. Nuestro Señor estaba hambriento y sabía que la gente también lo estaría.

Así pues, pidió a sus discípulos que se aproximaran. Les llamaba los Doce, como los grupos fian *de los viejos tiempos. Les ordenó que dieran de comer a la multitud, pero sus* fian *protestaron.*

–No somos ricos y, aunque lo fuéramos, estamos demasiado lejos de la ciudad. Diles que vuelvan a sus casas, Señor, ya que no podremos alimentarles a todos. Míralos, son más que todos los fenians *de Eire juntos.*

Mi pequeña congregación escuchaba boquiabierta.

Asentí.

–Eran muchos. Eran muchos los que le seguían.

Cerré los ojos e imaginé ese día caluroso y polvoriento. Reanudé mi relato.

Entre la multitud había un niño que vendía pan de cebada y pescado seco. Cristo le pidió que se acercara, y el pequeño le dio sus cestas de buen grado. Los fenians *de Nuestro Señor echaron un vistazo a los cestos y prorrumpieron en carcajadas. ¡Sólo contenían cinco panes de cebada y dos pescados secos! Nunca tan poco saciaría a tantos.*

Nuestro Dios alzó las canastas sobre su cabeza y levantó la mirada hacia el cielo. Dio las gracias a Dios por su generosidad. Luego entregó los cestos a sus fians *y les indicó que los pasaran entre la muchedumbre.*

Los fenians *de Cristo estaban preocupados. Sabían que los alimentos se terminarían enseguida y que muy pocos podrían comer. Se revolverían contra Cristo, y sus* fenians *temían que le causaran algún daño.*

–No lo hagas, Señor –rogaron.

–Tened fe –repuso Él.

Hicieron circular las canastas con pescado seco y panes de cebada y, cada vez que creían que se habían vaciado, las miraban y las encontraban repletas. Dieron de comer a todos los que se habían congregado y hubieran podido alimentar a muchos más, ya que cuando la multitud se hubo dispersado los fenians *de Cristo recogieron más de doce cestos de pan y pescado.*

–Pueblo de Sabhal Padraig, éste es nuestro Dios. Da de comer a los hambrientos. Los alimenta proporcionándoles más de lo que necesitan.

»Así nos alimentará aquí, en Sabhal Padraig, y a lo largo y ancho de toda Eire. Festejaremos las historias de nuestro Dios. Celebraremos el banquete de su pan y de su vino.

Esa tarde vi que los hombres del pueblo empezaban a construir otro *rath*. Me apresuré a unirme a ellos con el corazón alborozado, porque habían llegado más personas para recibir el bautismo.

Estaba lleno de barro hasta los codos cuando se me acercó la mujer druida.

–He oído tu historia de esta mañana, Succatus. Tal vez aún haya esperanza para ti.

La miré sorprendido. No la había visto en la misa.

–Para los que no queda esperanza es para los druidas. Mis historias serán su destrucción.

–No deberías pensar en destruir, sino en conciliar.

–No deseo conciliación alguna con sacerdotes de una religión pagana. Sus intenciones son aviesas. Intentarían derrotar a mi Dios desde dentro de nuestras filas.

–Si tal como predicas, Succatus, tu Dios es el verdadero, no creo que pueda ser derrotado.

Respiré hondo.

–Tienes ante tus ojos la prueba de que es el verdadero Dios. Cada día acuden más personas para vivir con nosotros y ser bautizadas.

Ainfean prorrumpió en carcajadas.

–Es mi casa la que están construyendo, Succatus.

Segunda parte

«Ahora mi insignificancia se exhibe
ante desconocidos.»

Patricio, *Confesiones*

11

No la quiero aquí!

–Cuando vine, tampoco querías que me quedara.

–Era distinto.

–¿Por qué?

–Tú cuentas historias. Ella es druida.

–Es una curandera y una mujer sabia. La gente la respeta.

Osián observaba desde la ventana de su habitación la cabaña que estaban construyendo.

–¡Es una druida!

–¿Y qué importa? He conocido a druidas muy sabios. Mi abuela, Muirne, era hija de un druida, y los maestros de mi padre, Bodhmall y Finegas, también lo eran.

–Están muertos. Ya son historia. Conozco a los druidas. Sólo piensan en sus hechizos y en su magia. Rinden culto a ídolos. Son unos paganos idólatras.

–Mi padre vivió siete años con Finegas, quien durante ese tiempo le enseñó muchas cosas. Le enseñó las doce formas de poesía y la historia de Eire y el mundo conocido. Le habló de la luna, las estrellas y los relatos que las estrellas cuentan. Le enseñó a curar enfermedades, suturar las heridas, los conocimientos médicos más elementales que un guerrero debe saber. Le enseñó el *ogham,* la lengua escrita de los druidas. Practicaban el *imbas forosna* para que aprendiera a hablar este idioma haciendo señas con los dedos y descifrara lo que estaba escrito en las varas de serbal de los druidas. También le instruyó en el *teinm laida,* la poesía que llega a través de la inspiración. Hablaban de los Otros y del país de Tir Nan Og. Finegas enseñó a mi padre el nombre de los dioses y las parcelas que regían, pero ten la seguridad de que no le enseñó a practicar la magia ni a adorar a ídolos como tú dices.

–Parece que fue un buen maestro –repliqué malhumorado.

–Muchos druidas lo son, Padraig. Algunos eligen el camino de la magia negra, a los dioses de la oscuridad, pero ésos existen en todo tiempo y lugar. La mayoría son los guardianes de la sabiduría y el conocimiento.

–Es demasiado joven para ser la guardiana de la sabiduría.

–Creo que tiene la misma edad que tú, Padraig, alrededor de cuarenta años, y ha pasado más de la mitad de ese tiempo estudiando para adquirir conocimientos. Pero tal vez tú seas demasiado joven para ser sabio. Deberías aprender de ella.

–¿Yo? ¿Aprender de una druida? Yo destruiré a todos los que crean en falsos dioses.

–Mi padre acostumbraba repetir una máxima, Padraig; decía que había que conocer bien al enemigo, ya que sólo de ese modo sería posible derrotarle. O convencerle.

–No tengo intención de convencerla.

–Sería un buen aliado. Posee una mente poderosa y me han comentado que es hija de un gran jefe.

–¿Por qué ha decidido quedarse en el pueblo?

–No lo sé. ¿Por qué no se lo preguntas?

–No quiero.

Osián rió.

–¡Ahora lo comprendo! Esa mujer te atrae.

–¡Por supuesto que no! Somos célibes.

–¿También sois ciegos?

Breogan reprimió la risa y se inclinó para ordenar los útiles de escritura sobre su pequeña mesa.

–No estoy ciego. Es la mujer más desagradable que he conocido en mi vida; insoportable, terca, cabezota, metomentodo.

–Tal vez no te gusta porque se parece a ti.

–A mí no se me pueden aplicar todos esos calificativos.

Advertí que los hombros de Breogan se sacudían espasmódicamente mientras se inclinaba sobre su escritorio.

–De acuerdo. Tal vez soy un poco cabezota, pero soy un tierno corderito comparado con la insolencia de esta mujer.

–Está en su país, Padraig –susurró Osián–. Aquí tú eres el intruso. Tal vez se ha trasladado a tu *rath* para observar cómo te comportas con sus paisanos. Sigue al pie de la letra la máxima de mi padre.

–¿Y esta regla le sirvió siempre a tu padre? ¿Acaso Fionn siempre consiguió derrotar a sus enemigos o convencerles de que se unieran a él?

–No siempre, pero logró que Goll Mac Morna se pusiera de su lado.

Me quedé tan asombrado que hasta olvidé a la druida.

–¿El mismo Goll Mac Morna que asesinó a su padre?

–El mismo.

–¿Cómo lo consiguió? Debes contar esa historia.

Osián sonreía.

–Te la contaré si me prometes hablar con la druida.

–No hago promesas a los paganos –repliqué.

De todas formas contó la historia.

Fionn permaneció con Finegas siete años. Una tarde de otoño, cuando hubo aprendido todo lo que el anciano podía enseñarle, éste le pidió que le acompañara hasta el río. Se sentaron al sol y el mago empezó a hablar.

–Cuando llegaste eras un chico larguirucho de quince años y atrapaste el salmón del conocimiento. Maldije a todos los dioses por haber mandado a un estúpido adolescente para arrebatarme el conocimiento que debía ser mío.

»Pero me equivocaba, hijo.

»Ya eres un hombre. Has aprendido todo cuanto te he enseñado con paciencia y constancia. Te has sentado en silencio a mi lado bajo las estrellas y has cruzado a nado el río cuando te lo pedí. Has memoriza-

do todas las lecciones que te he dado. Además, has hecho lo que cualquier maestro desea que haga al menos uno de sus alumnos: has ampliado los conocimientos que te he transmitido. Te has convertido en el maestro, Fionn.

Fionn protestó, pero Finegas alzó la mano para interrumpirle.

–Ahora sé por qué los dioses te enviaron a mí. Ahora sé que eras un regalo que se me hacía. Porque lo que hubiera aprendido del salmón habría muerto con este viejo solitario.

»En cambio tu nombre vivirá para siempre, Fionn. Lo que has aprendido y tu digno comportamiento vivirán para siempre. Aun después de doce generaciones se seguirá hablando de Fionn, y mi nombre se recordará junto al tuyo. Estoy muy agradecido por el regalo que se me hizo, muchacho. –Puso la mano en el brazo de su discípulo–. Ha llegado el momento de reclamar lo que te arrebataron. Ha llegado el momento de que los fenians de Irlanda recuperen su honor.

»Ahora debes dejarme e ir a la colina de Tara.

Fionn le abrazó, porque había llegado a amarle.

–¿Volveremos a encontrarnos, sabio?

–Nos encontraremos en el banquete de Tir Nan Og.

En esos tiempos el Ard-Ri, rey de todos los reyes de Irlanda, acostumbraba celebrar una fiesta durante el Samhain. Los feis duraban siete días, ya que era el momento más importante del año, cuando en la gran colina de Tara se apagaban las hogueras del año anterior y se encendían las del nuevo. Los banquetes y diversiones se sucedían, y durante ese período reinaba la paz. En el Samhain feis nadie podía alzarse en armas contra otro, fuera cual fuera la razón que le asistiera.

Fionn eligió esa fecha para regresar a Tara.

No pasó inadvertido cuando entró en el rath de la colina de Tara, pues era más alto y fuerte que cualquier fenian y su pelo refulgía más que el oro. Se dirigió al salón donde se celebraba el banquete mezclado entre los fenians y tomó asiento como si hubiera estado con ellos toda la vida.

Los fenians que le rodeaban murmuraban entre sí y le miraban de hito en hito, pero antes de que alguno se atreviera a preguntarle su nombre Cormac Mac Art, rey de reyes de Irlanda, apareció en la sala.

Le flanqueaban los lobos que le acompañaban siempre y lucía los siete colores de la realeza. Avanzó hacia el estrado y se sentó presidiendo la mesa.

Enseguida reparó en el desconocido, que destacaba entre los guerreros de Eire.

Le dio la bienvenida con un gesto de cabeza y le señaló con el brazo derecho.

–Levántate, muchacho, y di cómo te llamas, ya que no te hemos visto antes en nuestra compañía.

Fionn se puso en pie. Respiró hondo antes de decir con voz diáfana:

–Soy Fionn Mac Cumhail, hijo de Cumhail Mac Trenmor, del clan na Bascna. He venido para prestar juramento como fenian *de Irlanda ante Cormac Mac Art, Ard-Ri de Eire.*

Se armó un barullo en el salón.

Goll Mac Morna avanzó a grandes pasos hacia el estrado y Fionn vio por primera vez al asesino de su padre. Observó con sorpresa que sólo tenía un ojo. Era bajo y fornido. Ya había superado la mitad de su vida, y lo que una vez fue músculo había desaparecido por falta de ejercicio.

Pero su voz era todavía fuerte cuando lanzó su desafío.

–Este muchacho miente. Ha oído las leyes sobre el fionn *y reclama un derecho que no le corresponde.*

La cara de Cormac Mac Art adoptó una expresión seria y pensativa. Apoyó la barbilla sobre la palma de su mano antes de hablar.

–Es cierto que no conocemos a este fionn, *pero también es verdad que durante siete años hemos oído rumores sobre Fionn, el hijo de Cumhail. ¿Alguno de nosotros puede demostrar la veracidad de sus palabras?*

Se alzó un murmullo entre los fenians, *y un joven de pelo oscuro se levantó.*

–¡Yo afirmo que lo que dice es cierto!

Fionn se volvió al instante y exclamó:

–¡Caoilte Mac Ronan, mi hermano fenian*!*

Caoilte alzó el brazo para saludarle.

–Éste es el hombre del que habéis oído hablar, hermanos; el que encontré en el bosque, donde vivía con la druida y la mujer guerrera; al que acompañé cuando descubrimos a los supervivientes del clan na Basc-

na que moraban en los páramos de Connaught; con el que emprendí viaje para que viera a su madre, la dama Muirne, esposa de Cumhail Mac Trenmor.

»¡Fionn dice la verdad! ¡Le aclamo como el legítimo caudillo de los fianna!

–¡No! –rugió Mac Morna–. ¡Deberá pelear conmigo para conseguir ese honor!

Fionn avanzó hacia el estrado y se situó ante Mac Morna, a quien superaba en estatura.

–Me parece bien. ¡Tu vida por la de mi padre!

En ese instante Cormac Mac Art se puso en pie y alzó los brazos.

–Estamos en Samhain feis. Nadie debe levantar sus armas, porque quien rompa la paz lo pagará con su vida.

Fionn miró al rey. Desenvainó la espada y la depositó con delicadeza a los pies de Cormac Mac Art.

–Soy Fionn –exclamó–, protector de Eire. Observo sus leyes con honor.

Cormac asintió con la cabeza.

–Mac Morna –dijo con frialdad.

Mac Morna dejó caer con estruendo su arma contra el suelo de madera del estrado.

–Tienes mi palabra –afirmó con idéntica frialdad–, pero exijo que este asunto se resuelva.

La sala se transformó en un auténtico pandemónium. Los fenians gritaban. Unos ancianos que estaban al fondo aclamaban a Fionn. Cuando éste miró hacia el lugar de donde procedían las voces, descubrió el rostro de su tío Crimnall entre la muchedumbre. Los hombres de Mac Morna repetían su nombre y reclamaban justicia.

Cormac alzó los brazos, y el silencio cayó como un telón.

–Creo adivinar una forma de que se haga justicia. Cada año, en la noche más importante del Samhain feis, una criatura de los Otros, Aillen, surge entre nosotros. Cada año quema nuestro rath hasta reducirlo a cenizas. Sugiero que quien consiga detenerla sea proclamado jefe de los fianna.

Mac Morna no dijo nada. Se balanceaba sobre sus piernas mientras observaba al hombre del pelo dorado.

Fionn, que ignoraba qué entrañaba esa propuesta, se llevó el pulgar a la boca y se mordió la uña. Por fin asintió con la cabeza.

–Destruiré a esa criatura –exclamó–. Conseguiré que la colina de Tara vuelva a ser un lugar seguro. Cuando lo haya hecho, me pondré a la cabeza de las tropas de Irlanda y protegeré sus costas y bosques para que nadie en toda Eire vuelva a sentir miedo al acostarse.

Se envolvió en su capa y salió del salón seguido por Caoilte y alguno de los ancianos compañeros de su padre.

Fuera, bajo la centelleante luz de una de las hogueras que ardían en las laderas de la colina, Fionn estrechó al anciano Crimnall y luego asió a Mac Ronan de los brazos.

–¡Hermano! Mi corazón se sobresaltó cuando oí tu voz entre la multitud. ¿Dónde está la espía fenian *que llevamos con nosotros?*

Mac Ronan le dio unas afectuosas palmadas.

–Está preñada de nuestro segundo hijo, pues de lo contrario hubiera estado a mi lado gritando tu nombre. Te quedaste tanto tiempo con Finegas que, nosotros –añadió señalando con un gesto al anciano–, todos nosotros, empezamos a perder la esperanza.

Fionn sonrió.

–He aprendido que todo ocurre a su debido tiempo. Era un niño. Ahora soy un hombre. Estoy preparado.

–No será tan fácil como crees –intervino el viejo Crimnall–. El que quema la colina de Tara es el diablo de la oscuridad. Muchos han intentado acabar con él. Con la música de su arpa les sume en el sueño y, cuando han caído bajo su hechizo, quema una morada más hasta reducirla a cenizas. Muchos han muerto entre sus siniestras llamas.

–Guíame por el camino de la sabiduría, tío –pidió Fionn.

Crimnall asintió.

–Ha llegado el momento –afirmó.

Acto seguido se alejó del pequeño grupo y bajó con paso torpe por la ladera de la colina. La luna se escondió tras una nube y volvió a aparecer antes de que Crimnall regresara llevando a cuestas la bolsa de piel de grulla. A la luz del fuego sacó la espada de los fenians.

–Esta espada pertenece al caudillo de los fenians *desde los tiempos en que empezamos a ser los guerreros de Eire. Su puño encierra todo el sudor y la fuerza de los que la han blandido en su defensa. Su hoja entona sus heroicas canciones. La llamamos* La Certera. *Con esta espada lucharás contra Aillen, del Otro Lado. Por el poder de los caudillos de Eire, ese ser diabólico será derrotado.*

Fionn empuñó el acero y lo alzó hacia el cielo.

–Hermanos fenians, *Finegas, el sabio, me enseñó a leer la lengua de los antepasados. –Recorrió con los dedos los caracteres del* ogham *tallados en la hoja y susurró–: «Mora en la luz», así rezan las antiguas palabras. «Mora en la luz.» Las futuras generaciones podrán decir que así lo hicimos.*

La noche de Samhain *era fría y despejada. La luna iluminaba como un farol suspendido del cielo.*

Los druidas habían colgado calaveras en las ramas de los árboles con la esperanza de que tantos espíritus guardianes asustarían a Aillen del Otro Lado y conseguirían alejarlo. Algunas, con velas encendidas en su interior, brillaban en la oscuridad.

Fionn se paseaba al pie de la colina. El corazón le martilleaba el pecho, su respiración era irregular y superficial. Mientras esperaba no hacía ningún ruido, ya que había envuelto sus botas de invierno en una gruesa tela de lana para amortiguar el sonido de sus pasos, y empuñaba con firmeza La Certera.

De pronto creyó captar en la distancia una suave melodía. Se inclinó en esa dirección con el oído aguzado.

Se acercaba.

Era la tonada más seductora que había oído en su vida, los vibrantes sonidos de las cuerdas del arpa, el ritmo de los tambores. Sintió que le invadía un dulce sopor.

Despacio, como si flotara bajo el agua, alzó La Certera. *Apoyó la empuñadura contra su frente, hundió en su carne el rubí que encerraba la sangre de Eire. Gracias a esa sangre, que se unía a la suya, la cual manaba gota a gota, permaneció despierto, incluso cuando el sonido se aproximaba y se tornaba más fuerte y poderoso.*

Al fin consiguió ver a la diabólica criatura, que avanzaba hacia él por la ladera de la colina.

Era de baja estatura y parecía moverse sobre unas patas de cabra. Su pelo estaba enrollado en espirales, en cuyos extremos ardían llamas azules que refulgían en la oscuridad. Tañía su arpa sin mirar a ningún lado.

Cuando Fionn le llamó por su nombre, dejó caer el instrumento, asombrado de que alguien hubiera podido resistirse a su música.

–¿Cómo te llamas, muchacho? –preguntó el duende. Su voz era melodiosa, amable.

–Soy Fionn, hijo de Cumhail. Me han enviado para impedir que provoques más incendios.

El duende meneó la cabeza.

–Conque su desesperación aumenta. Han mandado a un muchacho como sacrificio para apaciguarme.

–No hay tal sacrificio, Aillen del Otro Lado. Ninguno, salvo el de tu propia vida.

El trasgo suspiró y se inclinó para recoger su arpa. Fionn puso un pie sobre ella.

–Ya no tendremos más música.

Súbitamente el duende levantó la cabeza, abrió la boca y echó su aliento sobre Fionn. Su lengua lanzaba llamas azules, y antes de que Fionn pudiera esquivarlas le lamieron el dorso de las manos. El calor era abrasador, intenso. Fionn percibía el olor de su carne chamuscada. Su piel se llenó de ampollas.

Fionn profirió un grito de asombro y dolor.

Alzó La Certera *en el aire, pero el dolor hacía más lentos sus movimientos. El duende se desplazó y, mientras Fionn se volvía hacia él, se agachó para recoger el arpa y empezó a tañerla al tiempo que se ponía en pie.*

Fionn sintió que un suave sopor le invadía y cayó de rodillas.

El trasgo volvió a echarle su aliento. Las llamas le lamieron la cara y le chamuscaron la punta del pelo. Fionn inclinó la cabeza hacia el suelo para escapar al intenso calor.

El duende, que seguía tañendo las cuerdas de su arpa, habló con tono dulce.

–Eres una hermosa víctima ofrecida en sacrificio, Fionn. Recordaré con placer el momento en que seas pasto de las llamas.

La música del arpa dejó de sonar, y Fionn notó que las llamas acariciaban el cuero de su peto y trepaban hacia su cabello. ¡De pronto salió del sopor! Con un rugido, rodó sobre la espalda y alzó su acero para clavarlo en la garganta del duende. Utilizando la cimbreante espada se puso en pie.

El duende contemplaba atónito a Fionn, mientras sangre de un azul verdoso manaba de su herida.

Fionn sacó el arma del cuerpo del trasgo y trazó con ella un círculo. La espada hendió el aire tocando su propia música. Aillen del Otro Lado se desplomó en el suelo con una expresión de asombro en el rostro.

Fionn utilizó las últimas fuerzas que le quedaban para aplastar el arpa hasta hacerla añicos.

Luego recogió la cabeza, la clavó en una pica y la puso delante del salón real de Cormac Mac Art.

Por la mañana Fionn apareció ante la asamblea reunida en la colina de Tara, con las manos vendadas. Su cabellera dorada aparecía más corta, su cara exhibía un tono rojizo, y tenía una ceja completamente chamuscada.

Le nombraron caudillo de los fenians de Irlanda ante la enardecida muchedumbre. Con la ayuda de Crimnall y Caoilte, se vistió con los ropajes fenians, una túnica de seda verde y una capa de cuadros azules y verdes con un broche de filigrana de oro, y le trenzaron el cabello con cintas del verde fenian. Entonces empuñó La Certera. Sólo unos pocos vieron su mueca de dolor cuando izó la espada en el aire pero, en cuanto habló, todos supieron que Eire no volvería a ser la misma.

–¡Soy Fionn, hijo de Cumhail! –exclamó–. Entrego a Eire mi honor y mi vida. Mientras sea caudillo de los fenians de Irlanda, siempre estaremos al servicio del pueblo de Eire. Nunca nos apoderaremos de ganado ni de caballos por la fuerza, el pueblo alabará nuestra gentileza.

»Dedicaremos dos tercios de nuestra bondad a las mujeres, los niños y los poetas de Eire, porque gracias a su sabiduría nos hacemos más humanos y fuertes. Ningún perro de Eire será golpeado por un fenian. Seremos ecland y dithir, no tendremos clan ni tierras, para que ninguno de nosotros pueda reclamar el precio del honor a sus hermanos y hermanas fenians. Viviremos y moriremos en defensa de este verde país y de nuestro gran rey, Cormac Mac Art.

»Aquellos que quieran incorporarse a nuestras filas se someterán a cuatro pruebas de fuerza y honor, y nuestra hermandad no aceptará a mercenarios.

»Cuando hayamos desaparecido, se nos recordará con estas palabras: "Aquéllos fueron los mejores tiempos de Eire, cuando cada fenian era honorable, cuando el país era verde y floreciente, cuando la gente vivía sin miedo." Por todo esto os pido que os unáis a mí.

Un poderoso clamor se elevó de la muchedumbre, y hombres y mujeres le rodearon para caer de rodillas ante él y tenderle la empuñadura de sus espadas.

En medio de ese barullo se oyó rugir a Mac Morna.

–Rey Cormac, ¿qué pasará con el clan Mac Morna, que os ha servido fielmente durante todos estos años?

Siguió un incómodo silencio. Los que estaban cerca de Mac Morna se apartaron.

Cormac, que había rodeado con el brazo los hombros de Fionn, se adelantó.

–Dejaré que Fionn Mac Cumhail decida qué se debe hacer con los hombres del clan Mac Morna. En cuanto a ti, Goll Mac Morna, te destierro de Eire. Permanecerás en Alba el resto de tu vida.

Al oírle Fionn dio media vuelta y le susurró algo al oído. Cormac se mostró desconcertado, pero asintió.

–Los soldados de Mac Morna que decidan servir a mi lado –anunció Fionn– serán bienvenidos si superan las pruebas fenians.

Una ovación se elevó de entre los hombres del clan Mac Morna. Su jefe les fulminó con la mirada.

–Esto va dirigido a ti, Mac Morna –añadió Fionn–. A partir de hoy los fenians serán conocidos como hombres justos. Si me juras fidelidad y la mantienes, si me sirves con lealtad, sin cuestionar mi autoridad, anularé tu condena de destierro.

Mac Morna permaneció inmóvil y silencioso. Pasó la vista por el salón y al final la posó en el guerrero que presidía el estrado.

–No tienes nada que agradecerme, muchacho –dijo con un gruñido.

Fionn se quedó en silencio.

Mac Morna avanzó pesadamente hasta el estrado, dobló una rodilla y levantó la mirada hacia el nuevo caudillo.

–Mientras viva dentro de ese cuerpo, juro lealtad a Fionn Mac Cumhail, caudillo de los guerreros de Irlanda –afirmó–. ¡Prometo servirle con todas mis fuerzas y mi honor!

En el fondo del salón, Caoilte Mac Ronan alzó su copa.

–¡Por Fionn! –brindó.

En el estrado, Fionn enarboló La Certera *hasta que la luz hizo refulgir las gemas de su empuñadura y se derramó como una cascada por su hoja.*

–¡Por Eire! –exclamó.

Su voz resonó por toda la colina y llegó hasta las estrellas. Llegó hasta el anhelante corazón de un viejo druida y hasta la madre de Fionn y sus maestras, que esperaban con las manos unidas.

–¡Por Eire! –repitieron.

–De ese modo fue como mi padre se convirtió en caudillo de los *fenians*. –Osián se reclinó contra la almohada, exhausto después de su relato–. Goll Mac Morna sirvió lealmente a mi padre durante el resto de su vida.

–¿Crees que Fionn mató a esa criatura del *sidhe*?

–Creo en la existencia del diablo. ¿Tú no?

–Sí, firmemente.

Me puse en pie y observé desde la ventana cómo los hombres añadían una cubierta de paja a la choza de la mujer druida.

–Pero no te confundas –repuso Osián.

No le presté atención, ya que una idea tomaba cuerpo en mi mente.

–Breogan –dije.

Éste dejó de escribir y me miró.

–Ve a buscar a Benin y tráelo aquí.

El chico entró en la habitación brincando como un cachorro. Me estrechó las rodillas y luego se acurrucó en el regazo de Osián.

–Estaba escuchando desde la ventana –explicó Breogan entre risas.

Sonreí al ver la seráfica expresión del niño.

–Entonces ya sabrás qué quiero preguntarte. Esos *feis* en la colina de Tara de que ha hablado Osián…

–Los *Samhain feis.*

–¿Todavía se celebran?

–Naturalmente.

Osián se incorporó de pronto, con la cara transfigurada.

–¿Piensas asistir, Padraig? ¡Por todos los dioses! ¡Piensas ir!

–Por la gracia de Dios –corregí–, el único y verdadero Dios. Sí, pienso asistir, y tú me acompañarás.

12

Era septiembre cuando tomé la decisión de partir, y quedaba menos de un mes para organizar los preparativos. Determiné seguir los consejos de Osián y viajar como lo hacían los poetas y jefes de los clanes, con carros y jinetes ataviados con brillantes capas, músicos y tañedores de campanas, así como portar presentes para el rey de Irlanda.

Si pensaba llevar a mi Dios hasta la real colina de Tara, debía mostrarles una imagen de Él que todos entendieran.

Dichu me regaló su carro. Nuestro herrero empezó inmediatamente a reparar el cuero y los herrajes. Fabricamos una campanilla con el fin de que Benin la hiciera sonar para anunciar la presencia de Dios cuando nos acercáramos al gran *feis.* Enseñé a las hermanas cómo hacer una cruz para que la bordaran en los ornamentos, y le añadieran sus florituras irlandesas, lo que dio como resultado una hermosísima cruz embellecida con anillos y espirales.

Decidí que los hermanos y yo vestiríamos nuestros hábitos de paño, ya que debíamos exhibir la sencillez de Cristo. Un día, mientras estaba sentado con las hermanas zurciendo mi hábito, se me acercó la mujer druida.

–Es bueno que trabajes con las manos, Succatus –dijo cuando se detuvo al otro lado de la mesa.

Noté que me sonrojaba y la fulminé con la mirada.

–Los discípulos de Cristo no se avergüenzan de ningún trabajo honesto.

–¿Vergüenza? Hablaba en serio. No pretendía ofenderte, Succatus.

–¡Deja de llamarme Succatus! ¡Lo haces para sacarme de quicio!

Una sonrisa jugueteaba en la comisura de su boca cuando repuso:

–Me han dicho que no te gusta que te llamen Padraig. Protestas cada vez que los hermanos te llaman así. Creí que Succatus te resultaría menos ofensivo. Además, su significado te va como un guante.

–¿Cómo sabes qué significa?

–Hablo la lengua de tu iglesia, Succatus. Sé que tu nombre significa «astuto en la guerra».

No dejaba de mirarme mientras daba la última puntada a mi hábito.

Nunca había aborrecido a una mujer tanto como a Ainfean. Plegué el hábito con cuidado y dirigí unas palabras amables a las hermanas, mientras hervía de rabia por dentro. Me levanté y me alejé tranquilamente de la mesa. La druida me siguió. Cuando estaba en medio del patio, me volví hacia ella.

–Mientes cuando aseguras hablar la lengua de Roma.

–Te gustaría que mintiera porque tú no sabes hablarla bien.

Me abalancé sobre ella como un rayo, la agarré por los brazos, acerqué mi cabeza a la suya y le enseñé los dientes. No se acobardó, se quedó con su cara pegada a la mía, con una extraña expresión en los ojos. Su pelo olía como las flores estivales, y la luz arrancaba a su melena reflejos de un rojo intenso. Mi deseo de zarandearla se vio sustituido por otro impulso. Le solté los brazos y me froté las manos en el hábito. Di media vuelta para irme.

–Tu Dios es el Esperado –susurró.

La miré sin aproximarme a ella, me siguió hablando como si recitara un poema.

–Existe un Dios superior a los demás dioses, un Dios cuyo nombre nadie sabe. Hoy le conocerás. Este Dios es el Esperado.

Nos miramos con cautela.

–¿De qué hablas?

–De una enseñanza druídica muy antigua. Ha pasado de generación en generación. Sabíamos que llegaría. Creo que el que esperábamos es tu Dios. Hablo la lengua de tu iglesia. Cuando era joven viajé al continente, a la Galia, y oí hablar de la Trinidad. Entonces comprendí que era el Dios de nuestras profecías. Por eso estoy aquí. Quería saber más sobre ese Dios, averiguar si iluminaría o destruiría. Creí que podríamos aprender el uno del otro, pero me temo que ya no será posible.

Se dio la vuelta y se alejó por el pueblo.

El pulso me latía en la garganta como un pájaro encerrado en una jaula. Apreté los puños al tiempo que me decía que debía dejar que se fuera.

–Ainfean –me sorprendí llamándola.

Mi voz sonó como un gemido.

Se volvió y vi palpitar en su garganta el mismo pájaro que latía en la mía. Juntó las manos delante de su pecho sin pronunciar palabra.

–Puedes quedarte –dije.

Entre nosotros cayó un muro de silencio.

Por fin Ainfean lo rompió.

–Deberás conocer a nuestros dioses y druidas si piensas ir a la colina de Tara, y yo necesitaré saber más de tu Dios si he de hablar de él a mis compañeros sacerdotes.

–No vas a acompañarnos a la colina de Tara. –Sentí un atisbo de pánico.

–Por supuesto que os acompañaré.

–No te he dicho que vinieras ni que deseara tu compañía.

–No vivo ni muero según te convenga, Succatus. Soy una sacerdotisa de los druidas de Irlanda. Voy y vengo a mi antojo.

Se alejó con paso majestuoso, y la extrañeza por el momento que habíamos compartido quedó sustituida por mi rabia.

Me alegré.

Esa tarde, después de la cena, cuando la gente de Sabhal Padraig estaba reunida en la gran sala, Dichu llegó de su pueblo acompañado por dos de sus enormes perros. Los animales treparon y retozaron por todas partes y dedicaron una especial atención a Osián, al que lamían como cachorros, frotando sus hocicos contra su pelo, olisqueando el lunar que yo había sentido al bendecirle.

–Me recuerdan a *Bran* y *Sgeolan,* los perros de mi padre –exclamó Osián mientras intentaba apartarlos de su cara–. No tienen su tamaño, pero sí el mismo espíritu.

–¿Los de tu padre eran todavía más grandes que éstos?

Avancé entre los perros mientras les tranquilizaba con sonidos y gestos. Me escucharon con atención y se tendieron como leones al lado de Osián. Vi que Dichu se santiguaba y me eché a reír.

–Anciano, ya me conoces lo suficiente para saber que no se trata de un milagro, sino de que me llevo bien con los perros.

Dichu negó con la cabeza.

–A los míos sólo les calmas tú, Padraig. Por eso los he traído, para que te acompañen a la colina de Tara y todos vean que hasta las fieras de los bosques de Eire escuchan al sacerdote del Esperado.

Osián asintió.

–Lo mismo le ocurría a mi padre. Sus perros, *Bran* y *Sgeolan*, eran grandes como ponis, pero le obedecían como niños bien educados.

Acarició la cabeza de los canes, y al observar que sus ojos se llenaban de lágrimas me incliné hacia él.

–¿Qué te pasa, anciano? –pregunté preocupado.

Meneó la cabeza y me miró sonriendo.

–¿Quieres que te cuente cómo mi padre consiguió sus perros? Es una historia preciosa.

Todos le pidieron que la narrara. Dichu y sus hombres se sentaron a horcajadas en los bancos para escucharle. Sentí que me invadía un hondo placer y le bendije en voz alta.

–Dulce es tu voz, Osián. Bendita sea el alma de Fionn, tu padre. Cuéntanos la historia de los perros de Fionn Mac Cumhail.

Una vez que Fionn fue elegido jefe de los fianna *de Irlanda, su reputación se extendió más allá del mar hasta llegar a Alba.*

Ocurrió que un jefe de Alba cruzó las aguas en un barco para buscar a Fionn y pedirle ayuda. El hombre había sido bendecido con un hermoso hijo, pero una enorme zarpa negra había entrado por la chimenea de la habitación donde estaba acostada su mujer y se había llevado al niño, apenas recién nacido. Su esposa estaba preñada de nuevo y no soportaría la pérdida de otra criatura, y tampoco el jefe de Alba.

Suplicó a Fionn que le ayudara.

–He apostado guardas alrededor de su habitación y he llamado a las mejores comadronas para que la asistan en el parto. Yo mismo la vigilo dentro de su dormitorio, pero temo el poder de las tinieblas. Mi amada esposa no sobreviviría a la pérdida de otro hijo. Llora día y noche y asegura que sería mejor que el niño naciera muerto a que se lo llevaran de su lado.

»Fionn, tu reputación ha llegado hasta Alba. Dicen que no existe en el bosque criatura más rápida que tú, ni rastro que no puedas seguir, ni olor que no reconozcas. Por favor, acompáñame a Alba. Tranquiliza a mi esposa, dile que si yo no consigo derrotar a las tinieblas tú las perseguirás y me devolverás a mi hijo.

Sin embargo, Fionn temía caer en una emboscada, de modo que se negó a acompañarle.

La desesperación del jefe de Alba no tenía límite. Mediante un geis *consiguió que Fionn le siguiera y embarcara hacia Alba.*

El público que escuchaba murmuró con asombro. Meneé la cabeza con perplejidad.

–¿Qué es un *geis*?

–Un juramento sagrado, una promesa que un guerrero no puede romper ni tan siguiera bajo amenaza de muerte. Fue un *geis* el causante de la mayor pena que mi padre tuvo en la vida. –Osián movió la cabeza con tristeza–. Pero ésa es otra historia.

Le insté para que continuara.

Así pues, obligado por el geis, *Fionn, que aún temía que le hubieran tendido una trampa, embarcó hacia Alba acompañado únicamente por Caoilte Mac Ronan y Goll Mac Morna. Llegaron a Alba el día en que la mujer estaba de parto. Fionn accedió a quedarse en la habitación de la parturienta con su esposo y ordenó a Caoilte y Goll que eligieran entre los habitantes y guerreros de Alba a los hombres que pudieran necesitar por si surgía algún contratiempo.*

Los problemas empezaron esa misma noche.

La mujer parió con facilidad un niño hermoso y sano.

Fionn supo que no le habían tendido ninguna emboscada cuando observó cómo se alegraba el caudillo de Alba y el medroso júbilo que mostraba su mujer.

Fionn y el caudillo apostaron soldados ante la puerta de la habitación de la reciente madre y en todos los accesos al pueblo. Vigilaron los muros y los alrededores de la vivienda.

Fionn y el jefe permanecieron dentro de la alcoba.

La comadrona era la misma que había asistido a la mujer en el parto anterior. Intentaba tranquilizar a su señora, pero no había forma de calmarla. No hacía más que estrechar al bebé contra su pecho y exclamar que temía que se lo arrebataran.

Al ver su desesperación la comadrona solicitó al caudillo de Alba que le permitiera administrarle una pócima para sosegarla. El hombre dio su autorización, y ambos convencieron a la pobre y desolada madre de que la bebiera. Enseguida se sumió en un sueño profundo, interrumpido de vez en cuando por los gritos de pánico que le causaban sus pesadillas. El niño también dormía y la habitación quedó en silencio.

La vieja comadrona ordenó la alcoba y puso a hervir en un cazo hierbas de un olor dulzón. Luego, tras dirigir una sonrisa a Fionn y al caudillo de Alba, se echó sobre una alfombra a los pies de la cama y se quedó dormida.

La noche transcurría lentamente. Fionn y el caudillo de Alba permanecían despiertos y en silencio pero, cuanto más hervían las hierbas en el fuego, más pesados se tornaban sus miembros, hasta que Fionn apenas pudo levantar el brazo para comprobar si seguía teniendo la daga a su lado.

En ese instante la vieja comadrona se levantó de un salto, ágil como una niña, corrió hacia la cuna, cogió al bebé, que estaba dormido, y se encaminó hacia la chimenea.

–¡Coille! –exclamó.

A su llamada apareció en la chimenea, colgado de una cuerda, un pequeño duende vestido de negro. Estaba cubierto de hollín y parecía muy enfadado.

–¡Hace un calor de mil demonios en esta chimenea, mujer! ¿Por qué has tardado tanto?

La comadrona señaló a Fionn y al caudillo de Alba, que en vano trataban de levantarse, ya que sus piernas se movían de una forma extraña, como las de los nadadores debajo del agua.

–Son hombres fuertes. No ha sido como la última vez cuando estábamos solas ella y yo. He tenido que esperar a que la poción surtiera efecto.

Depositó al niño en los brazos del duende, que de inmediato ascendió por la chimenea y desapareció. Entonces la anciana observó a Fionn y al caudillo de Alba.

–Esta vez no podré escapar contando que una enorme zarpa se lo ha llevado, pero creo que todavía puedo salvarme. –Abrió la puerta de par en par y exclamó–: ¡Socorro, socorro! ¡Se han llevado al niño mientras Fionn y el gran caudillo de Alba estaban ebrios!

Los guardias se precipitaron dentro de la habitación, y la mujer aprovechó ese momento para huir al amparo de la noche.

Fionn y el caudillo de Alba hablaban como si estuvieran amodorra-

dos por la bebida, pero al fin consiguieron hacerse comprender y pidieron que retiraran del fuego el cazo con las hierbas. Al cabo de un rato, cuando se disiparon los efectos de la droga, pudieron expresarse con claridad. ¡Y qué grito de dolor lanzó la pobre madre cuando despertó y descubrió que su hijo recién nacido había desaparecido!

Fionn impuso su voz al alboroto.

–Como desconfiaba de la historia de la zarpa que me habías contado, traje a dos de mis guerreros de Irlanda, que, mientras tú y yo vigilábamos aquí, han reunido a todos los hombres que podemos necesitar para que nos ayuden.

En ese momento Mac Ronan y Mac Morna entraron en la habitación, acompañados por los hombres que Fionn había pedido. Era un leñador de Alba, y un constructor de barcos, un escalador, una persona que sabía escuchar, un tirador y un ladrón. Con esta compañía, Fionn y el caudillo de Alba emprendieron la marcha en busca del niño robado.

El leñador les guió durante muchos días por los silenciosos bosques de Alba hasta un lago de aguas límpidas y frías donde desaparecía el rastro que habían seguido. Se sentaron en cuclillas en la ribera, hasta que al fin el hombre que sabía escuchar hizo un gesto de asentimiento.

–Oigo el llanto de un niño. Allí, en la isla que está en medio del lago.

Entonces el constructor de barcos empezó su trabajo. Construyó una barquita con las pieles que había llevado consigo y los troncos de los árboles del bosque y en ella trasladó a la isla, en medio de la oscuridad, a Fionn, el caudillo de Alba, el escalador y el ladrón. Los demás se quedaron en tierra, sin fuego ni comida, a la espera de que regresaran.

Cuando llegaron a la alta torre de piedra que se levantaba en medio de la isla, el escalador trepó por sus paredes y volvió para contar a Fionn y el caudillo de Alba lo que había visto.

–Junto al recién nacido hay otro niño de unos tres años –informó.

El rey de Alba se arrojó a los brazos de Fionn, ya que sabía que el otro niño era su primogénito.

–No están vigilados ni por el duende ni por la mujer –añadió el escalador–. Les custodian dos soldados que visten el tartán de Mac an Bheatha.

Al oírle el caudillo de Alba supo quién había robado a sus hijos, ya que ésos eran los soldados de su peor enemigo, al que había derrotado en la guerra.

–Todavía hay algo más –prosiguió el escalador–. Cerca de los niños duerme un enorme perro, con un cachorro al lado.

El pequeño grupo trazó un plan. Ataron la barca cerca de la puerta de la torre que daba a las aguas del lago y esperaron hasta la medianoche. Entonces Fionn susurró al oído del escalador:

–Debes trepar por las paredes y abrir la pequeña puerta que conduce al lago. –Luego indicó al ladrón que se acercara y le ordenó–: Entra en el castillo con tal sigilo que nadie te oiga. Coge a los chiquillos, con cuidado para que no se despierten, y llévalos hasta la puerta que da al lago.

–Así lo haré –afirmó el ladrón–, ya que he robado caballos y ganado delante de las narices de sus dueños sin que oyeran el ruido de los cascos.

Fionn asintió con la cabeza.

–Marinero –dijo–, llevarás en tu barca hasta la orilla al caudillo de Alba y sus hijos. Después volverás para recoger a los demás de uno en uno.

–Temo que sean demasiados viajes –opinó el caudillo de Alba–. Alguien podría despertarse.

Fionn hizo un gesto de asentimiento.

–Ya he pensado en eso, pero sé cómo distraerles.

Así pues, el ladrón se deslizó dentro del castillo y volvió con los niños, todavía dormidos, a los que trasladaron hasta la cercana orilla sin ningún contratiempo. La barca regresó para recoger al escalador y, mientras se alejaba por el agua, Fionn susurró al ladrón:

–Te hago una apuesta. ¿Crees que podrías llevarte al cachorro sin despertar a su madre?

El ladrón esbozó una sonrisa burlona al tiempo que asentía. Regresó con el cachorro de piel manchada bajo el brazo en el instante en que la barca se aproximaba para recogerles. Pero el barquero, al aminorar la marcha para acercarse a la orilla, rozó accidentalmente el remo contra una piedra, y el ruido despertó al enorme perro.

–¡Rema! –ordenó Fionn.

–¿Y tú? –exclamaron el barquero y el ladrón, que sujetaba al cachorro entre sus brazos.

–Nadaré detrás –respondió Fionn– pero, en cuanto te llame, arroja el cachorro al agua.

Así pues, Fionn se zambulló en el lago y la barca se dirigió a la lejana orilla en el preciso instante en que el perro saltaba desde la puerta de la torre para seguirla a nado.

En medio de todo este alboroto, los soldados que custodiaban a los niños ya se habían despertado y corrían de un lado para otro desarmados, incapaces de ver en la oscuridad. Cuando consiguieron que les llevaran unas antorchas, la pequeña embarcación ya se encontraba en medio del lago, con la enorme perra tan cerca que hubiera podido hacerla volcar en cualquier momento.

–¡Ahora! –exclamó Fionn, y el ladrón lanzó el cachorro al agua.

¡Pero lo arrojó en dirección a Fionn!

La madre hizo exactamente lo que Fionn esperaba: se alejó de la barquichuela y, con las enormes mandíbulas abiertas, nadó hacia su cachorro, que se debatía y gemía lastimeramente junto a Fionn. Éste se apiadó del pobre animal, lo recogió y, tras ponérselo sobre los hombros, nadó con todas sus fuerzas hacia la orilla. Llegó con la perra mordiéndole los talones pero, en cuanto puso a la cría en el suelo, la madre se tranquilizó y empezó a lamerla mientras la amamantaba.

A todo esto los soldados de Mac an Bheatha ya habían conseguido reunir sus armas, y sus fuertes barcas surcaban las aguas hacia la orilla, alumbradas por antorchas que arrojaban una luz fantasmagórica sobre la superficie del lago.

El tirador que habían reclutado les arrojaba piedras con su honda, y Caoilte Mac Ronan estaba a su lado con su lanza. Juntos eliminaron a los soldados, que se hundieron en el agua, y el duende y la malvada comadrona se quedaron solos en la isla, sin barco, y con la convicción de que tendrían problemas con Mac an Bheatha.

Imaginad la alegría de la esposa del caudillo de Alba cuando se reunió, no con uno, sino con sus dos hijos. Cuando Fionn abandonó Alba, se llevó consigo la amistad del caudillo, que le entregó como regalo al pequeño cachorro moteado. Fionn le llamó Bran. *El cachorrillo se hizo tan grande como un poni de las islas y se quedó junto a Fionn durante toda su vida.*

Cuando terminó el relato, Osián tomó un largo trago de cerveza.

–¿Y *Sgeolan*? –preguntó Dichu–. Sólo nos has hablado de *Bran*.

–¿Pretendes que agote todos mis cuentos en una sola noche? –inquirió a su vez Osián.

Dichu se echó a reír.

–¡Como si el poeta de los *fenian* pudiera quedarse sin nada que contar!

Osián sonrió y accedió a su petición.

–La historia de *Sgeolan* es corta. Mi padre aceptó otra vez ayudar a un extranjero, pero en esta ocasión sí era una trampa. Sin embargo, esta trampa le proporcionó a *Sgeolan* y algunas cosas más, de modo que nunca la consideró una equivocación.

Fionn tomó a su servicio al hijo del rey de Lochlan, conocidos también como nórdicos, piratas del lejano norte.

Cuando se cumplió el año que el chico debía pasar a su servicio, éste pidió a Fionn, que había llegado a quererle como a un hermano, que le acompañara para conocer a su padre, a lo que accedió, ya que le encantaba la idea de viajar hasta el norte.

Sin embargo, se trataba de una trampa.

Apenas desembarcó en la playa, en lugar de muestras de gratitud por los cuidados que había prestado al muchacho, Fionn recibió una paliza a manos del rey de Lochlan y sus hombres, que temían el poder de los ejércitos de Fionn.

Le dieron por muerto y le arrastraron hasta un valle rodeado de impasibles montañas donde vivía un feroz perro lobo que devoraba a las incautas ovejas que se arriesgaban a penetrar en sus dominios.

Así pues, los hombres de Lochlan abandonaron el ensangrentado y destrozado cuerpo de Fionn en ese lugar, confiando en que el perro lo despedazaría y devoraría sus restos.

Sin embargo, desconocían la relación que Fionn mantenía con los cuadrúpedos.

Cuando el animal se acercó, Fionn le habló en la lengua de los lobos y le pidió que le curara. El perro lamió sus heridas para limpiarlas y, noche tras noche, se acostó a su lado para darle calor en el frío norte.

Por fin Fionn se recuperó lo suficiente para bajar a trompicones por la montaña con el can. En la entrada del valle, encontró una cabaña donde vivían un viejo pastor y su mujer. Imaginad el miedo que les invadió cuando vieron a ese gigantesco extranjero, sucio y harapiento, acompañado por la fiera que se comía a sus ovejas.

No obstante, una vez que Fionn les contó su historia, le invitaron a entrar, le alimentaron y lavaron.

Como no simpatizaba con el rey de Lochlan, que trataba a sus súbditos con ávida mezquindad, el anciano matrimonio decidió enviar a su hijo a Eire con un mensaje para los guerreros de Fionn.

En la oscuridad, su hija mandaba otra clase de mensajes a Fionn, que se mostró muy solícito con ella durante el año que pasó en Lochlan. Algunos aseguran que los nietos y nietas de Fionn Mac Cumhail aún moran en el país de los nórdicos.

Los guerreros de Fionn llegaron por fin y derrotaron a los ejércitos de Lochlan en el campo de batalla.

A pesar de que Fionn suplicó al anciano matrimonio y a su hija que le acompañaran a Eire, prefirieron quedarse en sus amadas montañas. Así pues, Fionn regresó con el perro lobo, al que llamó Sgeolan.

Bran *y* Sgeolan *se convirtieron en compañeros de caza de Fionn. Sobre la faz de la tierra no había otras criaturas que le comprendieran mejor y jamás le abandonaron.*

Cuando levanté la mirada observé que las lágrimas se deslizaban por el rostro del anciano.

–¿Qué te ocurre? –susurré arrodillándome ante él.

Osián estaba tan emocionado que no podía responder.

Entonces comprendí lo mucho que había llegado a amarle, ya que su dolor me conmovía tanto que necesitaba aliviarle.

Me puse en pie delante de nuestra pequeña comunidad y dije:

–Los perros que ha traído Dichu nos han regalado dos hermosas historias. Por lo tanto, les llamaré *Bran* y *Sgeolan*, como los de Fionn Mac Cumhail. Serán los perros de nuestro amado bardo, compañeros dignos de un *fenian*. ¡Nos acompañarán a la real colina de Tara!

Me volví hacia Osián, que asentía con la cabeza al tiempo que sonreía sin dejar de llorar.

Como si sintieran los nuevos lazos que les unían al bardo, los perros le empujaban con sus patas y lamían las lágrimas que rodaban por sus mejillas.

13

Me detuve en el dintel de la puerta antes de entrar en su cabaña. En el centro de la sala circular ardía un fuego, pero a ella no la veía por ninguna parte. Miré alrededor.

Reinaba el orden en su hogar. Junto a una pared había dos camastros cubiertos con pieles y mantas. Del techo colgaban ramilletes de hierbas y flores cuyo aroma impregnaba toda la casa. En la pared opuesta a las camas, la mujer había dispuesto una especie de mesa, que estaba cubierta de raíces, unos pequeños tazones que contenían polvos y un par de cuencos llenos de un líquido de olor acre. Encima, en sendos huecos de la pared había dos sonrientes calaveras.

Al verlas hice una mueca y retrocedí.

De pronto me sobresalté al oír la voz de Benin a mis espaldas.

–¿Buscas a la druida, abad?

Me volví hacia él.

–Sí. ¿Quién comparte la casa con ella?

–Yo –respondió Benin.

Le miré fijamente, avergonzado, sin saber qué decir. Era un huérfano de sólo diez años y no se me había ocurrido preguntarle dónde dormía.

–Puedes dormir con los hermanos en el monasterio. Me encargaré de que preparen una habitación para ti.

Benin sonrió encantado, pero negó con la cabeza.

–Te estoy muy agradecido, abad, pero prefiero quedarme con la druida. Está sola y me enseña muchas cosas.

–¿Qué te enseña?

–Métodos para curar y la poesía de los antepasados.

–¿Te habla de dioses y diosas?

–Sí, pero también me habla a menudo de la Trinidad y del Esperado.

Decidí que debería alejar al niño de sus cuidados, pero en ese momento me urgía más lo que había llevado allí.

–¿Dónde está, Benin?

–Está en el *fidnemid*.

Meneé la cabeza, pues no entendía a qué se refería.

–En el bosque sagrado. Te acompañaré.

–Benin, ¿por qué conserva en la choza recuerdos tan lóbregos? –pregunté señalando las calaveras.

–Son de su abuela y su maestro. Las guarda para que sus espíritus estén siempre con ella. Hacen que me sienta a salvo cuando estoy aquí.

–A mí no me ocurre eso.

–¿Te asustan, abad?

Me miró con expresión confiada. Reflexioné sobre su pregunta, me di la vuelta y observé las calaveras.

–No –respondí–. Estamos a salvo en manos de Dios. No debemos temer nada.

–Pero ¿qué pasa con los espíritus de los antepasados?

–Los que recibieron el bautismo están en el cielo.

Una expresión de terror apareció en su cara.

–¿Y mi padre y mi madre? ¿No podrán estar conmigo? ¿No pueden estar en el cielo? No fueron bautizados, abad.

Contemplé su carita durante un buen rato. Luego me arrodillé y le estreché entre mis brazos.

–Los espíritus de tu padre y tu madre están siempre contigo –aseguré. No tuve valor para explicarle el destino de los no bautizados–. Me has dado mucho en que pensar, Benin.

–¿Cómo?

–Ahora me doy cuenta de que no veo las cosas de la misma forma que los irlandeses. Osián tenía razón; no puedo reemplazar lo que no soy capaz de comprender. Sería como arrancar el corazón a las personas. –Me puse en pie–. Llévame con la druida.

Me dejó frente al *fidnemid* y se alejó corriendo como una ardilla.

Debo admitir que ese lugar tenía algo especial. Decir que no lo noté sería mentir. Tal vez eran los siglos de oración y sacrificios. Tal vez sólo fuera el verde silencio del bosque. El lugar que Benin había llamado *fidnemid* era un robledal. El árbol que estaba en el centro era viejo y nudoso, con ramas retorcidas que se alzaban hasta las pequeñas manchas de luz que se filtraba entre las frondosas copas. Toda la arboleda estaba rodeada de endrinos. En ese círculo tan verde y cubierto de musgo reinaba el silencio. Un pequeño altar de piedra se levantaba fuera de ese círculo; ella estaba frente a él, con las manos sobre el ara y los ojos cerrados.

Nos había oído llegar, pero siguió rezando mientras yo la contemplaba.

En verdad estaba entregada a la oración, como pude comprobar.

Al fin abrió los ojos.

Por un momento permanecimos en silencio, observándonos con cautela por la furia que nuestros intercambios verbales nos provocaban siempre.

Por fin me arriesgué a hablar.

–¿A quién rezabas?

–Rezaba a los tres…

–¡Eso está muy bien!

–A la diosa de tres partes.

–No conozco a esa divinidad.

–Hay muchas cosas que no sabes.

Dejé a un lado mi acritud habitual e intenté conservar la calma.

–Pues explícamelo; así podré aprender.

Ainfean parecía asombrada.

–La diosa de tres partes, Brighid-Anu-Dana, es la protectora de las mujeres y los niños, los poetas, las canciones y los corderos.

–¿Existen muchos dioses de tres partes?

–Los suficientes para que comprendiera que vuestro Dios era real, la Trinidad, el Esperado. Además están Morrigna-Badb-Macha, el Morrigu, las tenebrosas diosas del pánico, el miedo y la guerra; disfrutan con las batallas. Existen también los dioses encapuchados, los tres sin nombre. Algunos druidas afirman que no tienen nombre porque son la Trinidad.

–Lo que me hace comprender lo bien que mi Dios ha preparado la tierra de Eire para su llegada.

Empezaba a animarse con el tema.

–Más de lo que crees, sacerdote, ya que tenemos a Dagda, Dios que lo concede todo con generosidad, y Lugh, el hijo de la luz, que hace bien todas las cosas.

Levanté las manos para interrumpirla.

–No importa cuántos son, ya que Cristo los sustituirá con su presencia, y el pueblo de Eire adorará al único y verdadero Dios –afirmé.

–¿Sustituirlos?

–Sí, a los falsos dioses que vosotros, los druidas, predicáis.

Asombrada, se echó a reír.

–¿Te propones reemplazarlos?

–Desde luego. ¿No lo sabías? Pensé que creías que mi Dios era el Esperado.

–Y lo creo. Será bienvenido. En realidad, ya lo ha sido. ¿Acaso crees que eres el primero que ha venido a esta tierra para enseñar su palabra? Antes de que tú llegaras, vino Palladius. Incluso ahora hay muchos en todo el país, hombres de Eire que han conocido a Cristo en tierras lejanas y han regresado para traerlo consigo. Sé de muchos que así lo han hecho: Ciaran, Ailbe, Ibar, Declan…

Volví a levantar las manos.

–¿Cómo pueden predicar la doctrina de mi Dios si no predican la destrucción de los demás dioses?

–No creo que hablen de destrucción, Succatus. Difunden la bondad de tu Cristo, cuentan sus historias, predican su promesa del Tir Nan Og y de la nueva vida a través de su agua. ¿Por qué debes hablar tú de destrucción?

–¡Sólo hay un Dios! –exclamé con voz atronadora.

–De esta forma convertirás a muchos, Succat. Tal vez consigas aterrorizarles lo suficiente como para que crean. ¡Necio! Debes enseñar la verdad y dejar que la gente te escuche. Deja que la gente se acerque porque tus palabras les llegan al corazón. Si amenazas con la destrucción, les asustarás. Amenazarás a los druidas. ¡Me amenazas a mí! –Se interrumpió y pensó en lo que acababa de decir–. En tu nueva religión, ¿existen sacerdotes de mi sexo?

–No, las mujeres pueden servir a Dios como santas hermanas.

En realidad había oído hablar de mujeres que predicaban la palabra de Cristo, pero la Iglesia no ordenaba a mujeres. Además, ninguna había acompañado a nuestro Dios. La prudencia de esta decisión me pareció obvia mientras hablaba con la druida.

–Es un gran error, sacerdote. Las mujeres somos las dadoras y preservadoras de la vida. Comprendemos el valor de lo sagrado con mucha más facilidad que los hombres.

–El papel de las mujeres consiste en dar la vida y preservarla. Es el papel que representó la madre de Cristo.

–¿Quieres decir que las santas hermanas dan la vida y la preservan?

Me sentí frustrado y negué con la cabeza.

–Los sacerdotes y hermanas de Dios son célibes.

–¿Qué es eso?

–No mantenemos… relaciones.

Se mostró sorprendida y se sonrojó.

–Eso no es cierto. En el continente me explicaron que había sacerdotes casados y que engendraban hijos.

Asentí.

–Algunos lo hacen. Mi abuelo era sacerdote y tuvo muchos hijos. Sin embargo, otros optamos por dedicarnos completamente al servicio de Dios.

–¿Es lo que has elegido?

–En efecto.

Avanzó unos pasos y se detuvo a unos centímetros de mí. Levantó la cara y me miró a los ojos. El bosque parecía abrumado de tanto verde, tan tranquilo y silencioso. Un pájaro agitó sus alas en las ramas que estaban encima de mí. Su vuelo me sobresaltó, y me eché hacia atrás, pero ella ni siquiera se inmutó.

–¿Por qué has venido? –mascullό, enfadada.

–Yo... Osián... No se encuentra bien.

–¿Por qué has venido a buscarme?

–Llora y no quiere comer. No consigo que me diga qué le preocupa.

–¿Por qué has venido a buscarme?

–Pensé que tal vez hablaría contigo.

–¿Por qué?

–Eres druida. Comprende vuestra forma de ser. Y tú la suya. Yo soy... Algunas veces soy...

–Estúpido –dijo, terminando la frase por mí.

–No quería decir eso.

–Me alegra haberlo dicho por ti.

Agité la mano.

–Basta, por favor. ¿Puedes hacer algo para curarle?

–Lo que le aqueja no es una enfermedad del cuerpo. Es su espíritu el que ha enfermado. Está abrumado por la pena. Debes hablar con él sobre esto.

–Le he hecho preguntas desde la noche de los perros, pero no responde, sólo se da la vuelta con una expresión de tristeza. ¡Malditos sean Dichu y esos lobos!

Me cogió por la muñeca. Su mano me quemaba, y la miré en silencio. Sentía la boca seca mientras la contemplaba. Retiró la mano.

–Le quieres. –Pronunció estas palabras con sencillez.

–Se ha convertido en un ser indispensable aquí. La gente adora sus historias. Aprendo de él. Será de gran ayuda durante el viaje a Tara.

Me miró sin decir nada.

Tendí las manos en señal de rendición.

–Sí, le quiero –reconocí.

Para mi sorpresa, me sonrió.

–¿Tu elección te hace feliz, Succat?

Cerré los ojos. Sabía a qué elección se refería. Un pájaro empezó a trinar. Exhalé un profundo suspiro.

–Mi Dios me hace feliz. En mi Dios reside mi alegría.

Abrí los ojos.

Todavía sonreía, amable, dulcemente. Asintió mientras me miraba.

–Eres un hombre valeroso.

–No tengo más valor que el que me ha sido dado. Y me temo que no es suficiente para Irlanda. –Me permití devolverle la sonrisa.

–¡Qué guapo estás cuando sonríes, Padraig! –observó.

–Me has llamado Padraig.

Prorrumpimos en carcajadas y dejamos que nos sacudieran y llenaran el robledal.

–Vamos –propuso tendiendo la mano–. Vamos a ver a Osián.

–¿Qué te entristece, anciano?

Osián meneó la cabeza.

Ainfean apoyó la mano en su cabeza, se inclinó para sentir su respiración e inhaló. Le apretó el pecho y el estómago. Él se sometió a sus cuidados, pero mantenía la cabeza ladeada hacia la ventana, sin decir nada.

–Anciano –susurré–, estamos en el mes de noviembre.

–No comprendo qué me quieres decir.

–Llega el *Samhain*. Dentro de poco deberemos emprender el viaje hacia la colina de Tara.

–Tendrás que ir sin mí.

–¡No puedo!

Debió de notar el pánico que había en mi voz, porque se dio la vuelta para mirarme.

–Viniste aquí sin mí.

–He aprendido mucho de ti. Mucho más que tus historias. Tenías razón en lo que me dijiste el primer día; no comprendo a esta gente. Ni sus dioses, ni sus costumbres. Me cuentas cómo son, Osián. Sin ti todo sería ruido e incomprensión.

En cualquier momento mi confesión le hubiera hecho levantar la cabeza cantando victoria. En cambio ahora me miraba con seriedad, con una gran tristeza.

–No estaré siempre contigo, Padraig. Mira este cuerpo. Fíjate en lo frágil y viejo que se vuelve día a día.

Le observé. Tenía la cara llena de arrugas, y su cabellera gris, que llevaba recogida sobre la espalda cuando llegó, ya no era espesa, sino rala y fina. Sus manos eran nudosas, y los huesos de sus hombros sobresalían como dos escarpias.

Asentí apenado y hablé con honestidad:

–Veo cómo envejece tu cuerpo, pero ¿debes irte hoy mismo?

Mis palabras hicieron que emitiera una risa ahogada.

–A veces tienes una lengua tan afilada que me recuerdas a mi padre.

–Me siento honrado.

–¿Crees que volveré a verles? ¿Crees que volveré a ver a mi padre y a mi hijo?

No sabía qué responder.

–Volverás a verles en Tir Nan Og –intervino la mujer–. Te esperan para celebrar una fiesta contigo.

–Me parece que Padraig no lo cree así.

–Padraig no comprende nuestra forma de ser.

–Conozco Tir Nan Og; es lo que nosotros llamamos cielo. –Sonreí al anciano–. Deja que te bautice y alivie tu corazón. Si lo haces, tu espíritu irá al cielo cuando abandone tu cuerpo.

–¿Veré a mi padre o a mi hijo?

No contesté.

Osián meneó la cabeza.

–No puedo dejar que me bautices, Padraig, porque quiero verles una vez más. Quiero ver a mi padre y a Óscar, mi hijo, y a Caoilte Mac Ronan y a todos los *fenians* de Eire.

Desvié la vista hacia la ventana.

–Te digo, Padraig, que si no hay lugar para ellos en tu cielo, tampoco lo hay para mí. Ningún hombre fue mejor que mi padre. Ninguno. Si las hojas de los árboles hubieran sido de oro y las olas del océano de plata, mi padre las habría regalado, porque así de generoso era su corazón. Amaba toda la creación: las risas que resonaban en los valles, el canto del mirlo, la ola que lamía la playa, el sibilante sonido del viento al atardecer, las mágicas canciones de los trovadores, los espléndidos banquetes de los *fenians*, el aullido de sus perros cuando iban de caza.

Este último recuerdo pareció inquietarle de nuevo, y por sus mejillas rodaron lágrimas de emoción.

–Creo que tu padre era un hombre de gran corazón e inmenso valor. –Le cogí la mano entre las mías–. Estos perros te han recordado algo que te ha conmovido. Lamento que los hayan traído.

Hice una seña para que sacaran a los perros de la habitación, pero Osián me retuvo.

–No son los perros, Padraig. Debo preguntarte algo; ¿crees que los que se han amado sobre la tierra podrán reunirse?

–Lo creo fervientemente.

–Entonces tal vez Fionn esté con ella.

–¿Con quién?

–Con Sabh.

Después de que Fionn pasara varios años al mando de los fenians, *decidió buscar esposa. Muchas mujeres se habían ofrecido a compartir su lecho y había aceptado a algunas con alegría, pero ninguna poseía lo que buscaba: un espíritu fuerte, inteligente, mágico. Así pues, seguía soltero y sin hijos, y los* fenians *empezaron a preocuparse por él en cuanto cumplió los treinta años.*

Por aquella época Fionn había hecho levantar una fortaleza en Almhuin, en Kildare. Se llamaba el Dun de las Murallas Blancas, y era el lugar al que acostumbraba retirarse cuando no le requerían los asuntos de Eire.

Cuando estaba allí, nada le gustaba más que cazar en los bosques acompañado por sus amados perros, Bran *y* Sgeolan.

Un día fue a cazar con sus fenians *de más confianza. Caoilte Mac Ronan cabalgaba a su lado, desde luego, y también un joven que respondía al nombre de Dhiarmuid Ui Dubhne, tan hermoso que era querido por todas las jovencitas. Le acompañaban asimismo Goll Mac Morna, que con el paso de los años había demostrado su lealtad a Fionn, y Conan Maor, el de la lengua afilada. Los perros les seguían de cerca cuando de pronto vieron a una hermosa cierva blanca que salía del bosque y se adentraba en un valle bañado por el sol.*

Fionn quedó inmediatamente prendado de la hermosa criatura y llamó a sus fenians *para que le dieran caza.*

–¿La has visto, Caoilte? Es más blanca que la nieve de invierno.

–Sí, la he visto, pero es muy rápida.

–Tanto mejor para la caza.

–Vamos. Te seguiremos.

Con Bran *y* Sgeolan *a su lado, Fionn hizo girar su caballo hacia el lugar donde había visto a la cierva y entró galopando en la verde espesura del bosque.*

Por un tiempo sus fian *siguieron su ritmo pero pronto todos, excepto Caoilte, quedaron rezagados.*

–Fionn, creo que debemos renunciar a la caza.

–¿Renunciar? ¡Si cada vez es más interesante!

–Hemos cabalgado todo el día en su busca. Comienza a oscurecer.

–Mac Ronan, estás hambriento de tu mujer fenian.

–Lo estoy, lo admito.

–Ve a casa con ella. Los perros y yo perseguiremos a la cierva blanca un poco más, porque no tendré valor para matarla. Te veré en Almhuin.

Tan pronto como Caoilte partió hacia Almhuin, la cierva blanca regresó sobre sus pasos después de haber rodeado el Dun de las Murallas

Blancas. Fionn advirtió el cambio de dirección y quedó desconcertado por lo que podía significar, pero dejó correr a los perros y los siguió.

La luz ya casi había desaparecido, y Fionn cabalgaba en el crepúsculo, guiado por los ladridos de los perros. De pronto dejó de oírlos.

En un claro, soltó las riendas de su caballo y presenció una escena extraordinaria.

La hermosa cierva estaba tendida de costado, y Bran *y* Sgeolan, *que por lo general acorralaban a su presa para atraparla, gemían suavemente al tiempo que le acariciaban la cabeza con el hocico.*

Fionn ignoraba qué significaba lo que veía, pero sabía lo suficiente para no cuestionar lo inexplicable.

Cogió al bello animal, lo colocó sobre su silla de montar y regresó a casa, a Almhuin.

–¿Te has vuelto loco? –exclamó Goll Mac Morna al ver a la cierva en los brazos de Fionn–. ¿Piensas cenar o jugar con el animalito?

Fionn se limitó a sonreír y llevó a la cierva a su habitación, donde le preparó un lecho con paja que cubrió con su propia capa y le dio de comer un puré caliente y buena leche.

Esa noche, cuando se dispuso a dormir, vio los enormes ojos oscuros de la cierva, que le observaban en la oscuridad.

–Tranquila –susurró–. Todo irá bien.

Fionn despertó sobresaltado. Era de madrugada, y la luz de la luna se colaba por la ventana.

Al lado de su cama vio a una mujer de tal gracia y belleza que enmudeció.

Estaba desnuda, tenía las piernas largas y la piel tan blanca como la leche. Su pelo también era de un rubio casi níveo, y la luz de la luna le arrancaba reflejos iridiscentes.

Fionn le tendió la mano, ella se acercó sin hablar y se acostó a su lado. El hombre acarició su cabello y la radiante blancura de su cuerpo.

–¿Quién eres? –preguntó, aunque su corazón ya conocía la respuesta.

–Soy la cierva blanca que encontraste en el bosque, aunque la que ves ahora es mi forma auténtica. Me llamo Sabh. Un malvado druida se vengó transformándome en cierva cuando me negué a aceptarle en matrimonio.

»Durante meses te he observado mientras cazabas en la floresta con tus guerreros. He llegado a conocerte, Fionn Mac Cumhail. Perteneces a ese bosque y a la naturaleza más que a estos muros. Sabía que contigo estaría a salvo. Por eso hoy te he alejado de tus hombres. Aunque temía a tus perros, les hablé y me entendieron porque utilizaba la misma lengua con que tú te dirigías a ellos.

–Nadie vendrá a buscarte aquí. Entre estas paredes estás a salvo.

–Contigo estoy a salvo –susurró ella.

A partir de esa noche Sabh durmió siempre refugiada en sus brazos. Cuando se cumplió la duodécima noche, Fionn le pidió que fuera su esposa.

–Sólo si no me lo pides por piedad o por sentido del deber.

–Te lo pido con todo mi corazón, porque, aunque ya había conocido los placeres de la carne, hasta que tú llegaste no supe que mi alma podía ser una con la de otro ser. Sin ti ya nunca podré estar completo.

Así pues, los guerreros fenians *de Irlanda celebraron la boda de su jefe, Fionn Mac Cumhail. Los hombres de Eire afirmaban que nunca había existido una dama tan hermosa como Sabh, y las mujeres de Eire aseguraban que nunca había habido una dama más amable y bondadosa, ni más querida por todos.*

Fionn la amaba más que con todo su cuerpo, más que con todo su corazón. La amaba con su alma. Abandonó la caza y las batallas y se quedó a su lado día y noche.

Los fenians *los veían pasear cogidos de la mano bajo la luz de la luna, confundidos en un apasionado beso o riendo a pleno día mientras jugaban en los campos de Almhuin. Durante los años que pasaron juntos, en el Dun de las Murallas Blancas no existió la tristeza.*

Dispusieron de tres años. Tres cortos años.

Cormac Mac Art dio la voz de alarma en una calurosa mañana de verano. Fionn y Sabh estaban entrelazados en la cama. La luz del sol que se colaba por la ventana iluminaba su pelo blanco. Fionn jugueteaba con las guedejas de Sabh dejando que resbalaran entre sus dedos.

–Cada año eres más hermosa.

Ella rió y juntó en el aire su mano con la suya.

–Es porque cada año estás más enamorado, fenian.

–En efecto, y no me avergüenzo.

Sabh se llevó la mano de Fionn al vientre y la apretó. Había llegado el momento de decírselo. Le besó.

Llamaron a la puerta.

–¡Fionn!

Caoilte irrumpió en la habitación, vestido con el traje de batalla, la capa todavía húmeda por el sudor.

Fionn se incorporó en el lecho, desnudo, tendió su capa a Sabh y miró a Caoilte sonriendo.

–Debe de ser muy importante, hermano.

–He venido al galope desde Tara. El rey de Lochlan ataca. Se han avistado los barcos de los hombres del norte.

Fionn se puso los calzones y la túnica, se sentó en la cama para atarse las botas. Sabh, que había palidecido, le miraba fijamente.

–Esposo, no me dejes.

Fionn se llevó su mano a los labios.

–Debo hacerlo. Un hombre vive después de su vida, pero no si pierde el honor.

Goll Mac Morna estaba apoyado contra el quicio de la puerta.

–La cuidaré cuando te hayas ido.

–No abandones los muros de Almhuin. Sabh, ¿me escuchas? No salgas de aquí para que Goll pueda protegerte.

–Lo haré, esposo. Sólo quiero que regreses a mi lado, que vuelvas sano y salvo.

–Volveré. Te llevaré siempre aquí –añadió con la mano sobre el corazón.

La estrechó entre sus brazos. La capa de Sabh cayó al suelo, y ella siguió abrazada a él, sin importarle la mirada de los hombres.

Cuando Fionn se marchó, Sabh observó la figura que se alejaba cabalgando y musitó:

–Esposo, llevo a tu hijo…

A partir de ese día Sabh aguardó su regreso desde las murallas de Almhuin. Las recorría de día y de noche, oteaba el horizonte a la luz del día y a la de la luna. Comía con frugalidad y bebía sólo agua.

Al séptimo día los habitantes de Almhuin la oyeron gritar de alegría.

–¡Ya llega! ¡Mirad! ¡Es Fionn!

Salió corriendo por las puertas de Almhuin. Goll Mac Morna subió presuroso a la torre y miró. En verdad parecía Fionn, montado en su caballo blanco, con su pelo resplandeciente bajo la luz del sol, los perros a su lado. Sin embargo ¿dónde estaba Caoilte Mac Ronan? ¿Dónde Dhiarmuid Ui Dubhne? ¿Dónde estaba el resto de los fenians*? Además, la extraña forma de cabalgar de Fionn...*

–¡No! –exclamó con voz atronadora–. ¡Señora, no es Fionn!

Pero era demasiado tarde. Sabh ya corría hacia el que creía su amado. Antes de que Goll Mac Morna llegara a la puerta, el hombre había desaparecido y en medio del campo había una cierva blanca. Ésta miró con expresión lastimera las puertas de Almhuin y se alejó en dirección al bosque.

Fionn regresó al octavo día.

Escuchó la historia de boca de Mac Morna, que lloraba a lágrima viva mientras se la contaba.

–La buscamos durante toda la noche, pero no pudimos encontrarla. –Mac Morna sacó su puñal y se lo tendió–. Te ofrezco la vida, muchacho. Te he fallado a ti, que me concediste la gracia de perdonar la muerte de tu padre. Arráncame el corazón, porque lo perdí al perder a Sabh.

Fionn se limitó a mirar el puñal y negó con la cabeza.

El puñal se estrelló contra el suelo. Fionn se golpeó el corazón con la mano.

–No, Mac Morna. Fue el malvado mago. No podías saberlo. Ella no le reconoció. Debo ir a buscarla.

–Entonces te acompañaré.

–Y yo –se ofreció Caoilte Mac Ronan.

–Y nosotros –dijeron a coro los hermanos fenians.

Los días se convirtieron en semanas. Buscaron en los bosques y valles de Almhuin y, cuando comprobaron que no escondían ningún rastro de la cierva blanca, Fionn rastreó las montañas de Wicklow y las de Slieve Bloom de su infancia.

Cuando las semanas se convirtieron en meses, Fionn envió a los fenians *para que atendieran los asuntos de Eire y cabalgó hacia el sur con el propósito de ver a su madre, que ya frisaba en los setenta años. Al ver el dolor en los ojos de su hijo, Muirne ordenó a los guerreros de su marido que buscaran a Sabh, por más que sabía que Fionn no volvería a verla.*

Al final Fionn también lo comprendió y desapareció en los bosques de Eire con Bran y Sgeolan.

Nunca se ha sabido adónde fue ni cómo vivió. Volvió muchos meses después y ya no era el hombre que todos recordaban. Estaba flaco, y la luz se había desvanecido de sus ojos. Sus perros caminaban a su lado como si fueran ancianos.

Cuando cruzó las puertas de Almhuin, los fenians se apiñaron alrededor de él. Les miró en silencio y luego habló como un hombre que ha perdido la alegría de vivir.

–Debemos atender los asuntos de Irlanda –afirmó.

Y así lo hizo.

En invierno Fionn iba a caballo de pueblo en pueblo para comprobar cómo estaban los fenians destacados en esos lugares, escuchar a la gente y asegurarse de que se cumplía el código fenian.

En verano se adentraba en los bosques de Irlanda con Goll, Caoilte y Dhiarmuid Ui Dubhne. Construían bothies y cazaban a la manera de sus antepasados, pero el corazón de Fionn no estaba en la caza. A menudo se alejaba de sus compañeros y vagaba con Bran y Sgeolan por la floresta, con la esperanza de poder al menos vislumbrar a la cierva blanca.

Un día, cuando ya habían transcurrido más de siete años, Fionn y los fenians cazaban cerca de la madriguera de un lobo. De pronto Bran y Sgeolan obligaron a una presa a subirse a un árbol y permanecieron al acecho, aullando y ladrando con más fiereza de lo habitual. Fionn y Caoilte treparon por el tronco y, escondido entre las ramas, descubrieron a un niño de siete años.

Estaba desnudo y escuálido, sucio, con el pelo desgreñado. Emitía sonidos de animales salvajes y en sus ojos se leía su terror y su desconcierto. Fionn se acercó a él y apoyó la frente contra la de la pobre criatura salvaje, que al instante se tranquilizó. Fionn le convenció de que bajara del árbol, le envolvió en su capa y, tras sentarlo delante en su silla, emprendieron el camino de regreso a Almhuin. En cuanto llegaron, las mujeres le rodearon para mimarle, darle un baño y cortarle el pelo pero, apenas se acercaron a él, el niño se colgó del cuello de Fionn y se negó a soltarle.

Fionn le bañó con cariño y le lavó el pelo. Fue entonces cuando se dio cuenta de que el chiquillo tenía una extraña marca en la frente, *un pequeño triángulo blanco, tan suave como la piel de una cierva.*

Fionn se mordió la punta del pulgar. Cerró los ojos, meneó la cabeza y besó con dulzura la marca de nacimiento del niño al tiempo que sollozaba.

Después le cortó con su propia daga el pelo, que, ya limpio y brillante, trenzó. Le vistió con una túnica de la más suave seda y le dio de comer con sus propias manos, ya que el muchacho desconocía el uso de los tazones y cubiertos y comía como los animales.

Al principio andaba a cuatro patas. No sabía expresarse y, cuando Fionn le hablaba, respondía con ladridos, aullidos o gemidos. Aprendió poco a poco y un día pronunció su primera palabra.

–¡Fionn!

Sonó como «¡Fahn!», de una forma torpe y extraña, pero el niño se sintió entusiasmado por su proeza y empezó a correr en círculos, a cuatro patas, como le ocurría siempre que se emocionaba.

Fionn le cogió en brazos con cariño, y el chiquillo apoyó la cabeza sobre su poderoso hombro.

–Fionn –repitió.

A partir de ese día aprendió a nombrarlo todo con rapidez. Señalaba un objeto, y Fionn le decía su nombre. El niño repetía la palabra y ambos lo celebraban estruendosamente.

Fionn había construido en su habitación una tarima para que durmiera el niño, que se transformó en su sombra, pues le seguía por todas partes.

Ocurrió que un día Goll Mac Morna regresó de cazar con una cierva marrón sobre los hombros, y el escaso vocabulario que el pequeño había aprendido fluyó de su boca como un torrente.

–¡Madre! ¡Madre! –Corrió hacia Fionn–. Madre. Cierva. Cierva blanca.

Fionn observaba al niño de una forma extraña, con calma. Le puso las manos en los hombros y le estrechó entre sus brazos.

El chiquillo prosiguió.

–Me cuidaba. Bosque. Ella más ciervos. Vi más. Sus ojos míos. Igual a míos. Sólo nosotros dos. Siempre. El malvado, a veces. El malvado vino. Miedo. Mi madre. Miedo. Se fue. Fuerte. Su amor. Para mí. Su cuerpo... entre... mi cuerpo y el malvado. Un día... malvado... llegó.

La golpeó... palos... la golpeó. Corrí. Dientes. Brazo desgarrado. La arrastró. Lejos. Me miró. Llorando. Mi madre. Lágrimas. Él dijo: «No caricias, no besos». Corrí. Besos. Aquí, en la frente. Se fue. Vacío. Mi... corazón. Los hermanos me cogieron. Hermanos lobos. Vivo. Hasta Fionn... Fionn.

–¡Oh, Sabh! –exclamó entre sollozos Fionn–. ¡Oh, Sabh, mi amor! Ha dicho lo que mi corazón presentía. Algo de nosotros vive, nuestro hijo. ¡Nuestro hijo! Le llamaré Cervatillo.

Apartó el pelo de la frente del pequeño y posó los labios sobre la extraña marca para besarla. A continuación afirmó a voz en grito:

–Sabh, hasta que volvamos a reunirnos en Tir Nan Og le amaré y protegeré con todas mis fuerzas y todo mi corazón.

Los fenians *aseguraban que a partir de ese día Fionn recuperó la alegría.*

–Es una historia extraña y triste.

–Más extraña de lo que imaginas, Padraig. Tanto que no acabas de creerla.

–Me cuesta creer en hechiceros, pero creo en el mal, ya te lo he dicho.

–Ella no era malvada –susurró con tono acusador.

–No me refiero a ella, sino al ser misterioso. ¿Era un druida?

–Sí.

Ainfean se enfureció. La señalé con la mano.

–Empiezo a comprender. Algunos de vosotros eligen la luz, otros, la oscuridad. ¿Estoy en lo cierto?

–Así es.

–Así pues, él era un ser oscuro, y su oscuridad la mantuvo lejos de Fionn durante todos esos años. Sin embargo su maldad no logró enmascarar la bondad de Sabh, ya que, incluso atrapada en su perversidad, siguió siendo blanca como la luz. –Asentí, satisfecho al haber conseguido comprenderlo.

–Sí –dijo Osián–, es lo que siempre he creído. Su bondad era como una luz que seguía alumbrando a pesar del malvado hechizo.

–Y Fionn nunca volvió a verla.

–Nunca volvimos a verla.

Le miré con expresión interrogante.

–Sabh era mi madre –explicó con dulzura.

De pronto comprendí.

–Cervatillo… –dije–, Osián… cervatillo. ¿Era tu madre? ¿Tú eras el niño salvaje del bosque?

–Por esa razón quise convertirme en bardo, Padraig, para no quedarme nunca sin palabras.

Atónito, meneé la cabeza.

–¿No es sólo un cuento, una parábola sobre el bien y el mal?

–¿Qué es una parábola?

–Las historias que él cuenta –intervino Ainfean, que me miraba de hito en hito–; fábulas cortas, como la que nos contó sobre los panes y los peces.

–No se trataba de una fábula. Ocurrió en verdad.

–¡Ah! –se limitó a decir Ainfean.

Osián se apartó el pelo de la frente y allí, en medio de su vieja y arrugada piel, la vi. Una mancha triangular, blanca y suave como la piel de un ciervo.

–La recuerdo. Una vez la toqué –expliqué.

No dijo nada.

Entonces, emocionado por su relato y todavía bajo su hechizo, hice algo de lo que nunca me hubiera creído capaz. Tracé en su frente la señal de la cruz, bendije la pequeña marca de nacimiento y rogué a mi Dios que acogiera a ese pagano sin bautizar.

Osián me cogió la mano entre las suyas, se la llevó a los labios y la besó.

–Gracias, Padraig –murmuró.

Comprendí que no me daba las gracias por bendecirle, sino por creerle.

14

Cuando partimos hacia Tara para participar en el *Samhain feis,* formábamos la más extraña y abigarrada comitiva. Habíamos construido una litera para Osián, pero se negó a usarla e insistió en cabalgar. Dichu le había dado el más hermoso de sus corceles, ya que el del anciano había desaparecido el día en que llegó y no se le había vuelto a ver.

A pesar de su edad, Osián era una cabeza más alto que la mayor parte de los hermanos. A horcajadas en su caballo, envuelto en su capa *fenian* y con los dos perros haciendo cabriolas alrededor de él, ofrecía una imagen imponente.

La mujer druida se empeñó en acompañarnos. Vestida con una túnica de seda blanca y una capa, montaba un caballo blanco. Yo estaba tan irritado que me negaba a admitir su presencia.

La mayoría de los hermanos se había criado en el pueblo de Dichu y montaba con destreza, excepto Breogan, que había sido educado en el continente, en mi país. Se sentó encima del caballo de forma tan desgarbada que no hacía más que resbalar de la silla de cuero mientras su cabalgadura avanzaba resoplando, lo que provocó la hilaridad de Osián y algunos hermanos.

En cuanto a mí, me acomodé en un carro que conducía un guerrero de Dichu. Sujeté al pequeño Benin y su campana con firmeza delante de mí y me esparranqué sobre el artilugio como si estuviera en la cubierta de un barco. El traqueteo de los caballos era tan desagradable que aprovechaba cualquier excusa para pedir que hiciéramos un alto. En cambio Benin parecía creer que el viaje era muy divertido y reía cada vez que nos topábamos con un bache.

Al tercer día de camino el buen humor que presidió nuestra salida dio paso a quejas y vagas preguntas respecto a la distancia que todavía nos quedaba por recorrer. Añoraba las excelentes calzadas romanas y maldecía a los irlandeses, mientras Breogan, inclinado sobre su silla, sólo despegaba los labios para protestar lastimeramente cada vez que su caballo hacía rebotar su dolorido trasero.

Uno de esos lamentos provocó la hilaridad de Osián. A Breogan, que por lo general era el más pacífico de los hermanos, la risa del anciano le ofendió sobremanera.

–Maldito seas por tus burlas, *fenian*. ¡No me criaron sobre un caballo!

–No me burlaba de ti, hermano –repuso Osián, que levantó las manos mientras seguía retorciéndose de risa encima de su silla.

Algunos hermanos se taparon la cara con las manos.

–No, me río porque me has hecho recordar lo que les ocurrió a mi padre y sus *fenians.*

–Si guarda relación con estos animales –replicó Breogan–, no puede haber nada de que regocijarse.

–Sí lo hay. ¿Queréis que cuente la historia para que el tiempo transcurra más aprisa?

La cabalgadura de Breogan tropezó en un bache y su jinete se quejó.

–Nada puede hacer que este viaje pueda parecer más corto –afirmó.

Osián inició el relato a pesar de sus quejas.

Con frecuencia los guerreros de otros países ofrecían sus servicios a Fionn y los fenians. *Ése fue el caso de Gilly Dachar, que llegó un día al Dun de las Murallas Blancas con un caballo tan grande que en comparación los de los* fenians *parecían enanos.*

De todos modos Gilly Dachar también era muy grande, pues superaba en más de una cabeza la altura de Fionn, por lo que los fenians *le llamaban el gigante, y a su caballo, el caballo del gigante.*

Gilly Dachar era un hombre tosco y grosero. No tenía los modales de un fenian*; eructaba y masticaba haciendo ruido, comía como un perro, se tiraba pedos delante de todo el mundo y reía con estrepitosas carcajadas.*

Su caballo era aún peor, ya que no sabía estar con los de su especie, mordía y asestaba coces, hasta el punto de que partió la pata de una montura fenian, *sacó el ojo a otra y arrancó la oreja de una tercera.*

Entre los fenians *había un tal Conan Maor, conocido por su temperamento irascible y su lengua afilada, a los que dio rienda suelta contra el cerril Gilly, puesto que fue su caballo el que perdió el ojo.*

—¡Eres un maldito animal, no un guerrero de Eire! ¡Nosotros, los fenians, *estamos hartos de ti! —bramó—. Con todo, lo más increíble es que ni siquiera puedes controlar un caballo, algo que un* fenian *hace desde que es un crío. Esa bestia descomunal que tienes es un peligro. Alguien debería matarla o domarla. ¡Y soy yo el que va a hacerlo!*

Dicho esto, cogió su lanza, pero Gilly lanzó un silbido y su caballo cargó directamente contra Conan Maor.

Pues bien, lo único que podía hacer era agarrarse al cuello de la bestia y saltar para montarla. Conan Maor acabó sentado sobre el lomo del monstruoso caballo, que galopaba a tal velocidad que su jinete resbalaba, ora a la derecha ora a la izquierda, colgado de las crines del animal al tiempo que maldecía a todo y a todos.

El espectáculo era tan divertido que Fionn se desternillaba de risa mientras el corcel trotaba por el patio, hasta que se dio cuenta de que Conan Maor comenzaba a debilitarse y no podría aguantar más tiempo. Así pues, ordenó a Goll Mac Morna y Dhiarmuid Ui Dubhne que cabalgaran junto a los flancos de la gigantesca bestia para detenerla, pero ésta saltó por encima de la puerta y se alejó a campo traviesa, seguida por Mac Morna y Ui Dubhne.

Al fin consiguieron ponerse a su lado, pero el caballo no aminoraba su velocidad. Tanto Mac Morna como Ui Dubhne saltaron sobre su lomo. Ahora eran tres los que resbalaban al tiempo que se empujaban unos a otros. Fionn y los fenians *se reían tanto que apenas podían verles a través de las lágrimas.*

Fue entonces cuando Gilly Dachar se las ingenió para montar el mejor caballo de guerra de Fionn y salir al galope hacia el campo.

Tan pronto como el enorme corcel le vio, se desbocó y empezó a correr hacia el este mientras Gilly Dachar le persiguió galopando como el viento a la vez que exclamaba algo semejante a un «Vamos».

Fionn llamó al resto de sus fians. *Ensillaron las monturas y salie-*

ron a toda velocidad tras el grupo. Delante de ellos veían a Maor, Mac Morna y Ui Dubhne botar como muñecos de trapo.

Al final Fionn comprendió que era Gilly Dachar el que azuzaba al animal. La persecución continuó durante dos días hasta que todos llegaron al mar.

Una vez en la playa, Fionn se sorprendió al ver dos grandes barcos bretones anclados.

El caballo de Gilly Dachar se arrojó al agua y nadó hacia las embarcaciones con los tres exhaustos fenians *agarrados a su lomo.*

Gilly Dachar también pretendía lanzarse al mar, pero su montura se negó. Entonces Fionn les alcanzó, y él y sus fians *le rodearon y retuvieron a punta de espada.*

Gilly llamó en voz alta a sus barcos, que pusieron rumbo a la orilla. Sus tripulantes desembarcaron, se postraron ante Gilly y le entregaron hermosas vestiduras, además de un broche y una corona, ambas de oro.

Luego, con la dicción de un hombre culto, Gilly Dachar se dirigió a Fionn.

–Tienes ante ti al caudillo de los bretones, que había oído hablar de tu reputación en la guerra. Los hombres del norte asedian nuestras costas, y quería pedirte ayuda, pero antes deseaba comprobar tu valor.

»Te pido perdón por este ardid para atraerte hasta la playa, pero si aceptas acompañarnos a mi país te recompensaremos por ayudarnos en la batalla.

Entretanto Dhiarmuid Ui Dubhne y Goll Mac Morna ya se habían deslizado por el lomo del caballo de Gilly y nadaban hacia la playa con las calzas y las capas empapadas, arrastrando tras de sí a Conan Maor, que, a pesar de toser y escupir porque no sabía nadar, no había olvidado cómo maldecir. Por encima de las olas, profería todas las procacidades que recordaba y las enriquecía explicando lo que pensaba hacer con Gilly Dachar cuando le pusiera las manos encima.

Fionn prorrumpió en carcajadas y tendió amistosamente la mano a Gilly.

–No necesitabas de truco alguno para conseguir que viniera hasta aquí –afirmó–. Hubiera venido aunque sólo fuera por reírme. Y me complace acudir en ayuda de quien me ha regalado esta historia para que pueda contarla a los fenians *alrededor del fuego.*

Los tres remojados compañeros emergieron del mar, y Conan Maor gateó por la arena en busca de Gilly al tiempo que soltaba maldiciones.

A pesar de que fue con ellos a Bretaña para pelear contra los hombres del norte, las maldiciones de Conan Maor siguieron salpicando durante muchos años el relato de esta historia.

Incluso Breogan no tuvo más remedio que reír al escuchar la disparatada historia. Arrastrados por un viento de carcajadas llegamos al río Boinne y apareció ante nosotros el Gran Feis de Tara.

Aunque había viajado mucho por mi país y el continente, el panorama que contemplaban mis ojos me dejó sin habla. Cientos de cabañas y miles de personas salpicaban la llanura alrededor de la colina. Había *bothies* y tiendas de campaña, así como residencias permanentes y barracas de feria que vendían todo cuanto uno pudiera imaginar: adornos de oro y plata, preciosas túnicas y mantos bordados, cintas para el pelo de las damas y espejos para admirarlas, hogazas de pan, tarros de miel, pescados humeantes y pasteles…

Gracias a la generosidad de Dichu, di de comer a toda nuestra comitiva, excepto a Ainfean, que se había alejado cabalgando río arriba apenas cruzamos el Boinne.

Miré con expresión interrogante a Osián, que se limitó a decir:

–Va al *rath* de los druidas.

–¡Adiós y hasta nunca! –exclamé, y me dispuse a buscar pescado y pan, además de un lugar donde trabar los caballos y acomodarnos durante el festival.

Nos sentamos formando un pequeño círculo y observamos a la gente de Eire que pululaba alrededor.

–Nuestro Señor debió de sentirse como nosotros ahora –comenté a los hermanos– cuando llegó a Jerusalén con sus doce apóstoles.

Asintieron con la cabeza al tiempo que miraban con los ojos muy abiertos todo cuanto les rodeaba, ya que la mayoría nunca había salido del pequeño *rath* de Dichu, situado al norte del país, y el festival era realmente asombroso.

Observé el lugar con atención y pregunté a mi Dios qué esperaba que hiciera.

Los hombres y mujeres de Eire aparecían espléndidos. Montados a lomos de sus caballos, con sus mantos de mil colores, cabalgaban desde la llanura donde nos encontrábamos hasta la cima de la colina. Por lo que vi, la gran fortaleza de Tara era vastísima, con edificios que lindaban unos con otros a lo largo de la cresta de la colina. El más grande era una construcción rectangular que medía varios cientos de metros. De pronto una ovación nos llegó desde la cima de la loma.

–Es una carrera de carros, Padraig –me explicó Osián–, y el edificio que estás admirando es el gran salón de banquetes. En tiempos de mi padre, lo ocupaban los guerreros de Eire, el gran Cormac y su corte y los poetas y bardos de Irlanda. –Desvió la mirada hacia la llanura y meneó la cabeza.

–¿Qué ocurre? –pregunté.

–Irlanda ha empequeñecido desde que me fui –murmuró–. Mira alrededor. ¿Ves a alguien con la capa *fenian*? ¿A alguien de mi talla? No; no hay ninguno. Incluso el *feis* parece haberse encogido y ser más pequeño. No pertenezco a esto, Padraig.

–Por supuesto que en tu época debía de ser magnífico, pero para mí y mis hermanos este *feis* es extraordinario.

Los hermanos asintieron en silencio.

Un grupo de mujeres pasó junto a nosotros camino del río. Semejaban pájaros de brillante plumaje con sus túnicas azules y verdes. En las gargantas y brazos lucían brazaletes y gargantillas de oro. Llevaban el pelo recogido en trenzas, cada una rematada con una pequeña cuenta de oro o plata, de modo que al andar chocaban unas contra otras y sonaban como música.

Miraron boquiabiertas el pequeño grupo que formábamos los hermanos vestidos con hábitos marrones y el corpulento y anciano *fenian*.

–¿Venís de otro país? –preguntó una.

Los hermanos la observaron sin despegar los labios, de modo que respondí por ellos.

–Sí –me limité a responder.

–¿Sois comerciantes o bardos?

En ese momento comprendí lo que Dios esperaba de mí.

–Somos bardos –contesté–. Mañana os contaremos una historia que Eire no ha oído nunca.

Las mujeres reanudaron su camino hacia el río y hablaron con entusiasmo sobre nosotros a sus amigos, dándose la vuelta para señalarnos.

–Por la mañana todos sabrán de nosotros, como siempre pasa en Eire –comenté a los hermanos.

Intercambiaron miradas en silencio, y Breogan sugirió:

–Padraig, tal vez sería prudente que acampáramos un poco más lejos.

De inmediato comprendí cuán sabia era su propuesta, ya que, a menos que reuniera a los hermanos para rezar e indicarles qué íbamos a hacer, les perdería entre la multitud. Así pues, me levanté para escudriñar la llanura y todo cuanto mis ojos alcanzaron a ver fueron tiendas de campaña y *bothies*, niños gritando y jinetes cabalgando por todas partes.

Entonces Osián señaló más allá del río, un lugar donde una colina se levantaba frente a la de Tara.

–Ése será un buen lugar –afirmó–. Mi padre y yo acostumbrábamos acampar allí cuando veníamos a Tara. La superficie de la colina es plana. Hay un bosquecillo, y desde la cima se divisan Tara y la llanura que la rodea. Se llama la colina de Slaine.

Cuando hubimos acampado, alimentado y dado de beber a los caballos, reuní a los hermanos y rezamos. Les expliqué que por la mañana contaríamos a la gente las historias de nuestro Dios. Nos sentamos alrededor del fuego en la colina de Slaine y contemplamos cómo destellaban las hogueras en la llanura y en la gran colina de Tara, situada enfrente.

Osián, que contra su costumbre había permanecido en silencio durante todo el día, habló por fin.

–Veremos esas fogatas durante dos noches más, pero cuando se cumpla la cuarta noche del *feis* todas se apagarán. Por un momento el mundo se quedará a oscuras. Luego los druidas prenderán la gran hoguera del nuevo año y los mensajeros se encargarán de llevar su fuego a todos los campamentos que se levantan en la llanura. Era muy hermoso ver esos fuegos alumbrar la tierra como estrellas.

No dije nada. Una chispa se había encendido en mi cabeza y, una vez que prendiera del todo, empezaría a alumbrar igual que la hoguera del año nuevo de los druidas.

15

Preparad la venida del Señor! ¡Seguid su sendero! Para que el Señor nuestro Dios derrame sus bendiciones sobre el pueblo de Irlanda. Él es la Trinidad, el Esperado. Él es la Luz del mundo y Su Luz destruirá las tinieblas. ¡Él es la Luz que no se extingue! Preparad el camino del Señor.

Benin repicaba la campana con toda la fuerza de sus bracitos cuando nuestro carro, flanqueado por los hermanos montados a caballo, entró con gran estruendo en la llanura de Tara el segundo día del *Samhain feis.*

Alcé el báculo pastoral que me había hecho el herrero de Dichu y anuncié a todos mi mensaje. Sentía que la alegría de Cristo me embargaba y agudizaba mi voz, de tal modo que, con los brazos levantados hacia el cielo, casi parecía cantar, pletórico del gozo de mi amor por Él.

Ya he dicho que soy un hombre ignorante. Sin embargo, cuando habla a través de mí, es como el viento, como la luz. Mi voz no es la mía, sino la de Aquel que habla en mi cabeza.

Y estaban hambrientos de su mensaje porque se apiñaban a

cientos alrededor del pequeño carro. Algunos druidas acudieron entre la multitud. Distinguí sus túnicas blancas, pero ninguno intentó hacernos daño. Por un momento creí ver a lo lejos a Ainfean, la druida, pero tal vez fue sólo el sol, que refulgía en el pelo cobrizo de otra mujer.

Les conté la historia de su nacimiento y la extraña estrella que apareció en el cielo para guiar a los magos que le llevaban los ricos presentes de aquel viejo mundo. Cuando les expliqué que la posada estaba completa y que se cobijaron en un establo, una mujer alzó la voz:

–En Eire hubiéramos acomodado al hijo y a su madre. La hospitalidad es nuestra ley.

–Y así será, porque el pueblo de Eire encenderá el fuego de Cristo. Llevará su luz a todas estas costas y a través de las aguas a todo el mundo. La luz de las buenas gentes de Eire nunca se extinguirá, ya que es la Luz del Esperado.

No sabía muy bien lo que decía. Ocurría a menudo cuando hablaba de Él. No obstante parecían haberme entendido, porque murmuraban palabras de aprobación y escuchaban con atención las historias que les contaba... Cuando nos fuimos para la comida del mediodía, corrieron detrás del carro reclamando más relatos sobre mi Dios hasta que les prometí que volvería.

Osián no quiso acompañarnos, prefirió quedarse en la colina con los perros y los caballos. Comprendí que lo hacía porque le abrumaba la amargura de ver los cambios que había sufrido Irlanda. No insistí. Sabía lo que sentía, porque me había sucedido lo mismo al regresar a mi país después de seis años de esclavitud.

Cuando volvimos a nuestro campamento, pletóricos de alegría por lo que había ocurrido esa mañana, me sorprendió verle sentado junto a Ainfean, que tenía una extraña expresión en la cara.

–Leoghaire ha oído hablar de ti y de tus obras. Ha conferenciado con su druida, Matha Mac Umotri. Tú y tus hermanos corréis un grave peligro.

–¿Quién es Leoghaire?

Sabía, por supuesto, que era el rey de Irlanda, hijo de Niall de los Nueve Rehenes, cuyos soldados me habían capturado y vendido como esclavo hacía muchos años. Alimentaba un débil rencor hacia Leoghaire de Irlanda, pero no quería que ella lo notara. Deseaba que la druida regresara a Tara y contara a todos lo que le había preguntado.

La sorpresa que se reflejó en su cara me complació.

–¿No sabes quién es el rey de Irlanda?

–¿Por qué debería preocuparme por los reyes de este mundo, cuando puedo conocer al Creador de todos los mundos?

Tendió las manos.

–Porque los reyes de este mundo tienen poder y no debes subestimarlo. En estos momentos Mac Umotri está contando a Leoghaire que tus historias socavarán ese poder, que tu rey destronará a los otros reyes, que ya nada volverá a ser como antes.

Sonreí con satisfacción.

–Todo lo que dices es cierto.

Se levantó y apoyó las manos en las caderas.

–¿Quieres que le diga eso a Leoghaire? ¿Que todo lo que comentan es cierto? En Sabhal Padraig sospeché que estabas chiflado, y ahora me doy cuenta de que no me equivocaba, Succatus. Ten cuidado, o todos tus esfuerzos serán inútiles antes de que empieces a hacerlos.

Me quedé en silencio.

Me miró con exasperación, montó en su caballo y se alejó cabalgando.

Osián me miró con una sonrisa pícara.

–Una estrategia interesante, Padraig.

–¿De qué estrategia hablas?

–Hace más de siete lunas que te conozco, lo bastante para saber que no eres estúpido. La has dejado regresar a Tara con el mensaje de que no sabes cómo se llama el rey de Irlanda. Dentro de nada estará en boca de todos. La gente quedará atónita, el rey montará en cólera, y ya se encargarán sus druidas de alimentar su ira. Ainfean ha hecho bien al advertirte del peligro que corres.

Observé a Benin, que, inclinado sobre el fuego, ayudaba al hermano Longan a ensartar un conejo para asarlo.

–No quiero que lastimen a los hermanos.

–Entonces debes hacerle caso. Actúa con cautela. Sé prudente en el gran salón de Tara. Presenta tus respetos al rey. Sé diplomático con sus druidas.

–Mi Dios no era diplomático. Era claro y directo.

Las comisuras de la boca de Osián se crisparon.

–Conque la cautela no entra en tus planes. Mi padre era prudente, pero cuando empeñaba su palabra, como tú has hecho, no había advertencia que le apartara de su camino. Le ataba su palabra.

–También yo soy el servidor de la Palabra.

La mañana del *Samhain* amaneció fría y despejada. Con la primera luz del alba monté en mi caballo y cabalgué solo por las llanuras de Tara, tañendo mi pequeña campana. Cuando se congregó gente suficiente alrededor de mí, prediqué el mensaje que había meditado en mis oraciones.

–Las gentes de Eire han conocido a muchos dioses. Algunos son dioses de las tinieblas. Se alimentan de muerte y guerra. Si se provoca su ira, se revuelven y caen sobre nosotros como un rayo devastador. Algunos son dioses de luz y alegría; si se les complace, pueden recompensarnos con la fortuna.

»En cambio yo os traigo al Dios inmutable. Mi Dios está con aquellos que le aman. No los abandona nunca. Les protege con la fuerza de su brazo. No exige ofrendas ni sacrificios, le basta vuestro amor. Su Espíritu estará en vosotros. Su voz cantará en vuestras almas. Es una voz que no conoce el miedo.

»Esta noche es la de *Samhain*. Esta noche os asustará la oscuridad que llega desde los confines del mundo, pero os digo que esta noche la Luz que aleja las tinieblas se encenderá en toda Eire. Esta noche el fuego del Señor nuestro Dios arderá en la oscuridad. Esta noche la Luz que no se extingue iluminará el corazón de Eire.

Les dejé y volví a la colina de Slaine. Mientras los hermanos preparaban la comida del mediodía y Osián contaba historias sobre los viejos tiempos, me retiré a la ladera, me arrodillé y oré hasta que el sudor me bañó el cuerpo y la sangre que manó de mis rodillas manchó las piedras. Me incorporé cuando cayeron las tinieblas de la noche.

Regresé y me senté con los demás. Estaban en silencio.

–Debemos recoger leña –susurré–. Vamos a necesitar mucha.

Mientras buscábamos madera, ninguno de los hermanos pronunció una sola palabra. Osián nos ayudaba trayendo enormes brazadas. Cuando reunimos toda la leña que pudimos encontrar, la juntamos formando una pira. Se alzaba por encima de nuestras cabezas allí, en la cima de la colina de Slaine.

La observamos largo rato, y Osián fue el primero en romper el silencio.

–Sé cuál es tu plan, Padraig. Es peligroso y disparatado, pero valiente.

Al captar la admiración que contenía su voz se me hizo un nudo en la garganta. Tragué saliva antes de hablar.

–Hermanos, los que sirven a Dios deben tener valor. No podemos flaquear. Os pido que esta noche encendamos la Luz en el corazón de Eire. Sé que será peligroso, pues provocaremos la ira de los reyes y excitaremos el temor de la gente. Si tenéis miedo, no es necesario que os quedéis a mi lado, y no sintáis vergüenza por ello, porque os amo y no deseo que os causen daño.

»Os doy mi bendición para que regreséis a Sabhal Padraig, para que cuidéis y mantengáis ese santuario en nombre de Dios.

Permanecieron en silencio. Miré a cada uno de ellos. A cada uno de los diez jóvenes, al pequeño Benin. Me embargó la emoción y elevé a Dios una oración desde el silencio de mi corazón.

Protege, ¡Oh, Dios!, a tus servidores…

–Nos protegerá.

Fue Benin quien pronunció estas palabras. Cogí sus manos entre las mías. Le miré sobrecogido porque sabía que había oído mi oración y la Voz me había contestado a través de la del niño. Incapaz de hablar, asentí con la cabeza.

A nuestros pies, en las planicies de Tara, las hogueras centelleaban trémulamente. Luego se apagaban una tras otra a medida que nos acercábamos al nuevo año. Teníamos la mirada fija en el fuego de la gran colina de Tara.

Por fin desapareció.

Oscuridad. Estrellas y viento.

«¡Ahora!», indicó la Voz dentro de mi corazón.

–¡Ahora! –ordené a los hermanos.

Arrojamos las antorchas prendidas a la alta torre de leña. Las llamas se alzaron hasta el cielo, las chispas alcanzaron las estrellas. Gritos y exclamaciones se elevaron desde la planicie. Luego, ya tarde, se alumbró una hoguera en la colina de Tara.

Esa noche no dormimos. Nos sentamos en círculo alrededor del fuego, con las manos unidas. Una y otra vez repetía las mismas palabras a los hermanos.

–Aunque ande por el valle de las sombras de la muerte, no sentiré ningún temor porque el Señor es mi sostén y no me abandonará. Me has sentado a tu mesa y has confundido a mis enemigos. Has ungido mi cabeza. Mi copa rebosa. En verdad os digo que Su bondad y misericordia nos acompañará el resto de nuestras vidas. Moraremos en la casa del Señor para siempre.

Llegó sigilosamente poco antes del amanecer. Su traje blanco estaba sucio, su trenza deshecha y enmarañada con ramas y hierbas.

¡Necio, Succat! ¿Qué has hecho?

–He encendido el fuego de mi Dios en Eire.

–Has conseguido que os maten a ti y tus hermanos. La colina está vigilada por los soldados de Leoghaire. Deja que al menos alguno huya conmigo. Benin –añadió tendiendo la mano.

–¿Cómo has logrado llegar si la colina está vigilada?

–No carezco de ciertos poderes –respondió al tiempo que sacaba una pequeña bolsa de debajo de su vestido–. He drogado la comida de unos pocos. Y el vino. Algunos han perdido el conocimiento delante de mis propios ojos. Cuando despierten, creerán que han estado soñando y no recordarán nada. He despejado un angosto camino para pasar entre ellos, pero pende de un hilo y no durará mucho tiempo. –Me miró con ojos suplicantes–. Sé que tú no querrás irte, pero deja que salve a algunos. Osián me ayudará. Al menos a Benin, Padraig.

Asentí.

–Sí, llévate al niño y a Osián. Hermanos, os lo repito, si alguno quiere irse, puede hacerlo. Id y llevad a Dios con vosotros a Eire.

Permanecieron en silencio, sentados alrededor del fuego.

Benin puso su mano sobre la mía y miró sonriendo a Ainfean.

–Ahora debes confiar en Padraig. Pedirá a su Dios que nos proteja, y así lo hará.

Observé su cara sonriente. El terror atenazó mi corazón. ¿Qué había hecho? Oh, Dios mío, ¿qué había hecho?

Me hinqué de rodillas y recé en voz alta.

–Tú, que has hablado dentro de mí desde el principio; Padre, Hijo, Espíritu Santo, que iluminas el corazón de todas las cosas, dame la palabra que necesito para que estas tus criaturas puedan estar a salvo. Protégelas de todo mal para gloria de tu Santo Nombre.

Los hermanos se arrodillaron en silencio y unimos nuestras manos. No oí ningún sonido. Ninguna Voz. Alboreaba en el horizonte cuando oí dentro de mi cabeza, débil pero cada vez más cerca, como una canción, como el sonido distante y lejano de una canción. Me levanté. Alcé el báculo pastoral con su tronco retorcido y con la imagen de bronce que el herrero de Sabhal Padraig había forjado. La elevé por encima de mi cabeza.

–Seguidme, hermanos –susurré.

Empecé a bajar por la colina, con los hermanos en fila detrás de mí. Ainfean y Osián miraban en silencio cómo nos alejábamos. Las palabras que salieron de mi boca no eran mías, sino Suyas, y seguí cantándolas mientras descendíamos por la ladera.

Hoy me levanto
con todo el poder
que me da la Trinidad.
La he invocado,
he acudido a las Tres Personas en Una,
y proclamo la Unidad
del Creador de todas las cosas.

Mientras bajábamos por la colina vi a los soldados de Leoghaire. Su mirada pasaba a través de nosotros. Continué cantando, coreado por los hermanos. Oía la voz de Benin, tan dulce, a mi espalda mientras me seguía colina abajo.

Hoy me levanto
firme en el nacimiento de Cristo,
firme en Su bautismo,
firme en Su crucifixión,
firme en Su entierro,
Su resurrección
Su ascensión.

Llegamos al pie de la colina. Los soldados de Leoghaire aún miraban hacia arriba como si todavía esperaran a que bajáramos.

Hoy me he levantado
rodeado de querubines,
obedecido por ángeles,
protegido por arcángeles.
Espero la resurrección de la carne,
firme en las oraciones de los patriarcas,
las profecías de los profetas,
la palabra de los Apóstoles,
la inocencia de las vírgenes,
los actos de los justos.

Llegamos al río, lo cruzamos en una balsa sin que nadie nos molestara. La gente congregada en la planicie de Tara encendía hogueras para preparar el desayuno. Pasamos inadvertidos entre ellos. Mi corazón rebosaba de gratitud.

Hoy me levanto,
firme en el poder del cielo.
La luz del sol,
la luna radiante,
el magnífico fuego,
la rapidez del rayo,
la ligereza del viento,
la profundidad del mar,
la fuerza de la tierra
me han sido dados.

La gran colina de Tara apareció amenazadora ante nosotros y avanzamos por el viaducto. Oía a los soldados a nuestra espalda, carros, caballos. Habían descubierto que ya no estábamos en la colina de Slaine, pero recorrimos el viaducto que conducía a Tara entre los soldados de Leoghaire y sus druidas sin que nadie reparara en nuestra presencia. Mi corazón rebosaba de gratitud.

Hoy me levanto
con el poder de Dios, que me guía
y protege.
La sabiduría de Dios me guía,
la mirada de Dios me sigue,
el oído de Dios me escucha,
la palabra de Dios me habla,
la mano de Dios me sostiene.
Tengo ante mí la senda de Dios;
su escudo me protege;
sus ejércitos me salvarán
de las trampas del diablo,

de todas las tentaciones,
de todos los que desean mi mal,
estén lejos o cerca,
solos o entre la multitud.

Llegamos a la gran sala de banquetes de Tara y pareció abrirse un sendero entre la gente que se había congregado en su interior. Sin dejar de cantar, avancé por él.

Hoy suplico tu Poder
para que lo interpongas entre mí y el diablo,
para que se enfrente a la fuerza cruel
que lucha contra mi cuerpo y mi alma,
a la maldición de los druidas,
a la oscuridad de los paganos,
a las leyes de los herejes,
a la idolatría de los infieles,
a mujeres, herreros y brujos,
al conocimiento corrupto
que destruye el cuerpo y el alma.

Confieso que al pronunciar las últimas palabras pensé en Ainfean. Habíamos atravesado toda la sala. Me quedé en silencio, de pie frente a Leoghaire, que estaba sentado bajo un dosel, junto a su reina, flanqueado por sus druidas, poetas y bardos, aunque ninguno de ellos nos vio hasta que dejé de hablar.

Se levantó, y la expresión de su cara reflejaba un terror cerval.

–¿Cómo has conseguido llegar hasta aquí?

Respondí con voz atronadora:

Hoy Cristo es mi escudo
contra el veneno y el fuego.
Contra el agua y las heridas.
Cristo está conmigo, delante de mí, detrás de mí.

Cristo está en mí, encima de mí, debajo de mí.
Cristo está a mi derecha,
Cristo está a mi izquierda.
Cristo está en el corazón de cada hombre que piensa en mí,
en la boca de todos cuantos hablan de mí.
Cristo está en la mirada de los que me ven,
Cristo está en cada oído de los que me escuchan.

Hoy me levanto
con el poder que me otorga la Trinidad,
con la Fe puesta en Las Tres Personas en Una,
en el Esperado,
en el Creador de todas las cosas.

Dejé de hablar, y un profundo silencio reinó en la sala. El druida Matha Mac Umotri se levantó de su asiento al lado de Leoghaire y avanzó hacia nosotros.

En ese momento los soldados entraron en estampida, gritando, alzando sus armas contra nosotros.

Leoghaire levantó las manos.

–¿Cómo han podido entrar en este salón? ¡Debíais prenderlos al amanecer!

El capitán de la guardia de Leoghaire se adelantó unos pasos.

–Nadie salió de la colina. Estuvimos vigilando desde que oscureció. Nadie la abandonó, excepto un rebaño de ciervos y un cervatillo. Sin embargo, cuando por la mañana subimos hasta la cima, encontramos los restos de su campamento, sus carros y sus caballos, pero no había nadie.

Agradecí que Ainfean y Osián hubieran conseguido escapar antes de alzar mi báculo ante Leoghaire y golpear con él tres veces el suelo.

–Hemos cantado al Señor. Hemos pronunciado sus palabras en voz alta. Con sus canciones nos ha protegido. Traemos este canto a las gentes de Eire, porque nuestro Dios es el que nunca abandona.

–¡Prendedles! –ordenó Mac Umotri.

Los soldados nos rodearon, y lo último que recuerdo es que estreché al pequeño Benin entre mis brazos para protegerle.

Desperté en medio de la oscuridad. Oí jadeos y débiles murmullos. Me senté al tiempo que me frotaba un chichón que demostraba que alguien había dado exactamente en el blanco.

–¿Padraig? –dijo una voz entre las tinieblas que me rodeaban.

Era Breogan.

–Estoy aquí. ¿Dónde está Benin? ¿Dónde estamos?

–Benin no está con nosotros, no sabemos adónde se lo han llevado. Los demás estamos aquí, contigo. Nos han metido en una choza reservada para los prisioneros. Ya ha anochecido. Tú no estás atado, Padraig, pero los demás estamos atados de pies y manos.

–¿Cuánto tiempo he estado inconsciente?

–Desde la caída de la tarde. Te asestaron un golpe en la cabeza. Longan tiene un corte muy profundo en la mejilla, y yo tengo un brazo roto, pero al menos no es con el que escribo.

Reí con amargura.

–Hermano, posees un alto sentido del deber. ¿Tenemos fuego o comida?

–Parece que no saben qué hacer con nosotros. Nos han encerrado aquí y nos han dejado sin más. Tal vez esperan que desaparezcamos como hemos hecho esta mañana. Padraig, ¿fuimos nosotros los que aparecieron ante ellos como un rebaño de ciervos en la ladera de la colina?

–No lo sé. Sólo sé que el Señor nos protege y no nos abandonará.

Alguien rascó suavemente fuera de la choza y de pronto vimos la luz de las estrellas. Por encima de nosotros sopló una brisa.

–¿Quién es?

–Padraig, soy yo, Benin.

Respiré con alivio.

–Sigue el sonido de mi voz, hijo.

Al encontrarme puso su manita en la mía.

–¿Te han hecho daño?

–Padraig, los irlandeses no acostumbran lastimar a los niños –respondió con tono reprobador.

–Me alegra saberlo. Algunos de nosotros no hemos tenido tanta suerte.

–Leoghaire ha amonestado a quienes te golpearon. Va contra la ley maltratar a un hombre o mujer sagrados.

Se oyeron más ruidos fuera de la choza y alguien abrió la portezuela.

Ainfean hizo acto de presencia acompañada por un portador de antorchas, dos mujeres con comida, un anciano vestido de blanco y una vieja gruñona con el pelo gris que llevaba una bolsa de piel de ciervo.

La luz me hizo parpadear y miré alrededor.

Ainfean hizo una seña a la mujer para que se ocupara de Breogan, y ella y el anciano se inclinaron hacia Longan.

La vieja sacó unos palos flexibles y unas largas tiras de tela de su bolsa. Levantó el brazo de Breogan y meneó la cabeza.

–Tendrá que volver a romperse para poder colocar bien el hueso, hijo. Va a dolerte.

Me indicó con un gesto que me acercara.

–Anda, ven y sujétalo por detrás, contra tu pecho, y mantén inmóvil el brazo sano.

Gateé hacia donde estaba, pero la cabeza me latía con tanta fuerza que tuve que esperar a que pasaran las punzadas de dolor. Ainfean levantó la mirada.

–¿Algo va mal, Succat?

–Muy mal.

Asintió.

–Es lo que mereces.

Me acerqué a Breogan, me apoyé contra la pared de la choza y le sujeté por el torso.

–Lo siento, Padraig –murmuró.

–Tonterías –exclamé con brusquedad–. Eres mi hermano.

La mujer le cogió el brazo, lo levantó apenas y de repente

tiró con fuerza. Los huesos crujieron al colocarse en su sitio, y dos hermanos gimieron al oír el sonido, pero de la boca de Breogan no salió ni una queja. Su cuerpo se arqueó contra el mío y su cabeza se inclinó hacia un lado.

–Bien –dijo la mujer–, su alma está viajando. No sentirá dolor alguno durante un rato.

Puso el brazo entre las varas de tejo pulido y lo vendó con lienzo. Breogan recuperó el conocimiento y se quejó con voz débil. La mujer se inclinó sobre su bolsa para sacar un frasquito y se acercó a las que se encargaban de la comida. Éstas le dieron una copa llena de vino que no estaba mezclado con agua, y la mujer echó en él los polvos que contenía el frasco. Llevó la copa a los labios de Breogan, que bebió y se apoyó pesadamente sobre mí.

–No sé si es peor esto o lo de aquel condenado caballo.

Aliviados, los hermanos prorrumpieron en risas.

–Te bendigo por tu valor –dije a Breogan.

Noté que empezaba a respirar profunda y rítmicamente. La anciana me miró y asintió con la cabeza.

–Ahora dormirá. Cuando despierte le dolerá, pero mucho menos.

Me ayudó a tenderle y rocé la curtida mano de la anciana, que sonrió y se dio la vuelta para ver cómo habían hecho su trabajo Ainfean y el anciano.

–Muy bien –dijo–, pero es muy profunda y debe coserse.

Sacó una delgada aguja de hueso y la enhebró con algo parecido a un intestino que extrajo de su bolsa. Atravesó la piel de la cara de Longan, y observé cómo el hermano apretaba los párpados para contener las lágrimas. Mi corazón estaba henchido de amor por estos hermanos irlandeses y, tras arrodillarme penosamente, di gracias a Dios por la fuerza y el coraje que demostraban.

La anciana ya había terminado con sus puntadas. Untó en la herida un ungüento que llevaba en su bolsa y se quedó mirando la cara de Longan. Al cabo de un momento éste exclamó con sorpresa:

–Ya no siento la herida.

–El alivio durará sólo un tiempo, hijo –repuso la anciana mientras movía la cabeza–. Cada día debes lavarla con agua fresca y aplicarte este ungüento.

Le entregó el frasco y se levantó para irse.

–Curandera –dije–, te doy las gracias por haber cuidado a mis hermanos.

–Reza a tu Dios por mí –susurró antes de salir de la choza.

Ainfean se acercó a mí y me puso la mano en la coronilla.

–¡Ay! –me quejé al tiempo que me apartaba.

Hizo una seña al anciano, que se arrodilló delante de mí. Clavó la mirada en mis ojos y levantó mi mano. Sentí cómo ardía y me pesaba. Luego la deposité sobre mi regazo.

–¿Qué haces? –pregunté. Mi voz sonaba lenta, como si viniera de muy lejos.

El viejo meneó la cabeza y colocó la palma de su mano sobre mi coronilla. Percibí su calor, y el dolor desapareció. Sentí cómo el dolor desaparecía y se colaba en su mano. La puso en su regazo. Estaba roja e hinchada, pero la dejó quieta hasta que la inflamación remitió y recobró su color normal.

Me toqué la cabeza. Todavía tenía el golpe, pero ya no sentía el dolor.

–¿Quién eres? –pregunté al anciano.

Ainfean respondió en su lugar.

–Es mudo, Succat, pero no necesita hablar para que se le comprenda. Es Coplait, un *ollamh*, un maestro druida. Fue mi maestro y ahora enseña junto con otros a las hijas del rey Leoghaire.

Miré al fondo de los ojos grises del anciano. Reflejaban bondad y sabiduría.

–¿Por qué estás aquí? No me gustan los druidas.

La cara del anciano se iluminó con la risa; su expresión era extraordinaria. Sus ojos se entrecerraron divertidos. Miró a Ainfean y ella asintió.

–Es cierto –dijo mientras le miraba.

–Me parece que no ha dicho nada –observé.

Ainfean negó con la cabeza.

–Ha dicho que no te han informado bien sobre los druidas.

–Dile que le estoy muy agradecido por haberme curado la cabeza, que le devolveré el favor si puedo, pero que no debo arriesgarme a ofender a mi Dios.

–Díselo tú mismo –replicó Ainfean–. No te he dicho que estuviera sordo.

El anciano me miró fijamente con la risa bailando en sus ojos. Me sentí estúpido por mi equivocación.

–Lo siento. He tenido un día muy difícil.

–Lo sé –repuso.

Oí cómo pronunciaba estas palabras.

Atónito, observé sus labios.

Sus ojos volvían a reír.

–¿Cómo lo ha hecho? –pregunté a Ainfean.

Movió la cabeza.

–No puedes comprenderlo, Succat, pero Coplait desea que te pregunte si puedes enseñarle el *Faed Fiada.*

–¿Qué es eso? No sé de qué me hablas –repliqué con irritación–. Estoy cansado. Esta noche no estoy dispuesto a escuchar sus tonterías druídicas.

Se echó a reír.

–El *Grito del Ciervo*, Succat. La canción que cantabas cuando fuiste desde la colina de Slaine a Tara.

–¿Quién la llama así?

–Todos. Es la comidilla de todo el mundo. El *Faed Fiada*, el *Grito del Ciervo*, la canción con la que el Esperado protege a Padraig y sus hermanos en la colina de Tara.

Permanecimos presos catorce días. Durante ese tiempo la herida de Longan cicatrizó hasta que empezó a rascarse porque le picaba, a Breogan dejó de dolerle el brazo, y el chichón que yo tenía en la cabeza desapareció.

Nos mantenían en la pequeña choza, pero al tercer día nos permitieron encender un fuego. Cada día nos daban de comer y nos dejaban salir para hacer nuestras necesidades. Benin nos visitaba a diario, y también Coplait, que traía a su hermano druida, Mal. A estos últimos les enseñé el *Faed Fiada*.

No volvimos a ver a Ainfean y no sabíamos nada de Osián, de modo que empecé a preocuparme por el frágil estado de su viejo cuerpo.

La mañana del decimocuarto día Leoghaire envió a unas mujeres para que se llevaran nuestros hábitos y calzones. Nos dejaron desnudos y temblorosos en el frío aire de noviembre. Me enfurecí porque sabía que el rey las había enviado para que nos sintiéramos avergonzados e incómodos y estaba completamente seguro de que Ainfean le había informado de nuestro voto de castidad.

Así pues, apreté los dientes y, cuando la mujer señaló mi taparrabos, me quedé orgullosamente de pie mostrando el cuerpo que Dios me había dado, aunque debo reconocer que empezaba a heder.

Cuando ya llevábamos más de tres horas esperando Ainfean apareció por primera vez desde aquella primera noche. Al ver nuestra desnudez sonrió divertida y asintió con la cabeza.

–Ya decía yo que necesitabais lavaros –afirmó dirigiéndose a la puerta–. Seguidme. Vamos a los baños.

Los hermanos permanecieron sentados y me miraron con expresión suplicante, de manera que me levanté y me quedé de pie frente a ella. Me miró con absoluta desvergüenza y tuve que concentrarme para que mi pobre cuerpo no reaccionara ante su examen. Por su sonrisa adiviné que pretendía abochornarme pero, como tantas otras veces, la rabia que sentía me salvó.

–Si deseas avergonzarme a mí, está bien, pero no avergonzarás a mis hermanos. Haz que traigan el agua aquí si quieres que se bañen, ya que no creo que desees que se exhiban por toda Tara. Puede que nos hayas vendido y conseguido que nos encarcelen, pero conservamos nuestra dignidad pese a tus tejemanejes.

Su mirada expresó sorpresa y algo más que no comprendí.

–¿Es eso lo que crees, Padraig? ¿Que he sido yo quien os ha metido aquí?

No contesté.

Se le demudó el color y respiró agitada. Me miró a la cara echando chispas por los ojos.

–Haré que os traigan agua.

Una vez que nos hubimos lavado, nos dieron unas vestiduras blancas y nos llevaron al gran salón ante Leoghaire.

Mientras desfilábamos hacia el estrado, nadie se levantó ni dijo una palabra. Tan sólo el pequeño Benin se me acercó con una dulce sonrisa en los labios para darme un mustio ramillete de esa especie de tréboles que los irlandeses llaman *seamrog.* Lo cogí como si fuera el último producto de la tierra que mis ojos iban a ver.

Leoghaire y su reina estaban sentados bajo el dosel, junto a sus hijas, Ethni y Fedelm, flanqueadas por Mal y Coplait, que me miraba sonriendo con sus ojos grises.

Sabía que Leoghaire había ordenado que nadie manifestara apercibirse de nuestra presencia. Nos quedamos de pie frente al dosel durante largo rato. De pronto ocurrió algo muy extraño. Sentí calor en la mano con que sujetaba el pequeño ramillete y me pareció que los *seamrogs* alzaban sus pequeñas corolas.

Levanté la mirada hacia Leoghaire y hablé.

–¡Gran rey de Irlanda! –exclamé–. Sé que temes a mi Dios y los cambios que traerá, pero te digo que esos cambios serán beneficiosos y apacibles, como estos tallos verdes que tengo en la mano. Observa de qué forma dispuso Dios todas las cosas de Irlanda para su venida. Tus campos rebosan de estos verdes *seamrogs.* ¡Mira cómo repiten el nombre de mi Dios! El Padre, el Hijo y el Espíritu Santo crecen de un mismo tallo, tres en una verde y maravillosa flor. ¿Acaso no ha sido mi Dios el que os ha preparado para recibirle con los dioses en tres partes que habéis adorado? ¿Acaso no es el tres el número sagrado de Eire?

»¡Mira mi mano, Leoghaire! ¡Mírala!

Contra su voluntad, contempló las frescas y enhiestas corolas de los *seamrogs.*

–¡Observa cómo el verdadero Dios, la Trinidad, Padre, Hijo y Espíritu Santo, ha alfombrado toda Eire con su nombre!

Leoghaire se quedó con la mirada fija mientras su cara adquiría un tono rojizo.

Detrás del rey de todos los reyes de Irlanda se alzó un hombre vestido con los seis colores de los poetas. Un murmullo se elevó de la multitud. Leoghaire se volvió y le miró encolerizado.

El hombre bajó del estrado y avanzó hacia mí.

–Soy Dubtach, *ollamh* –dijo con voz queda–, maestro poeta del Ard-Ri de Eire.

Asentí con la cabeza.

El maestro poeta del rey de todos los reyes de Irlanda gozaba de gran poder y ocupaba el segundo lugar en el reino. Todo el mundo sabía, yo también, que su palabra podía matar o salvar a un hombre, detener o iniciar una guerra. Así pues, aguardé en silencio. La espera no fue muy larga. Dubtach se dirigió a los presentes.

–¡Quiero ser bautizado en nombre del Esperado! –declaró.

Leoghaire dejó escapar un gruñido.

–¿Por qué quieres que te bautice? –susurré.

Dubtach sonrió.

–Creo en la Palabra –respondió.

Después de oír sus palabras los druidas Mal y Coplait, seguidos por las hijas de Leoghaire, Ethni y Fedelm, se levantaron. Cuando el rey intentó detenerles, Ethni le puso una mano en el brazo.

–Siempre nos has dicho que debíamos respetar la sabiduría de nuestros maestros, padre, y ellos van a recibir el bautismo. Somos mujeres de Eire y tomamos nuestras propias decisiones: elegimos al Cristo de Padraig.

Únicamente Mac Umotri permaneció sentado a la derecha de Leoghaire. Y Ainfean a su izquierda. Leoghaire no pudo contenerse más.

–¡Alto! –Se puso en pie y levantó la mano–. Magonus Succatus Patricius, ya que no puedo evitarlo, te doy mi autorización para que prediques la doctrina del nuevo Dios en Eire y reconozco, igual que mi poeta, que predicas muy bien, pero te prohíbo que regreses a la colina de Tara, porque yo no quiero ser bautizado. Soy un hombre de costumbres antiguas. Me han sido de mucha utilidad y no deseo que se me recuerde que desaparecerán como el viento cuando hayas terminado tu labor.

–Rey –exclamé con tono triunfal–, no tengo por qué volver a Tara. Mi Dios ya está en todos vosotros, y Su poderosa palabra acabará lo que Su servidor empezó un día.

A continuación Leoghaire nos devolvió los hábitos de paño y los carros y caballos, mi báculo y la campanilla de Benin.

Mientras nos alejábamos, Benin la tañía alegremente. En la planicie de Tara, la gente se apiñaba alrededor de nosotros para recibir el bautismo, en tan gran número que no pudimos cruzar el río hasta la caída de la noche. Muchos sostenían ramilletes de *seamrogs* en las manos.

16

Encontramos a Osián en el cruce de las calzadas que se dirigían al oeste y al norte. A pesar de que en ese punto había una excelente posada y un mesonero conocido por su generosidad con la comida y la bebida, el anciano se había construido un *bothy* en el bosque y estaba asando un ciervo.

Mientras nos acercábamos a él, cantábamos alborozados y repetíamos fragmentos del *Faed Fiada*, nos dábamos palmadas en la espalda y recordábamos las palabras de Leoghaire y Dubtach.

Se nos quedó mirando en silencio por un instante.

–De modo que lo has conseguido.

–Sí. ¡Dios estaba con nosotros!

Asintió.

–Me alegro por ti.

Le miré fijamente.

–No lo parece, viejo amigo. Lo dices como si asistieras a tu propio entierro.

Osián sonreía con tristeza.

–Las profecías ya han hablado de tus victorias, sacerdote. Llegarán cuando deban llegar. Es inevitable. En cuanto a mí, cada una de ellas me aleja un poco más del mundo que conocía. Mi Eire se fue para siempre. ¡Ojalá hubiera desaparecido con él!

–No hables así. –Me senté a su lado al amor del fuego–. Eres mi maestro. Tú me has enseñado las costumbres de Eire, el arte de contar. Parte de mi victoria aquí, en Tara, te la debo a ti por haberme hecho ver las cosas como las ve tu pueblo.

–Así pues, he cavado mi propia tumba.

–¿Por qué me ayudaste si sabías lo que iba a ocurrir?

–No lo sabía. Estaba en un lejano país con Niamh, la del pelo dorado, mi mujer. No puedes imaginar lo hermosa que era… o que es, aunque me temo que ya no volveré a verla.

»Empecé a soñar con Eire. Cada noche soñaba con mi padre y Óscar, mi hijo. Añoraba cazar con ellos en los bosques y sentarnos al anochecer para contar historias alrededor del fuego. Al final, soñaba con ellos hasta de día. Se lo expliqué a mi mujer y me aconsejó que regresara a Eire. Me advirtió que nada sería igual, Padraig, que no estarían aquí. Sin embargo la nostalgia no me dejaba vivir.

»Así pues, me dio el caballo más fuerte de Tir Nan Og y me besó con lágrimas en los ojos. Luego me dijo por tres veces: "Amor mío, no desmontes cuando estés en Eire. Si lo haces, nunca volveremos a encontrarnos".

»Tres veces, Padraig. No obstante, cuando os vi a ti y a los hermanos, quedé sobrecogido por lo extraño de la situación. Por eso y por la voz.

–¿A qué voz te refieres?

–A la que hablaba en mi cabeza. Decía: «Cuéntale tus historias, Osián», y sentí cómo me deslizaba de la silla de mi cabalgadura –respondió mientras sacudía la cabeza.

Le embargaba la tristeza.

–Háblanos de tu mujer –le insté, creyendo que sus historias podrían animarle–. Háblanos de Tir Nan Og. ¿Es una isla? ¿Está lejos?

Osián negó con la cabeza.

–Ya no tengo más historias que contar. Se han terminado. Tan sólo deseo retirarme a los bosques de Eire y morir. Tal vez pueda morir recordando los días en que cazaba con mi padre en los bosques del Dun de las Murallas Blancas.

–Te acompañaré –dije para mi sorpresa.

Osián levantó la mirada. La expresión de su cara reflejaba interés.

–¿A Almhuin? ¿Al Dun de las Murallas Blancas?

–¿Por qué no? Todavía no podemos regresar a Sabhal Padraig. Debemos volar mientras tengamos alas, y Dios ha preparado a Irlanda para recibirle. Éste es el momento de predicar su nombre. –Una vez que hube expuesto lo que pensaba, comprendí su sentido.

–Breogan, ¿quién es el rey más poderoso de Irlanda después de Leoghaire? –pregunté.

Breogan negó con la cabeza, y Longan contestó en su lugar:

–Angus de Cashel. Su poder se extiende por todo Munster, los jefes le rinden pleitesía.

–Entonces debemos ir a Munster. A nuestro regreso acompañaremos a Osián a la fortaleza de su padre.

Osián se dio una palmada en las rodillas. Cuando habló, su voz había recuperado algo de su antiguo entusiasmo.

–Es una buena estrategia, Padraig. Es un plan del que un *fenian* se sentiría orgulloso. Exactamente de esta forma mi padre sometió a todos los caudillos de Eire cuando asumió su liderazgo.

–Así me lo contaste y así lo haremos.

Osián me cogió del brazo.

–Padraig, cuando lleguemos a Almhuin, me quedaré. No volveré contigo a Sabhal Padraig.

Le miré en silencio.

–Si es lo que deseas, Osián, así será. Te debo mucho.

–¡Celebremos un banquete! –exclamó–. Y daremos a Padraig la parte del héroe, la pata del ciervo.

Senté a Benin a mi lado. Apenas habíamos empezado a comer cuando la mujer apareció montada en su caballo.

Me levanté.

Cabalgó entre nosotros y amagó con desmontar, pero sujeté las riendas de su caballo.

–Nos tienes ante tus ojos vestidos, como seres humanos, sin sentir vergüenza, libres, a pesar de tus esfuerzos.

No dijo nada.

–¿Por qué has regresado, Ainfean?

–Te equivocas…

–No; no me equivoco –interrumpí–. No querías que fuéramos a Tara, pero fuimos. Me preguntaba por qué insististe tanto en acompañarnos si, tan pronto como llegamos, nos abandonaste. No obstante, al final tus razones quedaron perfectamente claras. Intentaste asustarnos para impedir que encendiéramos el fuego de Dios y deseabas que nos capturaran en la colina de Slaine. Creíste que si nos encarcelaban flaquearíamos. No lo conseguiste. Creíste que si nos avergonzabas con nuestra desnudez apareceríamos como locos ante los ojos de la gente. Creíste que nos presentaríamos ante Leoghaire como hombres humillados y medrosos. Confiabas en que nadie nos seguiría. Pretendías que todos consideraran a nuestro Dios tan débil e impotente como nosotros.

»Todos tus planes han fracasado.

»Te observé mientras estabas sentada al lado de Matha Mac Umotri. Sentía tu ira. ¡Cómo debió de sorprenderte que tus propios correligionarios se unieran a nosotros!

Su rostro palideció. Cuando dejé de hablar, tenía los labios apretados. A la luz del fuego, sus ojos parecían húmedos y brillantes.

–Al menos podrías llorar –espeté, incapaz de contener la ira una vez que le había dado rienda suelta–, porque los decepcionaste y lastimaste. Debería pesarte el corazón por todo lo que nos hiciste.

Recorrió con la mirada a los hermanos, que la observaban en silencio.

Tan sólo Benin tiró de mi mano llorando.

–¡No, Padraig!

A pesar de que sabía que esa mujer le había cuidado, estaba decidido a decir la verdad.

Ainfean permanecía callada. Miró a Benin y meneó la cabeza. Luego hizo girar a su caballo y se alejó hasta perderse en la oscuridad.

Benin seguía llorando. Me arrodillé y le cogí entre mis brazos.

–Todo está bien –susurré–. Vamos a cuidar de ti. Serás uno más de los hermanos de Sabhal Padraig.

Mientras su cuerpecito todavía se estremecía por los sollozos, nos contó su historia.

–No lo entiendes, Padraig. Yo estaba con ella cuando te encerraron en la choza. ¡Yo lo vi! Cuando lastimaron a los hermanos, suplicó que enviaran curanderos. Ainfean dijo que si en Eire el cuerpo de un druida era sagrado, los de los druidas de Cristo también debían serlo.

»Matha Mac Umotri quería que los soldados de Leoghaire os quitaran los vestidos y os mostraran, desnudos y encadenados como esclavos, ante todo el mundo. Afirmó que de esta forma comprobarían que no erais más que unas débiles y pálidas criaturas y se alejarían de vosotros. Ainfean rogó que no lo hicieran. Habló del nuevo dios, de lo que habían profetizado los druidas antes de tu llegada. Pidió que se os permitiera bañaros y que os dieran ropas limpias. Leoghaire sólo empezó a ceder cuando Coplait y Mal la apoyaron. Ainfean dijo que se había ablandado porque temía la cólera de su mujer y sus hijas.

Los hermanos se echaron a reír con nerviosismo. Yo sabía qué sentían porque experimentaba la misma sensación.

Vergüenza. Ardiente como un hierro al rojo vivo.

Hablé con rapidez antes de que mi corazón lo hiciera en mi lugar, como ocurría muy a menudo.

–Ves con la mirada de un niño –dije a Benin–. Hay cosas que no puedes comprender.

–Comprendo la verdad, abad –repuso con sencillez.

Esa noche tuve una pesadilla. Miliuc, el amo que tenía cuando era esclavo, me vigilaba. Yo volvía a ser un chiquillo vestido con harapos que temblaba de miedo y vivía con los perros.

–Siempre serás un esclavo –afirmó Miliuc sonriendo.

–Ya no soy esclavo –repliqué–. El chico que tienes ante ti no es el hombre que soy.

–El chico que tengo ante mis ojos arde con el fuego del odio hacia todo lo irlandés –repuso–. Ese chico siempre será mi esclavo.

Por la mañana, al despertar, decidí que iría al este, a Connaught, al lugar donde fui esclavo.

17

Sé lo que piensas hacer.

Osián cabalgaba a mi lado. Como todos nosotros, había permanecido en silencio casi toda la mañana.

Tan sólo Benin cantaba con su dulce voz fragmentos de melancólicas canciones irlandesas. Me hubiera gustado tener el corazón de un niño que no necesita mantener su pena en silencio. Una delgada capa de escarcha crujía bajo nuestros pies. Sabía que debíamos viajar con rapidez porque se acercaba el invierno, lluvioso y frío. En cuanto llegara deberíamos regresar a Sabhal Padraig o invernar en cualquier otra parte.

No obstante, mi sueño me arrastraba hacia Miliuc.

–No creo que sea prudente.

Osián me arrancó de mi ensimismamiento.

–¿De qué estás hablando?

–Te propones buscar a tu antiguo amo y bautizarle. Esperas que aquella mujer de tu juventud esté todavía con él y poder bautizarla también. Crees que así mitigarás el dolor de tu corazón, cerrarás una antigua herida, pero te equivocas.

–Estoy siguiendo un sueño. Seguro que un *fenian* puede comprenderlo.

–No estás siguiendo nada. Tratas de escapar de tu propia vergüenza por haber juzgado tan mal a Ainfean. Intentó defenderte con su voz y su vida, y la trataste de la forma más bochornosa posible.

–¿Y tú qué sabes? Estabas en el bosque, en tu *bothy*, al lado del fuego. No sabes qué dijo ni cómo actuó.

–Sé que el niño dice la verdad. Además, percibo tu miedo.

–¿De qué miedo hablas?

–Es una mujer, fuerte y hermosa. Temes contarla entre tus hermanos.

–Es una druida.

–Te apresuraste a dar la bienvenida a Coplait y Mal. Anoche me comentaste que Coplait era un hombre bueno y sabio. Da igual que sea una druida. Entre los *fenians* de mi padre había muchas mujeres. La esposa de Caoilte era guerrera, como otras. Nosotros, los *fenians*, nos tratábamos con respeto y cariño. ¿Acaso crees que tus nuevos adeptos serán todos hombres?

–En Sabhal Padraig tenemos mujeres. Las buenas hermanas…

–¡Las buenas hermanas! ¿Las has mirado, Padraig? Son mujeres de gran belleza, hijas de jefes. Las tratas como a criadas, les haces coser y cocinar. Te asusta el poder de las mujeres.

–En absoluto. Ignoro qué poder poseen.

–Lo conoces muy bien y temes aceptarlo. El poder de su belleza; su facilidad para comprender lo que nosotros sólo comprendemos después de muchos errores; el poder de concebir y parir; el poder de seducir. Temes verlas de verdad y recordar que eres un hombre.

–Siempre recuerdo que soy un hombre.

–No es cierto. Tu Cristo lo recordaba; tú no.

Le miré con cara de sorpresa.

–¿Acaso pretendes enseñarme lo que decía Cristo, pagano?

–¿Crees que no he escuchado las historias que nos has contado? María, su madre, las hermanas Marta y María, Magdalena.

Me he enterado muy bien. Buscaba su compañía, las escuchaba, discutía y comía con ellas, las mantenía dentro de su círculo de amigos. Cuando le aconsejaban bien, les hacía caso. Ainfean ha sido muy osada contigo, pero honrada. La rechazaste porque temías enamorarte de ella. La heriste por tu propia inseguridad y tu miedo. No es así como se comporta un *fenian*.

–¡No sigas comparándome con un *fenian*! No tengo nada que ver con ellos. Soy un simple sacerdote, ignorante y asustado. ¡Ya está! ¡Ya lo he dicho! ¿Ya estás contento, viejo *fenian*?

Me alejé de él y me quedé al lado de Breogan y Benin durante el resto del día. Sabía que mi actitud era infantil, pero no pude evitarlo.

–¿Os cuento una historia?

El fuego se estaba apagando, y Breogan y yo habíamos retirado las sobras de la cena. Aunque la noche era fría, los *bothies* que rodeaban la hoguera se mantenían bastante calientes, y los hermanos, en cuclillas y arropados con sus mantas, estaban dispuestos a escuchar la historia de Osián.

Incluso yo me alegré al oír su propuesta, ya que, después de ver lo apenado que había estado la noche anterior, temía que nunca nos contara otra. Así pues, en lugar de decirle que se callara, como debería haber hecho, le indiqué con una seña que empezara su relato.

Debería haber sospechado que nunca contaba una historia sin un propósito bien definido.

Fionn siempre acogía a los descarriados. Hombres, mujeres, niños, perros, caballos… A todos les acogía y amaba. Creía que cualquiera podía cambiar si se le daba la oportunidad.

En aquel tiempo había un rey de Lochlan llamado Colga. Era, como todos los reyes nórdicos, un trotamundos y un guerrero, y ansiaba extender sus tierras más allá de las fronteras de Lochlan.

Así pues, navegó hasta Ulster, en la costa de Eire, levantó una fortaleza con cientos de soldados, y se dispuso a la batalla para conquistar el reino.

Muy pronto las mujeres fenians *que protegían el litoral y las torres de Eire se enteraron de la incursión de los nórdicos. Enviaron mensajeros a Cormac Mac Art, que los mandó a Fionn en Almhuin. Éste ordenó que sus hombres ensillaran sus caballos y cabalgaron sin descanso hasta Tara.*

Cuando Fionn y el rey Cormac se enfrentaron a los hombres de Lochlan, se les habían unido miles de fenians, *y la batalla concluyó en una derrota aplastante. Colga murió, y los hombres de Lochlan que sobrevivieron escaparon, heridos, hasta sus barcos para emprender la huida. Sólo dejaron tras de sí a sus muertos cubiertos de sangre.*

O eso creyeron los fenians.

Porque, entre los cuerpos sin vida de los nórdicos, se escondía, oculto bajo el cadáver de un hombre muy corpulento, un niño de unos doce años.

Fionn, que había pasado muchos meses con los habitantes de Lochlan, sacó al chiquillo y le habló en su propia lengua. Cuando se dio la vuelta para mirar a Cormac, tenía la cara lívida.

–Este niño es Midac, hijo de Colga. Ha visto cómo mataban a su padre, y ese hombre, que era su tío, cayó para protegerle con su propio cuerpo.

–Alejémosle de esta carnicería y comprobemos de qué madera está hecho –dijo Cormac.

Así pues, se lo llevaron del campo de batalla, lo bañaron, lo vistieron con rompa limpia y le alimentaron con lo mejor que tenían. El niño era educado y cortés, pero hablaba de forma fría y distante.

Conan Maor, el de la lengua afilada, se le quedó mirando un rato y luego sugirió:

–Matadle. Sólo causará problemas, ya que intentará vengar la muerte de su padre.

–En Eire no se hace daño a los niños –repuso Cormac Mac Art, que señaló a los perros que brincaban alrededor y añadió–: Incluso se puede amansar a los animales más salvajes del bosque, si se les trata con cariño.

Fionn hizo un gesto de asentimiento.

–Nuestro rey ha hablado con sabiduría, ya que ha sido Óscar, mi nieto, el que ha quitado al vida a su padre, se quedará con nosotros y le criaremos como si perteneciera a nuestra familia.

Así pues, Midac fue a Almhuin con Fionn y los fenians. Fue entrenado en el arte de la guerra por las mejores mujeres guerreras y le instruyeron los druidas más sabios. Creció en fuerza y en belleza, sin dejar de mostrarse educado y cortés, y al cumplir los dieciocho años ya era conocido por el sobrenombre de «El Frío», pues nunca sonreía ni manifestaba apego alguno hacia Fionn o sus hermanos fenians.

Un día los guerreros de Fionn presentaron este asunto en la asamblea.

–Te advertí –recordó Conan Maor– hace seis años. Te dije que debíamos matarle, pero no quisiste hacerme caso. Ahora tienes un problema que solucionar.

–Lo que dices no sirve de nada, Maor –le interrumpió Fionn–. Es un joven de gran gentileza y fuerza, y debemos aceptarle tal como es.

Caoilte Mac Ronan tomó la palabra.

–Ya es un adulto. Dale tierras y hombres para alejarlo de Almhuin, de modo que no pueda perjudicar a los fenians.

–Es un consejo sabio, hermano. Llámale para que se presente ante nosotros.

Midac compareció ante la asamblea, y Fionn se puso en pie para brindar por el muchacho.

–Midac, hijo de Colga, ya has llegado a la edad viril. Te daré las tierras que elijas y te irás con hombres y caballos, artesanos y cerveceros y cualquier mujer que quiera acompañarte.

El joven asintió y habló con gravedad.

–El caudillo de los fenians –repuso aludiendo a Fionn, al que nunca llamaba por su nombre– es muy generoso. Elijo la isla de Kenri, en el río Shannon, y las tres isletas que se encuentran al norte.

Los fenians quedaron asombrados por la rapidez de su decisión, ya que no se le había dicho que Fionn pensaba otorgarle tierras. En todo caso Fionn había dado su palabra.

–Así sea –dijo, y volvió a brindar por el chico.

Luego llamó al encargado de su casa para que acopiara todo lo que Midac iba a necesitar.

Cuando el joven abandonó la sala del consejo, los presentes empezaron a hablar todos a la vez.

–Esto no me gusta.

–Ya advertí que no debíamos fiarnos de él.

–Ha contestado demasiado rápido. Ya lo tenía planeado.

–Esas tierras son una fortaleza perfecta.

Fionn levantó los brazos para acallarlos.

–Conozco muy bien el valor estratégico de esas islas. Tienen acceso al mar y, si el muchacho quisiera, podrían esconder los barcos de Lochlan. Sin embargo he empeñado mi palabra y no quiero que el chico crea que desconfío de él. No nos gusta por su frialdad, pero procede de un país frío. No son tan efusivos como nosotros.

El tiempo pareció dar la razón a Fionn, ya que Midac construyó una fortaleza y vivió tranquilamente en ella durante muchos años.

Aunque ninguna mujer quiso irse con él.

Un verano Fionn y los fenians *decidieron cazar a orillas del río Shannon. Fionn informó a Midac, quien le envió un mensaje para comunicarle que dispondría un banquete en honor de los* fenians.

Fionn y su fian *fueron los primeros en llegar, y Midac salió a su encuentro para darles la bienvenida.*

Midac se había hecho todavía más gallardo con el paso del tiempo. Era alto, con el cabello de un rubio dorado, y llevaba puestos la capa y el casco al estilo de los hombres del norte.

Se mostró tan cortés, y frío, como siempre.

–Te doy la bienvenida a mis posesiones, caudillo de los fenians. *He preparado un gran banquete en mi residencia, a la que llamo el Albergue de los Árboles de la Vida por la belleza de sus árboles, con bayas de un rojo flamante. Me sentiré muy honrado si me acompañáis.*

Goll Mac Morna, Conan Maor y Fionn le siguieron colina abajo después de que éste enviara a Caoilte Mac Ronan a buscar a Osián y Dhiarmuid Ui Dubhne, que venían detrás con Ficna e Insa, dos de sus hijos adoptivos, y un valiente guerrero fenian *llamado Fotla, padre natural de Insa.*

El Albergue de los Árboles de la Vida era en verdad muy hermoso. Rodeado de árboles de un rojo tan intenso como la sangre, estaba situado en medio del río, en una isla a la que sólo podía accederse cruzando un puente y un pequeño vado. Midac, orgulloso, mostró su residencia a los fenians *y luego les acompañó hasta los asientos que había dispuesto en la sala de banquetes. Después ordenó a sus criados:*

–Traed aguamiel y frutas para el caudillo de los fenians *y sus hombres. Así podrán refrescarse mientras esperan a sus compañeros.*

Inmediatamente los sirvientes portaron grandes barriles con la dulce bebida y fuentes repletas de fruta. Fionn, Goll y Conan Maor bebieron hasta saciarse y hundieron sus dientes en unas sabrosas ciruelas.

–Los habitantes de Eire acostumbramos fanfarronear mientras comemos y bebemos –comentó Fionn–, pero Midac es más cortés que nosotros.

–Puede ser –repuso Goll Mac Morna mientras Conan Maor meneaba la cabeza con gesto preocupado.

Momentos después empezaron a adormilarse, y Conan Maor exclamó:

–De modo que era una trampa.

–Te lo advierto, Maor –dijo Fionn–; ahora no puedo levantar el brazo para darte un puñetazo pero, si vuelves a repetirlo, lo recordaré y te golpearé en cuanto pueda hacerlo.

Sintió que su cuerpo se relajaba y dejó caer la cabeza entre sus brazos.

Midac entró en el aposento.

–Conque el gran caudillo de los fenians *empieza a perder su fuerza. –Sonrió–. ¡Por fin! ¿Creíste que olvidaría,* fenian*? ¿Creíste que olvidaría el cuerpo de mi padre desplomado en el suelo? ¿El peso de mi tío sobre mí? ¿El olor acre de la sangre que empapaba mi ropa? Los hombres del norte nunca olvidan. La sangre exige sangre. Mientras estás aquí sentado y todos tus miembros se debilitan, numerosos barcos se ocultan en los afluentes del Shannon. He reunido un ejército en la isla de Kenri. He tardado años en planear mi venganza, pero ha llegado el momento de llevarla a cabo.*

»Empezaré por matar a tu hijo, a Mac Ronan y a Ui Dubhne.

»Piensa en ello mientras estás sentado aquí, sintiéndote más débil

que un niño, caudillo de los fenians. *Piensa en cómo mataré a tus* fenians *mientras notas cómo tus piernas flaquean. Piensa en cómo arrasaré Eire mientras te revuelcas en tu orina y en tu propio vómito sin que puedas alzar tu voz para ayudarles.*

Tan pronto como Midac salió del salón entraron unos criados para apagar las velas y retirar los leños del fuego. La oscuridad cayó sobre los hombres.

Antes de perder el sentido Fionn musitó:

–Ni una sola vez en su vida me ha llamado Fionn.

Entretanto, Ficna e Insa, los hijos adoptivos de Fionn, tras oír el mensaje de Caoilte Mac Ronan, siguieron cabalgando, hambrientos y ansiosos por unirse a Fionn en el banquete. Al llegar a la colina que dominaba el río, vislumbraron el Albergue de los Árboles de la Vida.

–No puede ser ahí –murmuró Ficna, con sus cinco sentidos alerta–. Está envuelto en tinieblas.

Se sentaron y por un momento observaron, inmóviles, el pequeño vado que conducía a la isla. Entre las sombras distinguieron a tres hombres que se acercaban. Ficna e Insa ataron sus caballos y bajaron con sigilo por la colina. Cuando estuvieron cerca de los hombres, se detuvieron para escuchar su conversación.

–Midac te matará por esto. Quiere la cabeza de Fionn, pero después de haberle llevado la de su hijo.

–Midac no me preocupa, no es más que un desagradecido hijo de Eire. Nosotros sí somos hijos de Lochlan. ¡Piensa en la recompensa que nos dará nuestro rey cuando regresemos con la cabeza de Fionn Mac Cumhail!

Ficna hizo una seña a su hermano.

–Cabalga hasta Caoilte y nuestra gente. Adviérteles de lo que ocurre. Fionn corre peligro. Trataré de mantener a estos tres alejados de la fortaleza.

–Hermano –dijo Insa–, lucha con todas tus fuerzas y, si no volvemos a vernos, nos encontraremos en Tir Nan Og.

A continuación subió por la ladera en busca de los caballos.

Ficna bajó a toda prisa por la colina y cruzó el vado antes que los guerreros de Lochlan. Luego se escondió detrás de un árbol cuando se disponían a atravesar el pequeño puente.

–¿Quién va? –preguntó uno de los hombres de Lochlan.

–Soy Ficna, hijo adoptivo de Fionn Mac Cumhail. Sé qué planeáis, pero defenderé a mi padre adoptivo con mi propia vida.

–¡Defiéndele, pues, muchacho –exclamó entre risas el hombre de Lochlan–, porque será lo último que hagas!

Ficna se abalanzó sobre él blandiendo su espada. Atacó con todas sus fuerzas y se la clavó en el corazón, pero antes de que pudiera sacarla del cuerpo del hombre los otros dos se precipitaron sobre él. Le arrebataron el arma y atravesaron el corazón del valeroso muchacho.

Luego el jefe del grupo cortó la cabeza del joven fenian y se la colgó del cinturón. Junto con su camarada cruzó el puente que conducía al Albergue de los Árboles de la Vida, pero descubrieron que las puertas estaban atrancadas por dentro.

–Midac quiere asegurarse el botín.

–No importa –repuso su compañero–. Ya tenemos la cabeza de este fenian, y seguro que Midac nos dará una recompensa por este trofeo.

Volvieron a cruzar el vado para dirigirse hacia la isla de Kenri cuando, de pronto, se toparon con Insa, que después de haber puesto sobre aviso a Caoilte y sus compañeros regresaba a galope tendido para ayudar a su hermano.

En la oscuridad, los hombres de Lochlan le confundieron con uno de los suyos.

–Tenemos un bonito trofeo –exclamaron mientras le lanzaban la cabeza de su hermano.

–¡No! –vociferó Insa–. ¡Hermano, hubiera debido estar aquí para luchar a tu lado!

Insa aulló como un animal salvaje mientras se abalanzaba sobre el hombre que había matado a su hermano y le atravesaba con su espada. El otro huyó hacia el bosque y corrió en dirección a la isla de Kenri.

Pronto aparecieron Caoilte, Osián, Fotla y Dhiarmuid Ui Dubhne, que vieron cómo Insa mecía entre sus brazos la cabeza de su hermano y escucharon su relato. Ui Dubhne tomó el mando.

–Osián –dijo entre sollozos–, cabalga hacia los fenians. Trae a todos los fians que puedas encontrar, ya que va a tener lugar una terrible batalla. Los demás nos quedaremos aquí para que nadie cruce el vado y mantener a salvo a Fionn y los suyos.

Osián se alejó en su caballo y desapareció en la oscuridad mientras Ui Dubhne, Mac Ronan, Fotla y el abatido Insa regresaban a la isla de los Árboles de la Vida. Intentaron entrar por la única puerta que tenía la morada, silenciosa como una tumba, y descubrieron que estaba atrancada. Se apostaron a ambos lados del pequeño vado y aguardaron.

La noche transcurrió tranquila. Al alba, oyeron un murmullo que procedía de los helechos que crecían al otro lado del río y, de pronto, a la luz del amanecer, vieron a Midac, acompañado de algunos hombres de Lochlan, incluido el que había escapado de Insa la noche anterior.

–No veo nada –comentó–, tan sólo el cadáver del chico. Crucemos el vado para comprobar que mis prisioneros siguen dentro.

Señaló a dos de sus hombres, que se dispusieron a cruzar el pequeño puente. Apenas habían llegado al otro lado cuando Insa saltó sobre ellos y mató a uno atravesándole el corazón. Fotla acudió en su ayuda, y ambos quitaron la vida al segundo.

Al verlo, Midac gritó con todas sus fuerzas y ordenó a los suyos que atravesaran el puente pero, como el río era muy profundo y el vado muy estrecho, tuvieron que hacerlo en fila. Cada hombre que cruzaba debía pelear con Mac Ronan o Ui Dubhne, con Fotla o Insa, y la lucha se prolongó más de dos horas.

Al final uno de los hombres de Lochlan alcanzó con una terrible estocada al agotado Insa, que cayó sobre sus rodillas mientras la sangre brotaba a borbotones de su herida. Con un terrible aullido de desesperación, Fotla abatió al agresor, pero el siguiente en cruzar el puente blandió su espada y le cortó la cabeza.

Caoilte Mac Ronan y Dhiarmuid Ui Dubhne se quedaron solos para defender el vado.

Midac prorrumpió en carcajadas. Condujo a su caballo hacia el puente y les dijo a voz en grito:

–¡Ha llegado vuestro último día, fenians! Vais a morir como mi padre y sus guerreros. ¡Llevaré vuestras cabezas a Fionn Mac Cumhail antes de cortar la suya! ¡Nosotros, los de Lochlan, acabaremos con los fenians de Eire!

Los hombres de Lochlan lanzaron vítores y empezaron a avanzar por el viaducto. Algunos se arrojaron a las frías aguas del río y nadaron hacia la pequeña isla.

–Te veré en Tir Nan Og –dijo Caoilte a Ui Dubhne mientras ambos se disponían a defenderse hasta la muerte.

Justo en ese momento Osián apareció a todo galope sobre la cresta de la colina, seguido de los fians. *Tras lanzar el grito* fenian, *descendieron por la ladera para incorporarse a la batalla contra los hombres de Lochlan.*

Ui Dubhne aprovechó ese momento de confusión para arrojar su lanza. Alcanzó a Midac en el corazón y, mientras la sangre salía a borbotones por la herida, éste le miró con sorpresa e incredulidad.

Al cabo de un momento, todo había acabado.

Ya había terminado la batalla cuando los fenians *oyeron unos débiles gemidos procedentes del Albergue de los Árboles de la Vida. Rodearon el edificio y llamaron a voces a los que estaban dentro.*

Fionn les respondió con dificultad:

–Es una emboscada, fenians*...*

Los guerreros que estaban fuera de la morada prorrumpieron en carcajadas.

–¡La noticia llega demasiado tarde! –repuso Osián a su padre–. ¡Abre la puerta, está atrancada por dentro!

Fionn, que seguía sintiéndose más débil que un chiquillo, avanzó a gatas hasta la puerta, se levantó apoyándose contra la pared y esperó unos minutos para recuperar las fuerzas antes de retirar la tranca. Luego cayó desplomado al suelo. Los fenians *se apresuraron a entrar y lo arrastraron, junto con Goll Mac Morna, hasta la luz del sol.*

Cuando Fionn se enteró de que la batalla había costado la vida de Insa, Fotla y Ficna, estalló en sollozos. No admitía consuelo alguno y se reprochaba no haber adivinado la verdadera naturaleza de Midac de Lochlan. Entonó el Dord Fionn, *el himno de los* fianna, *y los* fenians *cantaron con él durante todo ese día y toda esa noche, hasta que el bosque se hizo eco de su pena.*

Nadie dijo nada. El fuego crepitaba y lanzaba al aire una lluvia de chispas. Benin se sentó al lado de Osián y le miró en silencio.

–¿Estabas asustado? –preguntó.

–Tuve miedo. Cuando todo pasó, mi corazón se sentía acongojado por la pérdida de mis hermanos *fenians.* ¿Quieres oír el fragmento del *Dord Fionn* que Fionn cantó, la parte que habla del hermano caído?

Benin asintió.

Osián no tenía tambores, pero golpeaba con un bastón un tronco hueco al tiempo que cantaba una endecha que recordaré todos los días de mi vida:

Ta se dul as,
ta se dul as,
se está desvaneciendo,
se está desvaneciendo.
Se ha ido nuestro hermano,
se ha ido de su fian.
Chuaigh se an cnoc,
chuaigh se an cnoc,
se fue por la colina,
se fue por la colina,
no a los verdes prados,
no al mar,
no a las montañas,
no a los arroyos.
Leis fanacht,
leis fanacht,
decidle que espere,
decidle que espere.
Ta an la imeacht,
ta an la imeacht,
que ya termina el día,
que ya termina el día.

–Tu historia no ha sido nada sutil –le comenté cuando todos se quedaron dormidos.

–Ni pretendía que lo fuera. No obtendrás nada bueno del reencuentro con tu antiguo amo.

–Espero que ocurran grandes cosas, Osián.

–Como mi padre –se limitó a decir.

Esa noche no pude dormir porque el *Dord Fionn* no dejaba de repetirse en mis sueños.

18

Qué extraño contemplar el lugar de mi esclavitud con la mirada de un hombre libre. No recordaba, tal vez no me había dado cuenta, que mi esclavitud había hecho de cada montaña y arroyo un obstáculo, de cada bosque, un muro, entre aquel muchacho y su hogar.

Contemplaba la región como si la viera por primera vez. Era hermosa, verde, poderosa, con espesos bosques e inquietantes montañas envueltas en la niebla.

Cuando llegamos al bosque de Foclut y a la pequeña aldea enclavada en él, bajé del carro.

Unos pocos curiosos salieron de sus cabañas y se quedaron mirándonos. Una vieja se acercó para observarme con atención, arrugó su cara en una sonrisa desdentada y asintió con la cabeza.

–Eres el chico esclavo. Siempre supe que algún día volverías.

–Madre Mac Ferdiad –repuse–, ha sido la gente de Foclut la que me ha hecho regresar. Durante mis años de esclavitud sólo vosotros os portasteis bien conmigo.

–Hay algo más, muchacho. Incluso entonces, este lugar te tenía embobado.

–Cuenta la historia, Padraig –pidió Longan, todavía a lomos de su caballo–. Explícanos cómo la gente de Foclut te hizo regresar.

Vi su cara de niño y su impaciencia, y sonreí con tristeza.

–Hay algo más que eso, hermano. Era volver aquí... creí que no lo soportaría.

–Cuéntanos por qué –propuso Osián–. Tal vez al contarlo vomites la amargura de tu corazón.

Hablaba con voz queda y cargada de oscuros presentimientos.

Le observé durante largo rato antes de decir:

–Lo contaré, anciano. Contaré por qué he venido, lo que tal vez ya sepas.

Los hermanos desmontaron de sus caballos para sentarse alrededor de mí, y también acudieron muchas personas del pequeño *rath*. Cerré un momento los ojos para rememorar, pero ese día los sonidos y los recuerdos eran tan vívidos, el miedo tan real, que los abrí enseguida.

–Tenía dieciséis años. La villa de mi padre, la más grande de todas, estaba en el interior del país.

Paseé la mirada por las chozas de barro y paja y sonreí a los que se habían reunido en torno a mí.

–Tenía el suelo de mármol y cortinajes de seda en las ventanas. En invierno nos calentábamos con el vapor de agua que salía de las tuberías que pasaban por debajo de las habitaciones.

Todos me escuchaban boquiabiertos.

–¿Es verdad, Padraig? –preguntó Longan como un chiquillo maravillado.

–Déjale que siga –replicó Osián.

–Sí, es verdad –respondí a Longan–. Además teníamos otra casa, una pequeña residencia al borde del mar, donde se forma un estuario entre las costas de Eire y Bretaña. Mi familia y la de la hermana de mi madre acostumbraban ir allí cada año cuando empezaban los meses del calor. Aquel terrible verano mi primo y yo, unos alocados chicos de sólo dieciséis años, estábamos allí.

Cerré los ojos por un instante al recordar el querido rostro de mi primo. Clavé con fuerza las uñas en las palmas de mis manos y proseguí:

–Estábamos trepando por unos peñascos en las afueras del pueblo cuando vimos entrar sus barcos en el estuario. Eran tan grandes que al principio creímos que eran hombres del norte, pero no llevaban mascarones de proa y el color de las velas era distinto. Entonces comprendimos que eran irlandeses, cazadores de esclavos, que eran los barcos de Niall, el de los Nueve Rehenes.

»Pudimos haber escapado, ya que estábamos lejos del pueblo, pero había una chica que había arrebatado el corazón a mi primo. Le dije que huyéramos a los bosques, a las colinas, pero él no podía dejar de pensar en ella. Todavía recuerdo su nombre; Julia, se llamaba. Mi primo empezó a correr como un loco hacia el pueblo. Le seguí.

»¡Oh, Dios! Mientras corríamos, observamos lo que pasaba alrededor; los piratas perseguían y aplastaban contra el suelo a las mujeres que intentaban escapar hacia las colinas con sus hijos entre los brazos. Vimos cómo los hombres del pueblo se enfrentaban a ellos y cómo el brazo de uno que trataba de defender a su esposa con sólo las manos saltaba por el aire separado del cuerpo. Cuando llegamos a la orilla, ya había sangre por todas partes. Mientras corríamos resbalábamos en ella. Vi a gente que conocía, a madres con sus hijos agarrados a su pecho, que gritaban al ser separadas de sus maridos. Los piratas habían incendiado las chozas que estaban cerca del mar. Las llamas se propagaban de casa en casa como si tuvieran vida, y el viento las alzaba como si fueran lenguas de fuego.

»Los piratas se habían apoderado de Julia. Vimos cómo la arrastraban hacia uno de los pequeños botes atracados en la playa. Mi primo corrió hacia ella gritando su nombre. Me quedé anonadado, paralizado por todo cuanto veía. Era incapaz de moverme. Vi cómo mi primo tendía los brazos hacia la joven. Vi cómo se abalanzaba hacia el agresor que la arrastraba por el pelo. Vi cómo se alzaba la espada y el reflejo del fuego en su hoja. Entonces mi primo me miró. Su expresión delataba sorpresa; se sujetaba las entrañas con las manos… se desparramaban por sus brazos, mientras sus ojos me miraron suplicantes.

»Esa mirada liberó mis pies. Corrí gritando hacia él, cogí su cuerpo, cubierto de sangre como el de un carnero apaleado, y chocamos de espaldas con el pirata, que de pronto soltó el pelo de la muchacha. Mi primo se desplomó y me aplastó con su cuerpo. Julia se acercaba a nosotros muy despacio, como si anduviera bajo el agua. "¡Corre, Julia! ¡Corre!", exclamé.

»Me miró como una sonámbula y echó a correr hacia el acantilado, pero ya era tarde para mí. Sentí la mano del pirata, que me tiraba del pelo, que me desgarraba la túnica. Mi última mirada fue para Julia, de pie sobre las rocas.

Me callé y cerré los ojos intentando apartar la imagen del cuerpo reventado de mi primo. Cuando reanudé mi historia, seguí con los párpados bajos para que los hermanos no percibieran mi turbación.

–Durante la travesía a Eire yací sobre mis vómitos y orina. Cuando llegamos a estas playas, nos condujeron como si fuéramos uno de esos rebaños de ganado de que tan orgullosos se sienten los irlandeses. Nos arrancaron la ropa. Recuerdo cómo los compradores acariciaban los pechos de las mujeres. Intentaban que los hijos siguieran junto a sus madres; creí que lo hacían por compasión, pero más tarde supe que habían descubierto que las mujeres que no eran separadas de sus vástagos trabajaban más y eran mejores esclavas. ¡Malditos irlandeses!

»En cuanto a mí, estaba completamente desnudo.

Hice una pausa mientras recordaba mi desnudez delante de la druida Ainfean. La vergüenza hizo que me sonrojara.

–Miliuc examinó mi dentadura y mis piernas como lo hubiera hecho con un caballo. Me obligó a levantarme y cortar leña y, apenas se convenció de que era un hombre fuerte y sano, me cambió por dos reses, me ciñó un collar de esclavo, me dio una tosca túnica y me hizo andar por los caminos de la ancha Irlanda atado detrás de su carreta.

»Durante seis años viví en un cobertizo de piedra con los perros de Miliuc.

Cuando abrí los ojos, Longan estaba arrodillado delante de mí; las lágrimas le corrían por las mejillas.

–Debes perdonarme, Padraig –dijo.

–¿Perdonarte? ¿Por qué pides perdón?

–Debes perdonarme por tu esclavitud.

–No, hermano, tú no tienes la culpa. Además, la esclavitud me condujo a Dios, porque en aquella época era un muchacho alocado e impío, que ni siquiera sabía rezar. Aprendí aquí, en mi soledad.

Longan siguió arrodillado delante de mí.

–Has hecho que Longan beba de la copa de tu culpa y tu amargura –intervino Osián–, cuando deberías haber derramado ese agua por el suelo.

Me sentí avergonzado y no dije nada.

La voz de la madre de Mac Ferdiad rompió el silencio.

–Dinos por qué has vuelto, hijo.

Asentí.

–Fue después de que consiguiera huir y reunirme con mi gente. No quería regresar aquí; más aún, deseaba olvidar este lugar para siempre, no volver a pensar en él jamás.

»Sin embargo no pasó mucho tiempo antes de que tuviera un sueño. En él se me presentaba un mensajero, Victoricus, dijo que se llamaba, un hombre romano. Traía una carta de la gente de Foclut. Entonces te recordé. –Di unas palmadas en la mano de la anciana–. Cuando estaba hambriento y Miliuc no quería darme de comer, era la gente de Foclut la que me alimentaba. Cuando la soledad me abrumaba, me arrastraba en la oscuridad, me sentaba junto a vuestros fuegos y os contaba lo poco que sabía entonces del Señor, nuestro Dios.

»Así pues, comprendí que la carta de mi sueño procedía de vosotros. Su mensaje era simple: "Te rogamos, hijo, que vuelvas con nosotros".

»Sabía que Dios me pedía que regresara, y lloré porque no quería volver nunca más.

»No obstante he regresado, y traigo conmigo al Señor mi Dios, que es el Dios de la misericordia. En Él seremos un solo pueblo. Quiero brindar el bautismo a todos aquellos que deseen recibirlo.

Bautizamos a cinco personas en aquel pequeño *rath*. Por la mañana, cuando nos encaminamos hacia el *rath* de Miliuc, me acerqué a Osián.

–Ya te habrás dado cuenta, anciano –dije con tono triunfal–, de que todos tus presagios se han revelado falsos. He vuelto para bautizar a mi antiguo amo. He regresado para perdonar.

–Temo que tu propia amargura se vuelva contra ti, Padraig.

–Te equivocas. El Señor nos dará la victoria.

–Eso mismo dijo mi padre a Conan Maor en el Albergue de los Árboles de la Vida.

Antes de que se me ocurriera un comentario mordaz a su observación, salimos del bosque y apareció ante nuestros ojos el *rath* de Miliuc.

Lo recordaba como un poblado grande e imponente sobre la colina que dominaba los pastos, pero era pequeño y miserable, aún más pequeño que el nuestro de Sabhal Padraig. La pobreza del lugar me hacía sentir extraño, como si mis recuerdos fueran demasiado importantes para ese mísero lugar. Seguí conduciendo mi carro colina arriba mientras Benin tañía la campana, me detuve ante la vivienda del jefe de la aldea y llamé a Miliuc.

Salió de su casa, al verle enmudecí.

Lo recordaba como un hombre alto, pero era bajo y obeso, con los ojos oscuros y casi calvo. Levantó las manos para protegerse los ojos de la luz del sol y habló.

–¿Qué quieres, predicador?

–¿No me conoces?

–No deseo conocer a ningún cristiano. No eres bienvenido aquí.

La gente había empezado a congregarse alrededor y repliqué en voz alta:

–Tampoco me diste la bienvenida cuando llegué la primera vez. Era el pastor de tus rebaños y el cuidador de tus perros.

–¡Eras mi *cumhal*! Un miserable esclavo bretón. Me perteneces, muchacho. Eres mi esclavo. Me robaste mi propiedad.

Su razonamiento me hizo reír, pero hablé con cortesía.

–Te robé a mí mismo, a quien no poseías. Sin embargo he regresado para pagarte, Miliuc. Te traigo el mejor de los pagos que puedes imaginar: a mi Dios, a Cristo, a la Santísima Trinidad, al Esperado.

–¿A eso le llamas pagar? Te consideraba un pobre idiota cuando eras mi esclavo. Ahora que has madurado, has superado con creces tu estupidez. No quiero más dioses que los que tengo. Los predicadores nos habéis llevado al desastre. Éramos fuertes y fieros; nos habéis domado y transformado en clementes a cambio de nada. Eras mejor y más útil como esclavo que con este ridículo disfraz.

–¡Deja que te hable de mi Dios! –exclamé–. Te librará de tu ira, te llenará de una alegría que nunca has sentido.

–No deseo tu alegría. Mi ira es mía. No dejaré que te la lleves.

Se dio la vuelta y entró en su casa. Enseguida apareció con su espada en la mano.

–Ven, muchacho. Devuélveme la vida que me quitaste. O lárgate.

Blandió el acero en el aire.

Recordé sus fanfarronadas y permanecí inmóvil. Únicamente coloqué a Benin detrás de mí en el carro.

Miliuc avanzó unos pasos. La espada silbaba en el aire.

A mi espalda, Longan acercó su caballo con cuidado.

–¡Basta! –ordenó a Miliuc.

Éste le miró con desprecio.

–Es un asunto entre esclavo y amo. No interfieras, cristiano. –Pronunció esta última palabra como si escupiera y meneó la cabeza–. Por lo que veo, también eres un buen chico irlandés. Debería avergonzarte seguir a este esclavo extranjero.

–Padraig es mi hermano y mi maestro –replicó Longan–. Escúchale. Te trae la misericordia y el perdón de Dios.

Miliuc blandió su espada ante el caballo de Longan. La hoja atrapó la luz y lanzó un destello. El animal, asustado, se encabritó y se puso de manos, de modo que Longan se desplomó en el suelo. Nada hubiera ocurrido si la bestia no se hubiera espantado, si no hubiera coceado con ferocidad mientras intentaba recuperar el equilibrio. Pero no lo consiguió. Cayó pesadamente sobre el cuerpo de Longan.

El hermano profirió un grito de dolor y, luego, quedó en silencio.

–¡No! –exclamé con un sollozo.

Salté del carro y corrí con los brazos extendidos hacia el caballo.

El aterrado animal se esforzaba por levantarse mientras, debajo de él, Longan yacía aplastado, casi sin respiración.

–Hermano –musité.

Me arrodillé a su lado. Tenía los ojos dilatados por el horror y no podía hablar. Miré a Miliuc.

–¿Tenéis curandero? ¡Traed a un curandero, por el amor de Dios!

–No siento ningún amor por tu Dios –replicó.

Me dio la espalda y entró en su casa.

Una mujer se arrodilló a nuestro lado; la reconocí: era la hija adoptiva de Miliuc. Se inclinó sobre Longan y escuchó su respiración. Luego se enderezó y me miró a los ojos al tiempo que meneaba la cabeza.

–¡No! –aullé a aquel cielo de noviembre–. ¡Por favor, Dios, no!

Me volví hacia Osián, que seguía sentado a lomos de su caballo. Su cara estaba demudada por la pena.

–Ainfean –dije–. Ella hubiera podido…

El anciano sacudió la cabeza con tristeza.

Volví a inclinarme sobre aquel dulce y joven rostro, cruzado por la herida que había recibido por ayudarme.

Longan intentaba decirme algo, pero su voz surgía entrecortada.

–Háblame… del cielo… Padraig.

–Allí no habrá ni dolor ni muerte. Nuestro Dios te dará la bienvenida, abrirá sus brazos para acogerte. Te rodeará de luz y calor. Bienvenido, te dirá, mi buen y leal servidor.

–Bendíceme… Padraig.

Hice la señal de la cruz en su frente. Le cogí la mano, la llevé hasta mis labios y besé su joven piel. Apreté su palma contra mi mejilla. Mis lágrimas formaban un riachuelo entre su mano y mi rostro.

–No te apenes… –me animó entre jadeos–. Moraré…

–En la casa del Señor –dije en su lugar.

–Sí –asintió–. Tir Nan Og.

Y murió.

Me incliné sobre su cuerpo y lo estreché entre mis brazos.

–¡Padraig! –oí exclamar a Breogan.

La casa de Miliuc estaba envuelta en llamas. La gente chillaba y se alejaba aterrorizada del calor abrasador del fuego.

En el interior de la vivienda Miliuc vociferó:

–¡Brindo por tu Dios, esclavo! –Las llamas se tragaron sus palabras.

No podía abandonar el cuerpo de Longan a pesar de que ya notaba el calor del fuego. Arrodillado junto a él, me mecía transido de dolor. Fue Osián quien me arrancó de su lado. Cabalgó hasta donde yo estaba, se inclinó sobre el flanco del caballo y, tras agarrarme del hábito, me arrastró por el polvo. Me depositó sin miramientos en la cresta de la colina, y me ovillé en el suelo, de espaldas a las llamas.

Cuando sólo quedaron los rescoldos, recuperé el cuerpo de Longan cubierto de cenizas. Rechacé la ayuda de carros y caballos, y le llevé en brazos hasta el pie de la colina. Anduve hasta el bosque y busqué el pequeño *clochan*, el refugio de piedra que había sido mi humilde casa de esclavo. Al encontrarlo me dirigí a los hermanos.

–Éste es un lugar sagrado –anuncié–. Aquí fue donde Dios me habló por primera vez. Aquí es donde daremos sepultura a nuestro hermano Longan.

Le tendimos y cubrimos su cuerpo con ramas de pino. Luego recogimos piedras y las amontonamos hasta que casi llenamos el *clochan* para que ni los lobos ni las aves carroñeras alcanzaran su carne.

Recité las oraciones por los difuntos y cantamos el salmo

veintitrés. Velamos durante toda la noche y, cuando asomaron las primeras luces del amanecer, pedí a los hermanos que tomaran su desayuno. En cuanto a mí, caminé por el bosque hasta que llegué a un arroyuelo que recordaba de los días de mi esclavitud. Me arrodillé en la orilla y dejé que los sollozos se apoderaran de mi cuerpo. Lloré por el valiente Longan, que había muerto por defenderme. Lloré por el muchacho esclavo de antaño y por su amo, devorado por las llamas. Pero por encima de todo lloré, avergonzado, por mi soberbia y terquedad, por poner a esos jóvenes en peligro, por mi egoísmo, por la estúpida obstinación que había demostrado ante Ainfean y que me había llevado a reunirme con Miliuc y, sobre todo, por mi odio hacia los irlandeses.

Porque de pronto comprendí que Osián tenía razón, que ni mi inmenso amor por Dios, ni su Voz, que hablaba dentro de mí, habían conseguido borrar las ansias de venganza que anidaban en mi corazón. Ahora esas muertes pesaban sobre mi alma egoísta.

–Perdóname, Dios mío –musité–. Perdona la testarudez de tu siervo. Sin embargo no sentí que me alcanzara el perdón y, apoyado sobre las manos, me mecí vencido por la vergüenza y el dolor.

No oí que Osián se acercaba por el bosque en mi busca pero, cuando me rodeó con sus brazos, di media vuelta y lloré como un niño en brazos de su padre.

Cuando desperté por la mañana, la hija adoptiva de Miliuc estaba de pie al lado de mi cama. Me miraba de la misma forma en que solía hacerlo cuando yo era un pobre esclavo. Se sentó y me mesó el cabello. Apreté con los puños mis hinchados ojos.

–¿De dónde has salido? –susurré.

–Mi hermanastra me mandó llamar. –Esbozó esa bondadosa sonrisa que mi corazón recordaba–. No debes culparte, Padraig. Miliuc era un hombre miserable y amargado pero, por encima de todo, alimentaba un odio profundo hacia ti. Descubrió lo que había ocurrido entre nosotros, y su ira fue terrible. Me quería para su hijo pero, cuando descubrió que había estado en el lecho con un esclavo, perdí todo el valor que tenía para él. Me devolvió a mis padres. Si no hubieras escapado, te habría matado, Padraig, lentamente, de inanición y con crueldad.

»Por fortuna escapaste y le heriste en su orgullo. Consultó a los *brehons*, les preguntó cuáles eran sus derechos. Contrató a rastreadores para que te persiguieran, a pesar de que todos consideraban que era una pérdida de tiempo buscar a un esclavo harapiento.

»Lo peor que pudo ocurrirle fue que su hijo me eligiera por esposa en contra de su voluntad. –Sonrió–. Miliuc le desheredó a él y me odió a mí pero, sobre todo, te maldijo, Padraig. Creo que pasó el resto de su vida rogando a todos los dioses que conocía que le permitieran vengarse de ti.

–Y ha salido victorioso –susurré–, porque nos ha quitado al más dulce de los hermanos. Sin embargo no puedo culpar a Miliuc de todo lo ocurrido, porque yo también deseaba mi venganza. La alimenté durante años, escondida tras el disfraz de mi pretensión de hacer de Miliuc un cristiano, pero era la misma necesidad de venganza.

–Eres humano, Padraig. Siempre te trató con crueldad.

Cogí la mano que me ofrecía y me la llevé a la frente en señal de gratitud.

Recordé la dulzura de sus jóvenes pechos en mis labios y el intenso goce que sentí al copular con ella. Mantuve los ojos cerrados hasta que pasó el calor de la nostalgia y el deseo, pero cuando los abrí para mirarla comprendí que lo había notado.

–Te debo mucho –afirmé con un suspiro–, por esto y por... antes. Sólo puedo ofrecerte el bautismo, pero te lo ofrezco con todo mi corazón.

–Acepto tu ofrecimiento.

Me sentía humillado y no pude decir nada. Me incliné ante la constancia de su generosidad. Habló con dulzura mientras mantenía mis manos entre las suyas.

–El muchacho al que me entregué llevaba dentro de sí una luz, una luz de la que todavía no eres consciente. Acepto el bautismo porque creo que esa luz se derramará sobre mí.

Esa tarde la gente de Miliuc nos trajo comida y bebida. Estaban de pie frente a la tumba de Longan mientras yo rezaba cuando la hija de Miliuc y las mujeres de la tribu portaron joyas de oro para su cámara mortuoria. Sin embargo se las devolví diciéndoles que la única joya que Dios necesitaba de nosotros era nuestro espíritu, nada más.

Entonces la hija de Miliuc habló.

–Predicador, hemos oído muchas cosas del Cristo de que hablas. Sabemos que es el Esperado. Mi hermanastra ha sido bautizada. Ahora su marido, mi hermano, hijo de Miliuc, quiere recibir el bautismo, como yo y muchos otros de nuestro pueblo.

–¿Por qué? –pregunté con asombro.

–Mi padre pasó toda su vida odiando. Ayer afirmaste que tu Dios es bondadoso, un Dios de alegría. Mi padre no conocía esa clase de dioses, pues de lo contrario hubieran podido sanarle de su oscuridad.

La esperanza surgió en mí como una brisa de primavera. Reuní a todos los que querían ser bautizados, les ungí con aceite y vertí agua sobre ellos. Allí, junto a la tumba de Longan, pedí a mi Dios que acogiera a aquellos que le habían elegido para mayor gloria del alma de Longan.

No nos quedamos más tiempo en el *rath* de Miliuc porque yo ya no podía soportarlo. Nos dirigimos al sur, hacia Munster y Angus de Cashel, pero mi corazón ya no estaba en el viaje. Al tercer día convoqué a los hermanos.

–Hermanos, cuando llegué a vosotros era un hombre obstinado y arrogante. Creía estar en posesión de la verdad y que mi camino era el único que conducía a ella. Mi arrogancia ha tenido un alto precio. Osián me advirtió de que sería una necedad volver a ver a Miliuc, pero no le hice caso y, por ello, soy responsable de la muerte de Longan. Ya no soy digno de guiaros por el sendero del Señor, y vosotros podéis hacerlo mejor que yo. Debéis continuar solos la tarea que Dios os ha encomendado.

Se apiñaron alrededor de mí sin pronunciar palabra.

Comprendí el motivo de su silencio. Longan era uno de ellos. Yo era un intruso y me había revelado como un capataz intransigente.

Bajé despacio del carro y cogí mi hatillo.

De mis años de esclavitud recordaba que había una montaña cerca del mar. Nunca había ascendido por ella, pero la había visto una vez sumida en la niebla. Quería desaparecer en esa bruma, subir a la cima y esperar la muerte.

Si hubiera empezado mi ascensión cuando era más joven o tenía el corazón más alegre, habría creído vivir una aventura. Sin embargo el camino era pedregoso y difícil. Cuando llegué a la cumbre, el cuero de mis botas estaba destrozado, y los pies me sangraban.

El silencio envolvía la cumbre de la montaña. La niebla que había visto desde abajo era espesa, como la lluvia a principios de primavera, y tenía el color de las telarañas. Esa niebla poseía un sonido propio, un sonido que recordaré siempre, como un susurro, como la respiración de un ser extraño. A cada instante la forma de un árbol raquítico aparecía y se desvanecía para mi sorpresa, luego desaparecía en la oscuridad. No se oía ningún ruido a través de la niebla; ni los gritos de los pájaros desde el llano y los bosques que se extendían a los pies de la montaña, ni el viento que soplaba en el remoto mar.

Descubrí un pedazo de tierra tapizado de musgo y me arrodillé, mas la oración no acudió a mis labios ni ninguna voz respondió a mi silencioso grito, a pesar de las largas horas que pasé de rodillas en ese lugar.

Al final me tendí en el suelo, la niebla me arropó como una suave manta y quedé dormido. Soñé con Ainfean. Estaba desnuda. Sus pechos eran los de una mujer madura, grandes, ya sin firmeza, pero hermosos y cálidos. Sus caderas eran redondas y suaves. Tendí la mano para tocarla. Ardía tanto que la aparté como si me hubiera quemado. No decía nada. Sólo hablaban sus ojos, que no encerraban ira alguna. La deseaba. Incluso en el sueño, sentía cómo enardecía mi deseo pero, apenas intentaba alejarlo, Ainfean aparecía de nuevo ante mí.

–Mírame, Padraig –susurraba.

La miraba.

–Eres hermosa –conseguía balbucir.

–Soy una mujer de Irlanda. Si crees en tu Dios, debes creer que esto también es obra suya; esto y todo cuanto te rodea.

–No soy lo bastante fuerte –repuse a la mujer de mi sueño.

–Cuando seas feliz, serás fuerte –afirmó con voz queda.

–Nunca seré feliz en Irlanda –aseguré, pero ya se había desvanecido y me quedé con el recuerdo de mi nostalgia.

Cuando desperté era un anciano. Mi hábito era tan gris como mi pelo. Mi piel se había vuelto tan transparente como una telaraña. Tardé un poco en darme cuenta de que la niebla me había envejecido pero, en cuanto lo comprendí, lo acepté porque me sentía viejo, tan viejo…

Me senté, apoyé la espalda contra una piedra y esperé, pero no sabía qué.

No creo que tuviera la intención de ayunar. Simplemente, no podía hacer otra cosa. Con toda probabilidad había manantiales en la montaña, pero no deseaba buscarlos. Mis provisiones las tenían los hermanos, que en ese momento debían de dirigirse hacia Munster.

Así pues, permanecí reclinado contra la piedra y no comí ni bebí durante muchos días. Los días de niebla se transformaban en noches brumosas. De vez en cuando me acostaba de lado y dormía, pero no respetaba el ciclo de los días y las noches. Ya no me parecía necesario.

Una vez, mientras estaba despierto en medio de las tinieblas, la niebla se disipó. Contemplé las estrellas del cielo y me entraron ganas de llorar. Me alegré cuando, al cabo de unas horas, la bruma formó nuevos remolinos y volvió a ocultarlas.

Perdí la noción del tiempo y, a la tercera o cuarta noche, me dirigí a Él.

–Sabes que no quería regresar –musité–. Cuando volví a casa, mi madre me suplicaba que no me apartara nunca más de ella. Me había perdido una vez cuando fui esclavo, era suficiente. Y mi padre… El muchacho que regresó de la esclavitud ya no era su hijo, sino el Tuyo. Tuyo. Nada era igual. Te sirvió bien, pero quería un vástago que guardara su casa, se casara y le diera muchos nietos. ¿Y yo? ¿No debería tener una mujer que me consolara? ¿Hijos que me sostuvieran en mi vejez? ¿Las suaves colinas y ríos de mi propio país?

»Sin embargo vine. Aquí estoy, en Eire. Me dirás que tardé demasiado en regresar. Ahora comprenderás el porqué. ¿Qué podría sacar de bueno de un lugar que detesto? ¿Qué? Ya ves el precio que hemos pagado: la vida de Longan, el alma sin bautizar del pagano Miliuc.

»Soy un hombre en el que arden las pasiones. Cuando no es la rabia, es la lascivia. Cuando no la indignación, es el orgullo herido. No soy ni fuerte ni santo, no lo bastante para las tareas que has dispuesto para mí. Y esta gente… No logro entenderla. Sus costumbres son extrañas. Quieren algo de mí y no sé de qué se trata, de modo que no puedo dárselo.

»Deja que me vaya, por favor. He plantado una semilla; deja que sea suficiente.

»Deseo morir en mi país, entre mi gente.

No hubo respuesta. Tampoco la esperaba.

Pasaron los días. Ignoro cuántos.

Una mañana, dos gaviotas volaron hasta la cumbre de la montaña. Las oí chillar en lo alto. Luego se posaron sobre una roca que había encima de mi cabeza. Parecía que me regañaban y les hablé.

–No me decís nada que yo no me haya dicho ya.

Una de ellas levantó la cabeza, y su negro ojo me miró con expresión enigmática.

Me dejé caer sobre el musgo y me dormí. Cuando desperté, se habían ido, pero el mensajero estaba sentado frente a mí. Era el mismo que había encendido las velas en la capilla cuando Osián acudió en mi busca. Reconocí su túnica blanca con sus hilos de oro, su pelo rojo.

Me sentía demasiado débil para incorporarme y darle la bienvenida. No obstante le saludé con la cabeza.

–Has venido a buscarme –dije.

Mi voz sonaba seca y resquebrajada, como la de un anciano.

–En efecto –confirmó.

–Me alegra saberlo. –Tuve que tragar saliva antes de continuar porque no podía seguir hablando–. Ya no quiero permanecer más tiempo en este cuerpo.

–Entonces, déjalo –se limitó a decir.

Tendí las manos con las palmas hacia arriba, y noté que ascendía en espiral lejos de mi cuerpo. Mientras flotaba al lado del mensajero, contemplé al sacerdote que yacía en el musgo con su hábito de paño marrón. Sentí tristeza por él. Miré al mensajero, que giró las manos con las palmas hacia abajo. De pronto éramos las gaviotas que se habían posado sobre mi roca. Nos dejábamos llevar por el viento. Debajo, la luz bailaba en el agua del mar, y ante mis ojos aparecieron las costas de mi tierra, Bretaña. Descendí con mis alas, pero una ráfaga me elevó y, de pronto, volaba sobre la Galia.

–Desde aquí no existen las distancias –dijo el mensajero.

Estuve de acuerdo con él.

Súbitamente cayó la noche. De nuevo sobrevolábamos Eire. A pesar de la oscuridad, distinguí Sabhal Padraig y la colina de Tara. Pequeñas fogatas empezaron a iluminarse sobre la tierra. Mientras las miraba, se extendieron por el mar como lenguas de espuma y avanzaron hacia Bretaña, la Galia e incluso hacia el ancho mar del oeste, donde nadie mora.

–¿Qué clase de llamas son estas que pueden cruzar los mares? –pregunté al mensajero.

–Es el fuego que has encendido, Padraig. El fuego de Cristo.

Sentí que un remolino me arrastraba hacia la tierra y me encontré sobre el musgo, mirando al mensajero.

–Bebe, Padraig.

–No hay agua –me quejé.

–Hay un manantial ahí, junto a la piedra.

Miré y observé que así era, aunque no lo había visto antes. Recogí agua con las manos y bebí hasta saciarme. Era dulce y estaba fría. Me enderecé y me apoyé contra la piedra.

–No soy lo bastante fuerte para llevar a cabo la tarea que me ha sido encomendada –expliqué al mensajero.

–El Señor será tu fuerza.

–Soy testarudo, necio, irritable, lascivo y no puedo cambiar.

–La gente te quiere tal como eres.

–Mi venganza ha costado la vida del joven Longan y de un pagano sin bautizar.

–Sólo debes implorar el perdón de Dios, Padraig.

–No quiero ser Padraig.

El mensajero se quedó en silencio. Abrió la mano. En su palma había una esmeralda centelleante, un rubí rojo como la sangre y una piedra de un verde suave que parecía las escamas de un pez.

–Conozco esas piedras –afirmé–. Son las sagradas piedras de Irlanda. Las del cuento de Osián.

El mensajero cerró la palma. Sentí un peso en la mía y la abrí. Las piedras estaban allí.

–Volveremos a encontrarnos, Padraig –dijo con una sonrisa.

Cuando abrí los ojos, estaba recostado contra la roca. Mis manos estaban vacías y no había riachuelo alguno a mi lado. No obstante, ya no tenía sed. La niebla había desaparecido de las montañas, y desde el llano llegó a mí olor de comida.

Corrieron hacia mí cuando llegué al pie de la montaña. Sabía qué aspecto tenía: la barba enmarañada y salpicada de canas, el pelo largo, desgreñado y sucio. Estaba escuálido y olía mal, pero sus caras reflejaban alivio y felicidad.

–¿Por qué me habéis esperado? –pregunté–. ¿Por qué no seguisteis como os indiqué?

–No creerías que íbamos a dejarte –dijo Breogan.

–Hermanos, os pido que me perdonéis por la muerte de Longan.

–No hay nada que perdonar, Padraig. En todo caso, eres tú quien ha de perdonarte.

–No puedo.

–Debes hacerlo, hermano, porque te hemos liberado de tus pecados y ellos te han liberado a ti. Esto es lo que nos has enseñado. Esto es lo que el Señor desea que hagas.

–Además –dijo Benin cogiéndome de la mano–, te queremos, Padraig.

–¿Por qué dices tal cosa?

Breogan prorrumpió en carcajadas.

–Porque te pareces mucho a nosotros, Padraig.

19

La peña de Cashel, fortaleza de Angus de Munster, se alzaba más de treinta metros por encima del llano. Las piedras sobresalían de las esquinas como las proas de muchos barcos y surcaban un mar de árboles y hierba. La fortaleza de Angus estaba compuesta por dos construcciones de piedra que se recortaban de forma espectacular contra el cielo.

El día antes de nuestra llegada, unos exploradores salieron a nuestro encuentro. A pesar de que no estábamos seguros de cómo nos recibirían, nuestras dudas se disiparon enseguida. Las antorchas iluminaron el camino y los tambores y gaitas nos acompañaron en la ascensión por la colina hasta la fortaleza.

Allí nos esperaba Angus con los brazos abiertos.

–Bienvenidos seáis, Padraig y los hermanos del nuevo Cristo. En Cashel estamos deseosos de recibir el bautismo.

–¿Habías oído hablar de nosotros?

–¡Todos en Eire han oído hablar de vosotros! Hemos preparado un banquete en vuestro honor, pero primero querréis tomar un baño para quitaros el polvo del camino y poneros ropas mejores de las que lleváis –dijo al tiempo que señalaba nuestros raídos hábitos.

Nos habían preparado baños calientes aromatizados con hierbas olorosas. Nos esperaban túnicas de seda y capas de invierno forradas con piel de foca. Los sirvientes nos condujeron a las dependencias que habían dispuesto para nosotros, con dormitorios individuales y tres chimeneas en una sala central.

¡Y qué banquete nos ofreció Angus!

Había jabalí y pierna de ciervo asada; salmón envuelto en hierbas marinas y cocido con puerros y preciada sal; hogazas de pan negro y de centeno, y tarros de miel sobre bandejas de plata. Cada hermano disponía de su propia copa, siempre llena de vino o cerveza. Nos sirvieron pasteles de miel y bayas, además de humeantes tazones de ponche.

Nos entretuvieron con bardos y poetas. Uno de estos últimos había compuesto un poema en nuestro honor, titulado *Los druidas errantes de Cristo.*

Angus era un hombre corpulento, de cabello rojo y rebelde, con una risa atronadora que debía dejarse oír hasta el llano cuando le daba rienda suelta.

Cuando ya no podía tomar ni un bocado más y notaba la cabeza tan ligera que me sentía incapaz de beber más aguamiel, me llevé a Angus aparte.

–¿Por qué nos dispensas semejante hospitalidad? –pregunté–. En ningún lugar de Eire hemos sido mejor recibidos.

Angus rió. Ese hombre parecía estar hecho de sonidos y risas.

–Me han contado que superaste a Leoghaire de Tara, que no sabía qué hacer contigo y que al fin tuvo que darse por vencido. ¿Es cierto?

–Básicamente sí –respondí–, aunque no resultó tan fácil como parece.

–Nada importante lo es –convino tras darme una fuerte palmada en el hombro–. Los druidas y las hijas de Leoghaire están contigo, así como Dubtach, su poeta. Viajas con esa sencilla comitiva y se te ha unido un anciano *fenian*, al que todos nosotros respetamos. La gente acude en masa a tu Cristo, a pesar de que en tus sermones hablas de él como de un sencillo hombre de paz. Soy un político, Padraig, pero lo bastante sabio para comprender que está ocurriendo algo que es más grande que tú. Así pues, elijo el bando del nuevo Dios para mí y mi pueblo.

Satisfecho de sí mismo, asintió con la cabeza.

Una parte de mí quería decirle que no debería elegir a mi Dios por motivos políticos, pero otra, más prudente, le sonreía y asentía a su vez. Angus era la clase de hombre que es mejor tener a nuestro lado que en contra. Confiaba en que mi Dios actuaría sobre Angus en el momento adecuado y a su manera. Además, no podía evitar sentirme atraído por el gran caudillo.

Por la noche, una vez que hubo terminado el banquete, Angus nos pidió que le contáramos alguna historia.

Osián correspondió a su generosidad narrando los relatos *fenians* que tanto nos gustaban, pero luego Angus me pidió que le contara alguno de Cristo. Le complací explicándole anécdotas del Señor y Pedro, la Piedra de nuestro Dios, que me recordaba a Angus de Cashel. También Angus debió de percibir la analogía, ya que cada vez que hablaba de Pedro, me golpeaba en el hombro mientras exclamaba:

–Es el que más me gusta de los doce. Ese Pedro era irlandés.

Por aquel entonces noviembre había acabado, y nos acercábamos al solsticio, cuando los cristianos del continente empezaban a prepararse para rememorar el nacimiento de Cristo.

Decidí instaurar esta costumbre, de manera que la noche del solsticio, cuando ya habíamos dado buena cuenta del banquete y todos nos sentábamos alrededor del fuego, adopté mi tono de voz más solemne para contar la historia de su nacimiento.

–José y María eran pobres, ya que José era carpintero –expliqué.

–Un hombre honrado que trabajaba con sus manos –intervino Angus.

–En efecto –convine, y proseguí el relato–. En aquel tiempo

había un rey que decidió censar a todos los habitantes de su reino y les ordenó que acudieran al lugar donde habían nacido. José y María vivían en Nazaret, pero él era de Belén, de modo que, a pesar de que su esposa estaba embarazada, tuvieron que emprender un largo viaje.

–Un mal rey –interrumpió Angus–. No pensaba en su pueblo.

Los súbditos de Angus manifestaban su conformidad a voz en grito.

La historia estaba adoptando una curiosa forma, pero proseguí.

–Como eran muy pobres, José tuvo que ir andando hasta Belén, pero consiguió un asno para María.

–¡Un asno! –exclamó Angus con voz atronadora–. Un asno para la pobre muchacha preñada. ¡Eso no está bien! Nosotros le hubiéramos dado un carro.

–No me cabe duda –repuse–, pero aún no he acabado. Cuando llegaron a Belén, todas las posadas estaban llenas a rebosar. No encontraron habitación en ninguna de ellas, de modo que tuvieron que acostarse en un establo.

Todos los presentes empezaron a murmurar de asombro. Levanté las manos antes de que Angus abriera la boca.

–Lo sé, lo sé. La hospitalidad en Eire es sagrada. Vosotros, como mínimo, les hubierais cedido un palacio.

–¡Mi propia casa! –exclamó Angus.

–Es cierto –vociferó su gente.

–Sin embargo no estaban en Eire, de manera que María, la madre de Cristo, le parió en un establo. Le envolvió con unos simples pedazos de tela y, como no tenía cuna, le acostó en el pesebre donde las vacas comían. Los animales le daban calor con su respiración.

–¡Ganado! –espetó Angus, que era el caudillo de Eire que más reses poseía–. ¡Eso está muy bien!

Su gente vitoreó a Cristo.

–También había unos pastores…

–¡Como tú, Padraig! –oí decir a Breogan, que se había contagiado del entusiasmo que despertaba la narración.

–Sí, como yo –convine con orgullo–. Pues bien, estaban cuidando sus ovejas cuando de pronto se les aparecieron unos ángeles.

–¿Qué son los ángeles? –preguntaron.

–Los Otros –respondió Osián desde la puerta.

Se oyó un murmullo de admiración, y me abstuve de corregir al anciano.

–Los ángeles cantaban.

–Es propio del *sidhe* –afirmó Angus.

No tenía ni idea de lo que quería decir, pero asentí.

–«Gloria a Dios en las alturas y paz en la tierra a los hombres de buena voluntad, porque esta noche –hice una pausa–, esta noche, ha nacido entre vosotros el Salvador. Y será llamado Príncipe de la Paz», cantaban.

Todos me escuchaban en silencio, sobrecogidos.

–Los pastores se encaminaron hacia el establo, miraron al recién nacido y lo supieron. Luego fueron a los pueblos y las ciudades para anunciar a la gente que había nacido el Salvador.

–¿Cómo lo supieron?

–Venid conmigo –indiqué.

Salimos de la casa, hacia la oscuridad. La noche era fría y clara. Las estrellas centelleaban en la bóveda del cielo. En el llano soplaba un viento suave que subía cantando por la colina. Todo lo demás era sencillo.

–Así fue como lo supieron –afirmé mientras contemplaba la inmensidad del universo.

Todos asintieron.

–Quiero que me bautices mañana, Padraig –pidió Angus. Luego se dirigió a su pueblo para añadir–: Todos cuantos lo deseen pueden unirse a mí.

Me vestí con mi hermosa túnica de seda y mi hábito de piel de foca. Empuñé el báculo que había fabricado nuestro herrero tras calzarme las polainas nuevas que me había proporcionado Angus.

En cambio Angus de Cashel se presentó con una simple túnica marrón y los pies descalzos sobre el suelo helado. Me quedé mirándolo, atónito.

–Tu Cristo era el más sencillo de los hombres –afirmó–. No puedo honrarle de otra forma.

Nunca había admirado a los reyes, pero en ese momento empecé a hacerlo.

–Eres el más sabio de los hombres, Angus de Cashel.

Nos situamos frente a los presentes, de pie. Di tres fuertes golpes con el báculo en el suelo y sentí cómo se hundía en la blanda tierra. Luego, tal como procedía, ungí con aceite la frente de Angus y le bauticé con agua. Mientras llevábamos a cabo el ritual, Angus tenía una expresión de intenso dolor y estoico sufrimiento, por lo que me pregunté a qué coste renunciaba a sus antiguos dioses. En cuanto terminamos la ceremonia le di un abrazo y se inclinó para susurrarme al oído:

–¿Hemos acabado?

–Sí –respondí, asombrado por su discreción.

–¿Cuándo puedo retirar el pie?

Bajé la mirada y quedé horrorizado al descubrir que, en lugar de haber hundido el báculo en la tierra helada, lo había clavado en el pie descalzo de Angus.

–¡Hombre de Dios! –exclamé al tiempo que apartaba el cayado–. ¿Por qué no has dicho nada?

–Porque pensé que formaba parte de la ceremonia –contestó.

Deseé disculparme, pero me fue imposible. Intenté mantener mi boca quieta pero temblaba por cuenta propia y acabó dibujando una sonrisa que se disolvió en carcajadas. Los hermanos, que se reían con disimulo a mi alrededor, no pudieron contenerse y prorrumpieron a su vez en sonoras carcajadas.

Angus nos miraba. No quería herirle ni ofenderle, aunque pensé que era demasiado tarde para eso, y le puse la mano en el brazo, pero la risa me impedía pronunciar una sola palabra.

De pronto se dio cuenta de lo que pasaba y dirigió a su pie una mirada lastimera.

–Bien –dijo–, me alegra saber que el cristianismo no resultará una experiencia tan dolorosa como ésta.

A continuación echó la cabeza hacia atrás y empezó a reír rugiendo mientras me propinaba palmadas en el hombro.

Ese invierno que pasamos con Angus fue el más feliz de mi vida.

Osián florecía en su compañía y afirmaba que era como los caudillos y *fenians* de la antigüedad. Pasamos el invierno entre banquetes, canciones e historias. Engordé y, al lado de Angus, por fin aprendí cómo contar una historia al amor del fuego.

Fue el invierno en que aprendí a estar alegre. Era un sentimiento que sólo había conocido en presencia de mi Dios, y le agradecí que hubiera dirigido mis pasos hasta ese lugar.

A finales del invierno, cuando los días fríos se alternan con los lluviosos, cuatro viajeros llegaron a la fortaleza de Angus, empapados y agotados.

Una vez que les hubo acogido, calentado y alimentado como solía, le explicaron qué les había llevado hasta allí.

–Somos druidas de Cristo –expuso un joven alto de pelo cobrizo, lo que resultaba evidente, ya que vestían hábitos de paño marrón y estaban tonsurados, como mis hermanos y yo–. Venimos en busca del obispo, el abad Magonus Succatus Patricius.

Angus meneó la cabeza.

–No conozco a nadie que se llame así.

–Nos dijeron que estaba aquí.

Di un paso hacia ellos.

–Yo soy el que buscáis –afirmé.

–¡Hombre de Dios! –exclamó con voz atronadora Angus, que usaba con frecuencia esta expresión desde su bautizo–. Qué extraña y complicada serie de nombres. Fuiste muy sabio al elegir el de Padraig y mantenerlo.

–No lo elegí, me eligió, pero aciertas al decir que se ha mantenido.

–Además, me gusta –vociferó mientras me golpeaba en el hombro.

Hice una mueca de dolor y, con una sonrisa, me dirigí a los hermanos.

–Os advierto, hermanos, que Angus de Cashel pesa mucho en los hombros de los druidas de Cristo.

–Pero no tanto como los sacerdotes en los pies del pueblo –repuso Angus, y todos prorrumpimos en carcajadas.

Los hermanos recién llegados nos miraban con asombro.

–Bien, dejémonos de bromas –dije tendiéndoles los brazos–. Angus nos ceba como a ganado y no hace más que tomarnos el pelo pero, si creéis que podréis soportar tanta comida y diversión, seréis bienvenidos a la comunidad de Sabhal Padraig.

Los cuatro jóvenes nos observaban con cara de perplejidad. Por fin tomó la palabra el mismo que había hablado antes.

–No hemos venido para quedarnos con vosotros; no es ésa nuestra intención. Somos hombres de Eire, hermanos y sacerdotes del Esperado. Me llamo Ciaran, éstos son mis hermanos Ibar, Ailbe y Declan. No eres como suponíamos, abad.

–¿Cómo suponíais que era? –pregunté, cada vez más serio.

–Habíamos oído hablar de ti –dijo Ciaran–. Se comentaba que habías irrumpido como un vendaval en Tara, provocando la furia de Leoghaire. Algunos afirman que tú y los hermanos podéis disfrazaros como una manada de ciervos, mientras que otros aseguran que un jefe del oeste se prendió fuego, asustado por tu llegada. Algunos cuentan que viajas con una mujer druida y un *fenian* de los viejos tiempos, y otros, que eres el más cruel de los hombres. Nos han dicho que eres temible y frío, que impones a los hermanos las costumbres romanas y bretonas. Hemos venido para pelear contigo, ya que no queremos que en nuestro país se conozca a Cristo de esta forma. Sin embargo, nos hemos dado cuenta de que nada de lo que nos han contado es cierto.

–Al contrario –repuse con suavidad–, se acerca mucho a la verdad, aunque algo exagerada. Ante vosotros tenéis a un hombre a quien su Dios ha modelado de nuevo, ya que el que llegó a Irlanda en nada se parece al de ahora. Tampoco es el que desea llegar a ser. Si me lo permites, Ciaran, sacerdote de Cristo, quisiera confesarte mis pecados.

La cara del joven reflejó ira, luego perplejidad y, por último, sorpresa. Su expresión se relajó en una sonrisa burlona.

–No cabe duda de que los caminos del Señor son inescrutables, ¿verdad, Padraig?

–No hay nada más cierto.

Declan, por su parte, no tenía intención de reconciliarse conmigo.

–¡No es uno de los nuestros! –exclamó–. No es de Eire, como nosotros cuatro. Sólo los irlandeses deberían predicar la palabra de Dios en este país.

–Basta, hermano –ordenó Ciaran–, ¿acaso no es nuestro hermano en Cristo?

Declan meneó la cabeza con obstinación.

–Veo lo que tú no ves. Arruga su británica nariz en cuanto se acerca a nosotros, los irlandeses. Se cree mejor que nosotros. Se considera un romano, y el único y auténtico portavoz de Cristo.

En parte lo que decía era cierto, y me sentí profundamente avergonzado, incapaz de defenderme. Fue Osián quien intercedió.

–Padraig es más irlandés de lo que cree –afirmó–, más incluso de lo que se atreve a reconocer. Sin embargo cada día aprende algo de nosotros. Cuenta mejor que nadie de Eire las historias de vuestro Dios.

–Hasta el *fenian* habla en su favor –dijo Cioran–. ¿Ya estás satisfecho?

Declan negó con la cabeza y apretó las mandíbulas.

A pesar de que los hermanos irlandeses pasaron un mes con nosotros y juntos planificamos el camino de Cristo en Eire, y a pesar de que Declan se mostraba cariñoso con Breogan y el resto de los hermanos, ni una sola vez me dirigió la palabra y, si acaso hizo algún comentario, fue tan sólo para discrepar de lo que yo proponía.

Cuando llegó abril y los árboles empezaron a retoñar y una brisa cálida llegaba a Eire desde el mar, me sentía cada vez más impaciente por regresar a Sabhal Padraig, mientras Osián empezaba a añorar el Dun de las Murallas Blancas.

Así pues, nos despedimos de Angus y de nuestros nuevos hermanos, y nos dirigimos hacia el este. No sabía que abandonábamos la alegría para encaminarnos hacia la amargura.

20

Sin embargo, cuando Artyr de Britannae les dejó, después de que mi padre le hubiera tratado con consideración y cariño, robó a Fionn sus amados perros, Bran *y* Sgeolan.

Osián nos deleitaba con otra historia *fenian*. Durante nuestro viaje todos los días satisfacía nuestra necesidad de escucharle contándonos historias que crecían en interés a medida que nos acercábamos al Dun de las Murallas Blancas.

–Vamos, continúa –le animé, contento al verle tan feliz–. ¿Qué hizo Fionn para recuperarlos? Porque, por lo que sé, los recuperó, ¿verdad?

–Los recuperó, en efecto, e hizo algo más –contestó Osián con una sonrisa.

Fionn persiguió a los ladrones hasta Britannae. Los fenians *arrastraron sus barcos hasta la playa mientras las huellas de los hombres de Artyr todavía lucían húmedas sobre la arena.*

Fionn decidió proceder con cautela para rescatar a sus perros.

Él y sus hombres se disfrazaron de marineros. Vestidos de esta guisa, llegaron hasta el campamento de Artyr, donde Fionn vio la manera de vengarse, ya que Bran *y* Sgeolan *estaban atados junto a los caballos que Artyr destinaba a la guerra. No eran como los peludos ponis de Cymru, ni como las pequeñas y rápidas cabalgaduras de Eire. Medían unos diecinueve palmos hasta la cruz y habían sido entrenados para el campo de batalla. Era una hermosa pareja, blanca y negra, yegua y semental.*

Así pues, disfrazados de marineros, Fionn y sus hombres pidieron hospitalidad a los guerreros. Cuando éstos ya habían vaciado varias copas y contado la historia, exagerada y embellecida, de cómo habían robado los perros de Fionn Mac Cumhail de Eire, Fionn agarró a Artyr y le puso el puñal en la garganta mientras Caoilte soltaba a Bran *de* Sgeolan.

–Si sabes tanto sobre Fionn Mac Cumhail de Eire, también sabrás que sus amados perros son sus hermanos. Deberás pagar un eric *por haber deshonrado a mi familia.*

–No tenemos ningún eric *–se quejaron los guerreros de Artyr–. No salimos de nuestro país en busca de oro.*

–Elegid algo con que saldar la deuda, pues de lo contrario vuestro jefe pagará el precio de mi honor con su vida.

–Caballos –farfulló Artyr.

–Una sabia elección –convino Fionn.

Así pues, montó en una de las magníficas cabalgaduras y se dirigió al galope hacia su barco, acompañado por Bran *y* Sgeolan. *Cuando regresó a Eire, esos animales fueron el inicio de la raza de los caballos de batalla que sobreviven en el país hasta el día de hoy.*

–Otra buena historia –afirmé, pero el anciano no dijo nada.

Me volví hacia él y observé que tenía la mirada fija en la distancia.

–Allí, Padraig –dijo–, esa colina a lo lejos. Almhuin. El Dun de las Murallas Blancas.

Los muros parecían brillar con una luz sobrenatural en aquel claro día de abril. Al acercarnos vi que su blancura procedía de miles de piedrecitas albas que habían sido colocadas en la ladera de la colina.

–Conque ésta es la razón de su nombre.

Osián hizo un gesto de asentimiento.

–Fue idea de mi padre. Así se ornaban las antiguas tumbas de Boinne, Padraig. A mi padre le gustaba que se divisase desde muchos kilómetros, como nos ha ocurrido hoy a nosotros.

Nos aproximamos y noté que se me secaba la boca.

En otros tiempos había existido allí una gran calzada. Veíamos sus restos desperdigados por la colina. Algunos pedazos se habían caído formando estrechas torrenteras a lo largo de su recorrido. El camino estaba invadido por la maleza y las vides.

Una empalizada de madera había rodeado la cima de la colina. Todavía quedaban en pie algunas partes, que se inclinaban peligrosamente a merced del viento.

Osián no parecía reparar en los desperfectos. Radiante, conducía a su caballo por la calzada. Ese valiente animal se abría camino entre las hendiduras del terreno y avanzaba con el coraje de una cabra montés.

Me apeé del carro y utilicé mi báculo para trepar por el sendero. En la cima de la colina encontré a Osián, que miraba en torno a sí con consternación.

No me costó adivinar cuán hermoso había sido el lugar. Observé las ruinas del gran salón de banquetes, fantasmagóricos vestigios de su pasado esplendor. Algunos pilares de cedro se mantenían en pie, como centinelas, con sus tallas de espirales y trenzas, sus escenas de ciervos perseguidos por perros. Las partidas de caza de Fionn y sus *fenians*. Los círculos que antaño habían sido chozas y fraguas, hornos de pan y silos, aparecían diseminados por la colina, pero ya no quedaban paredes ni tejados de paja que los resguardaran.

Osián se transformó ante nuestros ojos. Andaba en círculos, dando vueltas como un perro que busca un lugar donde echarse. Al final se ovilló en el suelo, en el mismo lugar en que había permanecido en pie. Se mostraba conmocionado y empezó a hablar para sí.

–Entonces, es cierto. Se han ido. Todos se han ido. Hasta ahora no lo creía. Sin descendientes. Sin *fenians.* Los *fenians* de

Irlanda están muertos. Ya puede derrumbarse el cielo. Ya puede elevarse el mar y tragarme.

Me arrodillé delante de él.

–Lo siento, anciano –musité–. No esperaba algo así.

Meneó la cabeza con tristeza, en silencio.

Sabía que debía sacarlo de la colina.

–Vamos –dije con dulzura–, cabalgaremos un pequeño trecho. Acamparemos en el bosque. Te sentará bien comer algo caliente.

Negó con la cabeza.

–Aquí –dijo.

No quería moverse, y tampoco hablar.

Por consiguiente, llevamos nuestras cosas y los caballos hasta la colina, y sólo dejamos el carro al principio de la calzada. Utilizamos toda la madera que encontramos, arrancando incluso algunas piezas de las empalizadas, para construir unos toscos refugios. Los hermanos cortaron ramas de pino de los bosques cercanos y las acarrearon para emplearlas a guisa de paredes y suelos. Cocinamos los alimentos que teníamos y comimos. Después intenté animar al anciano contándole historias, pero fue inútil.

Allí, en la colina de Almhuin, creíamos estar entre espectros.

Yo mismo sentía su presencia... Fionn, con su pelo blanco ondeando al viento; Caoilte Mac Ronan, con su mujer *fenian* al lado; Goll Mac Morna, con su único ojo, y Conan Maor, con su acerada lengua. Imaginé a Sabh vagando por la muralla, esperando a Fionn, y me embargó la tristeza. Incluso los perros percibían el misterio del lugar, pues no durmieron y pasaron toda la noche dando vueltas alrededor de la colina. Me preguntaba si notaban la presencia de sus tocayos, *Bran* y *Sgeolan*.

Todos sabíamos cómo se sentía el anciano.

No quería acostarse y permanecía sentado, envuelto en su capa, con la mirada fija en la oscuridad, como si esperara que su pasado surgiera de la tierra que le rodeaba.

Todos los hermanos velamos con él en silencio. Incluso el pequeño Benin se quedó sentado al lado de Osián, con los ojos muy abiertos. Comparé la escena con la noche anterior a la muerte de Nuestro Señor, cuando los doce apóstoles, en lugar de velar con Él, se quedaron dormidos, y mi corazón, henchido de amor hacia estos valerosos hermanos irlandeses, se mantuvo en vela junto a mi anciano amigo.

Finalmente hice lo único que creía podía hacer para que supiera qué comprendíamos su dolor y su amargura. Canté el *Dord Fionn*, el fragmento que hablaba de los compañeros perdidos para siempre.

Ta se dul as,
ta se dul as,
se está desvaneciendo,
se está desvaneciendo.
Se ha ido nuestro hermano,
se ha ido de su *fian*.
Chuaigh se an cnoc
chuaigh se an cnoc,
se fue por la colina,
se fue por la colina,
no a los verdes prados,
no al mar,
no a las montañas,
no a los arroyos.
Leis fanacht,
leis fanacht,
decidle que espere,
decidle que espere.
Ta an la imeacht,
ta an la imeacht,
que ya termina el día,
que ya termina el día.

Por la mañana Osián tenía fiebre y los ojos vidriosos.

Benin trataba de animarle con sus más dulces canciones, su

mano entrelazada con la del anciano, mientras intentaba en vano darle el desayuno como si se tratara de un niño.

Amañamos una suerte de litera con algunos postes de la empalizada y la atamos a la silla de su caballo para que tirara de ella. Osián no se quejó cuando le colocamos sobre el artilugio y tampoco protestó cuando le sujetamos con cuerdas para que no cayera.

A pesar de que el día era caluroso, estaba temblando, y los hermanos se apresuraron a arroparle con las capas de piel de foca y le dieron de beber como si fuera un moribundo.

Ninguno se atrevía a decirlo, aunque todos lo sabíamos.

El alma de Osián le había abandonado en la colina de Almhuin. Se estaba muriendo, y no podíamos hacer nada para evitarlo.

Avanzamos lenta y penosamente hacia el norte, hacia Sabhal Padraig. Cada día Osián se debilitaba más. Empezó a hablar solo, como hacen los muy ancianos. Musitaba nombres: Fionn, Caoilte, Niamh. En cierta ocasión en que me incliné sobre él para darle agua, su cara pareció que se iluminaba al reconocerme, y mi corazón, esperanzado, dio un vuelco.

–Óscar –murmuró–. Óscar, hijo mío, has venido a buscarme…

–Soy Padraig –susurré, pero ni siquiera tuvo ánimos para decirme que había utilizado el nombre que yo tanto aborrecía.

En el mes de mayo, cuando por fin nos acercábamos a Sabhal Padraig, no era más que una cáscara vacía. Que Dios me perdone, pero casi deseé su muerte para que no siguiera sufriendo.

Entonces encontramos a un hombre en el camino.

Estábamos a sólo un día de viaje de nuestro *rath*. Los hermanos se habían animado al ver los árboles y senderos que nos eran familiares después de más de siete meses de ausencia. Cuando apareció el desconocido, Benin interpretaba una alegre canción.

Estaba a lomos de un enorme corcel negro de unos diecinueve palmos de altura. No desmontó, sino que se quedó en medio del camino, mirándonos. Era un hombre bien parecido, de mediana edad, pelo negro y sonrisa fácil, pero había algo raro en él, algo que le confería un aspecto extraño. Se cubría con una capa a cuadros verdes y azules.

Me miró.

–Tú eres Padraig –dijo.

No era una pregunta.

Se acercó a la litera de Osián, y la expresión que apareció en su rostro delató tal dolor que tendí la mano hacia él. Sin embargo se apartó en el acto y, sin apearse del caballo, dijo:

–Osián.

Los ojos del anciano parpadearon antes de abrirse y levantar la mirada. Me incliné sobre él y le acerqué agua a los labios. Bebió un sorbo y pareció sumirse en un letargo. El desconocido habló de nuevo.

–Osián.

El viejo volvió la cabeza, pero la luz le deslumbraba. El recién llegado se dio cuenta. Sujetó las riendas y se dirigió a nosotros.

–No os acerquéis ni a mi caballo ni a mí.

Retrocedimos como un solo hombre.

Se colocó en el campo de visión de Osián.

El anciano abrió los ojos. Llevaba muchas semanas sin hablar, pero en ese momento farfulló una sola palabra:

–¡Caoilte!

El hombre tragó saliva y asintió con la cabeza.

–Volveré –anunció.

Sin añadir nada más, dio media vuelta en su magnífico corcel y se alejó galopando hacia el oeste, en la misma dirección que nos había traído la muerte de Longan hacía ya muchos meses.

Tercera parte

«Después de mi muerte, dejaré un legado
a mis hermanos y mis hijos.»

Patricio, *Confesiones*

21

Por supuesto que no era Caoilte Mac Ronan –susurré a Breogan ante la puerta de la celda de Osián–. Ese *fenian* murió hace mucho tiempo, pero no puedo decírselo, su salud es demasiado frágil. Sólo habla de eso, del regreso de Caoilte. No quiere dormir. Ha hecho que le pusiéramos la cama cerca de la ventana y se pasa los días y las noches observando los campos y el bosque. Ni tan siquiera come, dice que sería perder el tiempo. Hermano, ya no sé qué hacer.

–Tal vez… Ainfean…

–¡Bah!, la druida. Supongo que ya te has enterado de que se ha ido del *rath*. Apenas llegó a Sabhal Padraig, Benin fue corriendo a su casa. Dice que ya no están sus pieles, las hierbas ni las pócimas. Hasta su mesa ha desaparecido. Preguntó en el pueblo, y le dijeron que se marchó en cuanto regresó de Tara, que desde entonces nadie ha vuelto a saber de ella, de modo que la mayoría de la gente ya no querrá hablar conmigo. ¡Maldita mujer! ¡Maldito Almhuin! ¡Ojalá nos hubiéramos quedado con Angus de Cashel!

Breogan no decía nada mientras me escuchaba despotricar.

De la habitación de Osián llegó un jadeo.

–Padraig, mira, viene un jinete.

Nos apresuramos a entrar y, en efecto a lo lejos, en la linde del bosque, vimos un jinete cuya capa se hinchaba con el viento.

Entrecerré los ojos.

–Está demasiado lejos para distinguirlo.

–Es Caoilte.

Mientras le observábamos, el jinete dio la vuelta en su caballo, negro como el azabache, y desapareció en el bosque.

–Quienquiera que fuese ya se ha ido, anciano.

–¿Por qué no me llevó con él cuando apareció en el camino? ¿Por qué dijo que volvería? No aguantaré mucho en este caparazón.

Era cierto. Breogan y yo nos miramos y asentimos. Osián era una sombra de sí mismo. Flaco y descarnado, tan sólo le quedaban unas hebras de pelo. El que había sido un anciano alto y bien parecido, de aspecto fuerte, pese a su edad, parecía ahora una caña de maíz; su cuerpo delgado se encorvaba por el peso de los años. Respiraba con dificultad y le costaba tanto levantar la cabeza que tuvimos que colocarle capas y pieles detrás de la espalda para que se incorporara en la cama y pudiera mirar por la ventana.

–Si ese hombre era Caoilte –dije encogiéndome de hombros y haciendo una seña a Breogan para que me siguiera la corriente–, tal vez no te ha llevado consigo porque no has terminado la tarea que tenías encomendada. Quizá antes de dejarnos debes hacer algo más.

El anciano se revolvió en el lecho sin decir nada. Por fin suspiró.

–Ya lo había pensado, pero no me gusta la idea.

–Si hay algo que debas hacer, no podrás llevarlo a cabo si estás agotado, si sigues negándote a beber y comer. Has de permitir que te alimentemos.

Se quedó de nuevo en silencio y luego suspiró.

–Muy bien, de acuerdo. Traedme algo caliente; intentaré comerlo.

Una vez fuera, cogí a Breogan por los brazos y le di un puñetazo cariñoso en el hombro. Esbozó una sonrisa burlona.

–Es imposible que fuera Caoilte –murmuré–, pero si así conseguimos que coma y recupere la salud, mejor que siga creyéndolo. Es la primera vez que se interesa por algo desde que abandonamos esa maldita colina.

Desde la habitación de Osián nos llegó una voz aflautada.

–Era Caoilte, Padraig. Recuerda que también creíste que yo era un *fenian* más que muerto.

–¡Demonio de anciano! –repliqué–. Tienes el oído de un ciervo.

–Por supuesto –repuso Osián.

Por la tarde, su cara ya tenía mejor color, y se había reclinado contra las rudimentarias almohadas que le habíamos confeccionado, pero se negaba a que volviéramos a poner la cama en su sitio.

Así pues, me senté en el alféizar de la ventana para hablar con él.

–¿Ya estás contento, Padraig?

–Lo estoy. No quería que murieras. ¿Acaso te hemos tratado tan mal que deseabas dejarnos?

Osián sonreía con tristeza.

–Apenas te he hablado de mi hijo, Padraig, de Óscar.

–Es cierto.

–Era un gran guerrero y un magnífico cazador. La mujer que fue su madre, mi esposa, murió al darle a luz, y tuvimos que criarle su abuelo y yo. Los tres éramos inseparables. Fionn le adoraba, era tan hijo suyo como mío. Cuando les dejé, mi padre era un anciano de unos setenta años. Yo era mayor que tú ahora, y mi hijo contaba alrededor de veinte años.

–¿Por qué me hablas de esto ahora?

–Porque me recuerdas a Fionn y Óscar.

–Yo no soy un *fenian*.

–Tú eres Padraig, aunque no quieras que te llamen así. Éramos hombres de honor. Nos defendíamos unos a otros con nuestra vida y, cuando uno de nosotros moría, llorábamos su pérdida con todo el corazón.

Sabía que se refería a Longan y sentí una punzada de dolor al recordar a mi joven hermano. Hice un gesto de comprensión con la cabeza.

–Había una luz en nosotros, Padraig. Esa luz era Eire, el honor y la seguridad de Eire, esa verde joya en medio del mar. También tú llevas esa luz. Viniste aquí por tu Cristo, y él brilla a través de ti a pesar de tu testarudez. –Se rió entre dientes–. Sin embargo Eire se está apoderando de ti. Lo noto en el tono de tu voz, que cada día es más irlandesa, en el amor que profesas a los hermanos, en la fiera protección que brindas a Benin, en tu risa, más pronta que cuando te conocí. Te llaman el druida de Cristo, Padraig, pero se equivocan. No has traído la palabra de Cristo, sino su fuego. Eres su guerrero, su *fenian*.

»Debo dejarte porque no pertenezco a estos tiempos, y tampoco pertenezco ya a este cuerpo. No tiene nada que ver contigo, hijo; te quiero mucho.

Le miré fijamente, sin habla, clavado en el alféizar de la ventana. Por fin me acerqué torpemente a él, me arrodillé al lado de su cama y tomé sus nudosas y viejas manos entre las mías.

–Deja que te bautice, padre, que te dé las aguas del bautismo, porque quiero estar contigo para siempre en el Reino de Cristo.

–No, muchacho. No sé si mi padre y mi hijo están allí. ¿Y Caoilte? ¿Y la mujer del pelo dorado? Deseo verles de nuevo. No puedo aceptar tu bautismo, no por el momento. Tal vez algún día, pero no ahora. –Me dio unas palmaditas cariñosas en la mano–. Debo contarte una historia. He reflexionado y creo que ésta es tal vez la razón por la que Caoilte no ha vuelto a buscarme.

–Cuéntala si crees que aliviará tu corazón. ¿Quieres que venga Breogan con sus útiles? Está muy atareado escribiendo todas las historias que nos contaste durante nuestros viajes.

Exhaló un profundo suspiro de tristeza.

–Dile que venga –pidió–, aunque no me gusta pensar que la historia que voy a contarte la leerán las generaciones futuras.

Me detuve junto a la puerta.

–¿Por qué no?

–¿Recuerdas que te he dicho que mi padre tenía una luz en su interior?

–Yo también he llegado a verla. He suplicado a tu padre que me diera su bendición.

Osián sonreía.

–He oído cómo lo hacías, y me alegra. ¿Recuerdas también que te expliqué que en la larga vida de mi padre le vi traicionar esa luz sólo una vez?

Levanté la mano.

–No me cuentes esa historia si va a hacer que cambie de opinión sobre Fionn. Prefiero no conocerla.

Osián meneó la cabeza.

–Creo que debo contártela, Padraig, porque tú también llevas esa luz y no quisiera que la traicionaras.

Ahora fui yo quien suspiró. Osián se echó a reír.

–Ya te dije una vez que suspiras como un irlandés.

–No es la única mala costumbre que me han contagiado.

–Llama a Breogan –pidió.

–¿Todas las historias deben tener siempre una intención?

Osián se quedó pensativo.

–Cuando vine no tenía ese propósito. En realidad no sabía por qué estaba aquí, pero al parecer lo han decidido por sí mismas, Padraig. Tu Dios nos maneja como un tejedor mueve los hilos de su telar, lo que lo hace más interesante. Últimamente he pensado mucho en estas cosas. Creo que el Esperado está aquí, entre nosotros.

Permanecí en silencio junto a la puerta.

Asintió con la cabeza, como si mantuviera una conversación en su interior.

–Llama a Breogan –repitió–. Debe contarse.

Después de la muerte de Sabh, Fionn no tomó esposa ni recibió mujeres en su cama. Se contentaba con estar con sus hijos y sus fenians, *con ocuparse de Eire y con su vida en los bosques. Se sentía bastante feliz, pero cuando hubieron transcurrido casi veinte años y Osián se convirtió en un hombre, los* fenians *empezaron a sentirse preocupados por Fionn.*

–El chico ya es un hombre. Tiene dieciocho años, se marchará para conocer mundo y Fionn se quedará tan solo como cuando murió Sabh

–decía Goll Mac Morna con expresión sombría mientras clavaba su cuchillo en una pata de ciervo.

A su espalda, Caoilte Mac Ronan y Aindir, su esposa fenian, bromearon.

–Ya tienes más de setenta y cinco años, Mac Morna, ¿por qué sigues preocupándote por las mujeres?

–No traen más que complicaciones –intervino Conan Maor–. Se está mejor solo.

–Eres tú quien trae complicaciones –replicó la esposa de Caoilte, que apretó con todas sus fuerzas el cuello de su marido.

–¡Ay, mujer! ¿Piensas matarme por culpa de Maor?

Caoilte siguió hablando con tranquilidad.

–Fenians, estamos discutiendo porque nos inquieta que Fionn esté sin mujer, lo que demuestra que todos pensamos lo mismo. Podríamos buscarle una y proponerle que se case con ella. Si no quiere, dirá que no. Es lo único que podemos hacer.

–Me he enterado de algo que puede ser interesante –anunció Aindir–. Cormac Mac Art tiene una hija preciosa, Grainne.

–La he visto –dijo Caoilte–. En verdad es muy hermosa.

Con las manos dibujó un cuerpo femenino, y su esposa le dio un coscorrón. Entre risas, Caoilte la cogió por la cintura y se la echó sobre las rodillas haciéndole cosquillas.

–Nos enfermáis con esas exhibiciones –protestó Conan Maor–. Lleváis casados más de treinta años. Ya es hora de que paréis de hacer tonterías.

–Déjales tranquilos –masculló Goll Mac Morna–. Más vale que disfruten estando juntos. Además, esto no hace más que reforzar mi opinión, ya que Fionn tiene tres años menos que Caoilte.

–Está a punto de cumplir los cincuenta –afirmó Conan Maor–. ¿Por qué había de quererlo la joven hija de Cormac?

Aindir se incorporó y, mientras se alisaba la túnica, dirigió a Caoilte una mirada que encerraba una promesa.

–He oído comentar que muchos jóvenes han pedido su mano, pero ha rechazado a todos. Fionn es el caudillo de los fenians. Con él, se llevaría un premio.

–Se llevaría a un hombre que ha dejado atrás sus mejores años –corrigió Conan Maor.

—No es el caso de Fionn —protestó Aindir—. Se conserva fuerte y lleno de vida. Cada día sale a montar con Osián. Cruza el lago a nado más aprisa que ningún fenian*, anda más lejos, más rápido y desaparece con mayor sigilo en el bosque que cualquiera de nosotros. Tiene los hombros anchos, las piernas fuertes y no ha perdido su gallardía.*

—Te has fijado mucho en Fionn —gruñó Caoilte con tono burlón.

Aindir se echó a reír.

—Todas las mujeres se fijan en Fionn. Grainne también se fijará. Además, un hombre de su edad sabe cuidar a una mujer —añadió Aindir al tiempo que se inclinaba hacia su esposo.

De pronto Caoilte pareció que tenía prisa por irse.

—Entonces, estamos de acuerdo. Mañana, durante la cena, expondremos nuestra idea a Fionn. Bueno, hasta mañana, hermanos.

Tomó a Aindir de la mano y abandonó a los reunidos.

—Repugnante —afirmó Conan Maor.

—Sólo sé que quisiera estar en su lugar —masculló Goll Mac Morna.

—¿Para qué quiero una esposa? —Fionn tomó un largo sorbo de cerveza y sonrió burlonamente al corrillo de fenians*—. ¿Os preocupa que pierda uno de mis poderes si no lo utilizo?*

Caoilte se echó a reír.

—No es eso, pero fíjate en Osián.

Fionn se dio la vuelta para mirar a su hijo, que estaba sentado a su lado. Era un musculoso joven de dieciocho años, que empezaba a llamar la atención de las mujeres.

Fionn asintió con la cabeza.

—Deja que se lo propongamos a Grainne, la hija de Cormac. Es un hermoso ejemplar.

Osián rió mientras levantaba las manos.

—Me gustaría elegir a la que va a ser mi mujer, o dejar que ella me elija a mí. Según comentan los fenians*, la hija del rey tiene un carácter difícil.*

—¿De veras? —preguntó Fionn—. Bueno, vayamos a Tara y echémosle una ojeada.

Al llegar, les agasajaron en el gran salón de banquetes de Tara. Grainne servía el vino, y Fionn la observaba con atención. Desde luego, era muy hermosa, con su largo pelo negro, su piel de un blanco lechoso y su cuerpo fuerte y sano. Sin embargo no era Sabh, y Fionn no sentía nada al contemplarla.

Grainne sabía, por supuesto, que Fionn había acudido con la intención de desposarla. Se había trenzado y adornado el cabello con cuentas de plata y oro. Vestía su mejor túnica de seda azul y una capa de lana con delicados bordados en rojo y púrpura, verde y oro.

No obstante, en cuanto vio a Fionn, se sintió decepcionada al observar que había entrado de lleno en la madurez. Había rechazado a muchos pretendientes con la esperanza de encontrar al adecuado. Ya tenía veintitrés años y el número de solicitantes había disminuido, pero no quería a un hombre mayor por marido.

Se inclinó a propósito mientras le servía el vino para que viera su escote y esperó su reacción. Fionn la miró, asintió con aprobación y apartó la vista. No era la reacción de un hombre apasionado, lo que irritó a Grainne, que se creía la más hermosa de las mujeres. Se retiró a sus dependencias y se sentó junto a sus damas, que estaban bordando, pero no hacía más que anudar los hilos y desgarrarlos con los dientes. Sus doncellas habían aprendido a tratarla con cautela cuando adivinaban que estaba de mal humor, de modo que permanecieron en silencio. Finalmente Grainne decidió dar un paseo por la ladera de la colina y fue allí donde vio por primera vez a Dhiarmuid Ui Dubhne.

Dhiarmuid tenía más de treinta años, era una década más joven que Fionn. Los fenians le apodaban «Rincón del Amor» porque tenía una pequeña marca de nacimiento, roja como una fresa, en la mejilla derecha, en el nacimiento del pelo. Los fenians bromeaban diciendo que gracias a esa marca las mujeres se enamoraban de él.

Dhiarmuid era apuesto, fuerte y orgulloso, de elevada estatura y pecho amplio. Se mostraba cortés y amable con las mujeres. Había tenido más amantes que todos los fenians juntos y, cuando terminaba con ellas, ninguna le deseaba mal alguno. No obstante, a pesar de que mu-

chas mujeres amaban a Dhiarmuid, él no había entregado su corazón a ninguna.

Caía la tarde cuando Grainne se acercó a él.

–Sé por tu capa que eres un fenian. *¿Por qué no estás en el banquete?*

–Acabo de llegar. He venido cabalgando desde el norte –respondió con una sonrisa galante–, y ahora me alegro de haberlo hecho.

–¿Por qué?

–Por pasar unos minutos contemplando tu belleza valdría la pena cabalgar hasta el fin del mundo.

Era la clase de halago que Dhiarmuid solía utilizar con las mujeres, pero sirvió para mitigar el orgullo herido de Grainne, a la que todavía dolía el desinterés mostrado por Fionn. Dejó escapar una risa ronca y se inclinó hacia él.

–Tu lengua es tan agradable como tú, fenian.

Dhiarmuid rió complacido, ya que no estaba acostumbrado a tratar con una dama capaz de competir con él.

–A mi lengua le gustaría pasar más tiempo... alabando tu belleza.

–¿Es todo lo que sabe hacer, fenian*? ¿Alabar?*

Rápido como un relámpago, la rodeó con los brazos y la besó en la boca. Ella le correspondió con las mismas ansias y, al separarse, se recostó contra él, riendo.

–Supongo que te llaman Lengua Rápida.

–Nada de eso; me llaman el Rincón del Amor.

–¡Ah!, ¿y qué parte de ti está hecha para el amor, Lengua Rápida?

Dhiarmuid le enseñó la mejilla.

–Ésta.

Grainne acarició con el dedo aquella fresa.

–Creo que no es el único rincón. Si vienes a mi alcoba esta noche, tal vez podamos encontrar otros lugares que estén hechos para el amor.

Dhiarmuid se echó a reír.

–Vas muy deprisa –dijo–, pero me gusta. Te prometo, en cambio, que yo iré despacio.

–Estoy deseando que llegue el momento de estar juntos –afirmó Grainne, que se alejó sin decirle cómo se llamaba.

Mientras tanto, en el banquete, Fionn decía a Cormac Mac Art:

–Viejo amigo, tu hija es muy hermosa, pero no creo que me quiera como marido. A decir verdad, mi corazón todavía lo ocupa Sabh, a la que recuerdo continuamente.

Cormac asintió.

–Tan sólo te pido que seas tú quien hable con ella, Fionn. Somos amigos desde hace muchos años, con toda franqueza te diré que mi hija es la más difícil de las mujeres. Su madre murió hace mucho tiempo, y no ha tenido la influencia de una mujer que le sirviera de modelo y le enseñara a ser amable. Ha rechazado a muchos pretendientes diciéndoles que no eran lo que yo deseaba para ella. ¡No sabes cuántos enemigos me ha granjeado! ¡Hombres nobles de nacimiento y guerreros que han creído que yo les consideraba indignos de mi hija! He tenido que calmar mucho orgullo herido y no quiero que esto ocurra entre nosotros.

Fionn se echó a reír.

–¡Temes a tu hija!

Cormac se inclinó hacia él y murmuró:

–Lo cierto es que no la aguanto, Fionn. Aplaudo tu decisión, porque Grainne sólo te causaría disgustos.

Después del banquete, Fionn se encaminó hacia el grianan, *el jardín de invierno de las mujeres. Ya había caído la noche y las antorchas iluminaban el camino. Fionn se dirigió a una dama.*

–Estoy buscando a Grainne, la hija del rey.

La mujer señaló una puerta y meneó la cabeza mientras miraba a Fionn.

Sin embargo Fionn llamó a la puerta y entró en cuanto la joven le invitó a hacerlo.

Grainne estaba desnuda hasta la cintura, lavando sus pechos con agua perfumada con hierbas aromáticas. El pelo, húmedo por el vapor, se rizaba alrededor de su cara. Al ver a Fionn abrió los ojos como platos porque esperaba a Dhiarmuid Ui Dubhne. Sabía que Fionn no pensaba pedir su mano y, todavía dolida por la indiferencia con que la había tratado en el banquete, decidió no cubrirse.

–Buenas noches, fenian *–saludó con cortesía, y continuó con su aseo.*

En verdad era muy bella; tenía el pecho generoso, los hombros anchos... Fionn la observaba en silencio, sin moverse. Había olvidado cómo era una hermosa mujer en su baño y se excitó.

Ella dejó que la mirara.

–¿Quieres ayudarme, fenian? Creo que te apetece.

Fionn avanzó unos pasos, cogió el pedazo de tela de su mano y lo mojó. Escurrió el agua sobre sus senos y contempló cómo las gotas se deslizaban por su blanca piel. Los pezones de la joven se endurecieron.

Algo que había permanecido largo tiempo dormido dentro de Fionn despertó. Se inclinó para rozar los pechos con los labios, y su lengua jugueteó con los pezones. Por un instante recordó a Liath.

–No sabía que ibas a bañarme con tu lengua, fenian –dijo Grainne–, pero si es lo que deseas...

Dejó caer su túnica y se quedó de pie frente a él. Fionn estaba cada vez más excitado, y ella tendió la mano hasta sus calzas y le acarició con suavidad.

–¿Has venido para anunciarme que pedirás mi mano, fenian?

Fionn asintió con la cabeza, incapaz de articular palabra.

–¡Ah! –exclamó la joven con tono decepcionado–. Entonces tendremos que esperar hasta mañana, ya que como mujer de Eire debo elegirte con la copa de los esponsales en el gran banquete.

Desnuda, le acompañó hasta la puerta y le besó apasionadamente en los labios.

–Hasta mañana, pues –susurró.

Fionn salió de su habitación dando traspiés. No reparó en Dhiarmuid Ui Dubhne, que se acercaba en dirección contraria, y tampoco se percató de que se daba la vuelta para irse al verle salir de la alcoba de Grainne.

Fionn se dirigió apresuradamente a los aposentos de Cormac para comunicarle que deseaba pedir a su hija en matrimonio.

–Te ha hechizado –dijo Cormac.

–En efecto –confirmó Fionn entre risas–, y ha debido de hacerlo muy bien, porque nunca creí que pudiera querer a otra mujer después de Sabh, pero será un placer aprender a amar a tu hija.

–Si así lo deseas, estoy de acuerdo –dijo Cormac–. Si te ha aceptado, no cabe duda de que te quiere y, en cualquier caso, es un buen pre-

sagio que la decisión la haya tomado ella. Mañana hablaré con Grainne y celebraremos el banquete por la tarde.

Por la mañana, Cormac se dirigió a la habitación de Grainne. Estaba bordando con sus damas y, al entrar su padre, no levantó la mirada. Al parecer estaba de mal humor y golpeaba la muñeca de una de sus criadas. Cormac la observó y le invadió una sensación que conocía muy bien. Era hermosa, pero fría, una mujer demasiado egoísta para pensar en otra cosa que no fuera en sí misma. Casi aborrecía la idea de que se casara con su amigo, pero Fionn había hecho su elección.

–Fionn ha hablado conmigo –explicó Cormac. Vio que una sonrisa empezaba a juguetear en las comisuras de la boca de su hija–. Te ha pedido en matrimonio. ¿Le aceptas?

Grainne alzó la vista. Sacudió la mano en el aire como si apartara un insecto y habló con desenfado.

–Si crees que te conviene como yerno, creo que hará un buen papel.

–¿Un buen papel? Estamos hablando de Fionn, el caudillo de los fenians *de Irlanda, mi amigo desde hace más de treinta años. No le avergonzarás o mi deshonra caerá sobre ti. ¿Me has oído, hija? ¡Puedes aceptarle o rechazarle, pero no me avergüences!*

–He dicho que le elegiría –repuso con tranquilidad, la cabeza inclinada sobre el bordado.

Esa noche, al entrar en la sala de banquetes, Grainne sostenía en alto la copa de los esponsales. Avanzó directamente hacia Fionn, le miró a los ojos y sonrió. Luego le entregó la copa, que él vació de un solo trago. El contrato de matrimonio se había cerrado.

Grainne se dirigió a los asistentes.

–Quiero brindar con los amigos de Fionn –anunció.

A continuación se acercó a los invitados con la copa en las manos e invitó a su padre y todos los fenians *a beber de ella.*

Pasó de largo frente a Dhiarmuid Ui Dubhne, que se sonrojó por ello y se sintió muy avergonzado porque había estado a punto de yacer con la prometida de Fionn. Sin embargo, no pudo evitar pensar que era la mujer más hermosa y atractiva que había conocido. Grainne le miró al pasar ante él con expresión acusadora.

El banquete de esponsales terminó antes de lo previsto, porque los felices contrayentes parecían muy cansados. Incluso Fionn bostezaba detrás de su mano y se preguntaba si su ardor de la noche anterior habría desaparecido. Al final se acercó a su prometida y le susurró al oído:

–La celebración me ha agotado y voy a retirarme. ¿Quieres venir conmigo?

–Te seguiré dentro de un momento –murmuró ella.

Cuando Fionn se fue, Dhiarmuid Ui Dubhne se levantó para marcharse, y Grainne se acercó a su mesa.

–Creía que teníamos una cita, fenian.

–Vi a Fionn salir de tu alcoba. No me dijiste que ibas a casarte con él –reprochó Dhiarmuid.

–Entonces no era su prometida. Ni lo habría sido si hubieras venido.

–¿Qué quieres decir? –susurró él.

Los pocos invitados que quedaban les miraban sorprendidos.

–Me reuniré contigo –anunció Grainne.

–No sería prudente –advirtió Dhiarmuid, pero ella ya se había alejado y deseaba las buenas noches a los invitados que ya se retiraban.

Llegó en medio de la oscuridad. Entró en su habitación como el aroma de almizcle de las flores que perfuman la noche. Llevaba puesta una capa encima de su túnica y acarreaba una bolsa de viaje.

Ui Dubhne se incorporó en la cama.

–¿Qué ocurre?

–No quiero ser la esposa de Fionn. Es un hombre viejo. En este momento está durmiendo su borrachera. Soy joven y me hierve la sangre. Quiero que hierva por ti. He venido para pedirte que me lleves lejos de este lugar.

Dubhne quedó turbado.

–Fionn es más que mi caudillo. Es mi amigo, no pienso traicionarle.

Grainne se inclinó para besarle en los labios, pero Ui Dubhne la apartó.

–No; no lo haré.

–Si no lo haces, te impondré un geas.

Ui Dubhne se levantó horrorizado.

–No, por favor; perdería mi honor. Conozco muy bien a mi capitán. Si le deshonrara, no habría lugar en Eire donde pudiéramos refugiarnos de su cólera.

–Te he impuesto un geas, *y vuestro código exige que el* fenian *al que una mujer impone un vínculo de honor está obligado a hacer lo que ella le pida o a renunciar para siempre a su condición de* fenian.

Ui Dubhne salió a toda prisa de la alcoba y entró en la de Osián. El joven dormía tan profundamente que le costó despertarle. Al fin abrió los ojos y, después de escuchar a su compañero, meneó la cabeza.

–¿La amas, Dhiarmuid?

–Ayer me pareció atractiva e interesante. Hoy me horroriza. Prefiero incumplir el geas *y huir a Alba antes que deshonrar a tu padre, que es mi capitán y siempre ha sido mi amigo.*

–Mi padre se ha equivocado con esa mujer. Maquina y confabula, no es honrada. Por eso te ha impuesto un geas.

Dhiarmuid estalló en sollozos porque sabía que no tenía elección.

–Nunca volveremos a comer juntos. Nunca más viviré en Almhuin, jamás cabalgaré detrás de los perros con Fionn ni volveré a cazar con mis hermanos fenians *en las montañas de Slieve Bloom. ¡No podré soportarlo!*

–Siempre seré tu amigo. Hablaré con mi padre, intentaré hacerle comprender que estará mejor sin ella.

–¿Te escuchará?

–No lo sé. De todos modos ve con ella, porque no quiero que mi padre cargue con una mujer así.

Se abrazaron. Ui Dubhne ensilló dos caballos y cruzó las puertas de Tara para adentrarse en la oscuridad. Cuando ya se habían alejado de la colina y atravesado Boinne, se volvió hacia la joven, iracundo.

–¡Ojalá se hubieran despertado y me hubieran matado para no tener que huir contigo!

–No podían despertarse –replicó ella con orgullo–, porque vertí una droga en el vino.

Ui Dubhne frenó su caballo y la miró de hito en hito. Levantó las riendas con furia y la hubiera golpeado de no haber sido por su juramento. Las soltó y se inclinó sobre el cuello de su montura. Los sollozos sacudían su cuerpo.

Al verle Grainne se sintió avergonzada.

–*Concédeme una oportunidad y te resarciré,* fenian *–dijo.*

–*No puedes resarcirme de esto. Nada de lo que puedas darme curará la herida que me has causado al arrancarme del lado de mis hermanos* fenians.

Grainne guardó silencio ante su cólera y sintió respeto por él, ya que nunca había conocido a un hombre de honor como Ui Dubhne.

–Tu padre no hizo nada que le deshonrara. Fue ella quien deshonró a todos.

–Todavía hay más, Padraig. Mucho más.

–Estás rendido. Descansa y ya me contarás el resto mañana. Estamos preparando un buen estofado de buey para la cena y te traeré pan de centeno y miel.

–No quieres que te cuente nada más. Por mucho que digas que la persona que vimos no era Caoilte, sabes que podría serlo, y temes que, cuando termine el relato, venga y me lleve con él.

–¿Qué dices? –repliqué con brusquedad–. Sé que no es Caoilte y es evidente que estás cansado. Además, no me avergüenza admitir que no quiero que te vayas.

Osián se rió entre dientes.

–Siempre presto a enfadarte. Incluso tú hubieras temblado ante la ira de mi padre esa mañana. Le expliqué lo que había hecho Grainne, que había drogado el vino y forzado por un *geas* a Ui Dubhne. No quiso oír más. ¡Y Cormac! ¡Montó en cólera al enterarse! Juntos reunieron un grupo para perseguirles. Mientras cabalgaba a su lado, no dejaba de suplicarles que les olvidaran, pero eran como los caballos entrenados para la guerra, que sólo saben desenvolverse en el campo de batalla. ¡Necios!

Cabalgaron hacia el oeste hasta donde les llevaron los caballos. En lo más profundo del bosque Ui Dubhne construyó una choza con un dolmen en el centro, la rodeó de un muro con cuatro salidas y allí descansaron y dio de comer a la joven.

Estaba agotada de tanto cabalgar, pero Ui Dubhne no se apiadó de ella.

–Ésta es la vida que has elegido, hija de Cormac. Viajaremos durante el día y nos esconderemos por la noche. Cocinaremos en un lugar y comeremos en otro. No tendremos lecho donde acostarnos ni techo que nos cobije. Nunca te casarás ni tendrás hijos, y tampoco volverás a Tara ni verás a tu padre. Perderás tu belleza y tu donosura. Nos darán caza como si fuéramos ciervos o liebres. Tú lo has elegido. No pretendas que me compadezca de ti.

Por primera vez Grainne sintió miedo y empezó a llorar.

–Pero ¿qué creías? –espetó Ui Dubhne–. ¿Que Fionn olvidaría tu ofensa y tu padre celebraría un banquete en Tara para brindar por nuestra huida? ¿Creías que podías acostarte conmigo y que todo seguiría igual?

Grainne le miró con los ojos llenos de lágrimas.

–Actué sin pensar, fenian, *ahora me doy cuenta. No quería a Fionn porque era viejo. Tú eras joven y hermoso, y creí que era la única forma de conseguir lo que deseaba. –Tomó fuerzas y habló con dignidad–. Reconozco que he sido yo quien ha elegido esta vida y no me rendiré. Te seguiré a donde quiera que vayas. Aprenderé a cazar y construir un refugio y no te dejaré hasta la muerte, a menos que tú me lo pidas.*

Ui Dubhne la miró en silencio.

–Tal vez tengas más redaños de los que creía –admitió–. Come, nos iremos por la mañana.

Pero por la mañana ya era demasiado tarde. Les descubrimos al atardecer y les rodeamos. Fionn dividió el grupo en cuatro, y cada fian *vigiló una salida.*

–Les capturaremos con las primeras luces del amanecer –anunció–, y será mi mano la que mate a Dhiarmuid.

–Te ruego que dejes a Grainne en las mías –pidió Cormac con tono sombrío–. Es una criatura sin honor.

Así acordado, los fians *se dispusieron a descansar.*

En mitad de la noche oí unos rasguños que procedían de la piedra que estaba en el centro de su refugio. En silencio para no molestar a Fionn ni a los fenians, *trepé a un árbol y observé a la pareja, que dormía encima de la roca. Vi que estaban separados. Arranqué brotes y ra-*

mas de los árboles que había alrededor y los fui arrojando hasta que Dhiarmuid despertó. Miró al árbol en que me encontraba y me vio. Tracé un círculo con el dedo y miró alrededor. Asintió con la cabeza.

Despertó a la mujer y le tapó la boca con la mano. Cuando ella me vio, los ojos se le dilataron por el miedo, pero Ui Dubhne le hizo comprender que mi intención era ayudarles. Le dijimos que se quitara la túnica y la capa. Ui Dubhne enrolló su ropa con la de ella y me la lanzó. Treparon por el tronco y saltamos de árbol en árbol hasta que estuvimos fuera del alcance de los fenians. *Cuando bajamos al suelo y la vi desnuda, observé cuán hermosa era y comprendí por qué había hechizado a tantos hombres. Pero también vi algo más.*

Vi que le reconcomían los remordimientos y la pena. Estos sentimientos nos hacen humanos, y albergué cierta esperanza por ella. También advertí que Ui Dubhne todavía no se había dado cuenta. Su mirada estaba oscurecida por el rencor hacia esa mujer.

–¿Por qué lo has hecho? –me preguntó Grainne en voz baja.

–Por el amor que siento por mi padre y por la amistad que me une a Ui Dubhne. No quisiera que sufrieran ningún daño.

Asintió en silencio, y la pareja desapareció en el bosque.

Al amanecer imité el graznido de un cuervo y, al poco tiempo, una multitud de estas aves acudieron al reclamo y comenzaron a llamarse unas a otras. Cuando los fenians *despertaron y descubrieron que Ui Dubhne y la mujer habían conseguido huir, y oyeron los graznidos que resonaban por todo el valle, creyeron que Angus Og había ayudado a escapar a su ahijado. Tan sólo Caoilte Mac Ronan sospechó lo ocurrido y, cuando me preguntó, le conté la verdad.*

–Bien hecho –afirmó–, no es un buen día para ver morir a un hermano.

–Fuiste muy valiente.

–Fue un acto desesperado. Conocía muy bien a mi padre. Se sentiría furioso durante mucho tiempo y le guardaría rencor durante años, pero al final se habría avergonzado de sí mismo, y yo no quería que se avergonzara.

Osián hizo una seña con la mano a Breogan, que asintió, recogió sus pertrechos y se fue.

–De manera que quieres hablarme de la vergüenza.

–Le debes la vida, y la trataste ignominiosamente. No te atreverás a decir que no sientes vergüenza.

–Hablamos de Ainfean, la druida.

–Sabías que hablaríamos de ella.

Asentí.

–He mandado buscarla.

–Mirar en su choza para comprobar lo que había dicho Benin no es buscarla, Padraig.

–Lo sé –repliqué con brusquedad–. Fui al *rath* de Dichu; nadie la había visto. Fui al *fidnemid*, que estaba verde y tranquilo; nadie había estado allí.

–Luego volviste aquí y no seguiste buscándola.

–Pensé que sería lo mejor. Además, creo que es lo que ella desea.

–¡Tonterías! No es lo que desea, sino un regalo que te hace.

–¿Qué quieres decir con eso?

–Es la mujer que te conviene, Padraig. Ella lo sabe, y sabe además que también lo sabes tú. Es fuerte y sincera. Es consciente de que te da miedo lo que sientes hacia ella. No comprendo eso que tú llamas celibato, pero ella sí. Permanece alejada de ti para no ponerte a prueba.

Me di la vuelta y miré por la ventana. Lejos, en el linde del bosque, un hombre cubierto con una capa verde estaba sentado a horcajadas en un alazán negro. Impedí con mi cuerpo que Osián le viera. El jinete desapareció entre los árboles. Me sentí culpable y hablé con franqueza.

–Sin duda me hubiera puesto a prueba.

–En efecto. Sin embargo, creía que tu Dios te hacía fuerte. Has lastimado a una mujer a causa de tu propio miedo. Mi padre consintió en que su más querido amigo fuera al exilio porque había sido deshonrado por una mujer. La grieta que se abrió entre ellos nunca se cerró. Ainfean merece vivir en Sabhal Padraig junto a los demás. Es una mujer sabia y elevará su voz en favor de tu Cristo, si no te asusta que se acerque a ti.

–Eres un capataz muy duro, anciano –dije meneando la cabeza.

–La verdad es muy dura, Padraig.

–Por la mañana iré a buscarla.

–Bien. Entonces ya puedes traerme la cena. Di a Benin que se reúna con nosotros, Padraig. Quiero estar con él mientras pueda.

Exasperado, meneé la cabeza, pero hice lo que me pedía.

22

Quién es ese Angus Og que aparece en la historia que nos has contado? Has dicho que era el padre adoptivo de Ui Dubhne, ¿qué poderes tenía?

Estábamos sentados alrededor del anciano, con las escudillas de estofado y una hogaza de pan en la mano. Estaba demasiado débil para acudir al comedor, y pensé que se sentiría mejor si algunos hermanos y vecinos de Sabhal Padraig cenaban con él. Y parecía haber dado resultado, ya que comía con apetito y bebía con ganas su cerveza. Benin, sentado con las piernas cruzadas a los pies de la cama de Osián, ocupaba el lugar de honor. La cálida brisa de la noche se colaba por la ventana. El ambiente era agradable en la habitación, y sonreí complacido.

–Angus Og es de los Otros.

–¿Quiénes son esos Otros?

–¿No lo sabes? –preguntó con voz atronadora nuestro herrero mientras me miraba de hito en hito.

Osián levantó la mano para hacerle callar.

–Los Otros son el pueblo llamado Tuatha de Danaan. Les llamamos los Otros porque son los otros que viven en Eire. A veces decimos que son el *sidhe*.

–¿Viven aquí? ¿Por qué no conozco a ninguno? Les preguntaría si quieren que les bautice.

Breogan se aclaró la garganta y se movió inquieto en su silla.

–¿Les conoces, hermano? ¿Por qué no me has hablado de ellos?

–Sé quiénes son –respondió Breogan–, pero no he conocido a ninguno en mi vida.

–Los Otros son… tímidos –explicó Osián.

Nuestro herrero se desternillaba de risa.

–Son tímidos –repitió el anciano–. No les gusta vivir cerca de las moradas de los hombres. Prefieren las colinas y las hondonadas de Eire.

–Nunca los habías mencionado.

–Les he mencionado en alguna de mis historias.

–¿En cuál?

–La historia de cómo Fionn recuperó el mando de los *fianna*.

–¿El duende? ¿Era del *sidhe*? Entonces ¿los Otros son diablos?

–No, son criaturas como tú y como yo. Algunas son malvadas, y ésa lo era, pero la mayoría son bellas y bondadosas. Poseen grandes poderes.

–¿Qué poderes? El único verdadero poder pertenece al Señor, nuestro Dios.

–No me refiero a esa clase de poder –replicó irritado Osián–. Los suyos son los poderes de la música y la risa, las canciones y la paz, la curación y la longevidad.

–Yo conozco a una mujer de los Otros –gorjeó alegremente Benin.

–¿De veras? –dije–. Tal vez ha llegado el momento de que me hables de los Otros, Osián.

–O tal vez no –repuso.

Solté mi escudilla y crucé los brazos. Osián me miró.

–¡Oh, muy bien! Pero no creo que estés preparado para oírlo.

–De todas formas, cuéntalo –dije.

Hace mucho tiempo, mucho antes de que nuestra raza ocupara esta tierra, vivía en Eire un pueblo llamado Tuatha de Danaan. ¡Ah!, eran muy hermosos, sus mujeres eran rubias como la luz en verano y sus hombres más altos y apuestos que cualquier fenian.

Claro que los Danaan eran un pueblo mágico, no porque realizaran hechizos e hicieran conjuros, sino mágico en cuanto a belleza. No guerreaban ni se empeñaban en disputas. Los Danaan no caían enfermos y vivían tanto tiempo que, a su lado, los años de los hombres eran como un suspiro. Sus canciones eran inolvidables, sus banquetes una fiesta, sus casas los lugares más hermosos de la tierra.

Vivían en Eire desde hacía mucho tiempo y no conocían la amargura.

Un año, llegaron a los puertos de Eire muchos barcos. Eran los hijos de Mil, que venían desde Iberia porque habían oído hablar de la legendaria belleza de Eire. Entre ellos se encontraba un poeta llamado Amergin, un hombre conocido por su gran poder con las palabras.

Los hijos de Mil arribaron a las costas de Eire y encontraron a los Tuatha de Danaan. Les dijeron que lucharían contra ellos por su dulce isla y les arrojarían de sus costas para siempre.

Los Tuatha de Danaan suplicaron que les concedieran algún tiempo con el fin de prepararse para la batalla, ya que habían perdido la costumbre de guerrear, y los hijos de Mil accedieron. Regresaron a sus barcos y navegaron hasta el horizonte, donde decidieron esperar tres días.

Entretanto los Danaan estaban furiosos y asustados. Eire les pertenecía desde tiempos inmemoriales. No podían abandonarla.

Así pues, hicieron que cayera una niebla sobre el mar, y los hijos de Mil se perdieron en ella. Unos se alejaron navegando y no se les volvió a ver, otros se estrellaron contra los acantilados o encallaron. Cuando la bruma se levantó, muchos de los nueve hijos de Mil habían muerto. Los que sobrevivieron juraron venganza. Llegaron a la playa y persiguieron a los Tuatha de Danaan hasta las llanuras de Moytirra, donde tuvo lugar una espeluznante batalla.

Los Danaan fueron derrotados.

Cuando los hijos de Mil anunciaron que les expulsarían de Eire, una mujer Danaan dio un paso al frente.

–¡No nos desterréis! –suplicó entre sollozos–. Si abandonamos este verde país encantado, moriremos. Desapareceremos de la memoria del hombre, de sus canciones y leyendas. Nadie nos recordará, y seremos como la espuma de las olas del mar.

Sus palabras conmovieron a Amergin.

–Guerreros y hermanos –exclamó–, seamos compasivos en la victoria. ¿Por qué no compartimos con estas gentes las verdes colinas de Eire?

Sin embargo los hijos de Mil recordaron a sus muertos y se mostraron inflexibles.

–No queremos que nos recuerden a los que segaron la vida de nuestros hermanos –respondieron.

Amergin suplicó una vez más:

–Entonces dejadles los lugares donde no morarán los hijos de Mil. Dejadles las grutas y las hondonadas, los meandros de los ríos y los troncos de los árboles, los lugares debajo del agua y las grietas de las rocas.

Los hijos de Mil accedieron por fin, y el pueblo Tuatha de Danaan desapareció en los lugares que les habían concedido. Por esta razón les llamamos los Otros, porque moran en otros lugares, en los lugares en que no viven los hombres. Ésta es también la razón por la que los poetas son los más honrados de entre nosotros, porque la sabiduría y la compasión de Amergin salvó al pueblo Tuatha de Danaan, para que su magia y su belleza perdurara para siempre en Eire.

–Es una leyenda preciosa –dije asintiendo con aprobación.

–No es una leyenda –corrigió Osián.

–No me lo creo. En mi país también se cuentan historias parecidas... de hadas y elfos.

–El *sidhe* no son ni hadas ni elfos. Son reales. Viven junto a nosotros, aunque su tiempo no transcurre al ritmo del nuestro. No les vemos, pero ellos nos observan.

–Es imposible que creas lo que dices.

–Sé que es como te lo he contado.

El anciano, cada vez más agitado, se revolvía en el lecho y respiraba con dificultad. Temí que su frágil salud empeorara, de modo que levanté la mano y dije:

–Muy bien, viejo amigo. –Me volví hacia Benin para añadir–: Hijo, has comentado que conoces a una mujer del *sidhe*. Cuéntanos esa quimera.

Benin habló con seriedad.

–No es una quimera, Padraig. Es mi amiga y ha hablado conmigo toda la vida. Es pequeña y hermosa, su pelo resplandece de tan blanco.

»A veces, cuando la veo por la noche, creo que despide luz, una luz azul.

Pensé que esa menuda mujer del *sidhe* tenía mucho que ver con los relatos sobre los ángeles que había estudiado. ¿Por qué un niño sin padres no podría tener a su propio ángel de la guarda? Sonreí a Benin y le alboroté el pelo.

–Como sueles decir, Osián, hay muchas cosas que ignoro.

–¡Sandeces! –replicó el anciano–. Intentas apaciguarme como a un viejo que chochea. Quiero descansar.

–Osián, es una historia preciosa. ¿Es imprescindible que la crea?

–Ya sabía yo que no estabas preparado para escucharla.

Por lo visto Benin no había terminado, porque nos interrumpió.

–La pequeña mujer del Otro me visitó hace tres noches, Padraig. Me dijo que serías convocado.

–¿Convocado?

–Me explicó que vendría alguien para ordenarte que te presentaras ante Crom Cruach en Mag Sleacht.

–¡Por todos los dioses! –exclamó Osián.

Dos de los hermanos se santiguaron.

–¿Quién es Crom Cruach? –pregunté, asombrado por su reacción.

Los hermanos escucharon en silencio cuando Osián habló.

–Es el dios voraz, el que está hambriento. Hace muchos años, en la antigua Eire, Crom Cruach, para poder saciarse, exigía que el pueblo le ofreciera en sacrificio un tercio de todas sus posesiones, sus animales recién nacidos, sus cereales, su leche y, a veces, hasta sus hijos. Su gran ara de sacrificios está en la llanura de Mag Sleacht, a medio camino de la fortaleza de Leoghaire.

–¿Veis? –pregunté–. ¿Comprendéis por qué el verdadero Dios ha venido hasta vosotros? No exige sacrificios. Sólo os pide amor. ¡Crom Cruach! ¡Sandeces! No pienso ir a ese lugar, tanto si me convoca como si no. –Agité mi dedo señalando a Benin–. Por supuesto que no me creo lo de tu pequeña mujer del Otro.

Pero mis pullas fueron interrumpidas por la súbita aparición del herrero, todavía con su mandil. Detrás de él entró un joven con el hábito marrón y el pelo tonsurado de los monjes.

–Abad Padraig –dijo el herrero inclinando respetuosamente la cabeza–, este joven hermano desea verte.

–Sé bienvenido a Sabhal Padraig. –Señalé a Breogan y los hermanos para añadir–: Eres bienvenido aquí, entre los hermanos en Cristo.

El recién llegado, que se mostraba frío y distante, tan sólo pronunció una frase:

–Declan, sacerdote de Eire, te convoca para que te presentes ante él en Mag Sleacht dentro de quince días.

Y no añadió nada más.

23

La mañana amaneció gris y lluviosa. No fui a buscar a Ainfean ni visité a Osián. Tampoco me preparé para el viaje a Mag Sleacht, ya que el taciturno joven que había entregado el mensaje había rechazado la comida y el alojamiento para desaparecer en el crepúsculo del estío con la misma rapidez con que había llegado. Durante toda la mañana reflexioné sobre el emplazamiento de Declan, preguntándome qué podía significar. Al final desterré tales pensamientos de mi mente, pues ya tenía bastantes preocupaciones con el monasterio, y con el anciano. Era más que suficiente.

Estaba ajetreado en la cocina del monasterio cuando Benin entró corriendo para decirme que Osián quería verme.

–Dile que iré más tarde.

–Ya me ha advertido de que dirías esto. Quiere que vayas ahora.

–¿Quién es aquí el abad?

–Tú, Padraig –respondió Benin, y sonrió con dulzura–, pero Osián es tu amigo, ¿verdad? –agregó.

Le miré con severidad.

–Tal vez eres uno de esos Otros de los que tanto habla. Eres demasiado listo para tener sólo diez años.

Benin se echó a reír encantado.

–Si crees que soy listo, seguramente será verdad, porque eres el hombre más sabio que conozco.

–¡Ah, hijo! –exclamé mientras le alborotaba el pelo–. Iré a ver a Osián.

Estaba incorporado en la cama, apoyado contra las almohadas, observando el lindero del bosque. Entré en su alcoba dispuesto a que me regañara y molesto ante la idea de que un anciano achacoso hiciera que yo, un hombre de más de cuarenta años, me sintiera como un mozalbete.

No mencionó mi promesa de buscar a Ainfean.

En su lugar, me sorprendió.

–Los Otros son la razón de que mi padre tuviera canas.

–¿Canas?

No soportaba la idea de que chocheara como les ocurre a los muy ancianos.

–Sí, el cabello de mi padre encaneció cuando todavía era relativamente joven.

–¿De verdad?

–¡Deja de dar vueltas a mi alrededor observándome como si fuera un viejo senil! Mi padre tuvo un encuentro con los Otros. Quiero contarte lo que pasó.

–No tengo especial interés en escucharte. Esas fábulas son entretenidas, pero tengo otras cosas que hacer en Sabhal Padraig. Prefiero las historias de Fionn y los *fenians*.

–¿Preferirías que habláramos de Ainfean?

–Será mejor que me cuentes la historia, viejo metomentodo.

Una mujer del sidhe *se encaprichó de Fionn y le pidió que se casara con ella.*

–¿El *sidhe*?

–El Otro. Ya te he hablado de esto. Voy a seguir...

Se le ofreció en matrimonio. Era hermosa, como toda su gente, de piel clara, ojos que cambiaban de color y cabello de un dorado cobrizo, pero Fionn todavía lloraba la pérdida de Sabh y no quería saber nada de ella. La mujer del Otro estaba furiosa, de modo que habló con sus hermanas y juntas idearon un plan para vengarse de Fionn.

Fionn, por supuesto, lo ignoraba, por lo que continuó cazando y montando a caballo como siempre había hecho.

Un día en que salió a cabalgar por el bosque llegó a un hermoso lago y vio a una bella mujer que lloraba en la orilla. Fionn se acercó.

–¿Por qué lloras en un día tan bonito y con toda la belleza que te rodea?

La mujer le miró con sus brillantes ojos grises.

–Lloro porque he perdido lo más preciado que tenía.

–¿De qué se trata?

–Mi prometido me dio un anillo con un rubí rojo, tan rojo como el corazón que alberga su amor por mí. Pero se me ha caído al agua y, ¡ay, de mí!, no sé nadar.

Miró el lago, y Fionn observó que sus ojos eran tan azules como el agua. Se apiadó de la pobre criatura.

–Soy un buen nadador –afirmó–. Dime dónde has perdido el anillo e intentaré recuperarlo.

Así pues, Fionn se sumergió en el agua y buscó la sortija, pero no la encontró. Cuando sintió que, si no tomaba aire, moriría, salió a la superficie y observó que la mujer seguía llorando lastimeramente.

–¿No lo has encontrado, Fionn?

–No he podido. De todos modos, si tu prometido te ama como dices, ten la seguridad de que te perdonará.

La mujer meneó la cabeza con tristeza.

–Ha muerto, fenian.

Entonces Fionn comprendió la profundidad de su dolor y volvió a sumergirse, pero no consiguió recuperar el anillo.

Esta vez, cuando regresó a la superficie, la mujer tenía la vista clavada en el agua, y sus ojos eran tan verdes como la hierba que la rodeaba. Sonrió.

–Es una pena, fenian, porque lo has intentado de verdad –afirmó–. Era lo único que me quedaba de él y ahora ha desaparecido. No deseo seguir viviendo. De todos modos te agradezco tu amabilidad.

Fionn no quería que la mujer muriera, de manera que se sumergió una vez más y permaneció debajo del agua mucho tiempo, hasta que por fin vio el reflejo del oro en el limo del fondo.

Emergió del lago con el anillo, triunfante, pero antes de que llegara a la orilla la mujer se lo arrebató de la mano, se zambulló en el agua por encima de su cabeza y desapareció bajo la superficie. En ese momento Fionn se asustó, porque sabía que sólo una mujer del sidhe podía hacer tal cosa y recordaba a la que había rechazado. Salió del agua y se tendió en la orilla, pero tenía la impresión de que sus miembros se diluían y no podía ponerse en pie. Quedó profundamente dormido en la misma ribera.

Al ver que Fionn no regresaba a la sala de banquetes, Caoilte Mac Ronan empezó a preocuparse.

Reunió a los perros de Fionn y algunos fenians para salir en su busca.

Por fin llegaron a un hermoso lago y vieron a Fionn en la ribera. Caoilte se acercó a él y observó que no podía levantarse. Yacía en la orilla, y su pelo era tan blanco como las espinas de un pez. Tampoco podía hablar, de modo que señaló el lago hasta que por fin su amigo comprendió.

Caoilte llamó a los fenians, construyeron un bote y colocaron a Fionn en él. Navegaron hasta una pequeña isla situada en medio del lago porque en ella había una gran colina. Los fenians sabían que era una de las moradas del sidhe.

En cuanto llegaron a la loma empezaron a cavar y no pararon hasta bien entrada la noche. Por fin encontraron una puerta en las profundidades de la colina. La abrieron de par en par y encontraron a una hermosa mujer. Tenía el pelo de un rojo cobrizo y los ojos tan grises como la luz del alba. En sus manos sostenía una copa.

Avanzó hacia Fionn y se arrodilló. Él la reconoció como la mujer del Otro que le había ofrecido su mano.

–Esta maldición es obra de mi hermana –susurró ella–, que montó en cólera al saber que me habías rechazado, pero yo no te guardo rencor. Si quisieras beber de mi copa, recuperarías la voz.

Fionn recelaba, pero sabía que no tenía elección. Así pues, tomó un trago e inmediatamente pudo hablar.

–Ha sido un cruel ardid el de tu hermana –dijo–, porque empleé todas mis fuerzas para ayudarla a encontrar su anillo.

–En efecto –convino la mujer del Otro–, pero si tomas otro sorbo de mi copa, haré que recuperes la fuerza de tus extremidades, porque no te guardo ningún rencor.

Fionn obedeció y, poco a poco, sintió cómo sus brazos y piernas recobraban su fuerza. Se levantó y observó a la mujer, que le sonrió con amabilidad; sus ojos eran del azul del lago que la rodeaba.

–Bebe por tercera vez, Fionn, y haré que tu pelo recupere su color dorado.

Fionn miró a la mujer y la copa que le tendía y negó con la cabeza.

–Tu hermana me maldijo en tres ocasiones pidiéndome que me sumergiera hasta el fondo del lago. Si bebo tres veces de tu copa, también me maldecirás, porque creo que ésta es la copa de esponsales. Prefiero conservar mi cabello de este color a casarme con una mujer que me engaña de esta forma.

La mujer arrojó la copa a Fionn y corrió hacia la ladera de la colina. Antes de que los fenians *pudieran darle alcance, se deslizó a través de la puerta y echó el cerrojo.*

Y el pelo de Fionn siguió siendo blanco hasta el final de su vida.

Osián dejó de hablar. Ambos permanecimos un rato en silencio.

–¿Bien? –dijo.

–Creo que es una bonita manera de explicar por qué encanece el pelo. En cuanto a mí, ya ves mi tonsura, de manera que mis canas se esconden debajo del cuello de mi hábito.

Me reí de mi propio chiste, pero con cierta incomodidad.

–No has creído nada de lo que te he contado.

–Es un relato precioso. Pediremos a Breogan que lo escriba y lo leeremos a la gente de Sabhal Padraig durante la cena.

–Eso no basta, Padraig –repuso.

Se recostó contra sus pieles de lobo y cerró los ojos.

–Te has fatigado –susurré–. Te dejaré descansar y más tarde enviaré a Breogan con sus útiles de escritura.

–Podía cazar durante todo el día sin cansarme, Padraig –explicó Osián con un suspiro–, todo el día a pie o a caballo, y después estar de fiesta y contar historias hasta la noche. Mi cuerpo no se acostumbra a envejecer. Me alegrará abandonarlo.

Me desagradaba que hablara así. Intenté que mi voz adoptara un tono juicioso, aleccionador, el apropiado para dirigirse a los viejos y los quejicas.

–Los años nos afectan a todos por igual, Osián. Hemos hablado de las canas de tu padre. Mírame. Soy un hombre de poco más de cuarenta años, pero observa mis manos; parecen las garras de un pájaro. Imagina cómo serán cuando tenga tu edad –añadí mientras le enseñaba mis manos, de dedos doloridos y sarmentosos.

Abrió los ojos de par en par, intensos, azules, furiosos.

–¡No me crees, Padraig!

–¿Creer qué?

Retrocedí ante la fuerza de su ira.

–Las historias sobre la vida de mi padre, sobre la mía… No me crees.

–Creo todo lo que me has contado sobre su vida, Osián, te lo he dicho muchas veces, pero esta historia de su pelo… es tan sólo un cuento, un pasatiempo. ¿Por qué es tan importante que me lo crea?

–¡No soy un viejo! –exclamó de pronto.

No dije nada; miré sus manos nudosas y su pelo blanco. No quise ofenderle.

–Te dije que era joven, ¡joven! –vociferó–, hasta que vine aquí para hablar contigo. ¡Y no quieres creerme!

–¿Qué quieres que crea? ¿Que te has mantenido vivo y joven durante casi doscientos años? Sé que eres Osián; mi mensajero me lo confirmó. No sé cómo viniste, ni quiero saberlo. Te mandó el Señor, y eso basta. Dejemos que este cuento del Otro se presente como lo que es, un pasatiempo, un delicioso entretenimiento para los hermanos durante la cena. ¿Por qué exiges una y otra vez que te crea?

–¡No eres digno! –bramó Osián, y recorrió la habitación con una mirada iracunda, como si esperara que alguien le replicara–. ¡No eres digno de Eire!

Con gran dificultad apartó las pieles de lobo y se puso en pie, como si se dispusiera a marcharse. Su cara enrojeció a causa del esfuerzo, y su respiración se tornó rápida y superficial. Las piernas no podían sostenerle. Me embargó el pánico.

–No, por favor –supliqué corriendo hacia él–. Tranquilízate, anciano. Siento haberte ofendido. Sabes lo mucho que me gustan tus historias. No te enfades conmigo, no entiendo por qué te has enfadado tanto. Dime por qué te has enojado.

Osián dejó escapar una risa de amargura, cansada. Volvió a recostarse sobre las pieles del lobo y, con los ojos cerrados, agitó la mano hacia mí como si intentara alejar un insecto.

–Si te lo digo, no lo creerás, Padraig. Estoy furioso porque quisiera contarte una historia que no vas a creer. Estoy furioso contigo porque no irás a buscar a esa mujer. Estoy furioso porque te han convocado en la llanura de Crom Cruach y no piensas ir. Un hombre de Eire jamás rehúye los desafíos. Me agotas con tu estúpida cabezonería. Hay más al otro lado de las paredes de este monasterio de lo que tu mente sospecha. Te gustaría que el mundo tuviera reglas y ataduras, y fronteras muy estrechas. No eres todavía lo bastante sabio para ver el camino que se abre delante de ti.

Caminé hacia la puerta. Me sentía como un niño pequeño.

–Lamento haberte disgustado, anciano, pero recuerda que no soy un hombre de Eire. Tus costumbres no son las mías.

–Espera, Parrig.

Me di la vuelta. Había abierto los ojos y en sus labios jugueteaba, inesperada, una sonrisa alegre, satisfecha.

–A menudo te he oído hablar de ángeles y demonios.

Enseguida advertí la trampa que me tendía. Había estudiado teología con los mejores eruditos del continente. Había leído sobre ángeles y demonios. Me irritaba a medida que me daba cuenta de con qué facilidad había caído en su trampa.

–Alguna vez te he dicho que discutes como un sofista.

Osián sonrió divertido.

–No es un cumplido, anciano. ¿Tu gente del Otro? No tiene nada que ver.

–¿Cómo puedes estar tan seguro?

–Estoy seguro. ¡Ángeles que viven en Irlanda! ¡Sandeces!

–¿En qué otro lugar podrían vivir?

Se echó a reír con ganas, y apreté los dientes para contener mi rabia.

–Demonios, sí –repliqué–. Que haya demonios en Irlanda, no me parece tan descabellado.

–¿Te asustan? ¿Por eso no quieres ir a Crom Cruach?

–¿Miedo? ¿De un viejo ídolo de piedra? ¿Qué debería temer con la protección de mi Dios? ¡Mi Señor es mi espada y mi escudo! –Me interrumpí de pronto–. Quieres provocarme. ¿Por qué?

–Porque te conozco. Sientes curiosidad por el mensaje de Declan, pero te niegas a ir porque crees que moriré mientras estés fuera. El monasterio seguirá funcionando aunque no estés. Yo estaré bien aunque tú no estés. Todos seguiremos aquí cuando vuelvas.

–No puedes saberlo.

–Lo sé. Si hubiera llegado el momento de que muriera, el *sidhe* ulularía mi muerte desde el más allá.

–¡Y dale con el *sidhe*! ¡Esos seres no existen! Y en cuanto a Declan, ¿por qué razón debería obedecer a un sacerdote irlandés sin importancia?

–Porque él te considera un sacerdote bretón sin importancia. Porque te está desafiando. Porque tal vez no te ha convocado Declan, sino Crom Cruach. Claro que si piensas que tu Dios quiere que desaparezcas en silencio, que regreses a tu país...

–¡Eso no es lo que mi Dios quiere! –espeté sin pensar.

–¡Ah! –exclamó Osián–. Por cierto, ¿alguna vez has considerado, Padraig, que esa mujer de la que habla Benin podría ser uno de esos ángeles a los que tanto cariño tienes? De ser así, te han convocado dos veces.

Le di la espalda para que no notara que ya me había planteado esa posibilidad, pero lo adivinó por la posición de mis hombros y se echó a reír.

–Te conozco, Padraig. Pensarás sobre ello durante el resto del día; mañana, lo considerarás de nuevo y, al tercer día, recogerás tus cosas para irte.

Salí enfurecido de la habitación, acompañado por el sonido de sus carcajadas. Durante lo que quedaba del día, cada vez que pensaba en los benditos ángeles o en los condenados Otros, en el voraz Crom Cruach y en las convocatorias de Declan, maldecía la risueña alma de Osián.

Por la noche llamé a Breogan y empezamos a disponerlo todo para emprender un viaje hacia el sur.

24

No sé qué esperaba de Declan o de su emplazamiento. A decir verdad, apenas pensé en ello mientras cabalgaba hacia Mag Sleacht, preocupado como estaba con mi caballo, seguramente la más cabezota y peligrosa de todas las criaturas de Dios. Y tal vez la más estúpida.

Breogan y yo emprendimos solos el viaje a Mag Sleacht, y a caballo, para ir más rápido. Había decidido presentarme, departir con el levantisco Declan y volver al galope a Sabhal Padraig.

De hecho ya sospechaba de qué se trataba, de la renuencia de Declan a aceptar que un extranjero, bretón para más señas, se ocupara de los asuntos de Cristo en Eire.

Sin embargo cuando llegamos a Mag Sleacht, supe que había de disputar mi gran batalla en Eire.

La llanura en sí misma no era gran cosa, un campo rodeado de árboles y más campos, pero Declan había reunido a docenas de hombres. Mientras avanzábamos hacia ellos, distinguí las túnicas blancas de los druidas y los trajes multicolores que vestían quienes supuse eran de otra condición.

–¿Quiénes son? –pregunté a Breogan.

–Son *brehons*.

Jamás había oído hablar de ellos y meneé la cabeza.

–Guardianes de la ley, Padraig. Conservan en la memoria cada una de las leyes de Eire y cada caso que se ha presentado ante esa ley. Rigen la tierra y el ganado, el precio del honor y las ofensas, los hombres libres y los esclavos.

–¿Por qué están aquí?

Breogan tardó en responder.

–Es posible que Declan les haya pedido que fallen contra tu presencia en *Eire*.

–¡Contra mi presencia! Ha sido Dios, el Creador de todas las cosas, quien me ha enviado aquí.

–Nuestro dios no tiene voz en las leyes de Eire.

Me volví para mirarlo. No sonreía.

–Aunque determinaran en mi contra, no significaría nada. He sido enviado aquí, y aquí me quedaré.

–Entonces te condenarán a muerte.

–¡A muerte!

–Seguramente por esa razón Declan ha elegido este lugar para vuestro encuentro. Ésta es la Llanura de la Postración, donde se celebran los sacrificios que mantienen el equilibrio de Eire.

–Es una práctica pagana. Declan es un sacerdote de la cristiandad.

–Sin duda ya te habrás percatado de que la línea que los separa es confusa.

–¿Qué hacen los druidas aquí? Ellos no establecen la ley.

–No –convino Breogan–, pero son ellos quienes celebran los sacrificios.

En ese instante la piedra de Crom Cruach apareció amenazadora ante nuestra vista. Había visto las rocas que se alzaban en las tierras de Eire, los dólmenes de los que Osián hablaba en sus historias y los círculos que se desperdigaban por las llanuras, pero nadie me había preparado para el ídolo de Crom Cruach. Era más alto que cinco hombres de Eire puestos de pie cada uno sobre los hombros del otro. Era tres veces más ancho que cualquier ser humano, y sus pies estaban profundamente hundidos en la tierra. Más adelante descubrí que el terreno que le rodeaba tenía un sonido distinto, como el retumbar de tambores.

A su lado había dos centinelas de menor tamaño. Quedaban empequeñecidos por la enorme magnitud de la piedra que representaba al dios, aunque cada uno de ellos era tan gigantesco como el gran círculo de rocas que hay al sur de Bretaña. Las tres piedras estaban talladas con tal profusión que no quedaba libre ni un palmo. Espirales y círculos giraban alrededor de nudos y serpentines trenzados que recordaban a las serpientes, aunque no hubiera ninguna en Eire. Un texto escrito en la lengua que Osián denominaba *ogham* destacaba en la parte superior derecha de la piedra. Lamenté que el anciano no estuviera con nosotros para descifrarlo.

Me negaba a que una trinidad de rocas me asustara cuando mi propia Trinidad viajaba conmigo para protegerme. Me volví hacia Breogan.

–Los que crearon esto eran como los romanos, excelentes ingenieros. Y artesanos. Es una pena que los paganos lo utilicen para un fin tan disparatado.

Breogan se santiguó, con la cara pálida y húmeda por el miedo.

–Hermano, ¿no creerás en estos desatinos sobre ídolos? –le reprendí.

–No, Padraig, pero siempre he creído en la crueldad de los humanos. Mira, por ahí viene Declan.

En efecto, el hermano se acercaba flanqueado por seis *brehons* con sus trajes multicolores. Decidí comportarme como un ser civilizado y le saludé con una sonrisa.

–Hermano en Cristo, es un placer volver a verte. ¿Qué necesitas de nosotros para hacernos abandonar nuestro trabajo en Sabhal Padraig?

–Abad Magonus Succatus Patricius –dijo con tono cordial al tiempo que se inclinaba en una reverencia–, hemos preparado habitaciones y comida para que os recuperéis del viaje. Es costumbre en Irlanda que la hospitalidad preceda a cualquier otro asunto que deba tratarse, lo que, por cierto, tal vez no sepas. ¿Queréis compartir nuestros alimentos con nosotros?

–Con suma gratitud nos sentaremos a la mesa de nuestro hermano Declan –contesté.

No fue hasta que hubimos comido pan y miel, liebre y puerros, pasteles de bayas y bebido leche, y después de haber sido obsequiados con canciones e historias, cuando Declan empezó a hablar del asunto por el que me había convocado. Me sentía muy agitado y un hormigueo de nerviosismo me recorría todo el cuerpo, pero sabía que Declan esperaba ver cómo reaccionaba, así que permanecí en silencio, sonriendo cortésmente a los reunidos, que mantenían esas conversaciones banales sobre personas y lugares que tanto gustan a los irlandeses. Sólo Breogan advertía mi inquietud, y de vez en cuando veía cómo su cabeza se inclinaba en un rápido y fervoroso ruego.

Al cabo de un rato, Declan se levantó y se dirigió a los presentes.

–Hermanos y *brehons*, tenemos entre nosotros a un obispo de Cristo, un predicador del único Dios. Se trata del abad Magonus Succatus Patricius de Bretaña. Nos sentimos honrados con su visita.

Hizo una pausa. Unos pocos de los reunidos aprovecharon para darme la bienvenida. El ambiente era amistoso, a pesar de que les visitaba un dignatario. Me mantuve tranquilo y esperé.

–Magonus Succatus Patricius ha trabajado incansablemente por la Santa Trinidad. Ha predicado por toda Eire. Ha bautizado a muchos. El invierno pasado estuve en la fortaleza de Angus de Cashel, donde el obispo había bautizado a ese gran caudillo y a muchos de los hombres de su clan.

De nuevo los presentes murmuraron complacidos. Quedé perplejo por la forma en que Declan hablaba de mí.

A mi lado, Breogan siseó:

–Está haciendo el elogio del héroe. Se pronuncia antes de que el héroe se vaya a otro lugar, muera… o sea sacrificado.

–Los cristianos de *Eire* –proseguía Declan– siempre estaremos agradecidos a Magonus Succatus Patricius. Muchos de vosotros sois cristianos, hermanos *brehons*, y os pido que reconozcamos la labor que el obispo de Bretaña ha llevado a cabo.

Entonces todos se pusieron en pie para cantar mis alabanzas y apurar sus copas cada vez que alguien mencionaba una de las historias que les habían contado sobre mí. Alcé la mía en señal de gratitud y tomé un trago.

Declan reanudó su discurso y, por fin, llegó al meollo de la cuestión.

–Sin embargo en Eire hay quien opina, yo entre otros, ya que debo decir la verdad ante el obispo, que la cristiandad se dividirá si es un extranjero el que la predica en Eire. Algunos creemos que la Palabra debería ser difundida entre los irlandeses por aquellos que mejor los conocen, por sus propios paisanos, por aquellos que pueden explicar la nueva religión de una manera que los hombres y mujeres de Eire acepten y comprendan.

Era lo mismo que yo había pensado muchas veces y, de manera inconsciente, asentí ante la sabiduría de sus palabras.

–Por consiguiente, *brehons* de Eire, os pido que os pronunciéis sobre el obispo de Bretaña. ¿Debe permanecer en Eire o volver a su país? Además os pido que consideréis qué *eric*, qué precio del honor, debería pagársele si determinarais que regresara a su tierra, ya que sólo retornará como héroe de Eire.

Los asistentes aplaudieron y vitorearon a Declan.

De pronto se produjo un alboroto en la puerta, y Ciaran e Ibar entraron como una tromba, pero no tuve ocasión de saludar a los hermanos que había conocido en Cashel, ya que se dirigieron a Declan furiosos.

–¿Qué has hecho, hermano?

–¿Quieres dividir a los seguidores de Cristo con tus mezquindades?

–¿Has presentado el caso ante la ley?

Ciaran se volvió hacia mí.

–Hermano Padraig, te ruego que perdones esta ofensa.

En ese momento uno de los *brehons* se levantó. Creí que sería el juez de mayor rango, ya que era el único que se adornaba con un collar de oro en forma de media luna. Empezó a hablar.

–Declan de Eire nos ha presentado un caso legal. El obispo Magonus Succatus Patricius de Bretaña nos ha traído la palabra de un nuevo dios. Ha bautizado a muchos con sus propias manos, pero muchos otros se han enfurecido por sus costumbres romanas o han tenido miedo de sus enseñanzas, porque algunas veces las predica con dureza. Además, algunos afirman que Magonus Patricius se cree superior a los habitantes de Eire, que nos considera toscos e ignorantes. ¿Debe permitirse que una persona así asuma la responsabilidad de una tarea tan importante? Contrarrestan estas opiniones las excelentes enseñanzas del obispo, la forma como utiliza los signos y símbolos de Eire para difundir la doctrina del nuevo dios, lo que muchos aprueban. Asimismo, numerosas personas creen que la presencia del anciano *fenian* junto a este sacerdote demuestra que se ha adaptado a Eire. Nosotros, *brehons*, debatiremos este caso. Examinaremos los precedentes en la historia de Eire y expondremos nuestro fallo dentro de tres días.

No supe qué decir, de modo que agaché la cabeza con humildad y luego tendí las manos con las palmas hacia arriba.

–*Brehons* y hermanos, un hombre del Dios Único nunca debe temer la verdad. Por eso os digo que mucho de lo que aquí se ha explicado es cierto. Llegué a Eire lleno de rencor y orgullo. Me resultó muy difícil regresar, porque en vuestro país había sido esclavo. Arrastraba una gran amargura por los años de mi juventud que me habían sido arrebatados.

»Sin embargo, mi Dios me exigió que regresara y, aunque vine de mala gana, ahora me iría de mala gana de este verde país.

»Podéis fallar mi caso, *brehons* de Eire, y acataré el veredicto si el Señor mi Dios lo acata también. Si Él decide que debo quedarme, respetaré Su voluntad, ocurra lo que ocurra.

Salí del salón, seguido por Breogan, Ibar y Ciaran. La vivienda que Declan había construido para nosotros se hallaba cerca del gran ídolo de piedra y estaba apartada del resto. Mientras caminábamos hacia allí, vi a druidas por todas partes, pero no distinguí a Mal, Coplait ni a ninguno de los que habíamos convertido.

Cuando nos acercábamos al ídolo, vi un espectáculo que me heló la sangre y aceleró los latidos de mi corazón.

Un corrillo de druidas estaba de pie frente a él. A la altura de sus cabezas, la piedra aparecía manchada de sangre. Cuando se dieron la vuelta para mirarme, observé que tenían la cara ensangrentada y que a algunos se les veía el hueso de la nariz, ya que se habían arrancado la piel que lo cubría.

Al ver cómo se habían desfigurado exclamé:

–Breogan, ¿qué les ha ocurrido?

Fue Ciaran quien respondió.

–Rinden culto a Crom Cruach, Padraig. Le adoran con su sangre y sus huesos. Le piden que les conceda el honor de celebrar un sacrificio en su nombre.

No conseguí dormir. Yací despierto en la pequeña casa de madera y oí cómo se apagaban los sonidos de la noche cuando los druidas y los *brehons* se retiraron a descansar.

Cuando el campamento quedó en silencio, me levanté, me puse mi capa y me encaminé hacia la piedra de Crom Cruach.

Observé largo rato la sangre que la cubría. Los ídolos no me provocaban ningún temor, pero me embargó una gran tristeza.

Había venido a este país y había cambiado a su gente pensando que lo hacía por su bien, para traerles la luz de la Trinidad, pero ¿y si en realidad les había dividido? ¿Y si les había desunido y separado? Para mi vergüenza hube de reconocer que una parte de mí había deseado que eso ocurriera cuando regresé, que había ansiado la venganza contra un pueblo que me había robado la vida no una vez, sino dos.

En el fondo de mi corazón deseé sólo por un instante que los *brehons* fallaran contra mí, porque de ese modo, aunque derrotado, volvería a casa. A casa.

Cerré los ojos. La carita de Benin apareció ante mí. ¿Qué era lo que había dicho? Que era el hombre más sabio que había conocido. Reí con tristeza. Añoraba alborotarle el pelo.

Pensé en Breogan, con el cuerpo dolorido tras haber cabalgado hasta este lugar, que nunca me abandonaba. Recordé al joven Longan, al que volvería a ver en Tir Nan Og. Me sonrojé de vergüenza al pensar en cómo había maltratado a Ainfean. Evoqué a cada uno de los hermanos, a cada uno de los habitantes de Sabhal Padraig. Y a Osián, el *fenian* de Irlanda, que lo había abandonado todo por venir a mi lado.

¿Acaso no era responsable de ellos, de la misma manera que un padre es responsable de los hijos que ha criado y educado?

Algo en mí exigía más, más que la responsabilidad hacia el pueblo de Eire. Analicé este pensamiento, libre de miedo por primera vez, hasta que oí unos pasos detrás del gran ídolo de piedra.

–Magonus Succatus…

Era Declan.

–Hermano… –Me interrumpí al ver que se cruzaba los labios con un dedo.

Me llevó detrás de la roca, y no sentí miedo, aunque sabía que la muerte me rondaba.

Nos sentamos en el suelo y nos apoyamos contra la gran piedra. Me eché a reír.

–El viejo Crom Cruach no es tan terrorífico.

–Bastante terrorífico, abad, porque ha acudido a Mag Sleacht una violencia a la que no invité.

–¿De qué violencia hablas?

–Los druidas. Invité a los *brehons*. ¿No te das cuenta, Magonus? Eire no debe ser dividida a causa de Cristo. Hay que conquistarla con delicadeza, como el esposo a la esposa. No te deseo ningún daño. No quiero que te suceda nada malo, pero los druidas que han venido son los servidores de la oscuridad. Si los *brehons* fallan en tu contra, deberás abandonar Eire de inmediato. No hay más remedio, porque temo que, si no lo haces, te matarán.

Le sonreí con tristeza.

–Sabes que debo hacer lo que Dios me ordene, hermano. Él me atará, Él me liberará. Ninguna ley puede obligarme.

Declan meneó la cabeza con exasperación.

–No, hermano. Estoy hablando de los que sirven a las tinieblas. No los subestimes. Tienen poder.

–No subestimo el poder de las tinieblas, Declan, porque quien conoce la vida de Nuestro Señor sabe cómo los malvados lucharon contra Él, pero lo que tenga que ocurrir aquí ocurrirá. Ninguno de nosotros podrá detenerlo.

–No quiero ser un Judas, Magonus. No te deseo ningún mal.

–Lo sé, Declan, pero ya no está en nuestras manos.

Permanecimos un rato en silencio. Cuando Declan volvió a hablar, su voz era grave.

–No estás enfadado conmigo.

Era una afirmación.

–No. Muchas de las cosas que dijiste eran verdad. Muchas. Esta noche he meditado al respecto.

Continuamos sentados hasta que la luz del amanecer alumbró la llanura. Me levanté para ir detrás del ídolo de piedra y me arrodillé de espaldas a él. Dirigí la mirada hacia el este, lejos de Crom Cruach. Declan hizo ademán de marcharse.

–¿Quieres rezar conmigo, hermano? –susurré.

Titubeó un momento antes de arrodillarse a mi lado. Estuvimos largo rato en silencio, hasta que al fin musité la única oración que podía rezar:

–Hágase tu voluntad, Señor. Tu voluntad será la nuestra.

–Amén –dijo Declan.

Cuando, poco después, los druidas llegaron a Crom Cruach, nos encontraron allí, de rodillas, juntos.

Tenía miedo esa tercera mañana, un miedo profundo que me atenazaba el estómago y hacía que me temblaran las piernas como un niño que empieza a andar.

Tras darme un baño me arrodillé con Breogan, Ciaran e Ibar para rezar. Luego nos dirigimos al gran salón para escuchar el fallo de los *brehons*. Éstos aguardaban sentados en un estrado provisional que presidía la estancia, y los druidas, reunidos junto a una de las paredes, me recordaban, con sus caras destrozadas y cubiertas de sangre, las de aquellos personajes truculentos de los antiguos relatos que contaba Osián.

Permanecí de pie ante ellos, en silencio, mientras mi corazón latía con la fuerza del *bodran* en el gran *feis* de Tara.

El portavoz de los *brehons* se levantó y se dirigió a mí.

–Abad Magonus Succatus Patricius de *Bannaevum* de *Tiburnae* en *Britannae*, nosotros, *brehons*, hemos llegado a un veredicto en el caso que nos presentó Declan, sacerdote de Eire, pero antes de pronunciarlo te otorgamos el derecho de hablar ante nosotros, como es costumbre en Eire. ¿Utilizarás este derecho?

–Sí.

Cerré los párpados para rezar en silencio. Cuando abrí los ojos, recorrí con la mirada los rostros de los presentes.

–Debéis comprender que voy a hablar, no con vosotros, sino con mi Dios. –Alcé las manos y levanté la vista hacia el cielo–. ¡Padre! –exclamé–, Tú, que eres la Trinidad, la Luz, la Palabra; Tú, que has iluminado el centro de mi ser, escúchame. Decide por mí, ¡oh Señor!, porque acataré Tu voluntad, Tu decisión será la que me retenga en Eire o me haga regresar a mi país. Cumpliré Tu voluntad sin temor y de todo corazón.

Incliné la cabeza para ocultar las lágrimas que inundaban mis ojos y se deslizaban por mis mejillas.

El sonido empezó a retumbar bajo mis pies. Parecía el gruñido de una bestia enorme. Un murmullo recorrió el salón. Del exterior nos llegó un restallido, un sonido como de un rayo, seguido de un retumbar profundo que no era el de un trueno, sino que parecía provocado por las montañas al moverse. El suelo se agitaba bajo mis pies, ondulaba como las olas del mar. Caí de rodillas y puse las manos sobre la tierra helada. Alrededor se oían gritos de espanto mientras muchos caían rodando por el suelo.

Las paredes del salón temblaban como árboles azotados por el viento, y el techo de paja cedió y se derrumbó sobre nuestras cabezas.

Brehons y druidas corrían aterrorizados profiriendo alaridos, conjuros y desesperadas llamadas de auxilio.

Entonces una pared se desmoronó.

La tierra dejó de moverse y se quedó inmóvil.

Me levanté y miré hacia la llanura a través del hueco donde una vez había estado la pared.

Crom Cruach, el antiguo ídolo de piedra, ya no se alzaba orgulloso donde siempre había estado. Yacía en el suelo boca abajo, con sus centinelas caídos sobre su espalda, como los cuerpos de dos niños muertos sobre el del ser que les había engendrado.

Después, el caos reinó en la colina.

Numerosos druidas corrían por la llanura para perderse entre los árboles. Otros se hincaron de rodillas a mis pies y pidieron ser bautizados.

En cuanto a mí, quedé sin habla. No pronuncié ningún discurso, sino que me limité a recitar las palabras del bautismo maquinalmente. Me embargaba una intensa alegría. El Señor había elegido. Y había elegido Eire.

25

Me gustaría contarte la historia de Dhiarmuid y Grainne.

—Ya me la contaste antes de que me marchara —le recordé mientras le servía la cena.

Desde que regresé de Crom Cruach me sentía triste porque notaba que el anciano empezaba a desvariar.

Me di la vuelta y observé el linde del bosque, como si esperara ver al jinete con su capa verde. Enseguida me irritó mi propia estupidez.

—Hoy no ha venido —oí que decía Osián a mi espalda—. Tampoco vino durante tu ausencia, pero creo que pronto volverá.

Me senté en el alféizar, y Osián rió con expresión burlona.

—¿Crees que tapando la ventana con tu corpachón evitarás que venga, sacerdote?

Suspiré.

—Osián, acabo de regresar y estoy agotado. ¿Por qué me provocas precisamente hoy?

—Porque sé qué estás pensando. Piensas que desde que te fuiste me he vuelto imbécil, que he perdido la cordura. Te equivocas. Sé lo que digo. Sólo te conté una parte de la historia de Dhiarmuid y Grainne, y quiero que conozcas el resto. Y yo quisiera saber cómo terminó la vida de mi padre antes de que termine la mía.

—¿No sabes cómo murió tu padre?

—No. ¿Quieres que te cuente por qué no lo sé?

–Llamaré a Breogan.

–No, me gustaría contarte el resto de la historia sólo a ti.

Le miré sorprendido. Movió la cabeza.

–Es una historia muy amarga.

–Pero tú les ayudaste a escapar.

–Esa vez sí.

–¿Hubo otras veces?

–Pasó algún tiempo. Me casé, y mi mujer murió al dar a luz a nuestro hijo, Óscar. Y Óscar creció. Tal vez transcurrieron cinco años. Mi padre continuó cazando y ocupándose de Eire, pero maldecía a Ui Dubhne cada vez que alguien le nombraba.

»Este asunto abrió una grieta entre mi padre y yo y algunos *fenians*, ya que opinábamos que Dhiarmuid sólo había hecho lo que le obligaba el código del honor.

–Estoy de acuerdo con tu padre. Dhiarmuid pudo haberse negado.

–No comprendes la naturaleza del *geas*.

–Quizá no, pero comprendo muy bien la naturaleza de la traición de un amigo.

Recordé la confesión de Declan en Mag Sleacht. Le había otorgado mi perdón sin que me lo pidiera.

Osián asintió con la cabeza.

–Tienes razón, Padraig. Estaba esa herida. Todos queríamos a Ui Dubhne, incluso mi padre, pero recordarle era como echar sal sobre la herida. Pasaron algunos años, como te he dicho, y creí que todo se había calmado y llegado a olvidar.

–¿Qué ocurrió para que surgiera de nuevo?

Osián suspiró.

–Te lo contaré –anunció– como debe contarse una historia.

Goll Mac Morna murió. Los fenians *le lloraron durante mucho tiempo, pero en cuanto el período de luto pasó los sobrinos de Morna decidieron reinstaurar su antiguo feudo con el clan na Bascna.*

Por ello se empeñaron en una guerra contra Fionn y sus fenians, *y resultaron derrotados. Los sobrinos de Morna y los soldados que habían peleado con ellos fueron desterrados a Alba por su deslealtad. Mas los soldados languidecían lejos de Eire y al final decidieron llamar a Art Mac Morna.*

–Debes presentarte ante Fionn –le dijeron– y hablarle de nuestro arrepentimiento y nuestra amargura. Pídele, no, suplícale que nos permita regresar a Eire.

Art Mac Morna meneó la cabeza.

–Fionn no cederá. Ya sabéis que, desde que Ui Dubhne se llevó a la hija de Cormac, no perdona la traición. Su corazón ha olvidado el perdón. Se ha endurecido.

–Entonces deberemos ofrecerle algo a cambio –repusieron los soldados.

Art Mac Morna era un hombre listo y taimado. Una vez que hubo reflexionado sobre lo que le habían dicho los soldados, trazó un plan.

Envió un mensaje a Fionn para informarle de que había oído comentar que Dhiarmuid y Grainne habían vivido escondidos en Alba, pero que ya habían regresado a Eire. Nada de esto era cierto, pero Mac Morna creyó que podía utilizar esta treta para suscitar el interés de Fionn. Y no se equivocaba porque, apenas recibió este mensaje, Fionn aceptó recibirle.

Mac Morna acudió solo a Almhuin. Se postró a los pies de Fionn y le habló con tono meloso.

–Gran fenian, *cometimos un error al pelear contra ti y contra tu clan. Mi tío Goll Mac Morna no lo hubiera consentido, ahora lo comprendo.*

Fionn resopló asqueado.

–Lo has comprendido porque has sido derrotado. Intentas comprar la forma de regresar a Eire, de modo que deja de decir estupideces y dime cuál es tu oferta.

Art Mac Morna se levantó.

–Bien, ignoro dónde están Ui Dubhne y la mujer; sólo sé que han regresado a Eire. Propongo que pidamos ayuda al clan Nevin.

Fionn se le quedó mirando en silencio.

–Los del clan Nevin son los mejores rastreadores de todos los fianna, *pero ya habría recurrido a ellos si hubiera querido.*

–No hubieras podido hacerlo porque en el fondo de tu corazón sigues queriendo a Ui Dubhne.

–Dime cuál es tu propuesta.

–Propongo encontrar a Dhiarmuid y Grainne, matarles y traerte sus cabezas por la injusta forma en que te traicionaron.

–Si lo haces –repuso Fionn–, suspenderé la pena de destierro y os permitiré regresar a Eire.

Esa tarde, se sintió acongojado y llamó a sus fians.

–Acompañaremos al clan Nevin en la búsqueda –anunció.

Así pues, cargados de presagios, salieron de Almhuin en sus caballos.

Dhiarmuid y Grainne se hallaban muy lejos, en el norte de Eire. Durante mucho tiempo habían vivido como los animales del bosque, resguardándose en cuevas y entre las raíces de los árboles.

Lo que Dhiarmuid había augurado a Grainne se hizo realidad. Su belleza se había desvanecido, había adelgazado y perdido el color. El brillo de su pelo había desaparecido y, como no tenía nada para peinárselo, se arremolinaba, sucio y desgreñado, alrededor de su pálida cara.

Seguía a Dhiarmuid a donde fuese, había aprendido a cazar y pescar, y sabía construir un bothy mejor que cualquier fenian. A regañadientes, Dhiarmuid comenzó a sentir respeto por la mujer, pero no amor.

A medida que transcurría el tiempo, ella se volvió más silenciosa, y lo mismo le ocurrió al otrora risueño Dhiarmuid, de tal modo que viajaban juntos sin palabras ni canciones.

Así estaban las cosas cuando, una tarde de otoño, un visitante se sentó a su lado junto al fuego. Era un bardo, un hombre menudo de rostro apergaminado que erraba desde hacía mucho tiempo y había visto muchas, muchas cosas. Compartieron su cena con él en silencio y, cuando terminaron de comer, el bardo cogió su clarsach, el arpa que viajaba con él, e interpretó canciones que hablaban de la colina de Tara y de Cormac Mac Art. Cantó a Fionn y a sus fenians, hasta que Grainne no pudo soportarlo más y empezó a llorar.

El bardo dejó de cantar y la miró con sorpresa.

–Mis canciones no pretenden provocar el llanto –afirmó–. Están compuestas para la risa y la alegría.

Grainne meneó la cabeza con tristeza.

—Nunca volveré a reír ni a sentir alegría —repuso—, y tampoco a ser hermosa, porque la dura vida en las tierras de Eire me ha arrebatado todo cuanto tenía. Y yo soy la única culpable de mi desgracia.

El bardo se compadeció de la pareja y meditó largo rato.

—Me han contado muchas veces —dijo por fin—, aunque no puedo afirmar que sea cierto, que en lo más profundo de los bosques al norte de Eire se alza un árbol de la vida gigante. En las ramas más altas un ser maléfico ha construido una casa desde donde vigila que nadie se acerque porque, según dicen, sus bayas son mágicas y devuelven la fuerza y la belleza a quienes las comen.

Dhiarmuid meneó la cabeza.

—Es una tontería, bardo. No existe tal árbol en Eire.

El bardo sonrió y le planteó un acertijo.

—Quien no tiene adónde ir llega con presteza, pero quien tiene una meta ya ha llegado, aunque aún esté en el camino.

Dhiarmuid comprendió.

En cuanto a Grainne, no podía dejar de pensar en las bayas de la vida.

—Si encontráramos ese árbol —decía a Dhiarmuid—, volvería a ser joven y hermosa. Quizá sea un árbol mágico. Quizá nos proteja para que nadie nos encuentre y dejemos de errar sin rumbo. —Cayó de rodillas delante de Dhiarmuid—. Fenian, *ya has pagado por mí un alto precio —añadió—, pero te pido una cosa más. Busquemos ese árbol y no volveré a molestarte. En cuanto lo encontremos, podrás abandonarme, y allí viviré sola y feliz. Lo único que deseo es dejar de vagar por el mundo.*

—El bardo también nos ha dicho que un malvado gigante vigila el árbol —le recordó Dhiarmuid. Sin embargo, se apresuró a recoger su capa, porque también estaba cansado de llevar la vida errante de un fugitivo.

Viajaron hacia el norte, y aquellos a quienes preguntaban les contaban aterrorizados que había un bosque llamado Duirhos del que salían extraños aullidos y sonidos que al parecer profería un gigante enfurecido.

Así pues, se encaminaron hacia allí y, en lo más profundo de la floresta, encontraron el árbol de la vida, mucho más viejo y grande que cualquiera de sus hermanos, y con las ramas preñadas de frutos. Grain-

ne corrió hacia él para recoger sus rojas bayas. Luego se las llevó a la boca y las masticó tan aprisa que su jugo le resbalaba por la barbilla y manchaba de carmesí su mugrienta y andrajosa túnica.

Aguardó unos instantes antes de darse la vuelta para mirar a Dhiarmuid.

–¿Notas algún cambio?

La miró con desdén.

–No veo ningún cambio, hija de Cormac.

Cerca de allí fluía un pequeño riachuelo. La mujer corrió hasta su orilla para mirarse en sus aguas y sólo contempló su harapiento reflejo.

Empezó a sollozar.

–El viejo bardo mintió. Estas bayas no tienen ningún poder, y ningún malvado gigante vigila el árbol.

Apenas había pronunciado estas palabras cuando del bosque surgió un terrible aullido. Una manada de perros salvajes apareció entre los árboles y se paró al otro lado del riachuelo donde estaba la llorosa Grainne, que quedó paralizada de terror.

–Date la vuelta y ven hacia mí –indicó Ui Dubhne a sus espaldas–. En algo no mintió el bardo; hay una casa en la copa del árbol.

Grainne se levantó muy despacio y obedeció. Dubhne la ayudó a trepar por el árbol, pero ya era demasiado tarde para él.

Los perros habían cruzado el arroyo.

–¡Son perros! –exclamó Dubhne–. Se han vuelto salvajes y son descomunales.

Mantuvo a raya a las fieras, grandes como ponis, con su rápida espada, pero le rodearon gruñendo y enseñando sus enormes dientes.

–Así que éste es el gigante que vigila el árbol –decía Dhiarmuid–. Acercaos y muramos luchando.

De pronto oyó un alarido, seguido del ruido de un golpe, y Grainne cayó desde arriba en medio de los perros. Aterrizó sobre sus pies y continuó gritando mientras daba vueltas como las aspas de un molino; su pelo y su capa giraban alrededor mientras los animales, aterrorizados ante su inusitado comportamiento, retrocedían gruñendo.

En ese momento Dhiarmuid les observó con atención para saber cuál era el jefe de la jauría. Cuando lo reconoció, cogió la daga que llevaba en su cinto y se la lanzó. El perro gimió de dolor y se dejó caer de cos-

tado. Los demás empezaron a correr frenéticamente en círculos y luego se perdieron en el bosque.

Dhiarmuid se agachó al lado del animal herido.

–¡Trae agua! –ordenó.

Grainne corrió hasta el riachuelo y recogió toda la que pudo con sus manos. La acercó a los labios de la bestia, que apenas podía beber.

–Llevémosle hasta el arroyo –indicó Dhiarmuid.

Juntos izaron al enorme animal y lo llevaron hasta la orilla. Con cuidado, Dhiarmuid le sacó la daga del costado y dejó que el agua helada bañara la herida.

Grainne comprendió qué pretendía. Arrancó tiras de tela de su capa y de su túnica. Juntos vendaron la herida y arrastraron al perro hasta un lugar cubierto de suave musgo. Dhiarmuid se alejó y cazó un conejo para alimentar al animal, que gimoteó y lamió sus manos manchadas de sangre. A partir de ese día el can fue su amigo y compañero de viaje, y nunca más les molestaron los salvajes sabuesos de Duirhos.

Cuando todo hubo pasado, Dhiarmuid comentó a Grainne:

–Hace mucho tiempo me impusieron un geas *que me impedía cazar jabalíes, ya que uno de ellos sería la causa de mi muerte, pero hoy creí que moriría entre los dientes de esos perros.*

–Entonces ha sido una suerte que cayera del árbol –repuso ella.

–No te has caído.

–Perdí el equilibrio.

–Saltaste.

Grainne guardó silencio.

–Te pedí que dieras la vida por mí, fenian *–recordó–. Era mucho lo que te pedía, pero por aquel entonces aún no lo sabía.*

Dhiarmuid se inclinó y puso su ensangrentada mano en la mejilla de Grainne.

–Has sido muy valiente.

Ella bajó los párpados.

–Fenian, *ya no soy la que era. He perdido la belleza y el orgullo. Sin embargo no soy ingrata. Te entregaré todo lo que soy, porque me has dado más de lo que podría devolverte.*

–¡Ah, qué hermosa eres! –dijo Dubhne dulcemente–. Ahora veo cuán bella eres.

La besó con delicadeza, y ese beso juntó sus cuerpos y esa misma noche se transformaron en marido y mujer. Como habían aprendido a amarse a través de duras pruebas, su amor fue intenso y eterno. Y así llamaron a su perro Ior, *que significa «eterno», ya que había hecho posible que por fin el amor despertara en ellos.*

–Es una historia preciosa.

–Diría lo mismo si ya hubiera terminado, Padraig, pero no es así. ¿Quieres que te cuente el resto?

Hipnotizado, asentí.

Dhiarmuid y Grainne llevaban poco tiempo viviendo en la casa del árbol de la vida cuando los rastreadores del clan Nevin les encontraron. Art Mac Morna, que iba con ellos, reclamó su derecho a la cabeza de Dhiarmuid.

Así pues, como el estúpido que era, trepó por el tronco y encontró la muerte a manos de Dubhne, que arrojó el cuerpo del traidor al suelo. Después bajó del árbol y se dirigió a los hombres del clan Nevin.

–Habéis venido doce hasta aquí, pero me llevaré a alguno por delante antes de que acabéis conmigo.

Los hombres del clan Nevin desenvainaron sus armas y estaban a punto de matarle cuando apareció Grainne junto con Ior.

–¿Qué es esto? –exclamó alarmada, y corrió hacia Dhiarmuid. El perro se colocó entre ellos–. Si pensáis matarle, deberéis matarme a mí también, porque quiero morir junto a mi esposo.

La ternura de Dhiarmuid Ui Dubhne había conseguido que Grainne recuperara su belleza, y los hombres del clan Nevin percibieron el gran amor que se profesaban y hubieran abominado destruirlo. Así pues, el jefe del fian de rastreadores decidió que entregarían a Fionn el cuerpo de Art Mac Morna y le dirían que le habían matado los perros salvajes del bosque de Cuirhos. Abandonaron el cadáver en el interior de la floresta, donde estos animales pudieran encontrarlo. Cuando se lo llevaron a Fionn, estaba destrozado y cubierto de sangre.

Fionn observó que el cuerpo había sido desgarrado por los perros, pero también vio una profunda herida producida por una espada. Se arrodilló junto al cuerpo y respiró hondo.

–¡Dhiarmuid Ui Dubhne! –exclamó–. Su olor está por todo el cuerpo. Huele como los árboles de la vida. ¡Ya le tenemos! –añadió sediento de venganza.

Acto seguido montó en su caballo, y los fenians *le siguieron a regañadientes. Por fin llegó hasta el gigantesco árbol de la vida. Sus hombres, que habían creído que se libraría una gran batalla, quedaron sorprendidos al ver que sacaba su mesa de campo y sus sillas y se disponía a jugar al ajedrez junto al tronco.*

–Osián –llamó–, desafíame y veremos si puedes ganarme.

Mientras Fionn preparaba su cebo, me senté frente a él para empezar la partida. Estaba tan distraído que no lograba concentrarme y, por supuesto, me ganaba en todas las jugadas. Por fin mi padre habló.

–Si Dhiarmuid Ui Dubhne estuviera aquí, te aconsejaría; nadie juega tan bien como él.

En ese momento cayó una baya del árbol. Hice el movimiento que me señalaba. Mi padre contraatacó.

–Dhiarmuid Ui Dubhne debe de estar encima de nosotros, encaramado en las ramas, porque ésta ha sido una jugada muy inteligente.

–Debes de haber perdido el juicio si crees que está en el árbol jugando con nosotros –dije lo más alto que pude.

Cayó otra baya.

Moví como me indicaba.

Gané la partida. Cuando hubimos terminado, Ui Dubhne bajó del árbol y se plantó ante mi padre.

El anciano se interrumpió.

–¿Qué pasó luego?

–Incluso ahora, después de tantos años, juraría que al verse se alegraron. Se miraban el uno al otro y sonreían.

–¿Qué pasó luego? –insistí.

Grainne bajó del árbol y se puso entre Dhiarmuid Ui Dubhne y Fionn Mac Cumhail, que se apresuró a desenvainar su espada.

–Grainne, hija de Cormac, me pusiste en ridículo. Ui Dubhne, de los fenians, *la ayudaste a que me traicionara. Ambos debéis morir por esta ofensa.*

Dhiarmuid Ui Dubhne atrajo a Grainne hacia sí y allí, delante de los fenians *y Fionn Mac Cumhail, le dio dos besos tiernos, seguidos de otro largo y apasionado.*

–Te amo, fenian *–declaró Grainne–. Me enorgullece morir a tu lado.*

Osián volvió a interrumpirse. Tenía los ojos anegados en lágrimas.

–¿Murieron? ¿Los mató?

–No –respondió.

–Me alegro. ¿Qué le detuvo?

–Yo, Padraig. Me interpuse entre mi padre y la pareja, y dije: «Padre, si los matas, también deberás matarme a mí». Bajó su espada y, con la cabeza inclinada, repuso: «No puedo hacerlo». Luego se fue.

»Creo que se alegró, Padraig. Creo que le alegró que le detuviera, pero su orgullo no le permitía admitirlo. No me habló durante muchas semanas.

–En ocasiones el orgullo nos transforma en necios –murmuré.

Me sonrió.

–Es posible. Quizá es más difícil verlo en los que amamos porque no nos gusta pensar mal de ellos.

–¿Y qué fue de la pareja?

Osián asintió.

–Voy a acabar la historia, debo hacerlo, pero no me interrumpas, porque de lo contrario no podré terminarla.

Esa noche Angus Og acudió al campamento fenian. *Era el padre adoptivo de Dhiarmuid Ui Dubhne y un Danaan. Tenía la belleza de los Otros y provocaba esa sensación que siempre se experimenta en su presencia, una sensación de luz.*

–Fionn Mac Cumhail, de los fenians, *nosotros, los Otros, siempre te hemos querido. Siempre hemos sido tus amigos. Sin embargo, Dhiarmuid Ui Dubhne es mi amado hijo adoptivo.*

»Nosotros, los Danaan, consideramos que esta sangrienta desavenencia ha llegado demasiado lejos. Ya os habéis herido bastante unos a otros. Ha llegado el momento de concertar una tregua. Hemos enviado mensajeros a Cormac Mac Art, en Tara. Aceptará poner fin a su venganza contra su hija si estás de acuerdo, gran Fionn Mac Cumhail. ¿Qué dices?

Fionn miró a Angus Og con fijeza.

–Hablas bien, hombre del Otro. Mi corazón está cansado de su enojo. Me gustaría regresar a Tara y pasar el resto de mis días con mi hijo y mi nieto.

Angus Og asintió.

–Acércate, Dhiarmuid Ui Dubhne.

Éste salió de las sombras de los árboles y se detuvo frente a Fionn. La emoción se reflejaba en su cara, pero se mantuvo orgulloso.

–En un principio actué obligado por un geas, *pero he de reconocer que ahora amo profundamente a Grainne y no quiero separarme de ella. En esto sí te he traicionado.*

»En todo lo demás he sido tu amigo, tu compañero en el campo de batalla, tu más leal guerrero.

»Por todo ello pido que permitas que mi esposa y yo vivamos con dignidad, que nos autorices a instalarnos en las propiedades de mi padre, en el sur de Eire. Allí viviré con mi mujer como un bo-aire, *un simple ganadero, en paz, y si somos bendecidos con hijos, les hablaré de ti con respeto.*

»No pido que me aceptes de nuevo entre los fenians, *¡oh, Fionn!, porque sé que lo que se ha roto entre nosotros nunca volverá a unirse. –Al llegar aquí hizo una pausa, volvió la cabeza y miró hacia el som-*

brío bosque–. Sólo quiero que sepas que te tengo en gran estima y no siento animadversión hacia ti.

Fionn le miró a los ojos.

–Has reclamado las tierras de tu padre, y te las concedo; son tuyas por derecho. Has hecho bien en no pedir unirte de nuevo a nosotros…

En ese instante Grainne avanzó un paso.

–Capitán de los fenians *–dijo con frialdad–, fui yo quien, mediante un* geas, *obligó a Ui Dubhne a que me llevara al bosque y volvería a hacerlo, porque no siento ningún amor por ti. Amo a Ui Dubhne. Si con mi vida puedo conseguir que mi marido sea aceptado de nuevo entre los* fenians, *aquí mismo te la entrego.*

Con un rápido movimiento cogió la daga que Ui Dubhne llevaba en el cinturón y se la tendió a Fionn.

En el claro se hizo el silencio. Fionn tenía el rostro contraído por la emoción.

–Eres más digna de lo que pensaba, mujer –dijo por fin–. Te deseo larga vida y muchos hijos.

Así pues, Grainne y Dhiarmuid se trasladaron al sur de Irlanda.

Pasaron los años. Grainne había dado a luz a cuatro hijos y una hija. Óscar, el hijo de Osián, ya había cumplido los diecinueve. Fionn se dedicaba a cazar y pescar en los bosques de Irlanda. Rara vez hablaba de Ui Dubhne pero, cuando lo hacía, su voz delataba pena, no rencor.

Un día se presentó un viajero procedente del sur de Irlanda, un anciano bardo que viajaba con un arpa. Cuando hubo interpretado algunas canciones, se puso en pie entre los fenians *y les comunicó su mensaje.*

*–*Fenians, *os saludo en nombre de Grainne, hija de Cormac. Me ha pedido que venga a veros y a suplicaros por su marido, porque, aunque su vida es cómoda y plena, sus hijos fuertes y hermosos, Dhiarmuid Ui Dubhne todavía añora los días en que cazaba con los* fenians *de Eire. Por esta razón Grainne os ruega que acudáis a sus dominios en Kesh-Carraigh, para celebrar un gran banquete y una cacería. Grainne suplica que las penas del pasado sean enterradas.*

–No deberías haberlo hecho.

Ui Dubhne puso su daga sobre la mesa y arrojó su capa al otro lado de la habitación.

–Sólo pensaba en complacerte, esposo.

–Lo sé, pero se abrirán viejas heridas. Fionn verá que nuestro dun *es grande y que tenemos mucho ganado. Verá a nuestros hermosos hijos y cómo nos amamos. Los celos le asaltarán.*

–¿Tan pobre opinión te merece?

–Tengo una gran opinión de él, pero es humano. Este banquete llena mi corazón de negros presagios.

No obstante, cuando llegaron los fenians *todo era alegría. Durante muchos días celebraron banquetes y cazaron en las verdes colinas y bosques del sur de Eire.*

Fionn contaba a los hijos de Ui Dubhne historias sobre su padre, y todos reían felices.

Ui Dubhne sintió un afecto especial por Óscar, el nieto de Fionn, del que decía que se parecía mucho a su padre. El joven se convirtió en su inseparable compañero de caza. Transcurrieron dos semanas de continuo disfrute, y Ui Dubhne se sentía cada día más contento en compañía de sus hermanos fenians.

Ocurrió que, la última noche, oyeron aullar a los perros en la oscuridad, mucho después de que todos se hubieran acostado. Dhiarmuid despertó a Grainne, que se incorporó en la cama.

–¿Qué sucede, esposo?

–He oído aullar a los perros.

–Yo no he oído nada. Has ido demasiado de caza estos últimos días. Vuelve a dormir.

Dhiarmuid volvió a acostarse. Acababa de conciliar el sueño cuando volvió a oír el mismo aullido de perros cazando. Esta vez no dijo nada a Grainne y permaneció atento en la cama. Poco antes del amanecer los oyó de nuevo. Se levantó, se vistió y ensilló su caballo para averiguar qué pasaba, acompañado tan sólo de su leal y viejo perro, Ior.

Cabalgó por las altas montañas, hasta que encontró a Fionn con Bran *y* Sgeolan.

–Debes de llevar toda la noche cazando, porque he oído a tus perros.

Fionn tenía el rostro encendido de entusiasmo y sonreía.

–Es un jabalí enorme, hermano. El más grande que he visto en toda mi vida.

–Me has llamado «hermano».

Fionn levantó la mirada, sorprendido.

–Sí, es cierto.

–Pues cacemos juntos.

Fionn meneó la cabeza.

–Recuerdo muy bien tu geas, Dhiarmuid. Si cazas el gran jabalí, morirás.

–Ya viví una muerte al separarme de mis hermanos fenians. Estos días han sido de gran felicidad para mí, Fionn. ¡Quiero cazar contigo!

Así pues, soltaron a Bran, Sgeolan e Ior, que corrieron por la maleza olfateando al jabalí.

Fionn seguía los ladridos de Bran y Sgeolan mientras Dhiarmuid rastreaba las huellas del enorme Ior. Por fin, Dhiarmuid llegó a un claro del bosque, donde su perro acorralaba a un enorme jabalí de colmillos largos y afilados que tenía el tamaño de un ternero. Al verlo acercarse el animal se revolvió y cargó contra él.

Dhiarmuid arrojó su espada, que rebotó en la cabeza de la bestia y cayó al suelo. El descomunal jabalí arremetió de nuevo contra él, gruñendo con rabia, le ensartó un colmillo y le derribó.

Ior saltó sobre el cuello del furioso animal, que se revolvió contra él, momento que Ui Dubhne aprovechó para sacar su puñal y clavárselo en el corazón. El cochino se desplomó a su lado y murió.

Dhiarmuid arrancó el colmillo de su cuerpo y observó cómo la vida se le escapaba a borbotones.

Así lo encontraron Fionn, Óscar y Osián, arrodillado en medio del claro, mientras la sangre le manaba entre las manos.

Óscar corrió hacia él, le recostó en el suelo y puso la cabeza de Ui Dubhne en su regazo.

–Abuelo –exclamó con desesperación–, ¿qué podemos hacer?

–No puede hacerse nada –respondió Fionn–. Hace muchos años

maldijeron a Ui Dubhne condenándole a morir entre los colmillos de un jabalí. Y así ha ocurrido.

Óscar le lanzó una mirada colérica.

–Tú le engañaste para que te acompañara.

–No –intervino Ui Dubhne–, no lo hizo. Yo sabía que perseguíamos a un jabalí, pero deseaba cazar con mi capitán una vez más. Sólo pido que Fionn me traiga agua, porque si bebo de sus manos, quizá pueda seguir viviendo.

De manera que Fionn se encaminó hacia un manantial cercano, recogió agua entre sus manos y regresó al claro. Pero al ver que le lanzaban miradas acusadoras, dejó que el líquido se le escapara.

–¡Os aseguro que no soy responsable de la herida que ha recibido!

–Es cierto –aseveró Ui Dubhne.

–Abuelo –dijo Óscar con voz grave y acusadora–, tráele agua.

Fionn volvió al manantial y regresó con las manos llenas de agua. Se arrodilló al lado de Ui Dubhne.

–¿Por qué me traicionaste? –murmuró.

El agua se deslizó entre sus dedos.

Ui Dubhne le miró.

–Siempre te he querido, Fionn –dijo con voz clara.

Fionn lanzó un sollozo estrangulado. Se levantó de un salto y corrió hasta la fuente para llenar sus manos con agua. Volvió dando tumbos al claro y se dejó caer de rodillas al lado de Ui Dubhne. Acercó el agua a sus labios, pero ya era demasiado tarde. La luz se nubló en los ojos de Ui Dubhne, y murió.

Mientras los fenians *de Eire cantaban el* Dord Fionn, *Fionn, abrazado al cuerpo de Ui Dubhne, lloraba como un niño.*

Al atardecer, los fenians *construyeron una litera con ramas de álamo. Llevaron a Ui Dubhne a casa, seguidos de Fionn, que ayudaba al pobre y herido* Ior.

Grainne los vio acercarse, salió corriendo del dun *y descendió por la colina. Los* fenians *la sujetaron, y se derrumbó junto al cuerpo de Dhiarmuid, sollozando, tirándose del pelo y arañándose los brazos. Los* fenians *permanecían en silencio.*

Se levantó.

–Fionn Mac Cumhail –dijo con lágrimas en los ojos–, eres responsable de la muerte de Dhiarmuid Ui Dubhne. No sé cómo, pero esta muerte recaerá sobre ti y tu familia. –Señaló a Osián y a Óscar–. En cuanto a mí y a los míos –añadió mientras reunía en torno a sí a sus llorosos hijos–, te maldeciremos siempre. Nunca pronunciaremos tu nombre sin maldecirlo.

En ese momento Angus Og apareció a lomos de su caballo y descabalgó. Le acompañaban algunos hombres del Otro Lado, que rodearon el cadáver. Como siempre ocurría con los Otros, parecía que bañaran con su luz el cuerpo de Ui Dubhne.

–Todos sois culpables –murmuró Angus con tono mesurado. Señaló a Grainne–. Porque cuando pudiste ser honrada, mentiste. –Señaló a Fionn–. Porque cuando pudiste ser misericordioso, te mostraste intransigente. –Se arrodilló junto al cuerpo de su hijo adoptivo y añadió–: Porque cuando pudo comportarse con prudencia y hablar para encontrar una solución, decidió seguir el necio y anticuado sendero del honor.

Inclinado sobre el cuerpo de Dhiarmuid, lloró.

–Todos habéis sido castigados –susurró–. Todos. –Se levantó–. Vosotros lo tuvisteis en vida –agregó dirigiéndose a los presentes–. Nosotros lo tendremos en su muerte.

Alzaron la litera y se alejaron cabalgando, con el cuerpo sin vida de Ui Dubhne.

Fionn y los fenians *miraron a Grainne, que seguía llorando.*

–Dame su perro –ordenó la mujer a Fionn.

Fionn negó con la cabeza.

–¿Para qué lo quieres? Defendió la vida de Ui Dubhne y deseo que se quede conmigo.

Grainne se abalanzó sobre Fionn y le golpeó el pecho con los puños.

–¡Se llama Ior*! –exclamó–. Eterno, ¿me oyes, Fionn? ¡Eterno!, ése es* Ior.

Osián apartó a Grainne con suavidad.

–Abuelo –susurró Óscar–, ¿intentarás separarles incluso en la muerte? ¿Va avergonzarse el gran caudillo de los fenians *por el perro de Ui Dubhne?*

Al oírle Fionn pareció derrumbarse. Se alejó montado en su caballo, y no le vieron durante muchos días. Cuando regresó, estaba viejo y cansado. La vida había desaparecido de sus ojos.

Cuando terminó de contar la historia permanecimos largo rato en silencio.

Osián lloraba, y no dije nada porque mi corazón también estaba apesadumbrado.

–No es una historia para recordar –comenté al cabo de un rato.

–No –convino–. Poco después les dejé, Padraig, muy pronto, y no he vuelto a verles. –Me miró con expresión suplicante–. Debo saberlo –añadió con inquietud–. Necesito saber qué fue de ellos. Mi hijo. ¿Cómo fue su muerte?

–¿Quién puede saberlo? –pregunté.

Osián meneó la cabeza.

–Caoilte. Caoilte lo sabrá.

Sabía que se refería al jinete que aparecía en el lindero del bosque. Por una vez no quise lastimar su anciano corazón.

–Dime cómo puedo encontrarlo, Osián. Iré a donde quieras que vaya. Si te tranquiliza, lo encontraré.

Meneó la cabeza con expresión triste.

–No lo sé. Sólo sé que, donde está, tú no puedes ir.

–¿Alguien más en Eire podría saber lo que ocurrió?

–Los bardos solían saberlo; los poetas y los *seanchaies*, los que transmitían nuestras historias de generación en generación, pero creo que esos tiempos ya han pasado. Nadie nos recuerda. Nadie.

De pronto, con toda claridad, se me apareció un rostro.

–¡El anciano! –exclamé.

Osián sonrió con tristeza.

–Esta noche soy incapaz de discutir contigo, Padraig. Me siento el más viejo de los hombres.

–No, no; no me refiero a ti, sino al anciano, Coplait. El druida de la colina de Tara.

–¿Qué pasa con él? Me dijiste que le habías conocido, pero yo no estaba contigo.

–Él lo sabe. Coplait lo sabe.

–¿Sobre mi padre? ¿Cómo estás tan seguro?

–No lo sé –respondí–, pero duerme, Osián. Diré a Breogan que te cuide. Te traeré a Coplait aunque tenga que buscarle por toda Eire.

Los hermanos estaban reunidos en el refectorio con aspecto sombrío.

–Se está muriendo, ¿verdad, Padraig? –preguntó Breogan.

–Está débil y triste. Cuenta historias trágicas sobre su padre y su hijo. Desea saber cómo murieron. Debo descubrirlo.

–¿Cómo?

–¿Recuerdas al anciano Coplait?

Breogan asintió.

–Él debe de saberlo. Voy a buscarle. Es probable que esté en la colina de Tara; empezaré por ahí.

–No está en la colina de Tara –intervino Benin, que estaba sentado a la mesa, trenzando una cruz de paja.

–¿Cómo lo sabes?

–Porque está con Ainfean.

–Supongo que ahora me dirás que durante todo este tiempo has sabido dónde está la druida.

Benin asintió.

–Vive en el *clochan* cerca del mar del este.

–¿Por qué no me lo habías dicho?

Benin me miró con asombro.

–No me lo preguntaste.

26

A pesar de que no soy un jinete, cabalgué en la oscuridad, agachándome bajo las ramas y salpicándome en los arroyos, para llegar hasta la casa.

Era una vivienda de piedra al lado del mar, pequeña y con un voladizo, como una iglesia en miniatura.

Cuando llegué estaba fuera, esperándome, a pesar de que era más de medianoche.

Desmonté, corrí hacia ella y así con fuerza sus brazos.

–Osián se está muriendo –dije.

–Sí.

–Quiere saber cómo terminó la vida de su padre. Deseo aliviar su angustia, pero nadie en Sabhal Padraig sabe lo que pasó. Creí que ese anciano... Despiértale, Ainfean, por favor.

–No está aquí.

–¡No! ¡Oh, no!, Benin me dijo...

–Estuvo conmigo –me explicó con calma–, pero ya se ha ido.

–Entonces debo encontrarle. Recoge tus cosas.

Solté sus brazos y la empujé dentro del pequeño *clochan*.

–Succatus –susurró–, mis cosas están aquí, a mi lado.

–¿Sabías que iba a venir?

–No, yo no, sino Coplait.

–¿Dónde está?

–Ha ido a Sabhal Padraig.

–¿Cómo lo supo?

–A diferencia de ti, reina una gran paz en su corazón. Las voces le hablan en ese sosiego.

Aunque deseaba decirle muchas cosas, la comtemplé en silencio.

–Ya tendremos tiempo de conversar en Sabhal Padraig –afirmó, adivinando mi pensamiento.

La senté delante de mí sobre el caballo. Aspiré el aroma del mar en su pelo y el olor del carbón de la chimenea en su capa.

Olerla y sentirla me aturdía. Cabalgué lo más rápido que pude hacia Sabhal Padraig.

No pronunció ni una palabra.

Cuando llegamos al monasterio, por la ventana de Osián vi que había velas encendidas en su habitación.

–Le están velando –dije–. Ha muerto.

Me encaminé tambaleándome hacia el monasterio. Ainfean dejó caer su hatillo y corrió detrás de mí.

Todos los hermanos estaban alrededor del anciano, y Benin se ovillaba a los pies de su cama. Osián estaba sentado, sonriente, y Coplait le tenía cogida la mano.

–¡Malditos seáis, irlandeses! –exclamé–. Nadie me dice nunca nada. Aquí ocurren cosas que no deberían ocurrir. Nunca entenderé a este país. ¡Nunca!

Osián rió.

–Yo también me alegro de verte, Padraig. –Luego miró a Coplait y añadió–: Coplait da la bienvenida a su hermano en Cristo. Dice que, ahora que has llegado, ya puede empezar.

Coplait hizo una seña a Ainfean, que se sentó frente a él. Colocó las manos a cada lado de su cabeza y clavó la mirada en los ojos de Ainfean. En unos instantes, la druida la dejó caer hacia delante y apoyó la frente en la del anciano. Permanecieron en esa posición durante cierto tiempo, mientras yo me movía inquieto en el alféizar de la ventana. Por fin Ainfean, con un gran suspiro, abrió los ojos.

–Os contaré la historia –anunció– tal como Coplait me la ha contado.

Durante mucho tiempo después de la muerte de Dhiarmuid Ui Dubhne, Grainne, hija de Cormac, vivió en el sur sin tener contacto con nadie del pueblo de Fionn ni hablar con su padre, el gran rey Cormac. Inculcó a sus hijos la intensidad de su odio hacia Fionn Mac Cumhail, y su rencor y soledad se acrecentaban con cada día que pasaba.

Mientras tanto, Fionn tenía el corazón oprimido por el dolor y la amargura. Su hijo, Osián, le había abandonado, y su nieto, Óscar, le miraba con resentimiento. Un día se adentró solo en los grandes bosques de Irlanda y permaneció en ellos muchos meses. Allí, en el verde corazón de Eire, recordó su infancia. Se llevó el dedo pulgar a la boca y lo mantuvo entre los dientes. En el profundo silencio de su corazón, rogó que le ayudaran. Y la visión llegó. Vio, envuelto en luz, el mundo como un todo. Ante él aparecieron los rostros de quienes había amado: Sabh; su hijo, Osián, y su nieto, Óscar; Caoilte Mac Ronan; su madre y Bodhmall; Liath; el gran Cormac; Goll Mac Morna. Su abatido corazón se recompuso con esta visión.

Entonces supo qué debía hacer.

Se dirigió al rath *de Grainne en Kesh-Carraigh. Se quedó fuera de las murallas y la llamó a voz en grito. Cuando salió, se postró a sus pies.*

–Nos hemos hecho mucho daño, esposa de Ui Dubhne, pero aún causamos mayor dolor a Dhiarmuid, al que tanto amábamos. He venido para traerte el pago de esta muerte.

»Si lo deseas, seré tu cumhal*, el perro de tu casa si lo prefieres. Se hará todo lo que necesites para que haya paz entre nosotros.*

–¡Vete de aquí! –exclamó entre sollozos Grainne–. Mientras vivas en Eire, nunca habrá paz entre nosotros.

Sin embargo, Fionn no se marchó. Construyó un bothy *fuera de las murallas y se quedó. Acarreaba leña para la gente del pueblo y agua para sus perros. Ayudaba en la construcción de chozas en el gran* rath *y enseñaba a los jóvenes a cabalgar.*

Los habitantes de Kesh-Carraigh le tomaron afecto y decían que el fionn *de gran corazón había regresado a Eire.*

No obstante, Grainne no se ablandaba.

Una noche, el menor de sus hijos, que contaba unos cinco años, cayó enfermo. Llamaron al curandero, que no consiguió que le bajara la fiebre.

–Avisa a Fionn Mac Cumhail –indicó–. Él sabrá adónde debes llevar a tu hijo.

Grainne se negó, pero su hija, que se acercaba a la edad adulta, le dijo:

–Eres muy orgullosa, madre, pero en esto cometes un error. Nosotros,

tus hijos, hemos observado a Fionn. Jamás pronuncia una palabra desagradable contra ninguno de nosotros. Realiza los trabajos más humildes con gran generosidad. Si sacrificas a nuestro hermano por tu orgullo y rencor, te habrás comportado injustamente tanto con nuestro padre como con ese fenian.

Grainne la miró de hito en hito.

–Hace tiempo cometí un error por mi orgullo –reconoció con humildad, y se cubrió con su capa.

Ya en el bothy *de Fionn, se quedó de pie al lado del fuego, frente al* fenian.

–Mi hijo se está muriendo –dijo.

Fionn la acompañó a su casa, cogió al niño enfermo, lo estrechó contra su pecho y rezó.

–¡Oh, dioses! Tomad mi vida en lugar de la de este niño. ¡Ojalá hubiera podido hacer lo mismo por Ui Dubhne! –Se volvió hacia Grainne–. Debemos llevarlo a la colina de Tara. Cormac cuenta con los mejores curanderos de Eire.

Entonces Grainne tomó una decisión.

–Yo sólo conseguiría retrasaros. Llévatelo tú, Fionn.

Cuando, semanas después, Fionn regresó con el niño sano, Grainne salió corriendo de su casa. Mientras abrazaba a su hijo, lágrimas de alegría y arrepentimiento rodaban por sus mejillas.

–Te he agraviado, fenian *–dijo–. Ahora y hace mucho tiempo.*

–Ambos agraviamos a Ui Dubhne –repuso Fionn.

Al cabo de un año contrajeron matrimonio. Fionn regresó con Grainne y sus hijos a Almhuin.

Al principio los fenians *se mostraron remisos a aceptarla.*

–Ui Dubhne valía mil veces más que ella –farfulló Conan Maor.

Caoilte Mac Ronan levantó la mano.

–La trataremos con el respeto que merece como esposa de Fionn Mac Cumhail y como mujer de nuestro hermano Dhiarmuid Ui Dubhne –afirmó.

Con el tiempo Grainne se ganó ese respeto, ya que, a pesar de que Fionn era un hombre de más de setenta años y ella una mujer de cuarenta en la plenitud de su feminidad, fue siempre una esposa amante y fiel. Fionn, por su parte, fue un marido cariñoso con ella y un padre para sus hijos.

Y siempre mantuvieron vivo el recuerdo de Ui Dubhne.

Cuando Ainfean terminó el relato, Osián estaba radiante.

–Me has devuelto a mi padre –exclamó–. Con honor, como le recordaba.

Coplait le daba palmaditas en la mano y sonreía.

Osián se reclinó sobre sus pieles de lobo.

–Debes descansar –le dije.

Asintió.

–Por la mañana, Padraig, te hablaré de Niamh, la del cabello dorado –anunció–. Nos queda muy poco tiempo...

27

Te he ofendido gravemente –reconocí sin más.

–Lo has hecho, Succat.

Suspiré. No iba a ser fácil.

Estábamos sentados en un banco del jardín del monasterio. Faltaban un par de horas para el amanecer, y la noche era silenciosa y tranquila. La luna rielaba en las hojas de las plantas y en el pequeño sendero de piedra.

Suspiré de nuevo.

Ella estaba en silencio.

–Cuando llegué, no comprendía a los druidas...

–Sigues sin comprenderlos –replicó con brusquedad.

–Tal vez tengas razón –susurré–. No comprendo muchas cosas.

Volvió la cabeza hacia mí, pero ya estaba mirando el jardín.

–Creía que los druidas servían a las tinieblas. Ahora sé que me equivocaba. Sé que entre ellos hay maestros y curanderos, personas de gran sabiduría. Muchos, como Coplait y Mal, han sido bautizados en nombre de Cristo.

No decía nada.

–Tampoco comprendo a las mujeres.

Respiró hondo.

–¿De veras? –Su voz destilaba sarcasmo.

–Ainfean, lo estoy intentando. Lo intento.

–Di la verdad, sacerdote. Temes ser sincero, por eso te andas con rodeos.

–De acuerdo. Creí que habías ordenado que nos arrestaran en Tara. Creí que pretendías evitar que la palabra de Dios llegara a Eire. Creí que nos habías dejado desnudos para avergonzarnos y nos habías hecho detener y encadenar. Creí que conspirabas con Matha Mac Umotri. Creí que habías hecho todo esto porque me odiabas profundamente. Me equivoqué y te pido que me perdones.

–Bueno, eso es muy sencillo. Si es lo que quieres, te perdono.

Me di la vuelta y la miré.

–¿Tan fácil es?

–Decirlo es fácil, sí; sentirlo es otra cuestión.

Me miraba fijamente. Sus ojos eran grises a la luz de la luna.

–Tus ojos cambian de color –dije–. Es algo de lo que ya me había dado cuenta.

Las comisuras de su boca empezaron a temblar.

–Ya veo que Osián te ha hablado de los Otros.

–Sí, pero no me lo he creído.

–Soy de carne y hueso como tú, Succat.

–Lo sé.

–Y te da miedo.

–¿Por qué debería darme miedo?

Ainfean no contestó.

–Muy bien. Me asusta –reconocí.

Siguió en silencio.

Las palabras me salieron a borbotones.

–Dices que eres de carne y hueso. Ya me había dado cuenta. ¿Crees que no veo la luz en tu pelo, que no huelo su aroma a flores? ¿Crees que no percibo la blancura de tu piel? Tu boca tiembla cuando sonríes. La encuentro preciosa. Preciosa. Te eché de Sabhal Padraig y te alejé de mi lado porque soy un hombre. Un hombre a pesar de todos mis esfuerzos. ¡Debo aceptarlo! Por otro lado, no quisiera romper el juramento que hice a mi Dios a causa de mi debilidad.

–Me subestimas, Padraig –dijo con dulzura.

–No; no es cierto. Cuando estoy a tu lado, tu presencia me abruma, y debo apretar los puños para no coger tus manos entre las mías.

–Subestimas mi amor por ti.

La miré fijamente.

–Sé qué sientes por mí. Ha estado entre nosotros desde el primer día. Es lo mismo que yo siento por ti. Padraig, tu Dios no desea que olvides que eres un hombre. Eres un hombre y puedes ser humano. Sin embargo has hecho un juramento, comprendo su naturaleza. Soy druida, Padraig. Nosotros también hacemos juramentos y nos esforzamos por mantenerlos. ¿Tan poco valor me concedes que me crees capaz de ser el instrumento de tu culpabilidad y tu amargura?

–Te concedo más valor que a mí mismo –afirmé con ternura.

Nos quedamos en silencio unos minutos. Luego habló, y en su voz no había reproche alguno.

–Te apoyas demasiado en tu miedo, Succat. Temes a Irlanda. Temes que crezca en ti y temes desear quedarte aquí para siempre.

–Ahora lo temo menos que cuando llegué, Ainfean.

–No deberías sentir ningún temor. Deberías vivir aquí con alegría. ¿No es eso lo que tu Dios quiere que hagas?

–Antes de venir aquí… –me interrumpí y meneé la cabeza–. No soy un hombre alegre, Ainfean.

–Eres apasionado. La alegría es compañera de la pasión.

Sentí algo dentro de mí, algo parecido a un intenso calor, y hablé sin medir mis palabras.

–Te amo, Ainfean. Amo al anciano, a los hermanos, a Benin, a la gente de Sabhal Padraig. Amo al viejo Fionn Mac Cumhail. Rezo todas las noches por su alma. Antes no lo sabía. Nunca lo supe.

Sonrió.

–¡Ah, Padraig! Y ahora lo sabes. ¡Qué regalo te ha hecho tu Dios!

Asentí.

–Quisiera que te bautizaras, Ainfean. Quisiera que hicieras tus votos. Quisiera que fueras una de nosotros, una druida de Cristo, y difundieras su palabra por toda Eire.

–No hay mujeres sacerdote en tu religión.

–Es cierto, y no sé si alguna vez las habrá. Tampoco sé si existe algún otro lugar como Eire. Aquí la gente escuchará tu sabiduría. No necesitas ser sacerdote para hablar de Cristo.

–¿Y las hermanas? –preguntó.

–Cada uno debe elegir su camino –respondí–. Las mujeres de Eire lo escogerán a pesar de mí.

Se echó a reír.

–Estás aprendiendo.

–¿Quieres unirte a nosotros en Sabhal Padraig? Te llevaré en mi corazón y nunca volveré a lastimarte.

Prorrumpió en carcajadas.

–Es una promesa que ninguno de los dos podremos mantener, sacerdote.

Me encogí de hombros.

–Podemos intentarlo.

–Debo reflexionar sobre todo esto –susurró–. Necesito alejarme de ti y rezar.

–No tardes en volver.

Me di la vuelta para mirar a la ventana de Osián y ella comprendió.

–No tardaré –afirmó.

Salió del jardín. Me quedé sentado en el banco y contemplé cómo la luz de la luna se reflejaba trémula en las piedras. Por un momento el silencio fue absoluto, y luego oí unas suaves pisadas. Benin estaba de pie al lado del banco, con su camisón y los pies descalzos.

–Ha dicho que estabas aquí, Padraig –dijo después de ocultar un bostezo detrás de su mano.

–¿Todavía está despierto Breogan?

–¡Oh, no! Todos están dormidos, hasta Osián.

–Entonces ¿quién...?

–La Voz, Padraig. Algunas veces me habla y otras canta.

–La Voz habla en mí, o lo hacía cuando era joven, e incluso antes de mi regreso. Ahora ya no tanto.

–Lo sé. Volverá a hablarte cuando te sientas en paz y puedas escucharla. –Se sentó a mi lado en el banco y puso su delgada mano sobre la mía–. ¿Has pedido a Ainfean que vuelva con nosotros?

–Sí. ¿Te lo ha dicho la Voz?

–No –respondió con voz somnolienta. Apoyó su cabeza sobre mi hombro–. Sé que pertenece a este lugar.

–Puede que ella no lo crea así, hijo. Tal vez no vuelva con nosotros. He sido... descortés.

Benin suspiró.

–Volverá, Padraig.

Le alboroté el pelo.

–Tanta sabiduría en un cuerpo tan pequeño.

–Yo no soy sabio, Padraig –repuso medio adormilado–. Es la Voz la que es sabia por mí.

Un extraño aullido resonó en los bosques que se extendían más allá del campo. Se apagó y se oyó de nuevo.

–Lobos –dije–. O perros.

–No, es la gente del Otro Lado –corrigió Benin–. Están cantando por Osián.

–¿Cantando para él?

–Sí. Nos dejará pronto.

Entonces entonó la escalofriante canción. Tirité en el frío aire de la mañana.

–No creo en los Otros. Tú tampoco deberías creer en ellos.

Benin volvió a suspirar. Le rodeé con mi brazo y le cobijé contra mi pecho.

–Quizá no importe en lo que creamos, Padraig –dijo–. Quizá sólo importe aquello en lo que Dios crea.

Bajé la mirada en silencio.

–Quizá –concedí.

Permanecí inmóvil y silencioso, con el niño acurrucado entre mis brazos.

La aurora sembraba de perlas el húmedo prado, y por el este el cielo se empañó con una ligera neblina. Amanecía. Con la primera luz del alba, oí la Voz, que hablaba, clara, dentro de mí.

–Te amo, Padraig.

Mi corazón se regocijó al escucharla.

28

Cuando Dhiarmuid murió, nada volvió a ser lo mismo. Cazábamos en las montañas de Slieve Bloom y en los bosques de Almhuin, pero la alegría había desaparecido de las partidas de caza.

No había forma de recuperar lo que se había perdido.

Fue precisamente durante una cacería cuando ella vino a buscarme. Era un día precioso, soleado. Habíamos estado cazando cerca del Loch Lene y nos sentamos a comer al calor del sol. La vimos cabalgar hacia nosotros por la orilla del lago.

Recuerdo que me levanté.

No fue sólo porque era hermosa. Su cabello era de un rojo dorado, casi cobrizo, del color de las hojas en otoño antes de su caída. Vestía una túnica y una capa blancas, montaba un blanco corcel. Parecían un solo ser, las riendas pendían sueltas en el lomo del animal, que la trajo sin que nadie le guiara.

La miré. Me pareció que ella también me miraba.

Cuando estuvo lo bastante cerca, observé que sus ojos eran grises, luego verdes, que cambiaban para armonizar con lo que la rodeaba. La luz del sol bañaba su pelo, su ropa, sus brazos.

Se detuvo frente a mí y sonrió.

–Osián –se limitó a decir.

Asentí.

–Tú eres de los Danaan.

Parecía una conversación de lo más normal, como si habláramos del tiempo.

–Así es. Me llamo Niamh. Te he observado durante mucho tiempo. Eres un hombre de honor y valeroso. Te he elegido como marido. Aunque raras veces se permite que uno de nosotros, los del Otro Lado, nos casemos con vosotros, mi padre me ha dado su permiso porque también te ha visto y sabe que eres el más honrado de los hombres de Eire.

»Sin embargo, fenian, *si me aceptas, vendrás conmigo a mi país y viviremos juntos para siempre en la Tierra de la Eterna Juventud.*

Se mantenía erguida sobre su caballo, pero por sus ojos advertí que estaba asustada. Temía que la rechazara.

Sin embargo, no hubiera podido hacerlo, porque desde el momento en que la vi me hirvió la sangre en las venas. Se me secaron los labios, y el corazón me latía muy deprisa. Era muy joven cuando me casé con la madre de Óscar. Era una joven encantadora, pero mi afecto por ella no era comparable a lo que sentía por Niamh.

Anduve hasta su caballo y le cogí la mano.

No fue necesario hablar, porque sabía que ella me conocía bien.

Me sonrió y le devolví la sonrisa.

Miré a mi padre y a Óscar. Las lágrimas asomaron a los ojos de mi padre.

–Ven y deja que te abrace –me dijo–, porque creo que no volveremos a vernos.

–Nos veremos –repuse–. No voy a morir, sino a casarme. No llores. Regresaré para cazar contigo.

Sin embargo, sabía que no sería así, porque esos días de los fenians *se habían ido para siempre.*

Mi padre me estrechó contra su pecho. Aunque ya se acercaba a su setenta cumpleaños, se mantenía fuerte. Sentí su pena a través de sus brazos.

–Mujer del sidhe, ámale mucho, porque mi hijo es un hombre con más honor y valentía que yo.

–¡Oh, Fionn, tendremos una vida larga y feliz! –dijo ella.

Óscar me cogió de los brazos según la costumbre fenian.

–Sé muy feliz, padre –dijo con tono solemne. Luego se inclinó para susurrarme al oído–: ¡Ojalá me hubiera elegido a mí!

Me eché a reír y le abracé muy fuerte.

Salté a la silla detrás de Niamh y cabalgamos hacia el oeste. Mientras me alejaba, oía a mi padre entonar el Dord Fionn, lenta y majestuosamente, como una endecha.

Niamh me contaba maravillas de su país mientras cabalgábamos. A veces su voz era como el viento sobre las aguas, a veces como una flauta o el arrullo de una paloma. Nunca me cansaba de su voz, porque encerraba todos los misterios de la tierra y el cielo.

¡Ah, las maravillas que contemplamos durante nuestro viaje a la Tierra de la Eterna Juventud!

Nos dirigimos hacia el mar del oeste. Cuando temí que íbamos a hundirnos bajo las olas, cabalgamos por encima de ellas como si fuéramos pelícanos o gaviotas, tan veloz y ligero era el blanco corcel de Niamh. Después de cruzar las aguas, llegamos a un país en el que nunca había estado. Vimos pasar un raudo cervatillo, y luego un perro blanco con una oreja roja. Enseguida se acercó a nosotros una doncella a lomos de un alazán. En la mano derecha sostenía una manzana de oro, a la que la luz arrancaba destellos. Muy cerca detrás de ella avanzaba un jinete montado en un corcel blanco. Vestía un manto de seda dorada y blandía una espada de oro en la mano derecha.

–¿Qué significan estos signos? –pregunté a Niamh.

Meneó la cabeza.

–Son portentos de otros tiempos, de lo que ha sido y de lo que será. No somos nosotros quienes han de interpretarlos, sino nuestros mayores.

Volví a verlos cuando regresé a Eire, pero jamás he sabido qué significaban. Hay más maravillas en el mundo de las que los humanos conocemos.

Así pues, me contenté con el silencio.

Por fin llegamos a la Tierra de la Eterna Juventud. ¡Oh, hermanos!, *nada de lo que pueda deciros describirá su inmensa belleza. Imaginad el más hermoso día de verano, con un cielo azul surcado por nubes de algodón, el lago más transparente, cascadas de aguas plateadas, arbustos cargados de bayas y bosques llenos de vida.*

En ese país no existen la guerra, la enfermedad ni la muerte. Nadie está triste. En ese país todo son banquetes, canciones, risas.

Y en ese país me casé con Niamh ante la gran asamblea de los Danaan.

No pasó ni un solo día en que no me regocijara con su presencia.

Pensaba a menudo en mi padre y en Sahb, mi madre, porque su vida debió de ser como la nuestra. Mi felicidad contrapesaba la pérdida de mi padre. ¡Cómo la amaba!

Una caricia de su mano hacía desaparecer todo cansancio, toda tristeza. En su risa me mantenía joven.

Pasamos tres años juntos.

No obstante ahora sé que no fueron sólo tres años.

Los sueños aparecieron de pronto. Dormía a su lado en la oscuridad cuando oí los ladridos de Bran *y* Sgeolan. *Me incorporé en la cama. Ella se despertó inmediatamente.*

–¿Qué ocurre, Osián? –murmuró.

–Los perros de mi padre. Les he oído ladrar.

–Estás soñando –musitó.

Inclinó la cabeza sobre mí, y la cascada de su pelo cayó alrededor de mi rostro. Olvidé todos los sueños en la dulzura de su beso.

La noche siguiente volví a soñar. Estaba con Fionn y Óscar. Mientras cazábamos en las montañas de Slieve Bloom, Fionn me dijo:

–Por fin volvemos a estar juntos.

Mi corazón saltaba de alegría por estar cazando con mi padre y mi hijo en Eire. Me incorporé en la cama.

Niamh despertó, pero esta vez no intentó consolarme. Se me quedó mirando durante largo rato; sus ojos estaban tristes.

La tercera noche, tuve el más extraño de los sueños.

Se me acercó un hombre. Vestía la túnica blanca con bordados de oro de los druidas. Su pelo era rojo.

–No te conozco –dije.

–Eire te necesita –afirmó.

Cuando desperté esa mañana, Niamh ya había ensillado mi caballo y preparado un hatillo con vituallas, que sujetó al flanco del animal.

–No desmontes al llegar a Eire –advirtió–, pues de lo contrario me temo que no volveremos a vernos.

–Regresaré dentro de tres días –aseguré–. Tres días para ver a mi padre y mi hijo. Confía en mi amor por ti.

–Esposo, sé cuánto me amas. No es eso lo que temo. Tu país ha cambiado mucho, y ese cambio te entristecerá. Sin embargo, sé que debes partir. Tan sólo te pido que no desmontes. No pongas los pies en el suelo de Eire.

–¿Por qué no? ¿Qué puedo temer de mi propio país?

–Ya no es el país que recuerdas, Osián. Aquí el tiempo transcurre de forma distinta.

Me besó y estrechó entre sus brazos. Por un momento se quedó abrazada a mí, como un niño asustado. Nunca la había visto llorar, pero esta vez tenía los ojos arrasados en lágrimas.

–Mi amor –dijo–, mi único amor.

Mientras me alejaba cabalgando hacia el este, exclamó:

–¡No pises el suelo de Eire!

Ahora sé el porqué de su advertencia. Tienes ante ti a un hombre viejo y cansado, pero cuando la dejé era joven y fuerte.

También sé que no fueron tres los años que pasé junto a Niamh.

Cuando regresé a Eire, mi padre y mi hijo habían muerto. Me metí en este cuerpo y llegué al monasterio del Padraig de Cristo. Desde entonces, a cada momento he añorado a Niamh, Fionn y Óscar.

Breogan garabateaba en sus papeles. Yo observaba la cara del anciano.

–Padraig –murmuró–, ¿crees que volveré a verles? Fionn, mi padre, Óscar, mi hijo, Niamh, mi amada, ¿los he perdido para siempre?

No sabía qué decir.

–No crees en los Otros –añadió–. A pesar de todo lo que te he contado, sigues sin creer.

No creía, pero me abstuve de decirlo. Cuando hablé, me sorprendí a mí mismo.

–Creo en un Dios que restituye todas las cosas, Osián. Todo cuanto hemos perdido nos será devuelto. Éste es el don de Cristo. Aunque se pierdan la vida, el amor y aquello que más queremos, Él nos lo devolverá.

Los ojos de Osián se iluminaron. Su cara expresaba alegría.

–Padraig, ¡oh, Padraig! Tal vez todo esto haya valido la pena. Quiero que me bautices, druida de Cristo.

Le miré fijamente, con incredulidad. Había renunciado ya a pedírselo y me conformaba con rezar cada día por su alma pagana.

–¿Por qué has tomado esta decisión?

–No lo he hecho. Tú has decidido por mí. Si ésta es la doctrina de tu Dios, tu Dios será el mío.

Corrí a buscar los óleos y el agua, y los llevé a su habitación.

–Anciano –dije una vez le hube ungido–, estaremos juntos en la eternidad.

Osián asintió.

–Juntos en la Tierra de la Eterna Juventud.

–Tir Nan Og –gorjeó Benin desde los pies de la cama.

Mi corazón se sentía demasiado alborozado para reñirle.

29

Transcurrieron cinco días sin que supiera nada de Ainfean. Osián, cada vez más débil, no dejaba de repetir que quería saber cómo habían muerto su padre y su hijo.

La mañana del sexto día, el jinete apareció en el lindero del bosque. Permaneció allí largo rato, y de vez en cuando la brisa le levantaba la capa. Al final no pude soportar seguir viéndole y me encaminé hacia él pero, cuando ya había recorrido la mitad del camino, dio media vuelta con su imponente caballo negro y desapareció en el bosque.

Me preocupó que se hubiera quedado durante tanto tiempo.

Acompañamos a Coplait a la habitación de Osián.

–¿Sabes lo que ocurrió? –le pregunté.

Coplait asintió con un gesto.

–¿Puedes contárselo directamente?

Osián respondió en su lugar desde la cama.

–No puede, Padraig. Hay que estudiar mucho para poder hablar sin palabras.

–Entonces no podrá hablar a través de mí.

Coplait meneó la cabeza. Luego sonrió y me dio unas palmadas en la mano, supongo que en muda aprobación por mi buena voluntad al querer intentarlo.

Así pues, cogí los útiles de escritura de Breogan, la tinta y los pergaminos, y se los tendí.

–Si lo escribes, se lo leeré –dije, pero el anciano me hizo comprender que no sabía escribir.

–Los druidas tienen prohibido escribir –explicó Osián.

Breogan asintió.

–Nada debe ser escrito. Todo debe transmitirse mediante la memoria.

Levanté los brazos en un gesto de frustración.

–¡Condenada mujer! ¿Cuánto puede tardar en tomar una decisión?

Inmediatamente recordé que le había dicho que nunca más nos lastimaríamos y me sentí avergonzado. Me fui a la capilla para rezar.

Me arrodillé y traté de despejar mi mente, pero me zumbaba como si tuviera dentro una colmena de abejas.

–Pronto nos dejará, lo sé. Se está apagando. Ignoro por qué nos lo enviaste. Tal vez Benin esté en lo cierto, tal vez no tengo por qué saberlo. Sólo deseo decirte que mi corazón desborda agradecimiento por este regalo. –Incliné la cabeza para añadir–: Padre, escucha mis oraciones por los que Osián ama. Su padre y su hijo. Niamh, su mujer. Los *fenians* de sus historias. No sé cómo me atrevo a pedirte todavía más, pero confío en ti.

–Padraig.

A mi espalda oí su voz, que me hablaba con ternura. Mi corazón dio un brinco. Sin levantarme, volví la cabeza hacia Ainfean. Apenas la vi, adiviné qué decisión había tomado, porque su cara resplandecía de alegría.

–Ha venido a verme, Padraig. Tu mensajero.

Se arrodilló a mi lado.

–Mi mensajero...

–Llevaba una túnica de druida, bordada en oro. Tenía el pelo rojo. Me dijo que era tu amigo. Parecía un hombre del Otro Lado.

La miré sorprendido.

–¿De veras?

–Sí. –Sonrió–. Estaba en el *clochan* al lado del mar. Llevaba varios días sin comer ni dormir, reflexionando sobre qué debía hacer. Al alba le vi sentado ante mi puerta. Llevaba pan y una jarra de agua fría y cristalina. Le pregunté cómo se llamaba. «Soy el mensajero», respondió. «¿Qué mensaje me traes», inquirí, y contestó que no necesitaba ningún mensaje, porque mi corazón ya había elegido. «Si es así, ¿por qué has venido?», pregunté. Reaccionó de forma muy extraña: se echó a reír y miró hacia arriba mientras decía: «¿Por qué siempre eliges a los más difíciles?». Luego pareció esperar una respuesta. Al cabo, asintió con la cabeza y afirmó: «Eres fuerte de espíritu. Tu voz se alzará con fuerza al servicio del Señor». A continuación partió un trozo de pan y me lo tendió. Lo comí. –Ainfean se sonrojó–. Padraig, ¡oh, Padraig!, he saboreado el salmón del conocimiento.

Celebramos su bautizo en la habitación de Osián. Nunca se ha reunido un grupo tan extraño en nombre del Señor. Como era su curandera, la gente de Sabhal Padraig acudió a la ceremonia. El herrero se presentó con su mandil manchado de hollín. También vinieron los hermanos. El viejo Coplait se quedó de pie al lado de Ainfean, ambos vestidos con sus túnicas blancas. Osián estaba recostado contra las almohadas, arropado hasta la barbilla con su capa *fenian*. Junto a su lecho, los perros de Dichu babeaban mientras gemían excitados. Benin hizo sonar la campanilla, y cantamos el *Faed Fiada*, aunque eliminé la parte que hacía referencia a las mujeres, los herreros y los magos, ya que los tres estaban presentes en la alcoba.

Una vez que la hube ungido, Ainfean hizo voto de servir a Dios con todos sus bienes, su cuerpo y su alma.

La izamos por encima de nuestras cabezas, y mi corazón se regocijó.

–¡Fiesta! –exclamó Dichu–. ¡Fiesta! Osián, debes contarnos una historia.

Sabía que el anciano se sentía demasiado débil y agotado, de modo que levanté la mano para protestar pero, antes de que pudiera hacerlo, Osián dijo:

–Traedme un *bodhran*, porque, aunque no tengo ya ninguna historia que contar, todavía me queda un poema de mi padre que quiero regalar a las gentes de Sabhal Padraig.

Benin revolvió todo el pueblo hasta encontrar el tambor de piel de cabra, y Osián empezó a golpearlo. Los redobles llenaron la habitación. Osián recitó su poema, el *rosc*.

Recordadnos. Recordad
a los antiguos de Eire
en los banquetes y al amor del fuego.
Recordadnos,
y así permaneceremos entre vosotros.

Cuando el ciervo eche a correr asustado,
seguiremos a Fionn de nuevo.
En el furor de la batalla,
entonad el Dord Fionn.

Cuando en Almhuin los caballos relinchen,
cuando en los árboles los negros cuervos graznen,
cuando en Slieve Bloom los lobos aúllen,
recordad a Óscar, Fionn y Osián.

Cuando barcos se balanceen sobre las olas,
cuando la gaviota chille en Kesh-Carraigh,
cuando el ganado muja en el valle Da Moil,
recordad a los fenians de Eire.

Cuando los perros ladren en Duirhos,
cuando *Bran* ladre en Cnoc-an-air,
cuando el riachuelo cante sobre las piedras,
¡escuchad!, porque allí estaremos.

Me gustaría recordarle siempre así, tocando el antiguo tambor, recitando con su poderosa voz, envuelto en su capa *fenian*. Así le recordaré. Siempre.

Por la mañana nos reunimos en su habitación. Ainfean ya sabía la historia, pues Coplait se la había transmitido el día anterior.

Sabíamos que sería el último día que pasaría entre nosotros, y en el aire se respiraba una tristeza que no se debía sólo al cuento.

Cuando Cormac Mac Art murió, su hijo Cairbry se convirtió en el rey supremo de Eire.

Cairbry no era la clase de monarca que había sido su padre ni tenía gran estima por los fenians, *ya que consideraba que gozaban de demasiado poder en Eire. En secreto, buscaba el medio de destruirles.*

Y éste apareció a través de Sgeimh Sholais, su hija. La joven era un tesoro. Su nombre, que significa «belleza de la luz», le iba como anillo al dedo. Sin su consentimiento, Cairbry la prometió en matrimonio a un rey de más allá del mar. En realidad, la hija de Cairbry estaba enamorada de Fergus, un joven guerrero de los fianna.

En aquellos tiempos era costumbre que el rey entregara oro a los fenians *cuando un miembro de la realeza contraía matrimonio. Los* fenians *sabían que Fergus y la hija de Cairbry se amaban, de modo* que enviaron al joven a reclamar el tributo que se les debía para que, al verle, la muchacha se decidiera a irse con él.

Sin embargo, Cairbry también lo sabía y había esperado que llegara una oportunidad. Por fin se le presentaba.

Cuando Fergus entró en el salón para exigir el tributo, Cairbry le rodeó con su guardia. Antes de que el sorprendido muchacho tuviera tiempo de mirar a su amada, le atravesaron el pecho con una lanza y le arrojaron por las murallas de la colina de Tara.

Su cuerpo destrozado cayó sobre las piedras.

Al enterarse Óscar juró vengar la muerte de su compañero.

–Durante largo tiempo mi padre y Cormac Mac Art compartieron la protección de Eire –exclamó–, pero las cosas han cambiado. A partir de hoy los fenians se considerarán servidores del país, pero no de su rey.

Desde la muerte de Art Mac Morna algunos miembros de su clan alimentaban su odio por Fionn. Estos guerreros tomaron partido por Cairbry Mac Cormac y junto con los soldados de éste, los hombres de Loch y algunos mercenarios formaron un ejército de diez mil hombres para luchar contra los tres mil fenians de Eire.

Ambos ejércitos se enfrentaron en la batalla de Gabhra.

Al principio los fenians ganaban el combate, a pesar de que el enemigo les superaba en número, pues eran los mejores hombres que Eire había conocido. Ni los habitantes de Loch ni los mercenarios estaban a su altura.

Sin embargo, al final la diferencia se hizo sentir. Uno tras otro los fenians caían bajo la espada.

Avanzada la batalla, Óscar se enfrentó cara a cara con Cairbry Mac Cormac.

–Morirás –exclamó–, porque eres un rey sin honor.

Se abalanzó sobre él y le clavó hasta la empuñadura la hoja de su espada, pero Cairbry, al caer, le hirió con la lanza bajo el corazón.

Los fenians llevaron el cuerpo de Óscar a Fionn, que dirigía la batalla desde un altozano.

Cuando Fionn lo vio, se hincó de rodillas clamando al cielo. Con su último aliento, Óscar le dijo:

–No llores por mí, abuelo, porque muero como un fenian.

El fragor de la contienda llegó hasta Fionn, que empuñó La Certera *con sus viejas manos y se precipitó al campo de batalla. Lanzó estocadas a diestro y siniestro, hundió el acero en muchos cuerpos de soldados de Cairbry, pero al final se vio rodeado por todo un* fian *de sus enemigos.*

En ese instante alzó La Certera *por encima de su cabeza y exclamó:*

–¡Por Eire!

Así fue como murió el caudillo de los fenians. *Y con él, los* fianna *de Irlanda, porque, sin Fionn, no volvieron a unirse.*

Temí la reacción del anciano ante la historia pero, cuando le miré, estaba sonriendo.

–Está bien –afirmó–. Murieron como héroes.

En el lindero del bosque, el jinete montado en su caballo negro dio la vuelta y se alejó. Parecía haber estado escuchando.

30

Se apoyaba pesadamente sobre mí mientras recorríamos los fríos pasillos del monasterio.

Hacía caso omiso de mis súplicas.

–No lo hagas, Osián. Te estás agotando sin motivo. Durante tres días te has arrastrado hasta el muro del jardín y no has encontrado a nadie. A nadie. Cada día estás más débil.

–Vendrán a buscarme, Padraig. Les oigo cantar en la oscuridad, al otro lado de mi ventana.

–Oyes el viento. O los lobos. Estas últimas noches también yo los he oído.

–¿Todavía dudas de mí, Padraig? ¿Nada de lo que te he contado ha prendido en tu corazón?

Noté que la cara y las orejas me ardían de vergüenza. Incliné la cabeza con tristeza por haber inquietado al anciano en sus últimos días.

–Vamos –dije–, iremos hasta el muro del jardín.

Fui yo quien primero les vio: un hombre y una mujer montados a caballo al final del campo, en el mismo lugar donde vi por primera vez a Osián. El caballero era el jinete del alazán negro.

Osián levantó la mirada.

–¡Por fin! –exclamó–. ¡Por fin!

Sus hombros se enderezaron imperceptiblemente entre mis brazos.

–Voy con ellos, Padraig –añadió–. No puedes acompañarme.

Avanzó unos pasos y, de pronto, cayó al suelo. Corrí hacia él y le cogí en brazos sin esfuerzo alguno, como si fuera un delicado chiquillo.

–Yo te llevaré.

Negó con un gesto.

–No me digas que no lo haga, anciano. Te llevaré –insistí.

Sonrió y se apoyó contra mí.

Era nervudo y pesado, más de lo que se podía suponer al ver su viejo cuerpo. Tropecé con el dobladillo de mi hábito marrón. Avancé con lentitud y torpeza por el campo hasta el lindero del bosque, donde le aguardaban. El hombre nos observaba con expresión impasible, sentado en su negra montura, envuelto en su capa de cuadros verdes y azules, mientras sujetaba las riendas del caballo blanco que, sin jinete, estaba entre él y su compañera. Sentí que mi ira crecía contra él. Si era Caoilte Mac Ronan, ¿por qué no desmontaba y corría en ayuda de su viejo camarada?

En cambio la mujer, ¡oh, la mujer! Se inclinaba con los brazos extendidos hacia Osián, se lamentaba al verle tan débil. Era hermosa, mucho más de como Osián la había descrito. Su pelo caía como una cascada del color del fuego por sus brazos, sus hombros, su cintura. Su piel era tan pálida que parecía brillar desde dentro, como si una luz la alumbrara. Sentí que los latidos de mi corazón se aceleraban en su presencia y, de pronto, comprendí el deseo de Osián de volver con ella.

–¡Oh, mi amor! –la oía murmurar–. ¡Oh, mi amado!

Noté que Osián se emocionaba.

–Niamh –dijo con su cascada voz–. Niamh, regreso a ti.

Oí que la gente de Sabhal Padraig, mis hermanos y hermanas, se congregaban detrás de nosotros. Me di la vuelta hacia ellos.

–No os acerquéis –exclamé, aunque ignoraba por qué.

Cuando llegamos hasta los jinetes, me paré llevando a Osián entre los brazos, como una ofrenda. Me dirigí al hombre.

–Si eres Caoilte Mac Ronan, de quien tanto me ha hablado Osián, te retrató con mejores colores. Desmonta y ayuda a tu amigo.

En su cara se reflejó la tristeza.

–No puedo desmontar, Padraig, no podemos. Deberías saberlo.

Entonces comprendí el motivo de la severidad que había delatado su rostro: le dolía ver a su compañero tan envejecido e imposibilitado. De pronto me sobrecogió el sacrificio que Osián había hecho para llegar hasta mí. Sentí su cuerpo tan cerca de la muerte que un grito surgió de mi pecho y aullé contra el azul del cielo.

–¡No! ¡No! Amado Padre, no le dejes morir. Devuélvele la vida, ¡devuélvesela!

Caoilte señaló con impaciencia el caballo que, sin jinete, aguardaba a su lado.

–¡Rápido, Padraig, rápido! Deja a Osián aquí, entre su caballo y el mío.

–Está muy débil. Me temo que no podrá soportarlo. No podrá montar, Caoilte.

–No discutas conmigo, sacerdote. El tiempo apremia.

Osián se agitó contra mi pecho.

–Obedece, Padraig. Déjame entre los caballos. Luego da media vuelta y corre. Corre por el campo.

Le deposité con suavidad en el suelo, y se apoyó pesadamente contra el flanco del corcel blanco. Clavé la mirada en el intenso azul de sus ojos antes de dar media vuelta.

Recogí el dobladillo de mi hábito y eché a correr. En la distancia vi a los hermanos reunidos junto al bajo muro que separaba el jardín del monasterio del campo abierto, advertí que miraban detrás de mí, les oí murmurar.

Ainfean tendía sus manos.

Me volví.

Os aseguro que no fue una ilusión provocada por la luz o las sombras de la tarde, porque jamás he visto nada con tal claridad. Osián había montado en su caballo, su pelo dorado flotaba al viento, su larga capa a cuadros ondeaba alrededor de su musculoso cuello. Era un hombre en la flor de la vida, más joven que yo.

Mientras lo miraba cogió la mano de Niamh entre las suyas y la rozó dulcemente con sus labios. Luego levantó el brazo con el puño cerrado por encima de su cabeza.

Entonces lo supe. Supe que mi Dios devuelve la plenitud a todas las cosas.

Mi propio brazo se alzó en el aire, muy alto. Me deleité con la tensión y el esfuerzo de mis músculos, la juventud y belleza del cuerpo, las ardientes lágrimas que, libres, se deslizaban por mis mejillas.

Breogan se acercó y se quedó a mi lado, con el brazo levantado. Cuando me volví hacia él y le sonreí, me dio una palmada en el hombro. A continuación llegaron Benin y Ainfean, los hermanos y las hermanas, todas las gentes de Sabhal Padraig.

A través del campo me llegó la voz de Osián:

–¡Me voy con ellos, con Óscar y con Fionn! Les diré que he estado contigo, Magonus Succatus Patricius. ¡Se lo diré a todos!

Prorrumpí en carcajadas, y mi risa rodó atronadora por el campo hasta llegar a él.

–¡No les hables de Patricius! –exclamé.

Osián se levantó sobre su silla, con el brazo extendido por encima de la cabeza de sus compañeros.

–¿Qué debo decirles cuando me pregunten dónde he estado? –vociferó Osián, y se echó a reír.

Entonces comprendí que el cielo y la verde tierra y los soñadores irlandeses eran míos, y yo suyo. Y así sería para siempre.

La Voz susurró mi nombre en todos los rincones de mi corazón, y respondí a Osián a voz en grito:

–¡Diles que has estado con Parrig! ¡Diles que has estado con Parrig de Irlanda!

Personajes

Aillen del sidhe (Al in del shee).
Aindir (An ir).
Ainfean (An f'an).
Benin (Ba'an on). Discípulo de Patricio. Personaje histórico. Más tarde san Benigno.
Bodhmall (Bauv al). Mujer druida que educó a Fionn. Probable personaje histórico.
Bran. Uno de los perros de Fionn.
Breogan (Brakan). Escriba de san Patricio. Probable personaje histórico.
Caoilte (Kweelta). Guerrero *fenian.* Probable personaje histórico.
Conan Maor.
Cormac Mac Art. Personaje histórico. Rey de Irlanda del siglo III.
Dhiarmuid Ui Dubhne (Der mut o Dubnee). Guerrero *fenian.* Probable personaje histórico.
Dichu (Di chu). Caudillo que entregó a Patricio tierras para construir su primer monasterio.
Finegas. Druida y maestro de Fionn. Probable personaje histórico.
Fionn Mac Cumhail (Fin Mac Cool). Probable personaje histórico. Caudillo *fenian* de alrededor del siglo III.
Gilly Dachar (Gil ee Dak ar).
Goll Mac Morna. Guerrero *fenian.* Probable personaje histórico.
Grainne (Gran ye). Hija de Cormac Mac Art. Probable personaje histórico.
Liath. Mujer guerrera que educó a Fionn. Probable personaje histórico.
Leoghaire. Rey de Irlanda, sucesor de Niall de los Nueve Rehenes. Probable personaje histórico.

Longan (Lun gen).
Matha Mac Umotri (Ma ha Mac U mo tree). Jefe de los druidas del rey Leoghaire de Irlanda.
Miliuc (Mil i'uc). Amo de Patricio cuando era esclavo. Probable personaje histórico.
Niamh (N'iav). Esposa de Osián, mujer del Otro Lado.
Osián (O sheen). También escrito como Oisín, Oisián, Ossián. Hijo de Fionn.
Padraig (Par ig). Forma en que los irlandeses llamaban a Patricio, cristianizador de Irlanda.
Sabh (Sav e). Esposa de Fionn, madre de Osián.
Sgeolan (Scow lan). Segundo de los perros de Fionn.

Nota de la autora

Siempre que ha sido posible, he intentado utilizar la ortografía actual de los nombres de los personajes que aparecen en este libro con el fin de que resultaran más accesibles para el lector. Por ejemplo, la antigua ortografía de Kerry es, con algunas variaciones, Carraigh, pero he empleado la primera por razones de simplicidad. En la mayoría de los casos en que he nombrado a personajes y lugares que ya no existen, he mantenido la ortografía clásica. También he intentado distinguir los personajes rigurosamente históricos de aquellos que pudieran haberlo sido.

Lugares y acontecimientos

Almhuin (All loon). *Dun* o fortaleza de Fionn Mac Cumhail y sus guerreros *fenians.* Según se cree, esta fortaleza se levantaba en el lugar conocido hoy en día como Kildare y se divisaba desde una gran distancia por el brillo de sus murallas blancas.

Crom Cruach. Según antiguas leyendas y relatos, se trataba de una gran piedra rodeada de otras de menor tamaño que representaban al dios Crom Cruach y sus acólitos. Crom Cruach era un dios sediento de sacrificios que exigía animales recién nacidos, cereales, leche y algunas veces a seres humanos y niños. De acuerdo con la tradición, sus seguidores se frotaban la nariz contra la piedra de sacrificios hasta que sangraba y se les arrancaba la piel para dejar al descubierto el hueso. El ídolo se levantaba en un lugar llamado Mag Sleacht, la Llanura de la Postración, donde acudían los suplicantes para postrarse ante él. La leyenda cuenta que Patricio destruyó a Crom Cruach.

Eire (Air e). Antiguo nombre y sinónimo de Irlanda.

Faed Fiada (Fade Fee a da). También conocida como el *Grito del Ciervo, Lorica* o el *Escudo,* esta canción (una transcripción libre puede leerse en el capítulo quince) ha sido atribuida a san Patricio y rezada durante cientos de años por los irlandeses para solicitar la protección divina.

Feis (Fesh). Festival o celebración. En la antigua Irlanda duraba varios días e incluía banquetes, lectura de las leyes de Irlanda, bailes, canciones, historias contadas por bardos, carreras pedestres y de carros, partidas de *hurley*, torneos, genealogía oral y ceremonias sagradas.

Fidnemid (Fid nem eth). Robledal sagrado. En las ceremonias sagradas de los druidas, el centro de esta arboleda era un gran roble, con las ramas extendidas hacia el cielo en señal de oración. Con frecuencia la rodeaban endrinos, cuyas espinas proporcionaban protección. Junto a ella se levantaba en ocasiones un altar. El muérdago que crecía en los robles era sagrado para los druidas, que tal vez lo utilizaban con fines tanto medicinales como ceremoniales.

Rath. Aldea de la antigua Irlanda. Los *rath* podían variar en tamaño, pero en general estaban formados por viviendas circulares y un edificio alargado que se utilizaba para encuentros y celebraciones. Estaban rodeados de una suerte de empalizadas y, algunas veces, de zanjas rellenas de piedras y palos afilados.

Sabhal Padraig (Saul Par ig). Seguramente la zona hoy denominada DownPatrick. Se cree que fue el primer monasterio, iglesia y asentamiento cristiano de Patricio, que pasó en esta región los últimos años de su vida.

Samhain (Sow ain). En el calendario celta figuraban cuatro grandes celebraciones: *Samhain* (31 de octubre/1 de noviembre), *Imbolc* (1 de febrero), *Beltaine* (1 de mayo) y *Lughnasa* (1 de agosto). *Samhain* era el más portentoso de estos festivales, ya que marcaba el fin de la estación de la luz y el comienzo del período de la oscuridad, con sus cortos días y sus largas y frías noches. Durante el *Samhain* amenazaban terribles peligros, puesto que esa noche se abrían las puertas entre el mundo de los humanos y el Más Allá. Toda diablura y tribulación era posible.

Sidhe (Shee). También llamado el Otro. Se creía que sus criaturas descendían de una raza llamada Tuatha de Danaan, que una vez había vivido en Irlanda. Cuando los Tuatha fueron derrotados en el campo de batalla, sus conquistadores les dejaron como morada los espacios debajo de las colinas y bajo el agua en los recónditos, rocosos y ocultos parajes de Irlanda. Estos seres poseían poderes mágicos, no envejecían y amaban la música y la belleza. Podían ser graciosos y traviesos, cariñosos y amados por los humanos o extremadamente peligrosos y execrables. La palabra *banshee* procede de *sidhe*; originariamente *bain sidhe* (mujer del *sidhe*), más tarde designó a la criatura que ulula augurando la muerte de un miembro de la familia.

Tara (Tawr a). Tara fue el legendario lugar desde donde gobernaba el gran rey de Tara. Situado en County Meath, se cuenta que contaba con una sala de banquetes de doscientos metros, una escuela de poetas, druidas y guerreros, un hermoso *grianan* o jardín de invierno para mujeres y numerosas residencias exquisitamente decoradas para los reyes y jefes de Irlanda.

Tir Nan Og (Teer N'an Og). Tir Nan Og ha recibido varios nombres, Isla de las Bendiciones, Isla Occidental, País de la Eterna Juventud. Es un lugar donde no existen la muerte, la vejez, la enfermedad ni la tristeza. Banquetes, canciones y bailes son sus divertimentos, y el tiempo transcurre con tanta rapidez que cientos de años se confunden con unos días. Los celtas no temían la muerte porque creían que su espíritu iba a Tir Nan Og y que al final se reencarnaría en una forma terrena. Su arte es representativo de esta creencia. Las series de espirales continuas (que a veces reciben el nombre de nudos) simbolizan la continuidad de la vida y la muerte. A pesar de que los celtas creían en numerosos dioses, algunos de ellos auténticamente terroríficos, no tenían el concepto de infierno como lugar al que el espíritu podía ir después de la muerte.

Bibliografía

Bamford, Christopher y Parker Marsh, William, *Celtic Christianity: ecology and holiness,* Mass, Lindisfarne Press, 1982.

Bellingham, David, *Celtic mythology,* Londres, Quintet Publishing, 1990. [Hay trad. cast.: *Mitología celta,* Barcelona, Óptima, 1997.]

Caldecott, Moyra, *Women in celtic myth,* Rochester, Vermont, Destiny Books, 1988.

Chadwick, Nora, *The Celts,* Nueva York, Penguin Books, 1971.

Cunliffe, Barry, *The celtic world,* Nueva York, McGraw-Hill, 1979.

Delaney, Frank, *The celts,* Londres, BBC Publication and Hodder & Stoughton Ltd., 1986.

–, *Legends of the Celts,* Nueva York, Sterling Publishing, 1991.

Dillon, Myles (ed.), *Irish sagas,* Dublín, Mercier Press, 1985.

Earl, Amanda (ed.), *A celtic family,* Inglaterra, Wayland, 1987.

Forde-Jonhston, J., *Prehistoric Britain and Ireland,* Nueva York, W. W. Norton & Co., 1976.

Gantz, Jeffrey, *Early irish miths and sagas,* Nueva York, Dorset Press, 1985.

–, *The Mabinogion,* Nueva York, Penguin Books, 1976.

Glassie, Henry (ed.), *Irish folk tales,* Nueva York, Phantheon Books, 1985.

Green, Miranda, J., *Dictionnary of celtic myth and legend,* Londres, Thames and Hudson, 1992.

Hoagland, Kathleen (ed.), *1000 years of irish poetry,* Old Freenwich, Connecticut, The Devin Adair Company.

Lynch, Patricia, *Knights of god: tales and legends of the irish saints*, Nueva York, Holt, Rinehart & Winston, 1969.

Markale, Jean, *Women of the celts*, Rochester, Vermont, Inner Traditions Publishing, 1972.

Matthews, John (ed.), *A Celtic reader: selections from celtic legends, scholarship and story*, Gran Bretaña, Aquarian Press, 1991.

–, *Fionn Mac Cumhail: champion of Ireland* (ilustrado por James Field), Gran Bretaña, Firebird Books, 1988.

McCaffrey, Kevin, *The adventures of Fionn and the fianna*, Dublín, Fitzwilliam Publising Co., 1988.

–, *Deirdre and other heroines of celtic folklore*, Dublín, Fitzwilliam Publishing, 1989.

McGarry, Mary, *Great folk tales of old Ireland*, Nueva York, Bell Publishing, 1972.

McMahon, Agnes (ed.), *The celtic way of life*, Dublín, O'Brien Educational, 1988.

McManus, Seumas, *The history of irish race*, Greenwich, Connecticut, The Devin Adair Company, 1921.

Moscati, Sabatino, y otros (eds.), *The celts*, Nueva York, Rizzoli, 1991.

Neill, Kenneth, *An illustrated history of the irish people*, Dublín, Gill and Macmillan, 1979.

Norton-Taylor, Duncan, *The celts*, Nueva York, Time-Life Books, 1974.

O'Faolain, Eileen, *Irish sagas and folktales*, Nueva York, Avenel Books, 1982.

O'Kelly, Michael J., *Early Ireland*, Gran Bretaña, Cambridge University Press, 1989.

Piggot, Stuart, *The druids*, Londres, Thames and Hudson, 1985.

Powell, T. G. E., *The celts*, Londres, Thames and Hudson, 1980.

Ranleigh, J., *Ireland: an illustrated history*, Gran Bretaña, Oxford University Press, 1981.

Rayner, Lee J., *Legends of the kings of Ireland*, Dublín, Mercier Press, 1988.

Rees, Alwyn y Brinley, *Celtic heritage*, Londres, Thames and Hudson, 1961.

Roleston, T. W., *The high deeds of Finn*, Nueva York, Lemma Publishers, 1973.

–, *The adventures of Fionn Mac Cumhail*, Dublín, Mercier Press, 1979.

Roy, James Charles, *The road wet, the wind close: celtic Ireland*, Dublín, Gill and MacMillan, 1986.

Rutherford, Ward, *Celtic mythology*, Nueva York, Sterling Publishing, 1990.

Sherman, Katharine, *The flowering of Ireland: saints, scholars and kings*, Boston, Little Brown, 1981.

Sherkey, John, *Celtic mysteries: the ancient religion*, Londres, Thames and Hudson, 1975.

Sjöestedt, Marie-Louise, *Gods and heroes of the celts* (trad. de Myles Dillon), Berkeley, California, Turtle Island Foundation, 1982.

SMYTH, Daragh, *A guide to irish mythology*, Dublín, Irish Academy Press, 1988.

STEWART, R. J., *Celtic gods, celtic goddesses*, Londres, Blandford, 1990.

SULLIVAN, Charles (ed.), *Ireland in poetry*, Nueva York, Harry N. Abrams, 1990.

SUTCLIFFE, Rosemary, *The high deeds of Finn Mac Cool*, Londres, Puffin Books, 1967.

VAN DE WEYER, Robert, *Celtic fire: the passionate religious vision of ancien Britain and Ireland*, Nueva York, Doubleday, 1990.

YEATS, W. B. (ed.), *A treasury of irish myth, legend and folklore*, Nueva York, Crown Publishers, 1986. [Hay trad. cast.: *Leyendas y folclore irlandés,* Palma de Mallorca, José J. de Olañeta, 1999.]

ÍNDICE

Título de la edición original: *I am of Irelaunde: A Novel of Patrick and Osian*
Traducción del inglés: María Beneyto,
cedida por Plaza & Janés Editores, S. A.
Diseño: Winfried Bährle
Ilustración de sobrecubierta y guardas: Joaquín Marín

Círculo de Lectores, S. A. (Sociedad Unipersonal)
Travessera de Gràcia, 47-49, 08021 Barcelona
www.circulo.es
5 7 9 10 12 8 6 4

Licencia editorial para Círculo de Lectores
por cortesía de Plaza & Janés Editores, S. A.

Depósito legal: Na. 2893-2001
Fotocomposición: punt groc & associats, s. a., Barcelona
Impresión y encuadernación: RODESA (Rotativas de Estella, S. A.)
Navarra, 2001. Impreso en España
ISBN 84-226-8807-7
N.° 40915